Parcero!

Gracias por las excelentes fotos para la cubierta y la dedicatoria. Disfruta del libro. Un abrazo

La dualidad de la imperfecta existencia

Ervin David Gordillo

círculo

Círculo rojo – Novela
www.editorialcirculorojo.com

Editorial Círculo Rojo
www.editorialcirculorojo.com

Título original: La dualidad de la imperfecta existencia
Edición especial para España: junio 2011

Printed in Publidisa (Spain)
Registro Safe-creative: 110-309-867-109-7

ISBN: 978-84-9991-190-8
Depósito legal: SE-4033-2011

A Tzazu,
Soy consciente de que eres un personaje que creé en mi niñez, soy consciente de que eres el primer personaje que he inventado en toda mi vida, soy consciente de que buscaba una decepción de tu parte, soy consciente de que no eres real, pero si no fuera por ti, esta historia no tendría sentido,
¡MUCHAS GRACIAS!

PRIMERA PARTE
Las casualidades y el destino

Capitulo 1
¿Un encuentro casual?

¿Quieres el secreto para alcanzar el éxito?: Desequilíbrate, entra voluntariamente en un estado de inestabilidad, un estado híper-perceptivo, y no te permitas, por nada, volver a un estado de equilibrio, ni siquiera después de alcanzar el éxito que deseas. Es por esta razón que Einstein insistía en que la imaginación es más importante que el conocimiento. Este último está sobre una base sólida, estable, el conocimiento está desarrollado a través de la historia, pulido por hombres y mujeres que alguna vez estuvieron en desequilibrio, el conocimiento representa entonces, algo invariable, algo que aceptamos tal y como es. La imaginación por otro lado, nos permite salirnos de esa base estable, desequilibrarnos, cuestionarnos si en realidad lo que se nos dice con el conocimiento es verdad, un dogma, o si por el contrario pueden existir otras explicaciones. Pero te advierto, vivir en una situación de desequilibrio no es fácil, tu cuerpo consume más energía de la que tendría que consumir en un estado de estabilidad y comienza a rechazar tu decisión de entrar en un estado híper-perceptivo. No es sorprendente que tantos personajes exitosos tengan vicios, o un deseo frustrado de ser como las personas de a pie, es decir, personas en la estabilidad.

¿Quieres el secreto para ser feliz?: No tengas memoria, es de conocimiento popular que los ignorantes son más felices que los eruditos. Así no tendrás que cargar con la pesada historia de la humanidad, no tendrás que cargar con los genocidios y los holocaustos, con las matanzas de las conquistas, no tendrás que cargar con nada negativo y cada momento que vivas (aunque lo repitas) será algo nuevo, algo que podrás disfrutar, es más, podrás disfrutar cada segundo, cada minuto, cada instante, todo será nuevo y todo te fascinará. El problema es que si quieres avanzar hasta encontrar el éxito, necesitas servirte de tu memoria, de lo contrario, serás la viva descripción de una celebre frase de Nietzsche: "Bendito sea el que olvida, porque a él pertenece el paraíso". Recuerda, la definición de paraíso no cabe en este mundo, me refiero al mundo que vivimos día a día, el paraíso es algo metafísico, por lo tanto no tendrás éxito en tu vida, pero tal vez si, después de que mueras.

¿Cada ser humano tiene una misión en su vida?: para responder esa pregunta debes interrogarte: ¿Existe el destino escrito e invariable, o sólo existen las casualidades?. Quizá nuestras decisiones estén escritas desde que nacimos y las pitonisas pueden ver el futuro, tendríamos un destino y por lo tanto una misión, o quizá escribimos nuestra historia día a día reaccionando simplemente a lo que se nos ofrece a nuestros sentidos. Pero entonces, ¿por qué existimos?: La vida en la Tierra es tal vez el resultado de un entramado plan de la energía producida en el Big Bang. La vida es el mejor medio para convertir esa energía en algo inútil, algo inservible, algo que agota su beneficio y lleva al universo a un equilibrio, a una estabilidad. O tal vez todo lo que se presenta ante nuestros ojos, es obra de algún ser *D*ivino, *I*nfinito, *O*mnipotente y *S*abio, que tallando sobre mármol, cual sinfonía, ha creado todo lo descubierto y por descubrir, escribiendo cada detalle de lo que ha sucedido, sucede y sucederá.

¿Realmente se puede responder a estas preguntas con tal simplicidad?: No, estas preguntas existen desde la misma historia del hombre (tal vez desde la prehistoria), es casi imposible llegar a un consenso general en tan solo unas líneas. ¿Qué tal un libro entero?: Muy probablemente, no. Estas interrogantes, que pueden ser formuladas desde la inocencia de un niño hasta la más compleja filosofía, siempre han sido preguntas que rondan por nuestras cabezas y sus respuestas varían dependiendo el lugar, la fecha y la persona. Nadie vive la misma vida de otra persona, ni siquiera puede vivir la suya dos veces, de ahí que no siempre se tenga la misma respuesta.

Durante su historia y probablemente desde que tiene el uso del lenguaje, el ser humano busca explicar lo que acontece ante sus sentidos, creando teorías para responder a las preguntas que acabo de plantear. Por ejemplo para responder si existe o no el destino, hay teorías que se basan en la posibilidad de la sincronicidad, donde nada es casual y todo es consecuencia de algo que ya ha pasado. El determinismo, por ejemplo, asegura que todos los acontecimientos físicos están casualmente determinados, unidos por una cadena causa-consecuencia. Por otro lado, otros prefieren pensar en una ley de atracción universal, teniendo el control total de lo que pueden decidir, el camino que pueden tomar y la vida que quieren llevar, una vida donde no existe el destino. Los libros de auto-ayuda son el vivo ejemplo de esa teoría, donde se pone al subconsciente en un pedestal y se asegura de que podemos lograr lo que nos propongamos.

Es probable que la historia que tienes entre tus manos, mi apreciado lector, no responda con claridad a las preguntas que tienes relacionadas con dichas teorías e ideas, y muy seguramente sembrará muchas más. Te recomiendo leer entre las líneas, no tomar todo textualmente, literalmente, no pretendo decirte cómo tienes que vivir tu vida, al contrario, analiza críticamente lo que está aquí escrito, no seré yo quién responda a las preguntas formuladas al principio de este libro, pero puedo darte indicios para que seas tú quien encuentre las respuestas que ya conoces al comenzar a leer. Quiero dejar claro que las ideas y teorías aquí expuestas, no son en ningún caso un dogma, y que pueden ser interpretadas como quieras, según tus experiencias, tu situación geográfica y sobretodo la era en la que vivas. Recuerda cuantos años la teoría del creacionismo dominó el mundo entero, para que llegara un inglés, con su teoría de la evolución y lo cambiara todo. Inclusive, si cuando termines de leer este libro, te encuentras con más interrogantes que con los que has comenzado a leer, sentiré que habré cumplido mi cometido...

...Todo comienza con nuestro protagonista parado frente a la puerta del edificio al que tantas veces había entrado sin problema alguno, con frío y tratando de recordar el código que abría la puerta, aquel número que conocía de memoria y que no lograba recordar en ese preciso instante, esa cifra que tantas veces había compuesto después de noches de fiesta y con gran felicidad de por fin haber llegado a una cama caliente. Después de unos minutos de estar intentando con la seguridad de que no se va a quedar afuera, llega una chica con sus cabellos negros y lisos cubiertos por una boina de lana, un abrigo rojo que le cubría hasta un poco más arriba de las rodillas, unos legguings negros dejando ver la silueta de sus pantorrillas hasta un poco más arriba del tobillo que era donde le llegaban sus botas negras de terciopelo. Su rostro está poco maquillado, pero el frío le hace un magnifico rubor en sus mejillas que combina perfectamente con sus ojos grises profundos, además de que está idealmente adornado por una pequeña sonrisa de simpatía hacía Jhonatan, nuestro protagonista, que se encuentra en la puerta, con frío, esperando poder entrar en el edifico en el que ella vivía.

Al verla, Jhonatan quedo sin respiración, no sabe qué decir o cómo actuar, la mirada de la chica estaba fija en él, buscaba saber por qué estaba afuera del edificio con el frío que estaba haciendo. Cuando por fin sale un poco de su trance y pudo reaccionar, la chica ya había abierto la puerta, se precipita a entrar después de ella antes de que la puerta se cierre de nuevo.

- Merci -dice Jhonatan con un tono nervioso-

La misteriosa chica sonríe y continua su camino hacía el ascensor, Jhonatan, aún un poco hipnotizado por su belleza, la sigue mientras se pregunta «¿quién es?, ¿qué hace?, ¿de dónde viene?, ¿será soltera?, ¿buscara novio?».

Al entrar al ascensor, Jhonatan, buscando ser un caballero, le pregunta a la chica hacía a qué piso se dirige y se apresura a presionar el botón mientras piensa en que la chica tiene un acento extranjero cuando habla en francés y, que como una casualidad, se dirige al último piso del edifico, el mismo que él. El ascensor es muy lento, Jhonatan siente como si lo hubiesen diseñado para que el tiempo de los momentos incómodos se prolongara aún más de lo que lo prolonga la teoría de la relatividad de Einstein. La joven se siente un poco incomoda, sólo mira, sonríe, no sabe si hablar o simplemente esperar a llegar a su destino. Durante todo el tiempo en que el ascensor hace su trayecto, sólo hay miradas un poco incomodas de la parte de la chica, pero Jhonatan aún no salía de su asombro de ver aquella belleza que ella irradiaba, quería saber más, saber de qué país venía, por qué estaba en Francia y sobretodo por qué en Lyon. La timidez de Jhonatan no le permitió pronunciar palabra en el tiempo en que el ascensor subía hasta el último piso del edificio, él se mordía el labio porque realmente quería hablarle pero no dejaba de pensar «¿y si no me responde?, ¿y si no le agrado?, ¿y si se burla de mi?, no, no, es mejor que lo deje de ese tamaño, no quiero dañar el momento que estamos teniendo».

El ascensor se detiene y tan lento como su ascenso, abre las puertas delante de las cuales estaba parada la chica, mostrando cierta impaciencia. Primero sale ella pronunciando un amical 'au revoire', acompañado de un sonrisa, a lo que Jhonatan responde 'au revoire' mientras mira que la chica gira a la derecha, ¡la misma dirección a la que él se dirigía!, «esto no puede ser una coincidencia, definitivamente es una señal del destino» piensa Jhonatan. El corredor parece interminable, la chica nota que Jhonatan la sigue y se pone un poco nerviosa, Jhonatan se percata de los nervios de la joven y no sabe cómo caminar, o cómo comportarse, esta situación se le está saliendo de las manos, siente que está perdiendo el control, sus manos sudan frío y sus rodillas tiemblan sin que él pueda hacer algo al respecto. Aún mayor es el susto de Jhonatan cuando ve que la chica está metiendo la llave en la puerta a la que él se dirige, «¿ahora qué hago?, ¿giro y tomo el ascensor de nuevo pretendiendo que me he equivocado de piso?, no, no, no he venido hasta aquí para perder el viaje, ¿entonces?, ¿espero a qué entre o me acerco y le hablo?, ¿cuáles son las probabilidades?, tan solo tienes que pensar en el gato de Schrödinguer[1], ya sabes, la única manera de saber si el gato está vivo o muerto es abriendo la caja, más vale que cuando abras la caja el gato esté vivo, ¡uhm!, deja ya de divagar y haz algo antes de que entre y no la vuelvas a ver, ¿le hablo?, si, esa es la mejor solución, pero hazlo ya, antes de que entre y cierre la puerta».

- Excusez moi, oui, ¡euhm! (perdóneme, si, ¡euhm!) - dice Jhonatan con la voz entre cortada y muy nervioso, prefiere no tutearle para evitar un posible choque cultural, no sabe de qué país viene la chica y opta por evitar confusiones o malos entendidos en caso tal de que ella considerara un descaro que alguien desconocido le tuteara como si la conociera de toda la vida- Je m'appelle Jhonatan, je suis enchanté de faire votre connaissance, j'espère ne pas vous déranger (Me llamo Jhonatan, y es un placer de conocerla, espero no molestarle) -Jhonatan estira su brazo derecho para presentarse amigablemente a la misteriosa chica- vous vous appelez comment? (¿cómo se llama usted?)

[1] El experimento del gato de Schrödinger o paradoja de Schrödinger es un experimento imaginario concebido en 1935 por el físico Erwin Schrödinguer para exponer uno de los aspectos más extraños, a priori, de la mecánica cuántica.
Schrödinger propone un sistema formado por una caja cerrada y opaca que contiene un gato, una botella de gas venenoso, una partícula radiactiva con un 50% de probabilidades de desintegrarse en un tiempo dado y un dispositivo tal que, si la partícula se desintegra, se rompe la botella y el gato muere.
Al depender todo el sistema del estado final de un único átomo que actúa según las leyes de la mecánica cuántica, tanto la partícula como la vida del gato estarán sometidos a ellas.
De acuerdo a dichas leyes, el sistema gatodispositivo no puede separarse en sus componentes originales (gato y dispositivo) y por lo tanto el gato estará vivo y muerto al mismo tiempo.
En el momento en que abramos la caja, la sola acción de observar modifica el estado del sistema tal que ahora observamos un gato vivo o un gato muerto. Esto se debe a una propiedad física llamada superposición cuántica que explica que el comportamiento de las partículas a nivel subatómico no puede ser determinado por una regla estricta que defina su función de onda.
La física cuántica postula que la pregunta sobre la vida del gato sólo puede responderse por probabilidades.

- Je m'appelle Amaia (Me llamo Amaia)- responde la chica sin entender la situación, sin darle la mano para presentarse

- ¡Ah!, ¿eres española? - pregunta Jhonatan sorprendido, ya no le importa el hecho de tutearle pues sabe con bastante seguridad que si Amaia es española no le importaría que lo hiciera

- Si, lo soy, bueno en realidad soy vasca, ¿cómo lo sabes?, ¿eres español?

Amaia se asusta, no sabe por qué este chico la ha seguido hasta su casa y aún más, habla castellano perfectamente, está azarada, lo mira de arriba a abajo buscando cualquier señal de un arma cortopuzante, y a la vez está muy prevenida de cualquier comportamiento violento o súbito por parte de Jhonatan

- No, no -dice Jhonatan mientras sonríe y respirando un poco más calmado- soy colombiano, en realidad mi nombre es Jhonatan Efraín Escobar, no es un nombre muy español. He notado que tenías un acento extranjero cuando hablas en francés, bueno además de que tu nombre no es muy común entre las francesas

- ¡Ah! vale, vale, bueno es un placer conocerte Jhonatan Efraín, ahora si no te importa, voy a entrar a mi casa

- Espera, espera, Amaia. No quisiera molestarte, pero en realidad me dirigía a tu apartamento

- ¿A mi apartamento? -pregunta Amaia muy sorprendida, un poco nerviosa- Pue..., ¿pues?

- Bueno, puede que pienses que es una historia descabellada, pero yo he vivido en tu apartamento. He hecho mi año Erasmus aquí en Lyon hace tres años y viví en tu apartamento durante un tiempo

- La verdad que no es tan descabellada - replica Amaia más calmada y respirando profundamente, pero aún no está segura si lo que Jhonatan le está diciendo es la verdad-, esto es una residencia para estudiantes, por lo tanto es muy posible que hayas vivido aquí

- Tienes razón -balbucea Jhonatan mientras sonríe-, te preguntaras qué hago aquí, en realidad he venido a Lyon por el fin de semana y quería visitar los lugares que tanto me hicieron soñar, y créeme, el apartamento en el que vives es uno de los más importantes de mi historia en esta ciudad

- Vaya, no había pensado que este piso pudiera tener historia y menos que me iba a encontrar a alguien que fuera parte de ella. Pero entonces, ¿ya no vives en Lyon?

- No, ya hace un par de años que me fui de esta maravillosa ciudad, ahora estoy haciendo un doctorado en energías limpias en La Rochelle, un pequeño pueblo al oeste de Francia, queda a un par de horas de Burdeos. Y tú, ¿qué haces en Lyon?

- Estoy de Erasmus, -contesta Amaia rápidamente, queriendo evadir el tema-, aún no puedo creer que no haya pensado en la posibilidad de que alguien más haya vivido en mi piso -dice con un pequeño tono de reproche hacía si misma-. Bueno quiero decir, es normal que así haya sido, pero no lo había hecho conscientemente. En todo caso, no me veo dentro de tres años viniendo a visitar este piso, sería muy curioso ver todo esto después de que acabe mi año Erasmus, volver a ver a todos con los que ahora salgo de fiesta, ir a la facultad donde ahora doy mis clases, bueno son cosas que son difíciles de sentir ahora que apenas voy a la mitad del año

¡Un momento estimado lector!, en mi papel de narrador de esta historia, considero justo que debo hacer un paréntesis en esta parte. Para los lectores que no conocen lo que es un año Erasmus o una beca Erasmus, he aquí una pequeña explicación. En sus orígenes, la beca Erasmus fue creada por universidades de diferentes países europeos que tienen convenios entre ellas, creando una red de intercambios estudiantiles. Dentro de dicha red, los gobiernos y universidades dan dinero a los estudiantes durante un año para que vayan a un país extranjero a estudiar, a aprender el idioma y a vivir en una cultura diferente. He remarcado que era así en sus orígenes, porque ahora la beca Erasmus es más bien, desde el punto de vista de la mayoría de los estudiantes, una oportunidad para salir de fiesta todos los días, conocer mucha gente, no sólo los nativos del país al que se dirigen, sino personas de todo el mundo. Incluso muchos estudiantes hacen alusión a las becas 'orgasmus', pero eso ya lo dejo a la imaginación del lector.

Retomando nuestra historia, Jhonatan ya un poco más calmado, tomando de nuevo el control de sus rodillas para que no temblaran y mejorando su tono de voz, decide que es una gran oportunidad de conocer aquella maravillosa chica que lo había fascinado con sólo mirarla y no la iba a dejar pasar sin más, sabía que si no quería que se sintiera amenazada o agredida con preguntas muy personales, primero debía comenzar por interrogarla sobre su ambiente cotidiano, luego podría pasar a hacer preguntas de su comportamiento, de sus estudios, gustos y preferencias, para finalmente pasar por sus creencias y valores que le darían una idea de la identidad de la chica que buscaba conocer. Mientras tramaba la mejor estrategia para lograrlo, dice:

- Cuéntame Amaia, ¿cómo has encontrado este apartamento?, ¿te parece bien la zona de Guillotière?, es divertido el mercadillo que se arman los argelinos en la entrada de tu edificio, ¿no lo crees?, ¿no piensas que a veces hay mucho ruido?

Jhonatan suele preguntar mucho, a él le fascina escuchar las historias de las personas con las que se cruza, vivir sus experiencias mientras las imagina en su cabeza al unison de la voz de su interlocutor, es un chico muy curioso y eso le costaba muchas veces la fama de ser un poco entrometido. Tiene una memoria privilegiada, desde que era muy pequeño, debido a que era hiperactivo, su madre le motivaba a hacer ejercicios de memoria para canalizar toda esa energía que tenía en exceso y así evitar que hiciera travesuras y terminara por romper una ventana o la televisión, bueno, aunque eso era inevitable. Al mismo tiempo, cuando una persona se interesa por lo qué él tiene por contar, Jhonatan no se limita y le encanta contar sus historias, con los detalles que recuerda e intenta al máximo que su interlocutor se deje llevar por su imaginación y se sienta parte de la historia que él está contando. Dicha motivación lo hizo ser parte de un grupo de cuenteros mientras estaba estudiando ingeniaría en Colombia. El grupo solía animar los descansos de los universitarios los jueves en la tarde en la plazoleta principal de la universidad. En dicho grupo, Jhonatan desarrolló su habilidad para contar cuentos y de describir hasta el más mínimo detalle que él encontrara importante para la historia. Las personas de la universidad le conocían y siempre que se lo cruzaban por la facultad, lo felicitaban por los excelentes cuentos que narraba. Conoce un poco la programación neurolingüística[2] y como parte de su estrategia para conseguir una mejor conversación con Amaia, y conocerla mejor, decide ponerla en práctica. Primero decide ponerse al mismo ritmo de respiración que

[2] La Programación neurolingüística parte de la teoría constructivista, define la realidad como una invención y no como un descubrimiento. Se basa en el hecho de que el ser humano no opera directamente sobre el mundo real en que vive, sino que lo hace a través de representaciones mentales del mismo que determinan la forma en que cada individuo percibe el mundo.(El mapa no es el territorio).
Es un medio de autoconocimiento y evolución personal. Describe cómo la mente trabaja y se estructura, de manera que las personas piensan, aprenden, se motivan, interactúan, se comunican, evolucionan y cambian.
Esta técnica proporciona herramientas y habilidades para el desarrollo en comunicación y reprogramación de actitudes. Promueve la flexibilidad del comportamiento, la creatividad y la comunicación, el pensamiento trascendental y una comprensión de los procesos mentales, tanto para el desarrollo individual como para la optimización de cada grupo humano. Permite resolver fobias, miedos y situaciones similares hasta en una sola sesión de trabajo, además la capacidad de establecer buenas comunicaciones con los demás.

ella, luego controlar su tono de voz y al mismo tiempo utilizar palabras que le fueran familiares a Amaia, es decir, utilizar expresiones que utilizan los jóvenes españoles, además de imitar muy sutilmente sus movimientos.

Aunque en medio de su dialogo le resulta difícil no hacer malabares entre las expresiones españolas, colombianas e incluso de otros países de habla castellana.

Es muy detallista, y suele utilizar mucho su sentido de la vista para fijarse hasta el estado de las uñas de las manos, luego con lo que ve y con las palabras que utiliza su interlocutor puede hacerse una idea de su personalidad y de sus posibles reacciones ante diferentes situaciones. Le gusta pensar que puede detectar fácilmente los verdaderos sentimientos de las personas cuando observa atentamente las micro expresiones en sus rostros, de esa manera asegura que sabe cuando alguien le está mintiendo, o le está ocultando algo.

En la universidad había aprendido a tener un espíritu crítico por lo que sabía, por ello le gustaba mucho hacer preguntas "científicas" a personas que estudiaran arte o letras, para ver su punto de vista. Le gusta mucho aplicar lo que conoce y sabe a su vida cotidiana, el simple hecho de explicar por que los barcos flotan en el agua le maravilla y lo cuenta con mucha pasión. Le gusta leer mucho y es un cinéfilo de primera, le atrae mucho la cultura general y la mitología griega, es un adepto de la música y si fuera por él, los mejores momentos de la vida deberían estar acompañados con música de fondo, es por eso que lleva su reproductor de música a todos los lugares a donde va.

Amaia es una mujer de pocas palabras, prefiere prestar atención antes de hablar. Es muy buena escuchando los problemas de sus amigas para luego darles consejos, por eso había escogido estudiar derecho, teniendo la posibilidad de escuchar los problemas de los que lo necesitaran y luego poder ayudarlos. Tiene un espíritu aventurero, es por eso que había estudiado tres lenguas además de sus dos lenguas maternas, de las cuales el euskera es su lengua materna principal, seguida por el castellano, en el bachillerato había tomado clases de francés y de inglés, y en la universidad, clases de italiano. Su espíritu de libertad la llevó a emanciparse bastante joven, a pesar de que vivía en la misma ciudad que sus padres, ella vivía en un piso alquilado con amigas de la infancia, no le gustaba sentirse restringida y eso le causaba problemas con sus parejas. Siempre quiere explorar nuevas posibilidades, para ella ni siquiera el cielo es el limite.

Le gusta dar paseos por la montañas, ir de viaje a cualquier lugar que pueda, es muy activa y los planes de quedarse en casa sólo los dejaba para unos reducidos domingos en la tarde. No sólo le gusta la aventura física, también disfruta mucho reflexionar, pensar y analizar. Entre sus pasatiempos favoritos, está resolver enigmas y acertijos de pensamiento lateral, es por ello que se reta a si misma a sacar la mejor solución siempre que se enfrenta a una situación en la que nunca había estado antes. Siempre que lo hace, se imagina ante un estrado resolviendo un complicado caso de robo, o de asesinato o tal vez de violación, armando con toda la evidencia y los testimonios, la historia que mejor se adaptara a lo que ella quería demostrar, sabiendo medir las palabras que decía y en el momento en las que las decía, eso le hacía mucha ilusión y se imaginaba que iba a ser una gran abogada.

En el tiempo en qué llevaba en Francia se había dado cuenta de que en un país extranjero podía ser cómo quisiera y quién quisiera, al fin y al cabo no había nadie allí que desmintiera cualquier cosa que ella dijera. A menudo se aprovechaba de eso y jugaba a ser quién ella quería ser, a veces pretendía ser italiana, y disfrutaba de meterse en el papel y el hecho de que tenía que estar concentrada durante todo el tiempo para que nadie la pillara en su juego. Se había abierto mucho más a las personas, había dejado a un lado la actitud introvertida que tenía a causa de una reciente desilusión amorosa. Le gustaba tener amigos de todos lados del planeta, no sólo españoles o vascos, era muy independiente y cuando salía de fiesta procuraba no salir siempre con los mismos. Algo que le permitió conocer muchas personas nuevas en el tiempo en que llevaba en Lyon.

- Perdóname Amaia -continua Jhonatan- a veces suelo preguntar mucho y no me doy cuenta que la persona con la que estoy hablando no puede con tantas preguntas de una sola, te haré una pregunta a la vez, ¿te parece?

- Vale -contesta Amaia sonriendo, mientras pensaba «está bien, puedo hablar un poco más con él, parece un buen chico, aunque es probable que lo que este tío me está contando no sea del todo cierto... ¡ains! no sé qué hacer... pero si es verdad lo que me dice, seguro que le hará mucha ilusión saber de nuevas historias de Erasmus en la ciudad en la que él lo ha hecho, además de que debe tener muchísimas cosas por contar de cuando él hizo su Erasmus, eso me interesa mucho»-

Amaia es una chica muy guapa, durante su vida había visto como muchos chicos utilizaban su imaginación, o incluso sin hacerlo, para crear situaciones ficticias y acercarse a ella, una vez un chico que la había visto infinidad de veces en la universidad pero no sabía cómo acercarse a hablar con ella, logró contactar una de sus compañeras de piso para crear un plan en el que él pudiera hablarle a solas. Le propuso que invitaran a Amaia a ver una película en el cine, y que le dijera que iba a ir con varios amigos, entre los cuales estaría él. Así se hizo, su amiga invitó a Amaia a ver una película pero sólo apareció el chico, Amaia entendió toda la situación inmediatamente y se enojó mucho con su amiga por no haberle prevenido de nada. Por situaciones como esa, Amaia no confiaba mucho en que haya sido una casualidad que Jhonatan la siguiera hasta su puerta, pretendiendo que no la conocía, su cara le parecía conocida y que además como otra casualidad más, la estaba esperando en la puerta del edificio, a sabiendas que no había pasado la noche en su piso. Había salido de fiesta la noche anterior y se había quedado a dormir en casa de una amiga en el centro, no había comido nada en todo el día y estaba un poco enojada porque había tenido a un chico detrás de ella toda la noche y no pudo disfrutar de la fiesta, había llegado a casa porque quería comer algo y quería desestresarse de la noche anterior. Al principio, la conversación con Jhonatan le molestó, pues realmente quería llegar a su casa, además, pensaba que seguramente todo estaba arreglado por su amiga, pero luego de unas cuantas palabras, cambió rápidamente de parecer y comenzó a gustarle la situación, pensaba que si realmente no era preparada, sería una emocionante casualidad por la cual se habían conocido, quería ver a dónde le llevaba, pensaba que ese tipo de cosas sólo se le presentarían estando en Erasmus y que ya que estaba en ello, pues por qué no terminarlo. Pero le excitaba también la idea de desenmascarar a Jhonatan en el caso en que todo estuviera arreglado, se sentía en un juego en el que ella tenía que descifrar el enigma y por eso decidió seguirlo sin poner pero alguno.

- Antes cuando nos presentamos -continua Jhonatan-, me has dicho que eres vasca y no española, me pareció muy curioso que hicieras la aclaración. Conozco un poco de la situación entre el País Vasco y España, sé que existen personas nacidas en el territorio de Euskal Herria (País Vasco) que tienen como lengua materna el euskera (vasco, en castellano) y que no se sienten parte de España, incluso sé un poco de Euskera -adiciona Jhonatan mientras sonríe y desvía su mirada hacía la pared de su derecha-, ¿de qué parte de Euskal Herria eres?

- ¿En serio sabes un poco de Euskera?, me parece muy guay, bueno, vengo de Bilbao (en esos momentos la cara de Jhonatan se puso un poco pálida y su expresión sonriente cambió a una expresión un poco más seria), ya sabes -continua Amaia mientras ríe en un tono burlón- la capital del mundo

- Si, si -responde Jhonatan forzando un poco su risa-, conozco Bilbao 'la capital del mundo', viví un tiempo en Uribarri, me parece una ciudad preciosa, además de divertida, tiene muchas partes para visitar, para salir de juerga y me gusta mucho el kalimotxo (es una bebida alcohólica de origen vasco, que se preparan a base de vino rojo de mala calidad y de una bebida de cola)

- ¡Ala!, pero si eres todo un vasco, ¿no me habías dicho que eras colombiano? -replica Amaia aún con su tono burlón, sintiéndose un poco más en confianza-

- Si, si lo soy, es sólo que me encanta la cultura vasca y muchas de sus costumbres

- Bueno yo no conozco mucho de la cultura colombiana y de vuestras costumbres, pero estoy segura de que muchos de los clichés no son ciertos

- Tienes razón -sonríe Jhonatan-, aunque no sé a qué clichés te refieres, pero si son los de que somos muy buenos bailando, ese si que es verdad -ambos ríen mientras miran el suelo un poco incómodos-

Amaia respira mucho más tranquila y empieza a pensar que Jhonatan puede estar diciendo la verdad, le parece un chico guapo, además que le agrada su manera nerviosa pero simpática de hablar, es una de las pocas veces que ella escuchaba un acento colombiano en vivo y en directo, aunque ya lo había escuchado muchas otras veces en las típicas telenovelas de la tarde. A los ojos de Jhonatan, la programación neurolingüística está funcionando, y comienza a tener una conversación en armonía con Amaia, pero sigue en su batalla en la cabeza para evitar hacer muchas preguntas a la vez.

- Amaia - continua Jhonatan con su interrogatorio- ¿en dónde estudias?

- Ahora mismo, doy clases en Lyon II, estoy estudiando derecho, pero la verdad que me están costando un poco con el francés y además que mis compañeros no me ayudan para nada

- Bueno, pero ya verás cómo poco a poco te vas acostumbrando al acento de los profesores y logras entender aún más. Aunque ya estamos a finales de octubre, vas a tener que ponerte a estudiar un poco, ¡eh!

- ¡Ya!, no tienes que decírmelo dos veces -dice Amaia con un tono serio-, pero la verdad es que cuando recién llegué me la pasaba la mayoría del tiempo con españoles y no practicaba mucho mi francés, y eso al final me pareció una pena porque no he venido a Francia para estar solo con españoles

- Ese es un problema muy común entre los españoles que salen de Erasmus, considero que es algo cultural, y viene del miedo a que las personas nativas se burlen de ellos o que pasen por tontos por la manera cómo se expresan

- ¡Ya!, pero también es que los franceses no se abren mucho a los extranjeros y los pocos que lo hacen hablan castellano y siempre quieren practicarlo con nosotros

- Eso también es verdad, pero no creo que todos sean así. Entre todas las ciudades que seguramente podías haber escogido, ¿Por qué estás en Lyon?

- Los convenios que tiene la universidad en Bilbao no son muy abiertos al mundo, la mayoría de personas escogen países de habla inglesa y ya que yo había dado clases de francés en el instituto, pues preferí escoger una ciudad francesa. Tenía la opción entre París, Lille y Lyon. París es muy caro, en Lille hace mucho frío en invierno así que preferí Lyon. Varios chicos de mi uni me habían dado buenas referencias de la ciudad y de que aquí se podía hacer un excelente año de Erasmus

- ¿Cómo encontraste este apartamento?

- Mi universidad se ha encargado de todo, yo sólo les he dicho que necesitaba un lugar en donde quedarme y ellos se encargaron de las llamadas, el papeleo y lo demás, la verdad que he tenido mucha suerte porque hay algunos españoles que se quedaron varias semanas errando entre un piso y otro de los otros españoles o incluso franceses, antes de poder encontrar donde quedarse a vivir

- ¿Te gusta Lyon para vivir?

- Hasta cierto punto me recuerda a Bilbao, es una ciudad preciosa, la vista de la basílica de Fourvière es hermosa, tiene mucha historia, existe desde hace más de dos mil años, tiene incluso un teatro romano. Me gusta mucho pasear por las orillas del Ródano e ir de compras a la Rue de la République. He ido una sola vez a la Opera, me ha encantado, nunca antes había ido y fue una experiencia excelente

- ¿Cómo llevas tu experiencia Erasmus?, ¿sales mucho de fiesta? -continua Jhonatan con su interrogatorio-

- Esas son dos preguntas, ¡eh! -dice Amaia mientras mueve su mano haciendo un gesto regañón-, bueno, pues aparte de lo que te he contado del idioma, llevo muy bien mi experiencia Erasmus, como tú le llamas, intento aprovechar al máximo el tiempo, evito cualquier tipo de rutina y siempre estoy activa, he conocido muchísima gente nueva, salgo seguido de fiesta, ¡me encanta salir de fiesta!, pero sin descuidar mis estudios por supuesto, aunque aquí es diferente porque cierran los bares a las 2 a.m., bueno ya lo sabrás tu mejor que yo, ¿no?

- Si, si -sonríe Jhonatan- es una pena que no sea hasta las 5 a.m. o incluso más tarde como en Bilbao, pero bueno si te la montas bien puedes disfrutar desde temprano y al final sales la misma cantidad de horas que en Bilbao, sólo que llegas temprano a casa a dormir. ¿Qué tipo de música te gusta bailar?

- Bueno a mi me gusta toda la música en general, cuando salgo de fiesta prefiero la pachanga, el ska, o ese tipo de música, pero ya cuando estoy en casita o estudiando prefiero el rock, en inglés y en español, la música francesa me hace reír, aunque hay unas cuantas que me gustan

- A mi me encanta también la música, yo soy de los que dice que sin música no hay vida, siempre llevo conmigo mi reproductor -saca de su bolsillo un pequeño aparato negro y cuadrado para mostrárselo a Amaia-, considero que la música puede crear recuerdos que se queman en tus neuronas, y me encanta escuchar una canción mientras recuerdo algo especial que pasó mientras la escuchaba. En fin... - corta el impulso que llevaba y suspira-, imagino que habrás hecho buenas amistades aquí, pero ¿has venido a Lyon sola o has venido con compañeros de la facultad de Bilbao?

- He venido sola, aquí he conocido otro chico de Bilbao, pero él está en periodismo en Lyon III

- Y ¿conoces sólo estudiantes Erasmus?, o ¿has abierto un poco tus horizontes?

- Bueno, al principio conocí muchos franceses de mi facultad, pero me empecé a sentir un poco aislada por el hecho de ser extrajera, yo soy la única de mi clase. A los pocos días de haber llegado, conocí una chica española que también vive en este edificio y empecé a quedar con ella para ir a tomar un café o para ver pelis... Luego de una semana o así, ya conocía a unos quince españoles que habían venido en Erasmus este año, y salíamos de fiesta sólo entre nosotros, estábamos formando una especie de cuadrilla cerrada y exclusiva para nosotros. No me gustó la sensación de estar en Francia y estar hablando castellano todo el tiempo, así que decidí abrirme un poco más a las personas que no eran españolas

- Me parece una excelente idea Amaia, la beca Erasmus se trata de aprender de una nueva cultura, nuevas costumbres, y no de venir a un país extranjero para hacer lo mismo que hacías en tu ciudad, eso a mi juicio no es muy útil... ¿Qué tipo de películas te gusta ver?

- En especial las que cuentan la historia de alguien, algo así como una biografía, sin importar si el personaje es real o inventado, pero que el realizador sepa contarla con perspicacia y no deje que el espectador se aburra pensando que es otra simple historia más. Me gustan mucho las películas de Woody Allen por ejemplo

- Sé que es de mala educación preguntarle a alguien que acabas de conocer sobre religión o sobre política, pero ya que estás estudiando derecho y que eres vasca sólo querría preguntarte tu ideología política

- ¡Ah!... ¡vale!... pues la verdad que me identifico mucho con el pensamiento de la izquierda abertzale, y a veces me parece injusto lo que hace el gobierno del Estado Español intentando ilegalizar los partidos que nos representan, no quiero decir con esto que estoy de la parte de ETA, pero si quiero que se nos sea reconocidos como lo que somos, un país que no tiene nada que ver con 'España'

- Con eso me es suficiente -dice Jhonatan mostrando su mano derecha extendida en señal de que podía parar-, sólo quería saber más o menos tu ideología y con esa respuesta ya puedo ver claramente lo que piensas, no creo que sea necesario ir más lejos en esa conversación, ¿por qué no te has sido de vacaciones de La Toussaint? -pregunta Jhonatan un poco incomodo y buscando cambiar de tema

Jhonatan sabe que la situación en el País Vasco podría ser un tema delicado de discutir con ciertas personas, pues dependiendo de la formación que tuvieran, la educación, la familia e incluso la historia, existen personas que pueden llegar a ser muy nacionalistas y se sienten amenazados con tan solo escuchar a alguien que piensa diferente a ellos, prefiere no mostrar sus opiniones, al menos no acabando de conocer a alguien, pues podrían mal interpretarse y podría ser tildado de terrorista o defensor de una dictadura, es por ello que cambia el tema intentando que la pregunta, aunque sabe que está en el aire, no afecte la buena conversación que está teniendo con Amaia.

- La verdad que me apetecía quedarme en Lyon empollando, porque pronto tendré exámenes y prefiero que no me cojan por sorpresa, por ahora estoy 'pringasmus'. Además volver a casa me vale un pastón

- ¡Ya!, pero podrías haber ido a visitar las ciudades de por aquí cerca, ir a los Alpes o a Ginebra, ¡yo qué sé!

- Jaja, si, si que iré a Ginebra la próxima semana con los españoles que no han vuelto a casa

- Y, ¿tienes hermanos o hermanas?

- Sí, tengo una hermana menor que yo, ella vive con mis padres, en Bilbao, yo vivo con unas amigas en un piso por San Francisco, me lo pago yo misma, trabajo a medio tiempo como azafata en eventos, o a veces en tiendas de ropa

- ¿Ah, sí?, entonces eres una chica que le gusta la independencia en todos los aspectos de la vida, me parece muy bien, así me imagino que tienes tu propio espacio, no vives con un control de tu horario y además si trabajas para sostenerte, sabes lo que significa sudar el pan de cada día, eso a mi juicio te hace una chica muy especial

- Gracias - dice Amaia, mira al suelo y se sonroja un poco, se siente halagada que un chico le hiciera esa clase de cumplido, estaba más acostumbrada al tipo de piropos que hacían referencia a sus ojos o a su cuerpo, pero pocas veces había sido halagada por su entereza-

En ese instante Jhonatan contempla el número que está pegado sobre la puerta del piso de Amaia, '802', escrito en letras grandes y negras, al lado estaba escrito 'Amaia Etxebarría', con una Ikurriña pintada con crayones para dibujar, de los típicos que utilizan los niños para colorear los libros infantiles. Se dibuja una expresión de nostalgia en su rostro, por su cabeza pasan cientos de recuerdos, como si estuviera viendo una película en cámara rápida, pero ve imágenes, no vídeos, recuerda todo lo que había pasado en ese piso, la vez que había corrido desnudo por ese corredor, las veces que había llegado un poco borracho y no era capaz de encontrar el orificio de la puerta para introducir las llaves, el último día que estuvo allí, que partía con todas sus maletas dejando atrás una gran experiencia de vida, estar allí, en esos momentos compartiendo ese lugar y ese preciso instante con una bilbaína, significaba mucho para él. Finge una sonrisa mientras suspira, no quiere que Amaia le note su nostalgia, la mira a los ojos, ¡es tan bella!, tiene una ganas locas de abrazarla y de agradecerle de ser tan amable con él, pero se contiene. Mira de nuevo la puerta, no había cambiado nada en dos años que no la veía, en ese instante cae en cuenta que aún no ha hecho lo que venía a hacer, y decide pedírselo a Amaia.

- Me encanta la conversación que estamos teniendo Amaia -dice Jhonatan retomando el aliento- pero aún no he hecho lo que he venido a hacer aquí

- ¿Ah ,sí? y ¿qué es eso qué has venido a hacer? -replica Amaia un poco nerviosa y de nuevo con dudas de la procedencia de Jhonatan-

- He venido a tomarme una foto en la puerta de tu actual casa, ¿puedes creer que durante el tiempo en que viví aquí nunca lo hice?

- Jeje, si puede suceder, ¿quieres que te tome la foto?

- Iba a pedírtelo, ¿es que lees mis pensamientos?, sal de mi cabeza por favor - dice Jhonatan buscando animar el ambiente, ambos ríen mientras se miran a los ojos-

Jhonatan saca su cámara fotográfica del bolsillo y se la da a Amaia, no sabe dónde ponerse, ni que pose hacer, sólo quiere que salga su rostro y el número de la puerta, así que le dice a Amaia que le tome varias y que luego él ya escogería la mejor. Ambos tienen una extraña sensación de confianza, sienten como si se hubiesen conocido desde hace mucho tiempo, Amaia se mete muy bien en el papel de fotógrafa y empieza a decir las típicas frases que se ven en las películas cuando un fotógrafo famoso hace fotos a una modelo, '¡oh! si, la cámara te adora', 'más naturalidad', dice Amaia queriendo hacer reír a Jhonatan.

Después de haber tomado una docena de fotos, las miran y se ríen porque Jhonatan había hecho muecas graciosas. En esos momentos se miran a los ojos y paran súbitamente de reír, aunque están en silencio las miradas les son suficientes, ambos sienten que ese momento juntos puede acabar pronto, pero al mismo tiempo no sabían cómo expresarse para que no sucediera y poder continuar hablando. Eran las dos de la tarde de un frío sábado de octubre, Jhonatan no tenía nada planeado para esa tarde, simplemente quería recorrer por algunos de los lugares que había pasado buenos momentos durante el año en que vivió en Lyon, pero al mismo tiempo quería conocer mejor la nueva chica que se había cruzado, pensaba que era seguramente obra del destino lo que estaba viviendo en esos momentos.

Si se lo preguntasen, diría que Amaia se ajustaba perfectamente al tipo de chica que el encontraba atractiva e interesante, a pesar de que la conocía muy poco, sentía una fuerte conexión con ella, esa parte si no podría explicarla, sólo sabía que lo sentía. Amaia se sentía un poco cansada, había dormido en el suelo del estudio de su amiga, no era muy confortable pero al menos no había tenido que caminar media hora sola a las cuatro de la mañana para regresar a casa. Su cansancio parecía desvanecer al hablar con Jhonatan, de alguna manera siente que él tenía mucho qué contar y que quería que fuera ella quien lo escuchara, piensa que puede aprender mucho de él, no sólo porque ya ha hecho un año Erasmus en la misma ciudad, sino también porque era colombiano y estaba muy lejos de casa, seguramente tendría muchas historias que contar, eso lo podría utilizar para su carrera y para ella algo así es invaluable. Jhonatan, realmente deseando que ese encuentro no termine así, decide tomar cartas en el asunto y dice:

- Amaia, no sé que tienes planeado para luego, pero la tarde apenas comienza, tengo todo el tiempo libre para visitar la ciudad y me apetece mucho seguir esta conversación contigo, ¿te gustaría venir conmigo a la cafetería del frente y tomarnos un cafelito juntos?, venga, yo invito...

Amaia, sin pronunciar palabra alguna, reflexiona sobre la propuesta que acaba de lanzarse sobre la mesa, mientras que alterna su mirada entre su pie derecho y su pie izquierdo, se dice a si misma «la verdad que me gustaría mucho, pero y si lo que quiere es llevarme a un sitio donde pueda estar a solas conmigo y aprovecharse de mi... bueno eso lo podría haber hecho aquí mismo en este corredor, ¿qué le digo?, me parece un chico majo, guapo y es agradable hablar con él, pero seguro que querrá ligar conmigo y es muy probable que si le digo que si, luego intentará besarme, y cómo le digo que no, eso me da mucho palo, pero, ¿por qué tengo que pensar cosas tan negativas?, seguro que es alguien noble que realmente sólo le interesa tener una buena conversación y nada más, ¡qué dilema!», finalmente logra responder aunque con una voz muy titubeante:

- No lo sé Jhonatan, es muy probable que vengan luego unas amigas para tomarse un cola-cao conmigo

- Es evidente que no estás segura -continua Jhonatan para convencerla -, así que te propongo algo, quiero que me escuches bien antes de que tomes una decisión definitiva. Te propongo un trato, teniendo en cuenta que yo estoy en Lyon hasta el final de la tarde y que tú partirás de Francia al final del año escolar, podríamos dejar nuestra conversación como un encuentro casual

- ¿Un encuentro casual? -pregunta Amaia con sincera curiosidad-

- Si, si, un encuentro casual -continua Jhonatan con su discurso- que sólo tiene lugar en un día, no sé si ya has conocido alguna vez a alguien en un tren o en un bus durante un largo viaje, o mientras haces fila para entrar al cine o pagar tus facturas; pero te propongo que lo hagamos así, vamos a tomarnos ese café y luego nos despedimos sin darnos nuestros números de teléfono o alguna otra forma de información que nos permita contactarnos después, así, nos aseguraremos de que todo lo que nos digamos quede en este día y que con eso podamos abrirnos completamente, ya sabes, las típicas cosas que se le dicen a un extraño porque sabes que sólo por el hecho de no conocer tu pasado y porque potencialmente no conocerá tu futuro, sientes que puedes abrirte y contar todo lo que se te pasa por la cabeza sin miedo a ser juzgado, ¿qué te parece?

Para Jhonatan este encuentro casual significa la oportunidad de desahogarse de todos los sentimientos que había reprimido durante los años que llevaba viviendo en Europa, nunca ha hablado con nadie al respecto en detalle y siente que ésta era una magnifica oportunidad para hacerlo. Aunque Amaia le parece muy guapa, y podría aprovechar esta oportunidad para coquetear con ella, prefiere dejarla como el personaje que escucharía todo lo que él tiene que decir y que no lo juzgaría, un personaje que se encuentra en las sillas de un teatro, cayado y sin poder participar de lo que sucede en la tarima, un personaje que sólo escucharía y luego desaparecería del teatro, sin aplaudir, pero tampoco sin criticar, simplemente partiría sin decir palabra alguna.

Para Amaia, esta situación es completamente diferente, por un lado, aún no se saca la idea de que todo pudiera estar arreglado por su amiga y quiere llegar al fondo de ese entramado plan, por otro lado, le parece una situación pintoresca, se siente como si estuviera saliendo en la televisión y que hay cámaras ocultas en el corredor. Al apreciar una verdadera sinceridad en el rostro de Jhonatan, Amaia decide aceptar bajo la condición que se prometieran de que solamente sería un encuentro casual y que no pasaría a algo más, de esta manera ella podía estar más tranquila con respecto a que él no iba a querer volver a su piso al final de la tarde, no le apetecía entrar en una situación incomoda y tener que decirle que no.

- Me parece genial que aceptes, y te prometo que así va a ser - dice Jhonatan con su mano izquierda sobre su pecho y su mano derecha levantada-, aún tengo mucho qué preguntarte, pero también me honraría mucho que escuches mi historia de Erasmus, ya que al venir de nuevo a esta ciudad están todos mis recuerdos a flor de piel y me encantaría compartirlos contigo, además... ¿quién sabe?, a lo mejor puedas aprovechar algo de mi experiencia para sacarle el mayor provecho a la tuya...

Capitulo 2
La vida Erasmus

Una vez en la cafetería, Jhonatan le pregunta a Amaia lo que quiere tomar mientras le acomoda la silla para que ella se siente. A Amaia le apetece un café, y Jhonatan prefiere pedir un chocolate caliente para combatir ese frío que le entra por los huesos. Jhonatan se sienta al frente de Amaia, tiene una ventana en su lado izquierdo, por la cual puede ver cuándo viene o se va el tranvía, además puede ver pasar la gente con esa típica postura incomoda para evitar que el frío les entre por los pliegues de la ropa. Jhonatan no puede impedirse recordar e imaginar, es algo que no puede controlar, simplemente le llega a la mente todo lo que hizo o pudo haber hecho durante su estancia en Lyon tres años en el pasado, nota que el paisaje había cambiado muy poco, pero es consciente de que no ve las cosas bajo los mismos sentimientos, por lo tanto, los sonidos, las imágenes, los olores eran ligeramente diferentes bajo su nueva percepción de Lyon. Amaia, queriendo romper con ese silencio incomodo, interrumpe a Jhonatan durante su meditación

- Bueno Jhonatan, creo que te he contado algunas cosillas de mi, pero aún sé muy poco de ti

- ¡Ah! ¡ehm!, ¡ah! si, si, lo siento Amaia - dice Jhonatan mientras reacciona y vuelve en si- me he quedado obnubilado entre los recuerdos, definitivamente me encanta esta ciudad. ¿Nunca te ha pasado de poder ver imágenes, sentir frío o calor, relajarte o estresarte, reír o llorar, con tan sólo un olor o con una de tus canciones preferidas?. Son como **marcadores de páginas** que tienes programados en tu cabeza para reaccionar de cierta manera a esos estímulos y que te llevan a esas 'páginas' de tu vida en las que creaste un momento para recordar, seguro que los perros de Pávlov[3] saben eso mejor que nosotros. Te lo puedo explicar fácilmente, por ejemplo la sensaciones y los recuerdos que tenemos cada uno sobre el mes de diciembre y las fiestas que tienen lugar. Para ti seguramente la navidad representa frío, castañas, árbol de navidad, luces, noche familiar, vacaciones de mitad de curso, exámenes y probablemente en lugar de Papá Noel tengas la tradición del Olentzero (personaje vasco que trabaja en una mina de carbón y trae los regalos el día de la natividad). Es posible esos pensamientos, imágenes e incluso la sensación de frío te vengan súbitamente en el momento en que huelas castañas asadas. En cambio, para mi, la navidad hasta hace unos años representaba mucha comida, bailes entre vecinos, reuniones familiares, pero el frío no entraría en mi pensamiento porque en Colombia no tenemos estaciones, incluso podría pensar en estar en la piscina, al aire libre con 27°C de temperatura (o incluso más), un veinticinco de diciembre después de una buena fiesta, el sólo hecho de escuchar una típica canción de diciembre me transporta a todos esos momentos en los que esperaba y desesperaba a que llegara Papá Noel a traer los regalos, ¡uf! - Jhonatan se detiene de hablar y respira profundamente- Para mi los marcadores de página más fuertes son creados con la música. Desde de la antigüedad, los griegos ya sabían que la música influencia sobre el cuerpo y al mismo tiempo sobre la mente. Modifica

[3] Pávlov es conocido por formular la ley del reflejo condicionado, que desarrolló entre 1890 y 1900 después de que su ayudante observara que la salivación de los perros que utilizaban en sus experimentos se producía ante la presencia de comida o de los propios experimentadores, y luego determinó que podía ser resultado de una actividad psíquica. Realizó el conocido experimento consistente en hacer sonar una campana justo antes de dar alimento a un perro, llegando a la conclusión de que, cuando el perro tenía hambre, comenzaba a salivar nada más oír el sonido de la campana.

nuestras ondas cerebrales. Cuando estamos relajados nuestras ondas cerebrales son más lentas, y si estamos en una actividad agitada, las ondas cerebrales se aceleran. Sin importar la cultura, la raza o la historia, una música con un tempo de sesenta golpes por minuto puede ser la música más agradable para relajarse porque corresponde al ritmo cardiaco en reposo. Yo mismo escojo cuándo quiero crear un marcador de página, ya sea porque el momento que estoy viviendo amerita ser recordado o bien para luego utilizarlos si estoy triste o quiero pensar en otras cosas. La música es mi mejor arma para ello, de esta manera escojo no sólo el ritmo más adecuado, también las letras que tengan más significado en ese momento para la página que quiero marcar, así puedo crear un marcador de página que se me aferra a la piel como una garrapata y que es muy difícil de sacar. -Hace una pausa y luego continua- ¿qué quieres saber de mi?

- Eres un chico muy curioso - dice Amaia mientras sonríe- pero a la vez eres muy interesante, al parecer tienes mucho qué contar. Bueno, creo que me toca el papel de poli malo que interroga al sospechoso, ¿no? - ambos ríen pero Amaia hace gestos de estar seria para entrar en su papel- ¡Uhm!, no lo sé, ¿por qué has venido a Francia?

- La pregunta del millón de dólares, bueno la verdad es una larga historia, pero ya que estamos...

Esta parte está narrada por Jhonatan

"He estudiado ingeniería en Colombia, en Medellín, una ciudad en el occidente del país, allí vivía con unos amigos en un apartamento y trabajaba a medio tiempo en la universidad para pagarme mis estudios y la vida en general. Durante mi pregrado (licenciatura) no tenía grandes planes para salir al extranjero, bueno no muchos, pero la idea no me era indiferente, pensaba que si algún día me iba al extranjero sería a Estados Unidos y seguramente a trabajar, no a estudiar. En Co-

lombia, el estudio de un postgrado, es decir, de una maestría o master como son conocidos en Europa, no está subvencionado por el gobierno, por lo tanto, un año de estudios te puede salir por cerca de cinco mil euros, una cantidad muy grande si la conviertes a pesos colombianos.

Yo vengo de una familia de clase media, mis padres se divorciaron cuando yo estaba muy pequeño y después del divorcio mi padre olvidó que tenía hijos, dejando a mi madre con la responsabilidad de educarnos a mi hermana y a mi. El impulso de sacarnos adelante y poder asegurarnos un estudio estable la hizo buscar trabajo por todos los rincones de Colombia. En mis veinticuatro años de vida, he vivido en más de treinta casas, en nueve ciudades y en tres países diferentes, es por eso que desde muy pequeño comencé a comprender que el mundo es más grande que lo que pueden ver nuestros ojos, es tan grande como tu lo quieras ver o incluso imaginar. A menudo, cuando conozco a alguien por primera vez aquí en Francia y me preguntan de donde soy, digo que soy ciudadano del mundo, que las fronteras políticas son cosas que hemos inventado a raíz de nuestra tacañería y de tener lo mejor para cada uno sin pensar en los demás. Me parece muy hipócrita el comportamiento de los países de occidente con respecto a la inmigración de los países 'tercermundistas' como les llaman. Muchas veces se jactan de ser justos y de tener las mejores políticas internacionales, además de pensar que viven las mejores condiciones posibles. Pero no se dan cuenta de que si son países ricos es gracias a lo que han tomado de los países que ahora rechazan.

En las tierras en las que yo nací, los nativos sufrieron mucho durante la época de la conquista y colonización, fueron torturados, violados y robados, ¿con qué cara vienen ahora a negarnos la entrada en su territorio?, ni siquiera emigran aquí para reclamar lo que ha sido robado, la cultura, las costumbres, las creencias, los mitos, las leyendas... la mayoría de la emigración viene como consecuencia de la propaganda con la que se nos bombardea constantemente en nuestros países, diciendo que la vida aquí es semejante a la de un paraíso, se emigra en búsqueda de una mayor comodidad y de una solvencia eco-

nómica que nos aseguran que en nuestros países nunca existirá. Europa intenta cerrarse en una muralla y pretende alejar todo esos 'rezagados', producto de sus conquistas, quiere vivir en una mentira mientras cierra los ojos a las consecuencias de sus actos. Esa situación me hace pensar mucho a la historia escrita por Edgar Allan Poe, 'La máscara de la muerte roja', en la que cuenta que el príncipe Próspero, muy feliz, intrépido y sagaz, pretendía alejar la peste de la muerte roja encerrándose en una de sus abadías fortificadas, sus esfuerzos fueron en vano pues la peste logró entrar a su fortificación matando poco a poco a todos los que allí vivían, la muerte roja terminó por dominarlo todo.

El hecho de ser de una familia de clase media en Colombia te cierra las puertas del mundo. Cualquier persona de mi familia, y en este caso no me refiero únicamente a mi hermana o a mi madre, sino mis tíos, mis abuelos, mis primos.... para salir del país se necesita un visado (que es rechazado el noventa y ocho por cien de las veces) para casi el noventa por cien del planeta, bueno tal vez estoy exagerando, pero por lo menos, para el cien por cien de los países de occidente necesitamos visado para poder al menos subirnos en un avión que se dirija al 'primer mundo', ya luego los controladores de los aeropuertos extranjeros pueden negarte la entrada al país simplemente porque no le gusta la manera cómo vas vestido o porque no les caes bien, sobretodo en EUA.

La fama que nos ha hecho la droga desde finales de los años ochenta está teniendo sus consecuencias hoy en día. Cuando estás en un aeropuerto y saben que eres colombiano, casi de inmediato comienzan las miradas sospechosas, y es muy común que te revisen dos o tres veces tus maletas. No sabes la suerte que tienes, Amaia, de tener un pasaporte español, así te moleste que diga que naciste en España y no en Euskal Herria, ese pequeño librito te abre las puertas del mundo, sólo te hace falta salir y volar.

Si le preguntas a alguien dónde está su casa, su hogar, muchas personas responderán a esa pregunta diciendo la casa donde crecie-

ron y vivieron toda su vida, en donde tienen a sus amigos que conocen desde que estaban pequeños o al menos adolescentes, yo respondería que en La Rochelle donde vivo ahora y donde tengo mi vida de todos los días. Nunca tuve un amigo cercano por más de cuatro años seguidos, es verdad que ahora hablo con algunos que conocí cuando era adolescente o cuando estaba en la universidad, pero no puedo decir que son amigos de toda la vida. Mi condición de trotamundos me deja esa consecuencia, el hecho de haber vivido en tantos lugares y haber cambiado constantemente de residencia me impidió hacerme la definición clásica de hogar. Aún me cuesta ver cómo tantas personas en estos países del 'primer mundo' echan raíces y no se mueven de sus pequeñas madrigueras, o se aprovechan de su posición para engañar inocentes inmigrantes prometiéndoles que se van a casar con ellos para que puedan quedarse y al final los estafan....

Bueno... continuando... en la maestría que yo quería seguir, sólo había una beca, es decir, sólo se asignaba a una persona. Dicha beca te pagaba todos los gastos de matricula. Para poder atribuir la beca a alguien, se hace un proceso de selección, el cual comprende de un examen de inglés, tu hoja de vida o CV, y lo más importante, tienes que presentar un proyecto que desarrollarás durante tus años de estudio en la maestría. En la época que me estaba presentando, también estaba terminando mi pregrado y eso significa que estaba haciendo mi proyecto de grado, no tenía mucho tiempo para hacer otro. En el examen de inglés me fue bien, también tenía la ventaja que ya había trabajado en varios proyectos con profesores que hacían parte de la maestría, entonces mi CV tenía buenas referencias. Pero el problema vino cuando presenté mi proyecto ante el director de la maestría y nuevo profesor que acababa de llegar de EUA.

Mi proyecto se centraba en producir energía a partir de los desechos orgánicos domésticos por medio de un proceso físico, no quiero aburrirte con términos científicos, pero dejémoslo en que el director de la maestría trabajaba en algo parecido pero por un medio biológico y no físico. Yo creo, pero es mi interpretación personal, que el director de la maestría se sintió amenazado por el tema de mi proyecto, me hizo preguntas bastante fuertes e incluso me dijo que dudaba que pudiera tener al menos una publicación científica internacional (en estos momentos tengo cinco). Las consecuencias de dicha presentación se vieron en el resultado del proceso de selección, quedé segundo y por lo tanto no conseguí la beca. Durante el tiempo que estaba haciendo la investigación bibliográfica para presentar el proyecto de maestría, me di cuenta que en Francia se investigaba sobre el tema y así, tan de repente como me he dado cuenta que no tenía beca para la maestría, cuando recibí mi diploma de ingeniería decidí venirme a Francia a probar suerte.

En esos momentos lo máximo que sabía decir en francés era 'bonjour' y la mítica frase 'voulez-vous coucher avec moi?, ce soir?', pero ni siquiera sabía cómo se escribía. Si quería venir a Francia el mismo año, tenía que pasar el examen DELF B1, eso significa tener un nivel medio bajo para poder aplicar a un Master en ciencias, sólo tenía tres meses para conseguir ese nivel. Los estudios en la alianza colombo francesa son muy lentos, un solo nivel puede tardar hasta un mes y medio, dependiendo de la intensidad, además de que el precio está por encima de los cien euros mensuales, un precio que obviamente no podía pagar.

No tenía nada de dinero ahorrado porque acababa de terminar mis estudios de pregrado y lo poco que ganaba trabajando en la universidad era para pagar mis estudios y mi vivienda en Medellín. Decidí buscar empleo en lo que me resultara y a tiempo completo para poder ahorrar dinero al máximo. Conseguí un trabajo como jefe de inventarios de los laboratorios de química en la facultad de ciencias en la universidad. No era lo mejor pago, pero al menos podría dejarlo cuando quisiera partir a Francia. En cuanto al francés, logré conseguirme un libro de estudios de nivel básico, el cual fotocopié para tenerlo en mi colección personal. Mi rutina se convirtió en levantarme a las 4:30 a.m para estudiar un poco del libro que había fotocopiado, mientras escuchaba música en francés que había bajado de internet. Luego me pre-

paraba para ir al trabajo y caminaba tres kilómetros de ida hasta al universidad, de esa manera me ahorraba el pasaje de bus. Durante las horas de trabajo tenía que ir revisando el inventario de los laboratorios, ver si todo el equipo que aparecía en las listas estaba presente. En la pausa de medio día, me iba al césped a comerme mi almuerzo hecho en casa y a leer un poco más del libro de francés. Una vez llegaba a casa, encendía la tele y ponía el único canal en francés que tenía la compañía de cable que contratábamos con mis amigos de apartamento. Estaba decidido a aprobar el examen de francés y es por ello que me expuse a una atmósfera cien por cien franco parlante, hasta cierto punto quería sentirme ya aquí, y actuaba como si así fuera, eso me ayudaba mucho a visualizar el examen para poder aprobarlo sin mayor contratiempo.

El día del examen llegó, yo estaba un poco nervioso pero con plena seguridad de que todo iba a salir muy bien, venir a Francia se había convertido en un sueño, pero más que un sueño, en un gran proyecto para mi carrera profesional. Cuando llegué a la Alianza Colombo francesa de Medellín, que era el sitio donde iba a hacer el examen, me senté en la sala de espera, habían cinco personas esperando también para hacer el examen. A mi lado había una chica, se le notaban los nervios y no paraba de leer un libro y sus apuntes. Al ver que los nervios se estaban apoderando de ella, decidí hablarle para que se calmara un poco y al mismo tiempo para calmarme yo. La chica me contó que había hecho dos años de estudios de francés y que se iba a presentar al mismo examen que yo, ¡¿dos años?!, yo sólo llevaba tres meses estudiando por mi cuenta y pretendía obtener el mismo diploma que una chica que llevaba dos años. Respiré profundo y me convencí de que yo tenía los conocimientos suficientes para lograr pasar el examen, de nuevo me visualicé en Francia y visualicé el momento en que me dirían que había aprobado el examen. Como ya lo sabrás, en el examen DELF consta de cuatro partes: oído, redacción, interpretación de lectura y la última, hablar. En la prueba de interpretación de una conversación pregrabada, puedo ser sincero y decir que entendí la mitad de lo que decían, confundía las voces y me era my difícil entender los números que decían, que eran precisamente parte de las preguntas más importantes. En la parte escrita e interpretación de lectura, me fue muy bien, me había entrenado bastante bien para ello con el libro que había fotocopiado, además de otras pequeñas lecturas que había conseguido en la biblioteca de la universidad.

Me faltaba la entrevista para que me evaluaran mi capacidad de conversación, ¡era con un francés!, ¡uf!, cuando me enteré mis rodillas no paraban de temblar, nunca había hablando francés en mi vida, la única experiencia que había tenido cercana a hablar francés era cuando cantaba en la ducha las canciones francesas que me había bajado de internet, pero nunca había tenido un conversación con alguien más. La dinámica de la entrevista con el francés se trataba de hacer un juego de rol, cinco minutos antes nos daban un papelito donde nos describían la situación. El mío se trataba de que yo estaba haciendo una fiesta muy ruidosa y sin mesura, mi entrevistador era un vecino enojado que quería que apagara la música o iba a llamar a la policía. Al entrar al salón donde iba a ser evaluado, le dije al chico con mi francés rústico que estaba muy nervioso, que era la primera vez que hablaba francés con alguien. El chico me preguntó por qué era la primera vez y que dónde había aprendido, le conté que yo era autodidacta y que había aprendido por mi cuenta, bueno al menos eso intenté decirle. Después de la pequeña explicación, el chico me pidió que entráramos en materia, le dio un vistazo rápido al tema que me había tocado y me pidió comenzar, hizo el gesto de estar tocando la puerta de mi casa y yo le seguí el juego haciendo gestos de que la abría.

¡Uhm, euhm!, fueron las primeras palabras que salieron de mi boca, no sabía qué decir, por mi mente me pasaba el pensamiento de que debía sacar una buena nota para compensar al menos un poco la prueba de oído... Por fin salió una palabra en francés... 'Bonjour, voisin', «vaya algo interesante», pensé mientras me estaba escuchando hablar en francés por primera vez, y me gustó mucho cómo sonaba, eso hizo que mi pulso se relajara y las palabras empezaron a llegar, al

final de la situación logré convencer a mi pseudo vecino de que entrara a mi casa a hacer la fiesta con nosotros... soy consciente de que hice muchas faltas hablando y de que me inventé una que otra palabra, pero salí muy contento del salón con plena confianza de que aprobaría el examen. Me sentí como un niño pequeño que apenas estaba empezando a hablar en la lengua de sus padres, pero la sensación era muy divertida.

Los resultados tardaban tres semanas en salir, fueron las tres semanas más largas de ese año, no podía esperar a que salieran los resultados. Una vez pasaron las tres semanas, los resultados aún no estaban en internet, así que decidí llamar a la alianza directamente para saber qué había pasado, el hombre que me contestó, me dijo que apenas las estaba escribiendo para poder ponerlas en línea, pero me dijo que le dijera mi nombre y así él podría decirme el resultado... Así lo hice, él empezó a buscar, balbuceaba varios nombres que comenzaban con la misma letra que el mío y me dijo, lo siento pero no veo ningún Jhonatan, le dije que mirara bien, que yo estaba seguro de que estaba en la lista, paró de leer y dijo '¡ah si, aquí está!, el resultado es'... en esos momentos mi corazón latía muy fuerte, mi mirada se había nublado completamente, mis manos sudaban hasta el punto de que se me dificultaba sostener el teléfono, era como si hubiese sido víctima de una intoxicación deliberada y el veneno comenzaba a hacer un gran efecto en mi, me resultaba difícil tenerme en pie... 'el resultado es aprobado', salté de la alegría, era una emoción increíble, había logrado tener un nivel intermedio en tres meses, era sin duda, un gran logro...

Lo primero que hice fue llamar a mi madre y en medio de risas y euforia le logré contar de que había aprobado el examen, ella me felicitó y me dijo que estaba muy orgullosa de mi. Lo que no sabía era que mi odisea para lograr venir a Francia aún no acababa allí, es más, podría decir que apenas comenzaba. Aún no sabía en donde iba a estudiar el master y cómo podría contactar la universidad que me interesara. Me dirigí a la alianza, allí tienen un espacio especial dedicado a los estudiantes que quieren continuar sus estudios en Francia. La chica en-

cargada era una francesa que se llamaba Elodie François, una chica muy simpática que había ido a Colombia porque le atraían las culturas tropicales y en especial Colombia porque sus padres habían ido una vez a Cartagena de vacaciones cuando estaban jóvenes y les había encantado la ciudad. Me explicó que en Francia el estudio universitario se hace por años, no como en Colombia que se hace por semestres. El año escolar comienza al final del verano y las admisiones se hacen hasta finales de junio. En Francia hay dos tipos de master, uno es el master en investigación, el cual está perfilado para estudiantes que piensan seguir sus estudios de doctorado y dedicar su vida a la investigación, el otro es el master profesional, que está designados a las personas que planean trabajar en alguna empresa o industria después de terminar el master.

Desde que comenzaron a meterse en el sistema LMD (licenciatura, master, doctorado), habían divido los años posibles para estudiar los master, es decir, puedes entrar al M1 (primer año de master) y luego cambiarte a otro y hacer M2. Teniendo en cuenta que yo había hecho cinco años de estudios de ingeniería, podía presentarme directamente al M2. Los master constan de un semestre de estudios teóricos y el otro semestre de practicas o 'stage' como se conoce en francés. Elodie era estudiante de artes, así que no tenía mucha información de dónde podría hacer el master que me interesaba, es decir, un master en ciencias del medio ambiente. Pero me dijo que conocía un chaval que era ingeniero y que había estudiado en el INSA de Lyon, me dijo que era una escuela de ingenieros bastante reconocida y que seguro que allí encontraría el master que quería hacer. Consulté en internet y efectivamente encontré un master en investigación sobre ciencias del medio ambiente urbano e industrial, de inmediato me puse en contacto con ellos.

El gobierno francés en su política, nos exige a los estudiantes de los países fuera de la Unión Europea tener por lo menos seis mil euros en una cuenta bancaria para asegurarse de que podemos seguir nuestro año de estudio sin problemas y no vernos obligados a trabajar, ade-

más nos exige ciertas formalidades, como por ejemplo pasar una entrevista por campus France, en la que se nos evalúa nuestro nivel de francés, se hacen preguntas de por qué escogimos Francia para estudiar, y nos hacen firmar un acuerdo en el que aseguramos que volveremos a nuestro país de origen una vez terminemos nuestros estudios. Durante el tiempo que había trabajado en inventarios de los laboratorios de química de la universidad, sólo había logrado ahorrar ocho cientos euros en total, no era ni un sexto de lo que me pedían para poder aplicar al visado. Así que fui a pedir consejo a la oficina de relaciones internacionales de la universidad. Ellos me hablaron de la existencia de varios tipos de becas, las Eiffel (Egide), las CEF, entre otras o incluso la posibilidad de hacer prestamos con el Icetex, una entidad del gobierno colombiano que hace prestamos a muy bajos intereses para los estudiantes, pero había escuchado rumores sobre esos prestamos, como por ejemplo, profesores que aún estaban pagando su préstamo, entre otras cosas.

En la mayoría de las becas, el plazo para presentarse para ese año ya había cerrado, además me pedían constancia de estar inscrito en el master, teniendo en cuenta que apenas estaba empezando a hacer lo necesario, era evidente que aún no tenía esa clase de papel. La única beca a la que podía aplicar aún para ese mismo año era la beca CEF, que se ofrecía a estudiantes de intercambio y la cual te daba cuatrocientos euros mensuales, te ayudaba con la mitad del pasaje para viajar a Francia, eso seria suficiente para poder entrar en las formalidades del visado. Llené todos los formularios y busqué todos los papeles que me pedían para aplicar a la beca, entre los cuales necesitaba mi diploma de ingeniero, las notas que obtuve en todas las materias (traducidas al francés por un traductor oficial), entre otros. El proceso de asignación de la beca consistía en una preselección de la universidad, luego otra preselección a nivel nacional y sólo un pequeño grupo pasaba a la etapa final que era una entrevista en la embajada en Bogotá. Yo pasé los dos primeros filtros, al parecer porque mi hoja de vida sorprendía mucho, el hecho de haber acabado de cumplir 20 años y ya ser ingeniero les gusto mucho a los pre-seleccionadores.

El día de la entrevista en la embajada llegó, yo estaba aún más nervioso que el día del examen DELF, en esta entrevista ya no iba a ser un joven él que me entrevistara, sino alguien mayor y no sé iba a tratar de un juego de rol, sino de mi propia historia y de mis capacidades para expresarme en francés. Para ir bien presentado le pedí a un amigo que me prestara su traje y corbata, me llevé mi reproductor y no paré de escuchar música en francés durante todo mi tiempo de espera. Una vez me llamaron, me puse de pie, respiré profundo y me dirigí a donde me habían señalado. Dentro de la oficina, vi una señora ya entrada en años, sentada y mirándome fijamente a los ojos. Me dijo que tomara asiento y comenzó a preguntarme sobre mi vida, me preguntó por qué quería ir a Francia, si ya había ido alguna vez, y la pregunta que yo creo que era la clave de la entrevista. 'Que feriez vous au cas où vous n'obtenez pas la bourse? (¿qué haría usted si no consigue la beca?'), lo único que se me vino a la cabeza fue decirle que encontraría cualquier otro medio para viajar, así sea un préstamo en el banco, pero no iba a rendirme hasta conseguirlo, bueno al menos era lo que me decía en el pensamiento mientras intentaba traducirlo a mi limitado francés, la verdad no sé si me habrá entendido, en todo caso antes de salir y despedirme le dije que me disculpara por mi francés tosco pero que era la segunda vez que lo hablaba en toda mi vida. La señora no hizo ningún gesto y me dijo 'au revoire'. La verdad que salí un poco decepcionado de allí, no sentía la misma confianza que sentí cuando salí de la entrevista del examen, era simplemente otra sensación.

Una semana después recibí una llamada de la oficina de relaciones internacionales de la universidad, me dijeron que ya tenían los resultados de la beca y que lamentablemente no me la iban a dar, sin más palabras, la chica colgó el teléfono... por un momento sentí cómo la imagen de verme en las bases de la Torre Eiffel se desvanecía, la sensación de oír francés en las calles, de probar el famoso beso francés, todo se desvanecía lentamente, veía cómo iba a tener que trabajar unas años más, dejando mis estudios a un lado para poder cumplir ese nuevo sueño de estudiar en Francia. Eso me hizo pensar en la gente que tiene que hacerlo por la falta de apoyo del gobierno, pero sobretodo porque se nos juzga sin conocernos, y aún peor, se nos trata como si fuéramos algo indeseado, es como si tu recibieras a alguien a comer en tu casa pero antes de que entre, le dices que apenas termine de comer, por más que te haya ayudado a cocinar, o limpiar la casa, o ayudarte en cualquier cosa, sin importar lo que haya hecho, tendrá que irse inmediatamente y no volver... Tomé aire, y aún aferrándome a mis pensamientos de Francia, me dije que eso no iba a detenerme, tal y como se lo había dicho a la señora, sentía que ya había matado el tigre y no podía asustarme con la piel, era el momento de actuar y no de sentarme a llorar.

Le conté a mi familia sobre lo sucedido y todos me dieron su apoyo moral. Cuando hablé con ellos, me enteré que por esos días un hermano de mi abuela había vendido una casa y que planeaba invertir el dinero en diferentes negocios, al ver una gran oportunidad, le dije a mi abuela que quería ir a hablar con él para hacer un trato. Le propuse que me prestara el dinero por unos días, el tiempo que fuera necesario para obtener el visado, una vez lo obtuviera le devolvería el dinero íntegro. El hermano de mi abuela aceptó, ¡Qué alegría, podría al fin aplicar a un visado de estudiante!. Llené todos los papeles que debía, hice todo lo que tenía que hacer, entrevista en Campus Frances, ir de nuevo a la embajada y finalmente obtuve el visado sin mayor contratiempo, la tarde misma en que lo tuve en mis manos, le devolví el dinero al hermano de mi abuela. Aún no había contado con un pequeño detalle, ¡los billetes de avión!. Las tradiciones en Colombia, nos hacen personas muy familiares, al menos ese es el caso en mi familia, hablé con todos, e hicieron un teletón entre ellos para poder pagar los billetes, me los regalaron como fruto de mis esfuerzos pero también como regalo de graduación de ingeniería, seis meses después, pero fue el mejor regalo que pude tener. Así los ochocientos euros que había logrado ahorrar sería exclusivamente para gastar una vez llegara a Lyon"

Amaia tiene sus ojos bien abiertos y mira directamente a Jhonatan, ya su postura de 'poli preguntón' ha desaparecido para pasar a una más cómoda, en la cual pudiera escuchar mejor, le interesa mucho la historia de Jhonatan y le gusta la manera como la cuenta, los gestos que hace y las miradas perdidas hacia el suelo buscando las palabras apropiadas para contarla. Ya no sólo lo encuentra atractivo físicamente, sino que también empieza a querer indagar más sobre la historia de aquel chico que aseguraba haber vivido en su mismo piso y que hablaba de su vida como si él mismo estuviera maravillado y agradecido de poder vivirla, sin presunciones ni vanaglorias. Aún tiene en el pecho un poco de ese sentimiento de desconfianza hacia Jhonatan, pero considera que si se acaba de inventar la historia que le había contado, tenía que ser un mentiroso de primera clase o realmente haberlo tenido todo planeado para poder conocerle de manera 'casual', así que decide que le haría una pregunta 'trampa', «¡Qué divertido!», piensa mientras se da cuenta del reto que se había acabado de poner, quiere pillarlo en caso tal que lo hubiese planeado todo, el problema es que aún no se le ocurría cuál pregunta sería la indicada.

- Vaya una historia Jhonatan, es una pena que no hayas conseguido tu beca

- ¿Una pena?, claro que no, todo lo contrario, estoy muy feliz de no haberla conseguido. Ya muy bien lo decía ese viejo sabio del que siempre olvido el nombre, 'cuando una puerta se cierra, una ventana se abre', y en este caso ha sido una ventana enorme. Todo depende desde el punto de vista que lo mires, y créeme que prefiero pensar que no existe la derrota, sólo existen experiencias que te enseñan a ser mejor, qué sería de Bill Gates si IBM no lo hubiese rechazado cuando quiso trabajar para ellos. Además, me encanta la vida en Francia y ahora estoy trabajando en el tema que presenté como proyecto para la maestría en Colombia, pero, ¿sabes qué es lo mejor? que me pagan por pensar y escribir, eso para mi no tiene precio

- ¿Y no se te ha dado muy difícil aprender francés? -continua Amaia con su interrogatorio-, ¿ya sabías hablar antes de venirte?

- Como te lo he dicho antes, no, sabía muy poco, lo básico para que me recibieran en el master que vine a hacer a Lyon. Tenía muy poco vocabulario, pero eso si, tenía muchísima disposición para aprender

- ¿Me has dicho que habías hecho aquí tu Erasmus? -pregunta Amaia un poco confundida-, ¿por qué dices, entonces, que no tenías beca?

- Bueno, cuando digo que tuve mi año Erasmus, me refiero más al estilo de vida, por el hecho de conocer gente de nuevas culturas, salir muy seguido de fiesta, aprender un nuevo idioma, yo me vine con los ojos cerrados, ochocientos euros en el bolsillo y a probar suerte...

- Entonces, si llegaste con poco dinero, ¿cómo le has hecho al principio para las clases y la vida en general?

"Mi llegada a Francia fue complicada, pues encontrar donde alojarte no es cosa fácil, mucho menos si vienes desde el otro lado del Atlántico. Así que, lo que me ha quedado más fácil de encontrar después de varios consejos que recibí de una chica que trabaja en la alianza es llegar a un hostal o albergue de jóvenes, como es conocido en Francia. Allí compartía habitación con un francés muy simpático que se llama Máxime. Él es un chico muy inteligente, pero lo que tiene de inteligente lo tiene de perezoso. Nació en un pueblito no muy lejos de París, toda su vida le había fascinado la belleza de los paisajes y las combinaciones de los colores, era fanático de los atardeceres y de lo que él denominaba 'la belleza escondida de las cosas'.

Aseguraba que podía ver en los objetos, detalles que otras personas no podían ver. Su padre, siempre quiso tener un hijo abogado, así que desde pequeño, le inculcó la idea de que estudiara derecho en París, después de que presento el BAC, Maxime aplico para todas las universidades Parisinas en las que se ofrecía derecho, fue aceptado, pero su primer año le fue fatal. Ese 'fracaso' genero mucha cólera en él y decidió revelarse, habló con su padre y le dijo que él no quería estudiar derecho, no le interesaban la leyes y los políticos mucho menos, lo que él quería, era estudiar fotografía. Su padre con un poco de recelo aceptó la decisión de su hijo. Maxime buscó en varias universidades de Francia para ver la mejor opción, como una casualidad, por los días que estaba buscando, un amigo suyo lo invitó a una fiesta en la que conoció una chica que estaba estudiando fotografía en Lyon, terminó la noche en la cama con la chica (tiene muy buenas habilidades para conquistar, al menos por una noche) y al día siguiente aplicó para fotografía en Lyon II.

Cuando lo conocí, él no sabía hablar nada de español y tenía unas pocas bases de inglés, ya te imaginaras las conversaciones tan divertidas que tuvimos al conocernos, no podíamos entender completamente lo que decíamos, sólo los gestos nos funcionaban. Así que me eché un amigo muy fiel, mi diccionario de bolsillo, cualquier palabra que no conocía o aquella que cuando la decía, generaba en Maxime ese gesto típico de inclinar un poco la cabeza y unir las cejas queriendo decir que no se ha enterado de nada, la buscaba en el diccionario y se la señalaba para que él me ayudara a pronunciarla. Teníamos muchos pensamientos y filosofías en común, él aseguraba que no se parecía a ningún francés de su edad, pues la mayoría son mojigatos que creen que la vida es una novela dramática. La principal idea que compartíamos era que somos dueños de nuestro destino y que todo lo que nos sucede es porque así lo queremos, ya sea por una manera consciente o incluso inconsciente. En la que más nos alejábamos era la idea de la mujer y del amor, puedo aceptar que hubo una época en que pensé igual que él, pero mi experiencia me hizo cambiar de opinión.

He tenido mucha suerte en conocerle, pues en la mayoría de los ámbitos en los que me desenvolvía a mi llegada, los franceses me hacían mala cara cuando yo les hacía repetir porque no entendía nada de lo que me hablaban, es que muchos ni siquiera hacían el esfuerzo de hablar un poco más despacio. Algunos otros, cuando les hablaba, me pedían que se los dijera en inglés, pero les mentía argumentando que no sabía hablar inglés, para poder practicar mi francés. Hasta cierto punto, yo había previsto ese pequeño percance, así que, para evitar tener problemas durante las clases del Master, decidí venir a Francia un mes antes del comienzo del año escolar, para poder educar un poco el oído y al mismo tiempo tener la capacidad de sostener al menos una conversación básica sin hacer repetir a la otra persona, y aún más, sin que yo titubeara mucho mientras hablaba.

Puedo decir que Maxime fue mi guía en esta ciudad, él acaba de llegar también a Lyon y la conocía poco, pero tenía una gran ventaja sobre mi, sabía a la perfección francés y además conocía la dinámica de las grandes ciudades francesas. Había llegado un mes antes del comienzo de las clases, pero él lo había hecho para encontrar piso porque, como ya te lo había dicho antes, no es tan simple encontrar uno aquí y mucho menos al final del verano. Durante su búsqueda, encontró uno genial, súper bien ubicado y además por un precio muy abordable. Mientras buscaba vivienda, Maxime conoció mucha gente para compartir piso y se hizo amigo de varios de ellos. La primera vez que salí de fiesta en Francia, fue con él y con uno de los chicos con los que Maxime iba a vivir. En la fiesta sólo había una persona que hablaba un poco de español y era una chica que había ido a Argentina una vez, estudiaba comercio internacional y cada año hacía sus prácticas en el extranjero, ya hacía tres años que había ido al país sudamericano, así que su español, a falta de práctica, se había reducido mucho. Me sentí fuera de lugar, no entendía casi nada de lo que se hablaba, además, soy muy tímido y no me atrevía a hacer el ridículo en frente de tantas personas que apenas acababa de conocer. Puede que te suene un poco heterodoxo, pero el alcohol me ayudo a soltarme un poco, es evidente que no me refiero a llegar a beber tanto que ya ni tu lengua te responde, sino llegar a ese puntillo en que ya no sientes tanta vergüenza y logras pensar más rápido en una lengua extranjera. El caso es que con unas cuantas copas, comencé a hablar durante la fiesta y al final terminé por lo menos por intentar decir unas cuantas cosas sin miedo a que se burlaran de mi, y efectivamente, me felicitaron por el evidente esfuerzo que hacía para hablar francés. Ahora que lo cuento de esta manera, creo más bien que el alcohol es tan sólo la excusa que le daba a mi cabeza para que se convenciera de que yo ya sabía francés, ya sabes, el típico 'has como si lo fueras' que te recomiendan los libros de superación personal"

El entusiasmo con que Jhonatan contaba su historia mete a Amaia en una especie de hipnotismo, era tal su concentración que no piensa en que es únicamente Jhonatan el que habla y ella está en el papel de oyente. Sin embargo, Amaia no deja a un lado la idea de la pregunta 'trampa'.

"No todo era hablar francés, también estaba la parte de vivir en Francia. Ese importante aspecto de llegar a un país completamente desconocido para mi, en el cual la lengua, las costumbres e incluso el clima eran diferentes a lo que había vivido durante veintiún años. Como te lo había dicho, cuando llegué a Francia en agosto hace tres años, sólo tenía ochocientos euros en mi bolsillo y con eso tenía que pagar la maestría, el mes que había reservado en el hostal, además lo que me comiera, y lo que gastara por placer. Créeme, no me quedaba mucho para el placer. Pero al final, me las pude arreglar para no gastar mucho, salir de fiesta, conocer gente y aprender mucho francés. Todo lo que tuve que hacer para poder venir a Francia me convenció de que yo era el amo y señor de mi destino, si realmente quería algo podría conseguirlo si ponía mis deseos en sincronía con mi subconsciente (incluso si era algo malo), es como si mi cabeza fuera un imán selectivo y atrajera las cosas que yo quería que fueran atraídas. Estaba convencido de que no existían barreras y que si quería algo, simplemente tenía que programarme para obtenerlo, luego dividir mi objetivo en más pequeños, fácilmente realizables, para finalmente obtener lo que quería.

Los primeros meses después de mi llegada aún hacía un poco de calor, caminé como nunca lo había hecho en mi vida, conocí Lyon de la cabeza a los pies, durante el primer mes sólo escuchaba gente ha-

blando francés y eso me gustaba mucho, es como si me hubiera olvidado de mi lengua materna y estuviera como un niño pequeño, empezando a hablar. Los únicos momentos en los que yo hablaba español era el tiempo que hablaba con mi familia en Colombia, que no eran muchos pues no tenía mucho dinero para llamar. El resto del tiempo me lo pasaba balbuceando palabras en francés y haciendo el esfuerzo de comprender lo que me decían, te lo aseguro, sólo me faltó hacer pucheros y ponerme un babero cuando comía. Había días en que terminaba con dolor de cabeza debido al esfuerzo hecho durante toda la jornada. Al día siguiente me apetecía estar solo y caminar admirando los paisajes, la gente, escuchar música y sentarme en algún parque a la sombra de un buen árbol a leer algún libro en francés que Maxime me hubiese prestado. Eran los días para mi y sólo para mi. Te preguntarás, si había llegado con tan poco dinero y no tenía beca, ¿cómo hice para vivir todo el año?. El primer mes, debo confesar que no trabaje en nada, me la pase de fiesta en fiesta y paseando por Lyon, aprendiendo el máximo de francés posible, bueno en realidad era más de farra que otra cosa. Maxime y yo, nos las ingeniamos para salir de fiesta, beber y comer por la cara, como dicen en España, es decir, sin gastar ni un euro o por lo menos muy poco. Maxime tampoco contaba con mucho dinero ya que sus padres no le querían ayudar porque había dejado ya dos carreras empezadas (entre ellas, derecho en París) y nunca había terminado con éxito el primer año. Querían que se valiera por él mismo, aunque ya te vas haciendo una idea de por qué te digo que era perezoso. Era el principio del año escolar, y era muy común que los franceses recién llegados a Lyon hicieran su fiesta de cremaillère para inaugurar su apartamento"

- ¿Qué es un cremaillère? -pregunta Amaia con sutil curiosidad y vergüenza por su pregunta-

- ¡Una cremaillère! -sonríe Jhonatan-, déjame te lo cuento desde un principio. En la época del medio evo, los franceses o al menos los que vivían en el territorio que ahora llamamos Francia, tenían una costumbre muy particular, cuando terminaban de construir una casa, los dueños invitaban a cenar a todos los que habían ayudado en la construcción en señal de amistad y de agradecimiento. En dicha cena se solía colgar una gran olla de una especie de gancho con dientes a diferentes alturas que se utilizaba para cocinar en la chimenea, dicho gancho era conocido en francés como 'cremaillère', en realidad el termino correcto es 'Pendaison de cremaillère' (se puede traducir como: colgar la cremaillère). En la olla se solía hacer una gran sopa para todos los vecinos. Con el tiempo, la tradición migró también para los nuevos habitantes de una casa ya construida, para darse a conocer a sus vecinos, los nuevos del 'vecindario' invitaban a su 'cremaillère' a las personas que vivían cerca. Hoy en día, el termino se ha degenerado aún más, y ahora si alguien te invita a su cremaillère no será para tomar sopa, será para hacer una fiesta de inauguración del apartamento, es decir, la primera fiesta que hace desde que ha llegado a su casa

"Maxime y yo aprovechábamos las personas que él conoció durante su búsqueda de piso para salir de fiesta. Casi siempre que nos invitaban a sus casas, era para su cremaillère. Después de acostumbrarnos a la dinámica de las cremaillères, comenzamos a ir a fiestas en donde conocíamos sólo a una o dos personas, y en muchos casos no conocíamos a nadie. Habitualmente, llagábamos un poco tarde a las fiesta de esa manera nos asegurábamos de que la gente ya hubiera bebido un poco y no se dieran cuenta de que no llevábamos alcohol o algo de comer o peor aún de que éramos completamente desconocidos. Una vez lográbamos colarnos en la fiesta, tomábamos un vaso y le preguntábamos a la persona que estuviera más o menos borracha que nos compartiera de lo que estaba bebiendo, evidentemente de su botella no de su vaso, porque lo nuestro ya se nos había acabado. Ya sabes cómo son la mayoría de los borrachos, les gusta compartir su bebida y por eso muy pocas veces nos decían que no, o nos miraban rayado. Al mismo tiempo, en las cremaillères, la gente suele llevar papas fritas, o

pasabocas, ya te imaginaras lo qué hacíamos, ¿no?, devorábamos todo lo que podíamos hasta calmar nuestra hambre. Espero que no pienses mal de mi, pero estoy siendo completamente sincero contigo.

Ahora la pregunta es, si muchas veces no conocíamos a nadie o a unos pocos, ¿cómo hacíamos para saber quién hacía una cremaillère y en dónde?, esa no era tarea difícil, durante las fiestas, nos dedicábamos a hablar con todos, de una manera muy abierta, a mi siempre me ha gustado escuchar las experiencias de los demás, las historias que tienen que contar, lo que les gusta, sus preocupaciones, sus alegrías. Nos hacíamos amigos que nos invitaban a la cremaillère de un amigo o a su propia cremaillère, que harían al día siguiente o el fin de semana después.

Para serte honesto, lo que más nos gustaba hacer, era colarnos en las fiestas en donde no conocíamos a nadie, en ellas podíamos hacer lo que quisiéramos, ser quienes quisiéramos y sobretodo no habría remordimientos, simplemente vivíamos el momento presente sin pensar en las angustias del pasado y las preocupaciones del futuro. A menudo, cuando íbamos caminando por la calle los miércoles, jueves, viernes y sábados en la noche (a veces lunes y martes también), o cuando regresábamos al hostal después de una fiesta, y escuchábamos en algún edificio que había música o gente hablando por una ventana, les decíamos que no conocíamos el código de la puerta, y les pedíamos el favor que nos abrieran. Otras veces veíamos un grupo de gente entrando a una casa, llevando botellas de alcohol en las manos, o hablando de la fiesta a la que iban a entrar, simplemente nos acercábamos como si fuéramos otros invitados más y entrábamos detrás de ellos. En ese tipo de fiestas, siempre que nos preguntaban a quien conocíamos.

Al principio siempre contestábamos que conocíamos 'al dueño', funcionaba muy bien, la gente nos creía y seguíamos con la conversación que estábamos teniendo o simplemente pasábamos a otra cosa. Un día, estábamos muy contentos comiendo los bocadillos que estaban dispuesto en la mesa común en medio del salón, un chico, sin señales de haber bebido mucho, se nos acerco a preguntarnos con quién está-

bamos o a quién conocíamos, al responder que conocíamos al dueño, el chico con una postura amenazadora nos respondió que él era el único que vivía en la casa y que no nos conocía, ya veras cómo tuvimos que salir de allí por el bien de nuestros hijos, ni el polvo se nos vio de lo rápido que salimos de esa casa. Desde ese día decidimos que debíamos decir un nombre al azar que acordábamos entre los dos antes de entrar a la casa, de esa manera nos podía pasar que nos dijeran que no lo conocían y nosotros repondríamos que seguramente estaría por ahí ligándose una chica o en el baño, o bien nos podían decir que le conocían y todo pasaba tranquilamente. Y si por casualidad nos decían 'ah si, él está aquí, pero me dice que no les conoce', nosotros respondíamos que era otro que se llamaba igual"

En esos momentos, Jhonatan se percata de que no ha parado de hablar por un buen momento, y un poco avergonzado le pide disculpas a Amaia por haber hecho de la conversación, un monologo, Amaia le dice que no tiene por qué preocuparse, que ella está disfrutando mucho de la historia y le pide seguir contándola, que si en algún momento se aburría se lo diría.

De todas formas, si Amaia a veces no ponía atención a lo que decía Jhonatan, era simplemente porque no para de meditar sobre la pregunta 'trampa'.

"Al final del primer mes, después de tanta fiesta, con muy poco dinero y en búsqueda de trabajo, tuve la 'suerte' de que un chico latino, que también estaba en el hostal, conocía un chileno que buscaba chicos jóvenes para trabajar. El trabajo era de demolición, íbamos a las casas que se habían quemado por 'x' o 'y' motivo y a punta de martillo, pala y pica tumbábamos los muros que habían quedado en pie, no te imaginas cuantos incendios pueden llegar a haber en una gran ciudad y sus al rededores, sobretodo en el inicio del invierno, cuando la gente deja la calefacción encendida todo el día al máximo y hay cortinas cerca, o usan la chimenea y alguna chispa salta fuera y quema la

alfombra. El trabajo era sin contrato para no declarar impuestos, es decir, era ilegal. El chileno, prefiero llamarlo así porque su nombre me revuelve las tripas, no era una persona de mucho confiar, pues ya de por si, evadía impuestos, pero además prefería contratar personas sin papeles para evitar tener demandas si algún día se atrasaba en el pago.

Cuando era tan solo un niño, los demás de su clase se burlaban mucho de él por ser rellenito, o por sus ojos saltones. A través de los años, su exceso de masa corporal lo hizo más grande que los demás compañeros, haciendo de él una masa amenazante por donde pasara. Se aprovecho de su situación y empezó a burlarse de todos los que se habían burlado de él, creó un complejo (que conservaba incluso en su edad madura) por el aspecto físico en él y en los que lo rodeaban, criticaba constantemente los defectos de los demás para defenderse o prevenir de que se burlaran de él.

Se hizo periodista en Chile, al parecer a causa de sus investigaciones sobre la dictadura de Pinochet, fue amenazado y tuvo que emigrar de su país. El chileno no contaba mucho de su pasado, era difícil de hacerlo hablar de lo que estaba investigando, y sobretodo de lo que había encontrado para que lo amenazaran. Lo que si le gustaba mucho, era hablarnos de su pequeña vida en Estados Unidos y lo mucho que le encantaba ese país, su complejo por la apariencia física en los seres humanos lo había trasladado, también, al plano estético en el que vivía, le gustaba mucho el país norteamericano por sus bonitos edificios, nuevos y modernos, la avanzada tecnología y el consumismo, pero por el contrario, no le gustaba para nada la vida en Francia, todo le parecía antiguo y feo. Las casas eran de siglos pasados y los edificios tenían humedad y olían a madera en putrefacción.

Francia fue el único país que le aceptó como refugiado político por su condición de periodista amenazado por investigaciones de la dictadura de Pinochet, no es el primer caso que se vea de este tipo, este país está literalmente inundado de hijos de la dictadura chilena, personas que no encuentran una identidad, pues Francia los acogió como refugiados pero no los trata como franceses y los chilenos los ven como extranjeros porque han vivido desde pequeños fuera del país. El chileno se había casado aquí en Francia con una chilena que conoció poco después de haber llegado. Se casaron casi inmediatamente después de haberse conocido. El llegaba a la crisis de la mediana edad y se vio soltero, solo, en un país extranjero, aprovechó la primera oportunidad que se le presentó en frente y se casó sin pensarlo dos veces. Yo lo conocí cuando llevaba casi cinco años de casado, y nunca había hecho esfuerzos por aprender francés, si tenía algo importante para decir a los que lo contrataban para algún eventual trabajo o si tenía que hacer vueltas de papeles en la prefectura, le decía a su esposa para que ella hiciera de portavoz, era su manera de mostrar su rebeldía por este país, al cual incluso el idioma le parecía grotesco y antiguo.

Su manera más habitual de intentar hacernos reír, era hablando mal del físico de su esposa, nos contaba la vez que le cogió las mollejas que se le salían del ajustado pantalón que llevaba y le dijo que con eso ya tenían para comer durante toda una semana. Al mismo tiempo elogiaba a las chicas guapas y jóvenes que pasaban por las casas en las que trabajábamos, era evidente que no estaba contento en su matrimonio, pero eso si, adoraba a su pequeña hija de cuatro años, la miraba lleno de orgullo cuando ella le hablaba en francés. Nunca llegué a confiar en el chileno, siempre veía en su rostro esa expresión de querer hacer daño a los demás, de querer estar por encima para sentirse bien con él mismo. Lastimosamente se había convertido en verdugo de los de su misma 'raza', había convertido en realidad ese mito que tenemos en Latinoamérica de que muchos salen de sus países para ser explotados y poder enviar un poco de dinero en divisa extranjera a sus países de origen para asegurar una mejor vida a sus allegados, sólo que en este caso, él era el explotador.

Mis compañeros de trabajo eran un mexicano y otro colombiano. El mexicano ya estaba un poco mayor, pero debido a que no tenía papeles, no podía hacer otro trabajo menos físico. Era un personaje muy interesante, tenía miles de historias por contar, sobre todo de mujeres. Se había quedado viudo aún estando joven y ahora se dedicaba a salir con chicas que conocía en sus noches bohemias en los bares más perdidos de Lyon, le gustaba rondar los antros y beber mientras discutía con el barman. De vez en cuando nos contaba la vez que se puso a pelear porque un hombre no dejaba en paz a la chica con la que él estaba, o de la vez que tuvo que salir corriendo de una velada en una casa porque alguien había avisado a inmigración que él estaba allí. Su nombre era Milenko, y aunque él había nacido en México, sus padres eran ucranianos. Habían emigrado a México a causa de la segunda guerra mundial y el comienzo de la Unión Soviética. Al parecer, pertenecían a la alta sociedad ucraniana y tenían muchas propiedades además de dinero. Con los estragos de la segunda guerra y el comienzo del comunismo, el gobierno ucraniano amenazó a la familia de Milenko, tuvieron que abandonar el país, dejando todos sus bienes ya que no les pertenecían a ellos sino al pueblo. Al llegar a México, su familia cambió de apellido esperando que su pasado no los alcanzara en América.

Milenko nació y creció como mexicano, aunque sus padres le habían enseñado ucraniano. El conocía la historia de su familia y desde adolescente tuvo la idea de volver algún día a Europa para reencontrarse con sus raíces. Al final de su segunda década de vida por fin logro ahorrar suficiente dinero para viajar a Ucrania. Llego lleno de sueños y esperanza de poder vivir al menos un tiempo en el país natal de sus padres pero no se sabe cómo, agentes de la aún poderosa Unión Soviética pudieron rastrear su pasado. Sintiendo que él podría ser una amenaza en caso tal de que quisiera recuperar sus tierras, lo sacaron del país bajo la amenaza de que si volvía, lo fusilarían. Es así como decidió probar suerte en Francia, sin papeles y con un futuro incierto. El chileno solía burlarse de él, haciendo referencia a que era un viejo borracho y mujeriego, los días de pago, le decía que ya tenía el dinerito para ir a ver a sus 'amigas', Milenko muy paciente y con nobleza, le sonreía y decía que ya estaba impaciente por hacerlo.

El colombiano se llamaba Ernesto y era un chico joven, nacido en Bogota, acababa de cumplir dieciocho años, no le gustaba estar en este país, sentía cierto odio y recelo por tener que vivir en Francia y todo lo que estuviera relacionado con los franceses. Ernesto llevaba pocos meses en Francia y hablaba muy mal francés. La mayoría de sus amigos eran latinos, casi todos colombianos y aseguraba que los franceses no eran personas que entendieran nuestra manera de vivir. A él le gustaba mucho ir a un bar latino en Plaza de Térreaux, porque allí siempre ponían salsa, merengue, reguetón y bachata, la única música que a él le gustaba escuchar y bailar. Se había hecho su pequeño mundo latino en Lyon, vivía con sus costumbres colombianas y evitaba al máximo hacer cosas que él creyera tenían que ver con los franceses. Decía que las mujeres francesas no eran nada bonitas, y que no había nada como las curvas de una latina que supiera mover su cola mientras bailaba al ritmo de la salsa.

Aunque sus hormonas aún pueriles, le traicionaban y muy seguido se quedaba mirando con morbo a cualquier chica que pasara frente a sus ojos, incluso a una francesa. Su padre había sido asesinado cuando él estaba pequeño, al parecer por ajuste de cuentas entre pandillas de narcotraficantes, pero Ernesto aseguraba que habían confundido a su padre con otro tipo, que su padre era alguien honrado y que nunca se hubiese metido en algo que estuviera relacionado con drogas. Su madre, al ver que se había quedado sola con un hijo que sostener, decidió que la mejor opción era salir del país, intentó tener el visado de turista para los Estados Unidos o Canadá y se lo negaron argumentando que estaba soltera y joven, y que eso no les aseguraba que ella iba a regresar a Colombia. Luego de varios intentos en la embajada de España, decidió probar suerte en la embajada francesa, la verdad, no sé qué hizo diferente pero obtuvo el visado francés sin mayor problema. Con los pocos ahorros que tenía decidió viajar a Francia a probar suerte. Ernesto se quedó con su abuela mientras su madre podía estabilizarse en Francia y pudiera traérselo. Su madre decidió que era bueno para él terminar el bachillerato en Colombia y que luego podría ir a Francia a estudiar en una universidad. Recién llegada, tocó todas las puertas que pudo, decidió venir a Lyon porque era una ciudad grande pero no tan cara como París, además porque una amiga de una amiga, conocía a un colombiano que vivía aquí y que la podría hospedar mientras se estabilizaba.

No sabía ni una palabra de francés, pero venía con toda la disposición a encontrar un empleo, así que, si tenía que aprender francés, lo haría. El primer empleo que consiguió fue como señora de la limpieza en la universidad Lyon I, allí tenía varias compañeras latinas con las que podía hablar en español y otras cuantas del Magreb con las que podía aprender francés. Al pasar de varios años aprendió el suficiente francés para trabajar como profesora particular de español a niños y adolescente. Ya para esa época, Ernesto había terminado el bachillerato, su madre ya se sentía lo suficientemente estable para poder sostenerlo sin problemas en Francia y poder pagarle sus estudios universitarios. El problema, y era algo que no sabía su madre, es que a causa de su ausencia y de la falta de disciplina y mano dura por parte de su abuela, Ernesto se había vuelto un chico rebelde y no le gustaba recibir ordenes, había conseguido graduarse de bachillerato después de muchos problemas con los profesores y directivos, mantenía con un pequeño grupo de pandilleros de su barrio. Al llegar a Francia, le quiso demostrar a su madre que ella no estaba al mando de su vida y que era él quien decidía qué hacer, de alguna manera, quería protestar por su abandono en una tierna edad justo después de que asesinaran a su padre. Así que en lugar de ir a la universidad, decidió trabajar para tener su propio dinero, para poder salir de fiesta e invitar a comer a las chicas que le gustaban sin tener que contar con el permiso de su madre, pues como no era ella quien le pagaba sus salidas y borracheras, él consideraba que no tenía la autoridad moral para limitarlo.

Un amigo de su madre le habló del chileno y de que estaba buscando jóvenes fuertes para trabajar en demolición. Sin pensarlo dos veces, contactó al chileno, así se convirtió en mi compañero de trabajo y de Milenko también. El chileno le había dado trabajo con dos intenciones, una que era evidente, era porque necesitaba jóvenes fuertes y con ganas de trabajar, la otra era porque quería que la madre de Ernesto sintiera que le debía un favor y de esa manera llevársela a la cama.

El trabajo que más recuerdo haber hecho con ellos dos, fue uno que realizamos durante toda una semana en un pueblito al norte de Lyon, en Montçeau les Mines. Durante la semana, dormimos en un pequeño hotel a las afueras de la ciudad en la parte norte, allí fue la primera vez que comí al estilo francés, con entrante, plato principal, queso, postre y café, acompañado de vino rojo y de pan a voluntad. Me gustaba mucho el trabajo porque además de que me estaban pagando por hacer ejercicio, estaba comiendo de maravilla. La decoración del hotel me sorprendió mucho, los dueños vestían como roqueros que les gustan las motos Harley, con chaquetas y pantalones de cuero, pañoletas en las cabezas e incluso el hombre tenía una barba larga y descuidada. Las paredes del hotel estaban decoradas con pósters de pinturas de Victoria Francés entre otros artistas del mismo estilo, era la primera vez que veía esa clase de dibujos. Las obras de Victoria Francés, son de un estilo gótico, generalmente están compuestas por una figura femenina con cabellos oscuros lisos o poco ondulados, con la piel muy pálida y con los ojos redondos y expresivos, vestida de trajes góticos, maquillada con sombras oscuras al rededor de los ojos, a menudo con lágrimas negras. Los fondos suelen ser paisajes de bosques o castillos en la noche, o también la chica puede estar dentro de una habitación decorada al estilo antiguo con tonos cenizas u oscuros. Mi primera impresión de dichos dibujos, y para sorpresa de mis compañeros de trabajo a los que les dio miedo tan solo verlas, fue la de estar viendo algo que me gustaba pero que no sabía qué me gustaba, ¡qué sensación más rara!, es como los que nunca llegan a ver el dálmata[4] en la imagen porque nunca han visto un perro de esa raza en su vida, pero una vez se le muestra, lo único que pueden ver en la imagen es la silueta del canino y por más que intenten ya no logran no verlo.

Percibía una belleza que nunca había visto antes, veía siluetas que emocionaban mis sentidos, no sólo la vista, sino que también hacían volar mi imaginación, podía sentir esa piel pálida y fría, podía es-

[4] Imagen bastante conocida en las ilusiones ópticas

cuchar la dulce voz de la chica que me arrullaba en sus brazos, podía ver a través de sus ojos y sentir su cuerpo lleno de vida, queriendo mostrar tristeza en el exterior pero con mucha fuerza en el interior. Es como si en cualquier momento iban a salir de sus recuadros dándote el susto de tu vida, o tal vez un gran beso, no lo sé. Quedé en shock al ver dichas imágenes, tanto así, que quise comprar varios pósters a los dueños del hotel pero se negaron porque eran muy preciados para ellos. Ahora que lo pienso, Amaia, creo que tú serias una buena modelo para Victoria Francés, medítalo, tal vez quedes inmortalizada en una de sus obras.

La casa que íbamos a derrumbar se encontraba a las afueras del pueblito pero del lado sur, es decir al lado contrario del hotel, así que todos los días atravesábamos todo el pueblo para llegar a nuestro 'chantier' (lugar de trabajo), según el chileno, el incendio se inició porque la dueña de la casa estaba fumando mientras leía recostada en el sofá. Al parecer estaba muy entretenida en su lectura y sus párpados se hicieron cada vez más pesados, quién sabe qué libro tenía en sus manos, pero el caso es que no le evitó quedarse dormida, el cigarro comenzó el fuego, lo trágico es que la señora no alcanzó a salir de la casa y quedó atrapada entre las llamas. Cuando el chileno nos contó esa historia, trabajar en esa casa tenía un poco de misticismo, derrumbar los muros testigos de la muerte de una persona, pensar que donde estabas parado, pudo estar ella en busca de una salida o de aire fresco para respirar. Era una sensación muy extraña y un poco incomoda, además a veces sentía ese airecito que te pasa por la nunca y te llena de escalofríos.

Cada vez que venía el dueño de la casa en la que estábamos trabajando, se notaba a grandes rasgos su tristeza en la cara, era su esposa quien había muerto. Y él, no quería ver nada que le recordara a ella, siempre que venía se le veía en el rostro sus ansias por ver todo derrumbado, las paredes, el suelo, todo, casi que quería quitarnos nuestras herramientas de las manos y hacerlo el mismo con la misma rapidez que lo hicieron las llamas al consumirse la casa... La verdad que hasta cierto punto podía sentir su tristeza, imaginando que si yo tuviera una persona a la que amo y muere en ese tipo de condiciones, mi vida se derrumbaría, es que tus planes cambian de la noche a la mañana, de repente te encuentras solo y con una tristeza que te rompe el alma. Espero por su bien, que ahora se encuentre mejor.

Teniendo en cuenta que únicamente había pagado un mes en el hostal, en el momento en que conseguí trabajo, estaba buscando apartamento, mientras me quedaba por unos días en casa de Maxime. Por casualidad, el chileno tenía un apartamento donde se suponía que estaba la oficina de su pequeña empresa de demolición. En realidad lo tenía para los días en que se peleaba con su esposa, ir a dormir solo o con alguna mujer que se encontrara y se dejara seducir. El chileno me ofreció su apartamento que regularmente estaba deshabitado y me dijo que podía vivir allí si no me importaba que él viniera de vez en cuando a trabajar o a dormir cuando se peleara con su esposa. En el momento en que me lo ofreció pensé que era muy gentil y que seguramente por ser latinos me ofrecería un módico precio para pagar el alquiler, teniendo en cuenta que yo era estudiante y mi única fuente de ingresos era el trabajo que él me ofrecía. Pero como ya te lo había dicho, él se había convertido en verdugo sin vergüenza, y a pesar de que yo estoy legalmente en este país y tengo derecho a trabajar, encontró la manera de explotarme y aprovecharse de que estaba desesperado buscando donde vivir. El precio que me fijo era un poco por encima del promedio que pagan los estudiantes en Lyon, pero me prometió que el trabajo no me faltaría y así él estaría seguro de que yo le pagaría el alquiler cumplidamente.

Después de que fui a París por primera vez, las cosas empezaron a ir mal, él ya no me daba suficiente trabajo y se molestaba porque yo tenía que ir a la universidad a recibir las clases de la maestría. Al cabo de dos meses de vivir en el apartamento del chileno, ya el dinero no me alcanzaba más que para pagar el alquiler y a él no le importaba que yo no tuviera qué comer. En ese momento decidí irme de su casa y no trabajar más con él. Hablé con el director de la maestría y le expli-

qué mi situación financiera, me dijo que no me preocupara y que me iba a ayudar de una manera u otra pero que yo no iba a dormir en la calle. Al cabo de una semana, el director de la maestría me encontró unas prácticas que comenzaban al final de noviembre y que serían pagadas. Me dijo que por su parte ya había hecho lo máximo posible y que ahora me tocaba a mi encontrar donde vivir. Una compañera de la maestría vivía en una residencia estudiantil en frente de Lyon I, la residencia Puvis de Chavannes, ella me ayudó, después de muchos problemas con la administración de la residencia, para poder alquilar un estudio.

Cuando le di la noticia al chileno de que iba a dejar su apartamento, no lo recibió con el mayor de los placeres, me miró con una expresión de querer decirme que él no se iba a dejar ganar por un muchacho como yo y que iba a tomar represalias contra mi, efectivamente así lo hizo. El día que iba a dejar el apartamento lo llamé a su celular y le dije que ya había dejado todo listo, limpio y sin ningún rasguño, le dije que lo estaba esperando para que me pagara lo que me debía, que eran ciento cincuenta euros. Me dijo por el teléfono que no me debía nada, que había recontado las horas que había trabajado y que estábamos a paz y salvo. El hecho que no me pagara ese dinero significaba más de un mes sin comer para mi, cuando me dijo eso, sentí ganas de arrojar mi móvil tan lejos como la fuerza de mis brazos lo permitieran, me imaginé con hambre y buscando la manera de comer cualquier cosa, sentí cómo mis piernas ya no podían aguantar el peso de mi cuerpo y ya sin energías, ni siquiera para hablar, una lagrima rodó por mi mejilla, me sentía imponente, no sabía qué hacer, qué decir, simplemente sentía ganas de llorar y de desahogarme. Colgué el teléfono y no paré más mis lágrimas, dejé que todo saliera y que esa rabia e impotencia se tradujera en lágrimas. Cuando logré calmarme un poco, dejé el apartamento y me dirigí a casa de una amiga de la maestría y me desahogué todo lo que pude con ella, me aconsejó llamar a mi familia y hablar con ellos. No pude contener mis lágrimas de impotencia mientras le contaba a mi madre lo sucedido, ella se comunicó con todos mis tíos y mis abuelos y entre todos acordaron enviarme los ciento cincuenta euros que me había robado el chileno, no sabes lo agradecido que estoy con mi familia por eso.

Finalmente el problema resuelto, pude pagar mi alquiler en la residencia y al mismo tiempo pude comer sin problemas, aunque debo confesar que mi compañera de maestría me invitó muchas veces a comer de su cuenta, me apoyó mucho, le llegué a coger mucho cariño. Tuve también la ventaja que en la residencia para estudiantes se tiene acceso a las ayudas del gobierno, la CAF, que te da dinero para ayudarte en el pago de tu alquiler, yo no lo sabía, pero se aplica para cualquier apartamento, casa o residencia.

Pocos días antes de pasarme a vivir a la residencia, ya había comenzado mis practicas y me habían asignado mi propio escritorio. Llevaba todos los días mi ordenador portátil (que había comprado hacía poco) y trabajaba hasta la hora de salida. Al principio de las practicas trabajaba un par de días a la semana, y a partir de marzo, que es cuando comienzan oficialmente las practicas del master, tenía que ir todos los días en horario de oficina. Me venía muy bien porque la residencia está a sólo unos metros de la universidad, así que podía dormir más y no tenía que pagar pasajes para ir a casa. Esa pequeña habitación de estudiante me vino muy bien la verdad, allí pude felizmente quedarme por el resto del año escolar. Considero que tuve suerte, era mucha casualidad que justo una de las chicas con las que me llevaba mejor viviera allí y me pudiera ayudar a conseguir una habitación, aunque hasta cierto punto, pensaba en esa época, todo lo que había sucedido era porque de cierto modo yo lo quería, tal vez tenía que haber sufrido lo sufrido con el chileno para luego valorar mi habitación de nueve metros cuadrados. En todo caso, lo que me ha parecido más difícil de estar en Francia y aún me parece, es encontrar un lugar donde vivir..."

«Ya esta, ya lo tengo, ya sé qué puedo preguntarle para ver si tenía todo esto planeado, o si realmente me ha estado diciendo la verdad todo este tiempo», piensa Amaia mientras escucha lo último que dice Jhonatan...

Capitulo 3

Nerea, la chica de los sueños de Jhonatan

Hasta ahora todos los encuentros que se han descrito en esta historia han sido ligados a casualidades, incluso el encuentro entre Jhonatan y Amaia. Decir que eso es obra del destino, nos implicaría pensar que ese encuentro está previsto a algo más que una simple relación de trabajo, o de estudios, compartir Todo esto tiene un mensaje de fondo, utilizamos a menudo (y quiero dejar claro que no es el cien por cien de las veces) la palabra destino, o la frase 'lo que tiene que ser' para referirnos a cosas que marcan nuestra vida exclusivamente en el plano sentimental y a un nivel profundo, y que además, generalmente, (insisto no todas las veces) implica de una manera u otra a los seres humanos.

Cuando está mezclado el lado racional, decimos que alguien estaba destinado a hacer algo porque con sus logros ha ayudado a alguien más, algo muy altruista y profundo, que toca, de nuevo, nuestro lado sentimental. Si ese lado sentimental no es tocado, diríamos que esa persona estaba perdiendo el tiempo haciendo experimentos que no sirven para nada y que ha decidido, por si misma, dejar su destino de lado. En otras palabras, si un científico no logra nada por ayudar a la humanidad, incluso a una escala micro, no estaba destinado a ser científico. Dicho de esa manera, podría asegurarse entonces que Jhonatan estaba destinado a trabajar con el chileno, para ir a Montçeau les Mines y ver las obras de Victoria Francés. Pues para él, eso había marcado su lado artístico, estimulado su lado pasional, modificado su visión de la belleza y de lo que es bello, por lo tanto, había cambiado algo en su lado emocional, mientras que su lado científico seguía intacto. Pero ¿qué pasa entonces con las personas que dedican su vida al arte?, ¿se podrían decir con certeza que han nacido destinados a ello?, ¿Por qué no decir que un científico ha nacido destinado a ser científico, incluso si sus descubrimientos no ayudan a nadie, ni siquiera a él mismo?. ¿Cómo explicarle esto a una persona que considera que es ama y dueña de sus futuro?, ¿alguien que considera que lo que le sucede en la vida es porque, de alguna manera u otra, así lo quería consciente u inconscientemente?, trataría de convencer al Jhonatan recién llegado a Lyon, con sus sueños en una maleta y ocho cientos euros en el bolsillo, de que tal vez el destino si existe, pero seguro que perdería mi tiempo porque para él no había argumento, hasta ese momento, que le demostrara la veracidad de esa idea. Fueron las circunstancias las que hicieron que Jhonatan comenzara a dudar de su filosofía de vida, y no me refiero a lo que pasó con el chileno, me refiero a circunstancias emocionales en las que está inmiscuido el amor.

Un poco exaltada y con una evidente emoción, Amaia se acomoda en su silla mientras sonríe, toma un poco de café y mira fijamente a Jhonatan, quería hacerle saber que ya sabía cómo atraparlo en su entramado plan para conocerla y sobre todo quería ver su reacción en el momento en que ella le hiciera su pregunta 'trampa'.

- Bueno Jhonatan, -dice Amaia emocionada pero intentando guardar la postura- al conocerte antes, cuando nos hemos cruzado en el corredor de mi piso, me has dicho que estabas allí porque habías venido a Lyon sólo por el fin de semana, ¿no es verdad?

- Sí, sí, así es -responde Jhonatan sin comprender a lo qué quería llegar Amaia-

- Eso quiere decir que tú no sabías de nada de mi antes de hoy, y que en realidad nos hemos encontrado allí por pura casualidad

- Sí

- Según lo que me has contado, luego de que terminaste tu maestría, es decir, el año escolar, te has ido para La Rochelle y es por eso que ahora no vives en Lyon, ¿no?

- Bueno, se podría decir que así fue...

«Ya está, ya lo tengo encerrado», pensó Amaia con gran emoción, se sentía en un tribunal interrogando a un acusado que llevaba mintiendo durante todo el juicio, y ahora estaba punto de confesar toda la verdad con la pregunta clave que ella le haría.

- Entonces, no entiendo por qué me has dicho que viviste en mi piso, si en ningún momento de tu historia has hablado de él, ¿me lo podrías explicar?

Jhonatan ríe con un aire de haber sido pillado en una mentira, Amaia no entendía porque el reía en lugar de estar avergonzado o con miedo de lo que ella le pudiera decir por haber mentido.

- Vale, me has pillado Amaia, tienes razón, no lo he mencionado -Amaia sonríe de oreja a oreja, sintiendo la satisfacción de haber cumplido su cometido, pero aún no entiende por qué Jhonatan no actúa avergonzado o arrepentido-, pero es porque es más complicado de lo que piensas... La primera vez que estuve en tu piso fue dos meses después de que llegué a Francia, la noche entre el veintiséis y el veintisiete de octubre, es decir, el próximo martes serán exactamente tres años. Esa noche nunca la olvidaré en mi vida entera. Pero para llegar a eso debo contarte la historia desde el principio...

"En una de las tantas fiestas en las que estuve con Maxime, conocimos una chica que se llamaba Manon. Era una chica francesa, guapa, delgada, alta, con una gran sonrisa, con unas manos delicadas y con mucho interés por conocer la cultura latinoamericana. Maxime cayó en sus encantos y quedó fascinado por la apariencia de la chica, quería conocerla más y bueno ya sabes, llevársela a la cama. Ella nos contó que el lunes de la semana siguiente, que era el quince de octubre, iba a ir a clases de salsa en un bar el centro. Las clases eran gratuitas y además muy divertidas porque el profesor era un cubano con una acento muy marcado en francés y que muy a menudo se le olvidaba que está dando clases en Francia y comenzaba a hablar español sin que muchos de sus estudiantes le entendieran lo que quería decirles. Maxime le aseguro que allí estaríamos y que por nada del mundo nos lo perderíamos. A mi la verdad que no me motivaba mucho la idea, pero al mismo tiempo estaba curioso de ver cómo se podían dar unas clases de salsa, ya que para mi es algo que se aprende desde pequeño. Así fue, el lunes a las ocho y media de la noche fuimos con puntualidad española, media hora tarde. El bar se encuentra detrás de la Place de Térreaux en la conocida calle Saint Catherine, es un bar decorado al estilo español, con jamones serranos colgados, fotos de toreros, azulejos en las paredes e incluso se vende cerveza española. Al entrar, divisamos las personas en la pista de baile y nos miramos con una expresión un poco burlona pero a la vez llena de vergüenza, como queriéndonos decir '¿en qué estamos metidos?', ya conocía a Maxime lo suficiente como para interpretar sus gestos. Nos acercamos a la barra y miramos un poco cómo se desarrollaba la clase de salsa. El profesor tenía efectivamente un aspecto de cubano, además no paraba de decir 'en avant, en arrière, allez, on tourne' (hacía adelante, hacía atrás, venga, un giro), era muy gracioso oírlo hablar, creo que exageraba su acento a propósito, para parecer más atractivo a sus jóvenes estudiantes.

Mientras el grupo hacía una pausa en la clase, Manon se percató de que ya habíamos llegado, nos invito a unirnos al grupo a bailar con ella y con una amiga que la acompañaba. Manon se me acercó y me dijo muy discretamente que la chica que había venido con ella había estado en Nicaragua y que le encantaban los chicos latinos. Me aconsejó acercarme a hablarle, diciendo que estaba segura que me gustaría mucho conocerla mejor. La verdad que estaba indeciso de hacerlo, no me gustan las citas arregladas y mucho menos a ciegas. La chica estaba con un grupo de personas en una esquina del bar. Todos estaban discutiendo a voz viva y pude notar que estaban hablando español. Fue una sensación muy extraña. Era la primera vez que escuchaba a alguien hablando español en una fiesta o en un bar desde que había llegado a Francia, yo había asociado el español a los momentos en que hablaba con mi familia o durante el trabajo con el chileno. Melissa, la amiga de Manon, estaba hablando con un chico nacido en Estados Unidos pero cuyos padres eran colombianos, así que él afirmaba ser colombiano también. Era un chico muy interesante, se le notaba un poco la soltura latina, era sonriente y abierto, bailaba muy bien salsa, pero al mismo tiempo al hablar con él, tenía la sensación de que le faltaba algo para sentirlo completamente colombiano, bueno la verdad no sabría decirte qué, sólo sé que así lo sentía. Durante la clase de salsa no paré de reír, ver como Maxime intentaba mover su cadera simplemente me parecía una situación muy jocosa, me hacía reír, incluso queriendo esconderlo. Melissa se me acercaba mucho y siempre quería hacer los ejercicios de pareja conmigo, me mostraba un poco reacio, la verdad no me apetecía bailar con ella.

Terminadas las clases de salsa, el profesor cubano nos invitó a todos los que habíamos participado a ir a celebrar el cumpleaños de su academia de baile. Nos aseguraba que estaba a sólo unas calles de allí y que nos lo pasaríamos muy bien. No estaba muy motivado de ir, quería regresar a casa, pero Maxime con la esperanza de que Manon sucumbiera a sus encantos esa noche, me insistía quedarnos por lo menos un poco más para ver qué podía lograr. Ahora que lo pienso, no sé qué sería de mí en estos momentos si hubiese logrado mi cometido y hubiese regresado a casa. Tal vez nunca hubiese conocido tu actual casa, no lo sé, tal vez el destino existe y eso es lo que él me tenía preparado para aquella noche, el día que precisamente era el cumpleaños de la academia de baile del profesor de salsa del bar que estaba en la calle Saint Catherine de Lyon. Mientras estábamos afuera del bar esperando que el profesor de salsa saliera para indicarnos el camino, escuché una dulce voz femenina hablando francés con un acento que sonaba muy bien a los oídos, puedo incluso decir un poco estimulante. Era una chica española que estaba explicando al pseudo colombiano y a su amigo francés que no podía quedarse, le acababan de conectar internet en su casa y que quería aprovechar para hablar con su familia. La verdad no me fije mucho en el rostro de la chica y lo único que retuve fue su dulce voz y su excitante acento. Supe que era española porque después la escuché hablar con una de sus amigas. Era la primera vez que escuchaba a alguien hablar con ese acento, bueno fuera de la televisión por su puesto. Mientras la escuchaba hablar, muchos recuerdos de mi infancia y adolescencia vinieron a mi cabeza, la típica frase 'de oca a oca, tiro porque me toca' o las pruebas del gran Prix o incluso, bueno eso ya me da vergüenza decírtelo ...."

- Venga hombre, dímelo, que estamos en confianza -dice Amaia con una sonrisa picara-, vaya que no me has dicho ya muchas cosas...

- Bueno, es que en mi adolescencia, ya sabes, en la época en que las hormonas se alborotan, mi curiosidad por ver mujeres desnudas me llevó a ver películas pornográficas con mis amigos, las películas que alguno lograba conseguir clandestinamente de la colección de su padre o del típico tío alcahuete que quiere que su sobrino sea el rompe-corazones más conocido de la ciudad. En dichas películas el doblaje estaba hecho en español de España, creo que eso se me ha clavado en el cerebelo, cada vez que escucho una chica con una voz dulce y con una acento español, mi pituitaria reacciona, y mi libido se vuelve loca....

Jhonatan estaba completamente sonrojado y con una expresión de vergüenza, pero al ver que Amaia sólo sonreía y en sus ojos no había ni una pizca de prejuicio o desprecio por lo que acaba de decir, se relajó y continuó con su historia.

"Después de unos quince minutos de espera, mientras me sentía obligado a hablar con Melissa para que Maxime tuviera su tiempo a solas con Manon, por fin salió el profesor de salsa para guiarnos hacía su academia donde quería celebrar el cumpleaños. Éramos unas treinta personas en total, y todos iban en grupos hablando y bebiendo lo que les quedaba de la copa que habían comprado en el bar. Mientras tanto iba hablando con Melissa, me estaba contando su aventura por Nicaragua. Estábamos hablando en español, me decía que le encantaba por fin poder hablar de nuevo en español y que estaba muy contenta de conocerme. Melissa era una chica rubia, joven, su edad no pasaba los veinte años, de talla mediana, delgada, con unos ojos azules muy claros y brillantes, yo creo que ese era su mayor atractivo, tenía la piel muy blanca y una sonrisa muy expresiva. Había ido a Latinoamérica en un año de intercambio porque sus padres la motivaron a aprender español con la excusa de que es la segunda lengua materna más hablada en el mundo, después del chino mandarín por supuesto. Me contaba de su experiencia, todos los que había conocido en Nicaragua la trataban muy bien, que siempre era bienvenida a dónde quisiera ir, la invitan muy seguido a comer a casa de los padres de sus amigos, y siempre se interesaban por conocer más sobre su vida. Le había encantado Latinoamérica, afirmaba que era un estilo de vida diferente, las personas son más abiertas, aprecian más la vida y los momentos felices, no se preocupan por el mañana y se concentran más en conseguir la felicidad diaria que planificar lo qué harán en diez años.

Al fin llegamos a la academia, pero no era cómo me la imaginaba, estábamos en la puerta de un edificio antiguo y no había rasgos de haber algo especial, sólo parecía un edifico de apartamentos común y corriente. El profesor abrió la gran puerta de madera y nos ordenó seguirlo al primer piso (en Francia el primer piso es el segundo de América). Subimos, todos estaban entrando a un apartamento que aún seguía sin tener nada de pinta de una academia de baile. Tuvimos que pasar por un pequeño pasillo y luego girar a la derecha, ¡he ahí el gran salón de baile!, adornado con luces y con una gran bola de espejitos de esas que se utilizaban en los setentas en las discotecas. El gran salón estaba lleno de mesas a su al rededor y sobre cada mesa había un platico lleno de chorizo cortado cuidadosamente. Maxime, Manon, Melissa y yo decidimos sentarnos en una mesa al fondo del salón, mientras la gente terminaba de entrar y ponían música, nos pusimos a hablar. La mayoría de las personas presentes, eran franceses de mediana edad, ahora que conozco un poco mejor el ambiente latino en Francia, sé que son el típico perfil de personas que les gusta tomar clases de baile latino. La mayoría conversaba mientras miraban las personas de las otras mesas. Muchos parecían conocerse de antes e incluso tener una gran confianza entre ellos. Sin embargo pude notar que al otro lado del salón había una mesa de jóvenes que hablaban español, me causó un poco de curiosidad y me dije que luego podría acercarme para conocerles.

Por fin comenzó la música, la verdad estaba motivado para bailar, pero eso si, no quería ser el único que bailara. Así que decidí esperar a que por lo menos una pareja se decidiera a bailar, para llenarme de valentía y sacar a alguna chica o ¿por qué no?, alguna señora de las que estaban presentes. Pasaron varias canciones, Víctor Manuel, Marc Anthony, The puerto Rican Power, pero al parecer ninguna era capaz de motivar la gente para salir a bailar. El profesor y dueño de la academia, al ver que nadie estaba aprovechando la música para bailar, y sobretodo al ver que nadie estaba bebiendo ni siquiera una cerveza, se levanto he hizo lo que mejor sabe hacer, dar clases de baile. A mis ojos, tenía un comportamiento de bufón, iba saltando de aquí para allá, sonreía todo el tiempo y no paraba de aplaudir mientras balbuceaba palabras en francés apenas comprensibles. Creo que se había esforzado mucho por hacer de su personalidad la viva descripción de un 'latin lover', era un hombre corpulento de piel muy morena, utilizaba camisetas sin mangas y ajustadas a su cuerpo.

Su acento parecía exagerado y sobretodo sus movimiento mientras bailaba, en especial, el de su trasero, le encantaba moverlo y ver a las jóvenes francesas cómo se quedaban con sus ojos bien abiertos viendo como lo movía de un lado para otro, casi como lo hace la cobra para hipnotizar a sus presas.

Para motivarnos a bailar, tomó un micrófono y empezó a dar instrucciones con su francés difícilmente comprensible. Nos pidió a todos levantarnos de la silla, diciendo que nadie tenía derecho a estar sentado. Luego dijo que nos separáramos los hombres a un lado y las mujeres al otro mirándonos de frente, haciendo dos filas a los extremos del salón, poniéndonos hombro con hombro con las personas de nuestro mismo sexo y mirando la otra fila frente de nosotros. Luego fue a hablar con el chico que ponía la música, le dijo algo mientras tapaba el micrófono para que nadie escuchara lo que le decía, después volvió al centro del salón. Al ver que todos estábamos en posición, nos dio instrucciones ponernos en parejas, a mi no me apetecía nada bailar con Melissa y tuve la suerte de que el chico gringo-colombiano se sentía atraído por ella y la sacó a bailar. Como te lo imaginaras, Maxime sacó a Manon y eso me dejaba a mi solo contra el mundo, estaba obligado a sacar a una desconocida. Miré hacia los lados, veía cómo las parejas se iban formando, empecé a desesperar y a pensar que me iba a quedar sin pareja. En esos instantes mira hacía al frente, y sentí que el mundo se había detenido, no podía creer lo que me mostraban mis ojos, por un instante olvidé que estaba en Francia, olvidé que había venido con Maxime, no pensaba ni en Manon ni en Melissa, en mi mundo sólo estábamos la imagen que tenía al frente y yo. Era una imagen que ni en mis sueños pude haber mejorado, la música ya no llegaba a mis oídos, las personas ya no estaban hablando, los balbuceos del bufón habían desaparecido. En esos momentos únicamente estaba yo rodeado de oscuridad y la bella y esbelta figura femenina que tenía frente a mi.

Sentí que estaba viendo una de las imágenes que había visto en el pequeño hotel de Montçeau Les Mines, ¡era una imagen de Victoria Francés!, no lo podía creer, no entendía por qué mi mente quería jugar conmigo de esa manera, si ni siquiera había bebido alcohol, al menos no tanto como para alucinar. Mi primer pensamiento fue que mi percepción me estaba engañando, que tal vez estaba muy cansado y que empezaba a ver espejismos. Esa imagen que tenía en frente mío era perfecta, no sólo la silueta femenina, sino la tenue luz que iluminaba su rostro, el fondo oscuro, con una pequeña mesa adornada con su platico de chorizo, no había nadie más que la silueta, nada se movía o hacía ruido alguno, era como estar frente a una obra de arte del Louvre que ocupaba toda mi mirada. Créeme, he sido formado como católico, toda mi familia es católica, pero yo no soy el mejor de los fieles, vamos que no soy muy creyente, pero esa imagen que se estaba grabando en mi retina era la más bella que nunca había visto bajo el cielo de los cielos.

La chica que era la parte principal de la imagen y estaba en el centro de la misma, tenía cabellos oscuros ondulados, sus ojos marrones claros, redondos y grandes, brillaban por el reflejo de las luces del salón y era lo que más resaltaba de la imagen. Su rostro tenía rasgos finos y delicados, con la poca luz que lograba llegar sobre ella, se podía notar que su piel era blanca pálida y que su maquillaje era muy poco marcado pero bien proporcionado. Tenía una blusa de mangas cortas de color grisáceo oscuro, sus pechos estaban bien delineados por las rayas del niqui, se podían ver redondos y voluptuosos. Sus pulgares estaban en los bolsillos de su pantalón de jean ajustado a sus piernas dejando ver sus curvas femeninas a la perfección. Tenía las piernas cruzadas y los hombros un poco levantados. Su rostro expresaba un poco de vergüenza, sus ojos miraban directamente a los míos y sus cejas estaban un poco levantadas y unidas hacia el centro, casi como haciendo una V invertida, una pequeña sonrisa nerviosa se dibujaba en su cara, pero al mismo tiempo me invitaba a que me acercara.

Yo no salía de mi asombro al ver aquella chica, sentía que sus ojos me penetraban el alma y podían leer en mis pensamientos, sentí lo mismo que en el pequeño hotel, era una belleza a la que yo no estaba acostumbrado, era algo que nunca había sentido, ni visto en la realidad, en un plano tan palpable y autentico, lejos de dibujos y pinturas, pero tan cerca a los trazos hechos por un artista, una obra de arte. De repente mis manos se pusieron a sudar y mis rodillas a temblar, empecé a darme cuenta de que no era una alucinación y de que eso en realidad estaba pasando. Después de unos segundos me armé de valor y me le acerqué estirando mi mano derecha, en seña de que quería bailar con ella. Sin decir ni una palabra ella cogió mi mano y asentó con su cabeza. Su mano estaba un poco fría, pero se podía apreciar una piel suave y delicada, las uñas de sus pulgares dejaban ver que eran ellas las que sufrían las represalias de un estrés o de los nervios. Le dije en francés que hace mucho que no bailaba y que estaba un poco oxidado, ella sonrío y luego un poco avergonzada giró lentamente su cabeza para ver qué instrucciones nos daba el bufón.

Antes de que las personas se terminaran de poner en parejas, no podía evitar seguir admirando la belleza de la chica a la que le sostenía la mano, me parecía un sueño... era la chica de mis sueños... Ese pensamiento me transportó a mi infancia, no tenía más de seis años, en la etapa en la que aún tenemos el amor como una utopia, en la misma época en que mis padres se habían acabado de divorciar, mi madre sufría mucho y nos hacía ver, sin palabras, que el amor hacía mucho daño. Me vi hablando con ella, le estaba contando un sueño, le decía que había soñado con un ángel, un ángel que tenía una piel muy suave, los cabellos negros y unos ojos muy bonitos. Le contaba que ese ángel me había dicho que el amor verdadero si existía y que si quería encontrarlo tenía que ser paciente, porque tarde o temprano llegaría, le dije que no llorara más, que no se preocupara porque si el ángel me lo había prometido estaba seguro de que era verdad y que seguramente, si era paciente, llegaría a su vida el amor verdadero. ¿Cómo pude haber olvidado ese sueño?. Mi madre se conmovió mucho con mi historia inocente y sin prejuicios, me dijo que intentara escribirla, yo aprendí a escribir desde los tres años, así que lo hice. No sé dónde habrá quedado esa historia, se habrá perdido entre tantos recuerdos de mi infancia que preferí olvidar, lo que si sé, es que la misteriosa chica que estaba sosteniendo mi mano en esos momentos, se había convertido en mi mar-

cador de página para los sentimientos que había sentido en ese sueño, era la misma imagen de ese ángel que me había prometido el amor verdadero cuando aún no sabía lo que significaba una relación de pareja. Era ella, el mismo tamaño, las mismas manos, los mismos ojos, era ella, el ángel con el que había soñado.

El profesor de salsa, en su papel de 'latin lover' no podía impedir lucirse en el día del cumpleaños de su academia, y sus instrucciones comenzaron a demostrarlo. Primero nos pidió tomar la chica por la cintura con nuestro brazo derecho y con el izquierdo coger su mano derecha, nos indicó los pasos que debíamos hacer para hacer un giro al ritmo de la salsa, él hacía lo que nos indicaba al mismo tiempo en compañía de una chica que él mismo había escogido desde antes de salir de las clases en el bar. Al ver que los movimientos que estábamos haciendo no eran suficientes para mostrar su capacidad como amante, decidió que todos hiciéramos un gran circulo, intercalando hombres y mujeres, dándonos la espalda y ubicando estratégicamente nuestras parejas (las chicas) detrás de nosotros (los chicos), era como una especie de fila de la conga pero en circulo cerrado, nos pidió que diéramos varias pasos hacía el centro para que así estuviéramos pegados los unos contra los otros. Luego, nos ordenó a los chicos hacer lo mismo que él y a las chicas dejarse llevar. Su primer movimiento fue inclinarse un poco y mover su 'derrière' de una manera sugestiva, luego tuvimos que coger las manos de nuestra pareja y que las hiciéramos pasar por nuestro pecho y caderas. Yo, evidentemente, estaba avergonzado pues acababa de conocer a la chica de mis sueños y ya me estaba tocando el pecho con sus esculpidas manos. No diría que es una profanación, sólo que pensé que tocaría primero mi rostro o mis labios antes de tocar alguna otra parte de mi cuerpo.

Al ver que ya había logrado su cometido de excitar a la chica con la que había estado flirteando toda la noche, el bufón nos dejó en paz diciendo por el micrófono que iba a hacer una pausa y que luego regresaba. Fue y le entregó el micrófono al chico que ponía la música y luego le señaló el camino a su 'doncella'. Aún con un poco de ver-

güenza, le dije a la chica de mis sueños que luego volvería a sacarla para que bailáramos un poco, pero que en ese momento necesitaba una pausa. Me dirigí a la mesa donde ya se encontraban Maxime, Manon y Melissa, la chica de mis sueños se dirigió a donde estaba el grupo de españoles, me parecía muy extraño que la primera vez que había visto la mesa no había notado que ella estaba con ellos. Melissa se comportaba diferente conmigo, ya no me miraba de la misma manera, se le veía unos gestos de celos que intentaba esconder, no le di importancia y me puse a conversar con Maxime sobre el ejercicio que habíamos acabado de hacer. Le pregunté sobre lo que pensaba del profesor de salsa y sobre lo que nos había hecho hacer durante 'su clase', nos burlamos de él y de sus maneras de conquistar.

Luego de una pequeña pausa y media cerveza, ya me había armado de valor para sacar a bailar a esa chica que hacía temblar todos mis cinco sentidos, incluso creo que si tuviera un sexto, también se vería un poco afectado... Me puse de pie y busqué la mesa de los españoles, por fin la divisé hablando con dos chicas. Me acerqué y con un poco de vergüenza le pregunté en francés si quería bailar. Ella me respondió que por supuesto y noté que tenía un acento especial. Era la primera vez que escuchaba su voz, si antes había sido transportado por la imagen de la primera vez que la vi, esta vez me sentí transportado por su rítmica voz, por un momento pude sentir las mismas sensaciones que sentía cuando estaba pequeño y corría a los brazos de mi madre porque tenía miedo, y ella me cantaba para calmar mi ansiedad y sentirme en seguridad. Mientras nos dirigíamos a la pista de baile, le pregunté en mi lengua materna si hablaba español, en ese momento noté como exhalaba profundamente y como por arte de magia mucha de su expresión de vergüenza desapareció de su rostro, pero fue reemplazada por un gesto de confusión y al mismo tiempo de alivio. Me dijo que ella venía de Bilbao, y que hablaba castellano. Luego, aún con su expresión de confusión me pregunto dónde había aprendido a hablar tan bien castellano, que estaba sorprendida porque se me notaba muy poco mi acento francés. No pude evitar reír mientras miraba el suelo, volví a hacer contacto visual y le dije que yo no era francés sino colombiano. Le pregunté donde quedaba Bilbao, primero me miró sonriendo y luego cuando se dio cuenta que le estaba preguntando en serio, me respondió que estaba en el norte de España. En una región que se llama el País Vasco. Me contó que en dicha región se habla una lengua diferente al castellano, una lengua aún más antigua que el latín y de la cual aún no se saben las raíces. Me sorprendió mucho que en España no se hablara solamente español, o castellano como a ella le gustaba decirlo, y me gusto aún más la idea de que hablara más de dos idiomas, eso a mi juicio era un gran indicio de su inteligencia, y eso simplemente me encanta.

Al fin, llegamos a la pista, le pasé mi brazo derecho por su cintura, tomé su mano derecha con mi mano izquierda y nos pusimos en posición, antes de empezar a bailar ella me previno que nunca antes había intentado bailar salsa, que ésta era la primera noche que lo hacía, y que hasta ahora no se sentía muy buena en ello. Le dije que no se preocupara, que para mi el baile no se trata de hacer pasos prefabricados, donde los que participan ni siquiera se miran a los ojos y sólo se concentran en verse bonitos para los demás, ella sonrió y pude sentir cómo su cuerpo se destencionaba. Cuando comenzamos a bailar, me di cuenta de que aún no sabía el nombre de la chica de mis sueños, había estado tan concentrado en el terremoto de sensaciones, que había olvidado completamente preguntar su nombre. '¿Cómo te llamas?', le pregunte mientras la miraba a sus hipnotizantes ojos, 'Nerea'. Le dije que me llamaba Jhonatan y que estaba a la orden para lo que se le ofreciera, que de todas formas, ya éramos casi íntimos después del baile que nos había hecho pasar el profesor de salsa, así que le pedí que no tuviera vergüenza de pedirme lo que quisiera. La verdad que no lograba disimular mi encanto por ella, simplemente me nacía coquetearle. Nerea utilizaba mucho su rostro para expresar cómo se sentía, sus gestos eran marcados pero tiernos y femeninos. Siempre que quería afirmar algo que acaba de decir, asentía sutilmente tres veces cuando terminaba su frase mientras dejaba ver una pequeña sonrisa. Cuando algo le parecía gracioso, levantaba sus hombros, sonreía sin dejar ver sus dientes y la parte inferior de sus párpados se levantaba un poco, era demasiado tierna o mona, como dicen en España, para ser realidad, aún me sentía en un sueño y créeme no quería despertar.

No volvimos a pronunciar palabra durante esa canción, nos dejamos llevar por el ritmo y por las miradas, yo podía sentir su calor a través de sus manos y de su cintura, además de que podía sentir cómo latía su corazón y su pecho se expandía a medida que respiraba. Por un momento me sentí completamente en concordancia con ella, sentí que estábamos solos en aquella sala y que el mundo era nuestro. Ella puso su oreja derecha sobre mi hombro derecho y se dejaba guiar al ritmo de ese merengue romántico que nos habían puesto. «Esto es un sueño» me decía una y otra vez a mi mismo mientras sostenía su mano delicadamente. Tan pronto terminó la canción, le pedí que por favor no se fuera para la mesa, que quería hablar un poco con ella, estuvo de acuerdo y continuamos bailando la nueva canción que nos pusieron. Le pregunté a qué se dedicaba, me contó que estaba haciendo un Erasmus en la universidad de Lyon III, y que estaba en último año de periodismo, después del Erasmus sólo le faltaría hacer las practicas. Me contó que desde pequeña siempre había querido ser corresponsal de guerra y que su sueño era convertirse en una gran periodista, yo sonreí y le dije que estaba seguro que acababa de conocer a la futura ganadora del premio Pulitzer.

Ya se aproximaba la media noche y yo tenía que tomar mi bus para regresar a casa, sino, tendría que regresar a pie y era más de una hora de camino. Le pregunté si tenía algún número a la que la pudiera llamar, y me dijo que casualmente ese día había comprado un móvil francés, pero que no se sabía el número, fue por su nuevo móvil y buscó dentro de sus contactos su propio número para dármelo, yo también le di el mío, por un momento pensé que me había dado un numero falso, pero no le di importancia, estaba seguro de que la volvería a ver. Le dije a Maxime que tenía que irme, me despedí de Manon y de Melissa, salí corriendo hacia la estación de buses en Perrache, para no perder mi bus de regreso a casa. Cuando llegué, vi que el bus estaba parqueado, listo para salir de la estación, le grité al conductor para que me esperara, al parecer alguien que estaba en la parte de atrás del bus me vio y le dijo al conductor que parara. Le agradecí al conductor por haber parado, me subí, luego me senté en la última silla del bus a seguir soñando con lo que había pasado, simplemente no me lo creía"

Al decir las últimas palabras, Jhonatan se da cuenta que Amaia había terminado su café, le pregunta si quiere otro. Amaia con un hambre voraz le dice que le apetece comer algo, que aún no había comido nada en todo el día y que el hambre la estaba matando. Jhonatan le pregunta si le gusta el Kebab, Amaia, que le gustaba toda clase de comida en general, le dice que le encantaría comerse uno ahora mismo. Jhonatan conocía un restaurante turco excelente, estaba seguro que le encantaría, según él, en dicho lugar vendían los mejores Kebabs de todo Lyon, además eran hechos por turcos que eran los que se habían inventando el Kebab. En el camino para el restaurante, Jhonatan, queriendo saber si Amaia tenía novio o no, aprovecho para preguntarle sobre su pasado amoroso...

- Dime Amaia, ¿tienes novio?...

- Bueno... Tenía.... Cuando comencé a hacer el papeleo para obtener la beca Erasmus, comenzaron los problemas con él. Es muy celoso y no paraba de decirme que estaba seguro que iba a conocer a alguien más en el Erasmus y que lo iba a dejar a él solo en Bilbao. El caso es que la relación empezó a deteriorarse a partir de ese momento, y ya las cosas no eran las mismas. Comenzando el verano tuvimos una gran discusión porque no nos decidíamos si íbamos a ir juntos de vacaciones a algún lado o nos quedábamos en Bilbao. Al final le he dicho que iba a ir en un crucero con mis amigas por el Mediterráneo, ¡eso comenzó una batalla campal!. Me dijo que no podía creer que no quisiera pasar el verano con él antes de venirme todo un año a Francia, que eso no lo podía soportar. Pocos días después, me citó para tomar un café y para hablar, y bueno ya te imaginaras el tipo de conversación que quería tener conmigo mientras nos tomábamos un café. El caso es que me dijo, en plan, que sentía que no iba a poder soportar estar tanto tiempo lejos de mi y que prefería que nos diéramos un tiempo, que nos vendría bien a los dos. Un par de meses después, en fiestas de Bilbo, me enteré que estaba con otra chica, me alegré por él, pero me sentí traicionada al mismo tiempo, no podía creer que en tan poco tiempo pudo lograr estar con alguien más, me dolía, pero prefería pensar positivo y resaltar que yo estaba disfrutando mi situación de soltera y me sentía bien conmigo misma

- ¿Cuánto llevas soltera entonces?

- Pronto serán cinco meses

- ¡Wow! ya son unos cuantos. Pero bueno, estando en Erasmus habrás conocido muchas personas interesantes, ¿no?

- Bueno, la verdad que si, pero me apetece estar sin pareja, así no tengo que pensar en rendirle cuentas a nadie, puedo salir cuando me plazca y con quien me plazca, puedo decir que por primera vez en mi vida estoy feliz siendo soltera, estando sola

- ¿Cuánto tiempo llevabas con tu ex?

- Un poco más de dos años, lo conocí en Marijaias, pero antes estuve con un chico por cuatro años, sólo he tenido dos novios en toda mi vida

- ¿Sólo dos?, ¿en serio?, entonces debes estar un poco aturdida con todas las nuevas experiencias que debes estar viviendo en Lyon, seguramente podrás encontrar alguien con quién estar este invierno

- Jaja, no, la verdad que no lo creo, queda demasiado poco para navidad y no creo encontrar a alguien tan rápido

- ¡Ah!, entonces, ¿no crees en el amor a primera vista?

- La verdad que no, eso de que alguien se enamore de otra persona sin conocerle, sin saber nada de él, ni cómo se comporta en ciertas situaciones, ni si es amable o es pretencioso, me cuesta creerlo, y tú, ¿crees en el amor a primera vista?

- ¿Yo?, si que creo en la posibilidad de enamorarte sólo con conocer un poco a la persona. ¿Sabes?, últimamente hay muchos avances científicos en lo que respecta a por qué nos enamoramos o por qué nos atrae sexualmente una persona. La verdad que no soy un experto en el tema, pero a mi juicio todo eso comenzó con las teorías de Freud y el complejo de Edipo. Dichas teorías afirman que siempre buscamos a alguien que nos recuerde, ya sea físicamente o moralmente a nuestra madre o padre según el caso. Luego han salido teorías sobre la lucha por la supervivencia en la evolución, es decir, para ganarle la guerra biológica a los virus y microorganismos dañinos para nuestro sistema. Existen teorías que dicen que tu puedes oler en otra persona sus capacidades en su sistema inmunitario, y si las diferencias con respecto al tuyo son muy grandes, se sentirán atraídos el uno por el otro, así, la naturaleza se asegura de que la descendencia tendrá una gama más grande de inmunidad contra las amenazas microscópicas. No ha de ser sorprendente entonces explicar por qué muchos piensan que los mestizos son muy guapos. En esa base, los científicos sustentan la tesis de que el amor sólo dura cinco años, el tiempo suficiente para concebir, pasar por el embarazo y poder criar nuestra descendencia por el tiempo suficiente para que se pueda defender solo. No es chocante que ese tiempo coincida con el que nos dan los psicólogos para asegurar que un ser humano ya ha tenido el tiempo suficiente para crear una identidad y las bases de como será cuando sea un adulto

- Pero entonces, ¿por qué nos parecen atractivos los famosos si no podemos oler su sistema inmunológico?, al menos yo no he estado ni siquiera cerca de los famosos que me parecen guapos

- Bueno, eso está complementado por el aspecto físico, el ser humano tiende a ver, inconscientemente, ciertas características en el aspecto físico de los demás, con los cuales puede reconocer una buena capacidad del sistema inmunológico o incluso de fertilidad. Es por ello que los hombres preferimos las mujeres que tienen unas proporciones definidas entre su cintura y sus caderas, además de unos labios carnosos que son buena seña de que la mujer tiene grandes posibilidades de tener una buena fertilidad. Las mujeres por su lado prefieren, por ejemplo, los hombres altos, porque en los tiempos en que el ser humano se enfrentaba a diario a amenazas externas, un hombre alto significaba una mejor defensa para los hijos, por eso no es mayor sorpresa que se diga que los humanos cada vez somos más altos, ya que son estos genes los que logran pasar con mayor abundancia de generación en generación. Puedes pensar que hemos avanzado mucho últimamente y que eso queda en la prehistoria, estoy de acuerdo en el aspecto de que adecuamos nuestro ambiente a nuestras necesidades y a nuestras comodidades, pero realmente nuestra fisionomía ha evolucionado muy poco con respecto al Homo Sapiens original. Eso no es todo, no sólo tenemos la capacidad de reconocer un buen sistema inmunológico por el olfato, pero también por la vista y por el gusto, el ser humano se siente atraído por la simetría en el rostro, una cara simétrica es buena señal de que la persona posee un buen sistema inmunológico y que muy pocas enfermedades han afectado dicha simetría. Al mismo tiempo, rechazamos una simetría perfecta, es por eso que podemos reconocer fácilmente un rostro creado por computador, porque los programadores generalmente olvidan que no somos perfectamente simétricos, se podría tomar el concepto de los pintores en este punto y decir que nos encanta la **imperfección perfecta**, cualquier cosa que a nuestro juicio sea perfecta nos asusta, nos hace sentir amenazados y de inmediato empezamos a buscarle defectos. El sentido del gusto también nos alerta de una posible incompatibilidad genética, cuando besamos la piel (sobretodo el cuello, pecho y vientre) de otra persona que no ha sudado mucho (el sabor del sudor no siempre es muy agradable) y no se es compatible con dicha persona, queda en tu boca un sabor amargo y fuerte, desagradable y difícil de quitar. Por el contrario, si eres compatible, no tendrás ninguna sensación de mal sabor o incluso puede que te agrade mucho. Pero también hay otro aspecto que hemos creado y que nos diferencia de nuestros antecesores sin lenguaje. Valoramos dos aspectos que nos hacen únicos en nuestra calidad de seres humanos, uno de ellos es el conocimiento, la experiencia, que muchos definen como la capacidad de algún individuo para sobrellevar con éxito las vicisitudes que se le atraviesan, pero para sorpresa de muchos, valoramos más el otro aspecto (sobretodo las mujeres), la imaginación, no sé realmente cuál es la relación con la procreación o con las posibles herencias, pero es ineludible el hecho de que los pintores, músicos, escritores, cineastas siempre han tenido fama de bohemios y liberales, son conocidos por tener relaciones superfluas y poco duraderas, pero sobretodo tienen fama de ser mujeriegos... Sólo mira el caso de Picasso. Por mi parte, yo prefiero imitar el ejemplo de la naturaleza, así como ella nos da el instinto para escoger la persona con la que tengamos la más amplia gama de genes benéficos para nuestro sistema inmunológico, en lo que respecta a nuestro aspecto único como seres humanos, prefiero a voluntad una mujer que dedique su vida a un área del conocimiento alejada de la mía, eso enriquece mi experiencia, la suya y lo más importante la de nuestros posibles hijos

- Jaja, Jhonatan estás lleno de sorpresas...

- Espera, espera que aún no he terminado. Para continuar con el tiempo necesario para enamorarnos, considero que la línea del tiempo que tenemos los latinoamericanos no se parece en nada a la de los países de occidente. Para explicártelo, puedo darte un ejemplo de lenguaje... En Colombia, y en Latinoamérica en general, es muy común que cuando estés hablando de tus planes a futuro termines con la frase 'si Dios quiere', es nuestra parte religiosa que aboga por nuestra manera de vivir, esa concepción diferente del tiempo es la consecuencia de la famosa frase que repetimos una y otra vez cuando recitamos el padre nuestro tal y como nos lo enseñan desde pequeños, es esa búsqueda de 'nuestro pan de cada día'. Creo que eso nos programa para decirnos que la vida no la tenemos comprada y que en cualquier momento podemos morir, yo no lo sé, tal vez mañana no estaré vivo

- Calla, calla, no digas esas cosas

- Jaja, he ahí la diferencia a la que me refería, tú o tus amigos, no les cuesta pensar en qué harán cuando sean mayores, o que el promedio de esperanza de vida europeo será la edad a la que tu morirás, nosotros en Colombia, no todos, pero al menos la mayoría de las personas, vivimos el día a día, nos cuesta hacer planes a veinte o treinta años, incluso las hipotecas más largas son a quince o máximo veinte años y recuerdo cuando supe eso que me parecía muchísimo tiempo. Debo confesar que he perdido un poco eso desde que llegué a Francia, y me hace falta, porque con ese estilo de vida puedo concentrarme en lo que realmente me hace feliz, agradecerle a la vida por todo lo que me da y el poder disfrutar al máximo cada día, no postergar las cosas diciéndome que seguramente podré disfrutarlas después, bueno eso no me impide ahorrar dinero por supuesto, pero al menos siento que si quiero algo, lo hago ahora y no lo dejo para después. También es que soy un caso especial, yo he escogido voluntariamente salirme de los protocolos de la sociedad

- ¿Protocolos de la sociedad? -pregunta Amaia mientras miraba a Jhonatan con los ojos entre cerrados y claramente mostrando que no entendía lo que él le estaba diciendo- ¿a qué te refieres con los protocolos de la sociedad?

- Me refiero a los tiempos o los comportamientos que nos enseñan desde pequeños que se deben seguir antes de lograr algo. Te dicen que si quieres algo tienes que esperar cierto tiempo para lograrlo, o tienes que proceder de cierta manera, es verdad que la práctica hace el maestro, pero eso es sólo el medio de lograrlo. Por ejemplo, en las típicas películas de Estados Unidos, donde nos muestran el chico empollón o nerd que al final se convierte en el chico más popular de la escuela, ¿por qué?, porque dejó de seguir el protocolo que le habían enseñado de que él tenía que ser el pringado de la escuela y pasó a creer que él podría ser el más popular, los gringos le tienen incluso un nombre a esos protocolos: 'playing the game'. ¿Nunca te ha pasado que en una noche de juerga te haces muy amiga de alguien al que apenas conocías y que 'en condiciones normales' te hubiese tomado mucho tiempo para ganar esa confianza con esa persona?, pues es eso a lo que me refiero, en este caso, es el alcohol el que inhibe en ti el protocolo de hacerte amiga de alguien, de esa manera no tienes que seguir el procedimiento habitual y pasas directamente a lo que te interesa, a tu objetivo, que en este caso sería hacerte amiga de esa persona. Lo mismo puede suceder en una pareja que se acaba de formar, algo así como el amor a primera vista, es en esas situaciones en que acabas de conocer a alguien y tienes una constante sensación de 'déjà vu', al mismo tiempo que sientes que conoces esa persona desde hace mucho. Otro protocolo bastante conocido, se pone en marcha cuando terminas una relación amorosa, las personas que te apoyan después de haber terminado esa relación, te dicen que eso no se pasa de la noche a la mañana, que existen etapas para ello, yo considero que si, existe una etapa en la que estarás triste, es un duelo natural, pero eres tú quien elige cuanto dura esa etapa, eres tú quien se programa para estar triste o feliz... son simples protocolos que nos inculcan desde pequeños, que al mismo tiempo, yo los llamaría barreras. Entre los protocolos que más daño nos pueden hacer, están el orgullo y la vergüenza

- ¿Pero no crees que esas barreras están hechas para mantener un orden en la sociedad? sin ellas el mundo estaría en caos, ¿no?

- Me gusta que hayas dicho eso - dice Jhonatan mientras sonríe-, tu argumento es muy valido, acepto que ciertos protocolos son necesarios, sobretodo en los casos en que podemos herir la integridad de otra persona, pero yo hablo de los que sólo te conciernen a ti y a tu al rededor sin hacer daño a nadie, sólo en búsqueda de tu bienestar sin obstruir el de los demás. En todo caso, ¿nunca has pensado que eso que me acabas de decir puede que te lo hayan enseñado para que siempre estén los mismos tres inestables gatos en el poder?, alimentándose de nuestro deseo de salir de la rutina, de escaparnos de nuestra existencia (algo que no es nuevo), la literatura contemporánea se ha inundado de magos, brujas, vampiros y hombres lobos, si lo tenemos en nuestra vida cotidiana, lo haremos parte de nuestra diario vivir y comenzaremos a pensar que es real, de esa manera los gobernantes pueden justificar la desaparición de nuestros impuestos con un 'acto de magia'. ¿Cómo podemos saber qué pasaría si todos viviéramos fuera de esos protocolos si aún no lo hemos experimentado?. También podríamos pensar que simplemente no todos están preparados para vivir fuera de los protocolos y necesitan esa pseudo seguridad que les genera seguirlos al pie de la letra, así que los que saben ese pequeño secreto para ser felices, serán un grupo selecto fuera de los protocolos y vivirán su vida plenamente. Además, no veo por qué ha de estar en caos, no todos queremos las mismas cosas y no todos queremos ser ricos y famosos aunque los medios nos quieran vender la idea. Yo te estoy hablando de dejar esos protocolos a un lado para ser feliz tú y sólo tú, recuerda que tú escoges tu estado de animo cada mañana al levantarte y nadie lo puede hacer por ti...

Hay un momento de silencio el cual Amaia aprovecha para reflexionar sobre lo que Jhonatan le había acabado de decir y poder argumentar en su contra. Jhonatan no podía evitar desconectarse de la conversación y miraba a su al rededor, dejando que todos esos recuerdos llegaran a su cabeza mientras al mismo tiempo escuchaba imaginariamente una de sus canciones favoritas para acompañar las imágenes y las sensaciones que le venían. Recordaba uno por uno a los personajes con los que había hecho tantas cosas por esas calles que estaba caminando de nuevo después de tres años. Las sensaciones de haber pasado por allí teniendo frío, calor, sueño, o mareado por el alcohol... Súbitamente su expresión de felicidad cambia, Jhonatan ve imágenes que no le agradan, recuerda su encuentro del día anterior en París, recuerda a ese hombre en boina inglesa, por debajo de la cual se podía ver un poco su calvicie, recuerda las fotos que le había tomado, el recuerdo le desagrada y prefiere parar su reflexión. Divisa el restaurante mientras sale de sus recuerdos, Amaia le había dicho algo pero él no escuchó por estar en obnubilado recordando

- Perdona Amaia, no he escuchado lo último que has dicho

- ¡Ah! -dice Amaia mientras cambia su expresión de entusiasmo por una pequeña muestra de desilusión, le gustaba mucho la conversación que estaba teniendo con Jhonatan y le disgustó que él se haya distraído- bueno, te decía que tienes razón, que la felicidad depende de cada uno, pero también para ser feliz tienes que estar en un ambiente feliz, y estar en armonía con los que te rodean

- Tienes toda la razón Amaia, pero piensa en que el comportamiento de la persona con la que estás hablando es muchas veces el reflejo de lo que tú sientes o estás pensado en el momento en que hablas con ella, de todas formas, recuerda que irremediablemente no puedes agradarle a todos, si te esfuerzas por agradarle a todo el mundo acabaras por no agradarle a nadie. Seguramente eso te ayudará a ser feliz, pero al fin y al cabo sólo depende de ti ver las cosas de la manera en que tú quieras. Recuerda Amaia, la interpretación que tú tienes del mundo es la que te dan tus sentidos y no los de los demás, eres tú entonces, quien decide cómo quieres recibir esas señales y cómo quieres utilizarlas... -después de una pausa Jhonatan ve el restaurante y se dirige hacía él haciendo señas a Amaia- Hemos llegado al restaurante del que te he hablado

Jhonatan abre la puerta para que Amaia pueda entrar mientras le sonríe y le hace un gesto con su mano queriendo decir que es bienvenida. Una vez dentro del restaurante, Jhonatan le pregunta al hombre de los Kebabs si se podían sentar en cualquier mesa, el hombre les señala una al fondo en la esquina izquierda del restaurante, un poco aislada pero al menos se veía que allí no pasarían frío. Jhonatan acompaña a Amaia para que se siente y le pregunta lo que quiere comer, Amaia decide que con un Kebab estaría bien para calmar su hambre, Jhonatan decide comer lo mismo y así se lo hace saber al hombre del restaurante. Luego Jhonatan regresa a la mesa con Amaia.

- Jhonatan veo que estás lleno de historias, además se nota mucho que te diviertes contándolas, pero me has dejado en ascuas con lo que paso con la chica y lo que eso tiene que ver con mi piso

- Puedes detenerme cuando quieras Amaia, es verdad que me encanta contar historias, pero debo confesarte que lo que te estoy contando es la primera vez que se lo cuento a alguien, bueno al menos con tantos detalles, siento que el factor de que seas alguien a quien acabo de conocer me ayuda muchísimo para no tener tabúes a la hora de contarte mi historia, en todo caso, si sientes que te aburres me lo puedes decir, ¡¿eh?!

- No te preocupes Jhonatan, tú cuenta tus historias que yo aquí soy toda oídos, pero no me has dicho si tu tienes novia, ¿estás con la chica de tus sueños?...

- Jaja, no, no estoy con ella o con alguien, no tengo novia, pero todo a su debido tiempo Amaia. Créeme que me agrada mucho que lo que estoy contando te interese, porque apenas voy por el comienzo, me haces sentir muy bien y te lo agradezco -sonríe Jhonatan con una sincera simpatía hacía Amaia, le agradaba mucho compartir esa tarde con ella y se sentía en muy buena compañía-, pero no recuerdo en donde iba...

- Ibas en la parte en que conocías a la chica perfecta y que regresabas a casa como si estuvieras en un sueño

- ¡Ah! es verdad, pero no, Amaia, no era la chica perfecta, prefiero decir que era la chica ideal, si fuera la mujer perfecta no seria la chica de mis sueños

- ¿Y cual es la diferencia?, ¿acaso no son sinónimos?

- Bueno pueden ser sinónimos, pero yo prefiero tener una interpretación diferente. La diferencia es muy simple, la mujer perfecta para mi es una mujer que no tiene defectos ni físicos ni de personalidad y que eso no cambia con el tiempo, todo lo hace perfectamente, le agrada a todos, que siempre sacó las mejores notas y que nunca se equivoca, es una mujer de plástico. La mujer ideal es una mujer de carne y hueso, real, con sentimientos y defectos que van en perfecta armonía con su físico y su manera de ser, es una mujer en la cual acepto que su belleza física sea efímera, que tenga celulitis, que le salgan patas de gallo y esas típicas arrugas cerca de las comisuras de la boca en muestra de que ha reído mucho durante su vida, que le salgan estrías cuando 'hornee' a nuestros hijos y que nunca deje algunos gestos pueriles como disfrutar de la lluvia, saltar en los charcos, emocionarse por detalles, gestos que generen en mi las ganas de protegerla y ayudarle. Al mismo tiempo su belleza interna, esa belleza que atrae simplemente por las interminables conversaciones que podríamos tener, la compañía y el amor, sería el antónimo de efímero, sería longeva, infinita. No tiene que haber sido la mejor de su clase (pero pudo haberlo sido), no tiene que ser la que le agrada a todos y la que todos ven con ojos de plata, más bien, la que sabe valerse por si misma de manera independiente, sabiendo que puede contar con su pareja, una mujer que viva su vida plenamente mientras deja el estrés a un lado. Bueno, te acepto que al definirlo así parecería que tiene su toque irreal o poco tangible, pero por eso es ideal... Continuando con la historia...

"Al día siguiente, debía que levantarme temprano porque tenía clases, pero toda la noche tuve sueños con aquella chica, simplemente sentía que quería estar cerca de ella, abrazándola, no quería alejarme de ella. Me picaban las manos para enviarle un mensaje a su móvil, para saber lo que hacía, pero me mordía los labios para evitar hacerlo, como parte de los protocolos de los que te he hablado, el comportamiento normal es que no puedes perecer desesperado, sino la chica nunca querrá algo contigo y aunque prefiero vivir fuera de los protocolos, en este caso preferí estar dentro de él, no quería arriesgar nada con la chica de mis sueños. Reflexionando sobre mi comportamiento, y sintiéndome realmente frustrado, caí en cuenta de que lo que estaba haciendo era seguir un protocolo sin sentido, un protocolo que simplemente nos evita mostrar lo que pensamos por miedo a ser rechazados, decidí que era momento de escribirle, aún con la inseguridad de que me había dado un numero falso o no, redacté el siguiente mensaje: 'Hola Nerea, me ha gustado mucho conocerte anoche. Me interesa mucho saber más sobre tu idioma más antiguo que el latín, ¿qué harás esta noche?, hasta pronto línea española', lo de línea no fue intencional, quería decirle 'linda española', es sólo que mi móvil lo corrigió de esa manera, nunca supe por qué.

El tiempo parecía eterno, no me lograba concentrar en clase, esperaba que mi celular vibrara y me trajera noticias de ella. Las clases se acabaron y aún no recibía ningún mensaje, empecé a pensar que efectivamente me habría dado un numero falso y que seguramente se estaría riendo de mi en esos momentos.

Es en esa época, aún vivía en el apartamento del chileno y tenía un recorrido de al menos tres cuartos de hora entre la universidad y mi cama, una parte del trayecto era en tranvía, otra en metro y finalmente en bus. Así que siempre escuchaba música mientras hacía el recorrido y me ponía a filosofar sobre cosas de la vida... bueno realmente me ponía a pensar sobre cualquier cosa, como por ejemplo, ¿por qué el agua moja la ropa, pero no moja el aceite?, o ¿si un avión tuviera la capacidad de quedarse suspendido en el aire sin avanzar, avanzaría sim-

plemente por el movimiento de rotación de la Tierra? o incluso, ¿podríamos combatir el calentamiento global si todos pusiéramos a funcionar nuestras neveras y aires acondicionados al mismo tiempo?, o también ¿por qué los filamentos de un tubo fluorescente emiten electrones cuando se calientan? , entre otras del mismo estilo... aunque a partir de ese día, lo único que tenía en mi cabeza era Nerea.

Recuerdo que al final del día, cuando regresaba a casa, estaba escuchando 'Mr. Jones' del grupo Counting Crows y la canción estaba por la parte que dice 'We all want something beautiful, men I wish I was beautiful', sentí que algo vibraba sutilmente en mi bolsillo derecho del pantalón, un escalofrío comenzó en mi nuca y termino en la punta de mis pies, lo primero que pensé fue que seguramente era alguien más, o que sólo había sido el tranvía cambiando de rieles, o incluso que alguien había hecho un movimiento brusco y la silla se había movido. Resolví que debía ver el móvil, al fin y al cabo estaba esperando ese momento durante todo el día. Efectivamente, el móvil decía 'nouveau message', con las manos un poco temblorosas, abrí el mensaje que decía más o menos así 'Hola Jhonatan, a mi también me ha gustado mucho conocerte. Esta noche iré con unos amigos a un bar australiano que queda cerca de la rue Saint Catherine, si quieres vente con tus amigos'.

¿Recuerdas lo de los marcadores de página?, pues cada vez que escucho esa canción recuerdo ese momento, la imagen, los sonidos, las sensaciones todo me viene a la cabeza y me producen una gran sonrisa, sin importar si me encuentro en la calle, en casa o en la ducha. Es difícil describir la sensación que tenía en el momento en que leí el mensaje, la canción que estaba escuchando llegaba a su éxtasis, mientras yo estaba cerca también de hacerlo, era increíble, no me había dado un número falso, además iba a tener la posibilidad de verla ese mismo día, el mundo me sonreía y yo también a él. Decidí bajarme antes, para ir a casa de Maxime y contarle nuestra nueva gran aventura de esa noche, ir a 'cazar' españolas.

Cuando llegué a su casa, él pudo notar la gran felicidad en mi rostro y me preguntó lo que me pasaba. Le dije que me había acabado de suceder algo increíble. Lo puse al día de todo lo que me había pasado la noche anterior y no me ahorré ningún detalle al describirle a Nerea. Me dijo que había visto que yo estaba hablando con alguien pero que no había puesto mucho cuidado, estaba concentrado en Manon. ¡Manon!, que gran idea haberla mencionado, ahora tenía ganas de invitarla a ir con nosotros. Maxime le envío un mensaje para que fuera con nosotros esa noche, ella aceptó diciendo que iba a ir con Melissa. La idea no me agradaba mucho, pero al mismo tiempo estaba enajenado más en que iba a volver a ver a la chica de mis sueños, eso era lo más importante.

Nuestra inexperiencia con Erasmus españoles y mi ansiedad por ver a Nerea, nos hizo llegar a las nueve de la noche, las luces del bar aún estaban encendidas y las mesas estaban vacías, ¡no había nadie!, bueno, en realidad había muy pocas personas, pero ninguna señal de Nerea. Pedimos una cerveza y nos preguntaron si teníamos el carné de estudiantes, se lo mostramos, el barman nos puso un sello en la mano y el medio litro de cerveza nos valía un euro y medio menos de lo normal, en ese momento entendí por qué los Erasmus iban un martes a un bar australiano, en lugar de hacer botellón.

Las horas pasaban y las personas apenas comenzaban a llegar, las conversaciones incomodas con Melissa no paraban, siempre me hablaba de lo mismo, su experiencia en Nicaragua, de la vez que fue al Salvador, a Guatemala, de lo mucho que le gustábamos los latinos, en fin, sentía que la conversación se ponía monótona, pero no sabía cómo decirle que no me interesaba hablar más sobre ello. Intentaba hablarle de otras cosas, pero no sé cómo, siempre acababa diciendo la vez que hizo esto o esto otro... En un momento en que las chicas fueron al baño, Maxime me dijo que Melissa estaba celosa porque yo había hablado con Nerea la noche anterior. Le dije que no entendía, si yo nunca le había mostrado señales de cualquier cosa a Melissa. Me dijo que era más que evidente que Manon la había traído para que me conociera, y que era yo quien no quería ver lo que estaba pasando. Poco después de que las chicas regresaron del baño, nos dijeron que tenían clases al día siguiente y que eran bastante temprano, entonces tenían que irse. Estuvimos de acuerdo y nos despedimos.

Ya se acercaba la media noche, pronto tendría que ir a tomar el último bus para ir a casa y todavía no había señales de Nerea, las luces del bar ya estaban apagadas, había muchísima más gente que al principio, tanto que costaba desplazarse en el bar. Le dije a Maxime que iba a dar una vuelta para ver si la veía por ahí. El bar no era muy grande, estaba dividido en dos partes principales, una es un corredor amplio que está en frente de la entrada y la otra es bajando por unas escaleras en la parte derecha de la entrada. Maxime y yo estábamos en la barra de la parte de arriba y yo pensé que era muy probable que Nerea y sus amigos estuvieran en la parte de abajo. Me abrí camino como pude entre la gente, era difícil avanzar con una cerveza en la mano y un pequeño espacio para pasar, además que la gente no paraba de moverse. Llegar a las escaleras ya era toda una aventura, ¡logré llegar al borde del primer escalón con mi cerveza intacta!, me acomodé y desde allí podía mirar el lugar entero, bueno mientras la gente me dejara. Primero miré hacía la barra y no reconocí a nadie, luego busqué en el fondo y aún no había nadie conocido. Bajé un poco más la vista para ver cerca de las escaleras, ¡de nuevo la sensación en mi estomago!, el tiempo se detuvo, vi esa silueta que tanto me había cautivado la noche anterior, Nerea estaba de espaldas pero creo que reconocería esa figura aunque estuviera perdida en un collage hecho por Picasso en sus últimos años de vida. Inmediatamente, miles de pensamientos vinieron a mi cabeza, ¿qué le digo?, ¿cómo me le acerco?, ¿me reconocerá?, quería que todo saliera bien, así que me acerqué y le toque el hombro suavemente, con una gran sonrisa le dije 'Hola'. Estaba radiante, no estoy seguro, pero juraría que su belleza había aumentado en una sola noche. Esta vez su pelo estaba completamente liso y tenía un flequillo que le llegaba hasta las cejas, tenía una blusa de palabra de honor que dejaba ver sus atributos a la perfección, es increíble lo clara que tengo la imagen en la cabeza cuando recuerdo aquel día.

La noté un poco incomoda cuando la saludé, ella lo primero que hizo fue presentarme a sus amigos, ¡uf!, vaya cuadrilla, eran unos quince y la mayoría eran españoles. Primero me presentó a la muchacha con la que estaba hablando, Patricia. Me pareció una chica simpática, muy rubia para ser española, pero de todas formas no es que yo conociera muchos españoles antes de esa noche. Luego me presentó a todos los demás, uno por uno, quitándome la oportunidad de poder hablar con ella a solas. Cuando por fin terminó la presentación, era demasiado tarde y tenía que irme corriendo a tomar el bus, sino tendría que regresar a pie y no podía darme ese lujo, al día siguiente tenía clases muy temprano. Le dije a Nerea que tenía que irme y que me parecía una lastima no haber podido hablar con ella, pero esperaba volver a verla pronto. Subí lo más rápido a buscar a Maxime y decirle que ya tenía que irme, él decidió acompañarme a tomar el bus y luego regresó a su casa.

Una vez más, bajo los protocolos, me dije que era mejor no escribirle muy seguido y esperar a que ella me escribiera, ¿qué me pasaba?, ¿desde cuando me reprimía por los protocolos y sobretodo por una chica?. Llegó el fin de semana y no tenía noticias de ella, apretando los puños, decidí no contactarla aún. El viernes de esa semana teníamos cita con Manon y Melissa, íbamos a ir con Ernesto al bar latino que queda en la Place de Térreaux. Cuando llegamos, Ernesto nos estaba esperando desde hace ya un rato y se estaba bebiendo una cerveza en lata que había comprado en una epicería al lado del bar. Manon y Melissa aún no habían llegado, así que, Maxime y yo decidimos comprar también una cerveza y bebérnosla con Ernesto al lado de la fuente que queda en la plaza. Media hora y una cerveza más tarde, llegaron por fin las chicas. La entrada nos costaba dos euros a cada uno que incluía el vestière para guardar los abrigos. Ernesto quiso pagarnos la entrada a todos en muestra de su amabilidad, pero que también quería impresionar a las chicas con una señal de solvencia económica. Compramos una jarra de cerveza entre todos, comenzamos a beber y a bailar. Melissa sabía bailar porque había tomado clases de salsa en Nicaragua. La saqué a la pista y hablamos un poco mientras bailábamos. Ella siempre me hacía insinuaciones con respecto a que le gustaba mucho los latinos y que le gustaba mucho bailar. Después de unas cuantas jarras de cerveza, ya el ambiente se había calentado un poco. Melissa me insistió en salir a bailar otra canción y acepté titubeando, presentía que algo iba a pasar.

Mientras bailábamos, Melissa me miraba fijamente a los ojos y se mordía su labio inferior. Eran señales bastante obvias, pero yo no estaba seguro de querer hacerlo, Melissa me agradaba como amiga y me parecía divertida a pesar de que era muy frecuente su monotema en las conversaciones, pero aún así no me sentía con la suficiente atracción como para besarla, además porque la chica de mis sueños no salía de mi cabeza. En medio de la canción noté que Maxime se dirigía a la salida con Manon y que Ernesto estaba hablando con una chica de rasgos latinos, en la barra. Cuando regrese la mirada hacía Melissa vi que estaba acercando su rostro hacía el mío, paro al famoso noventa por cien de la distancia entre los dos, en ese momento pensé: «¿desde cuándo rechazo a una chica por estar pensando en otra?, ¿acaso eso no es otro protocolo?, Melissa no me parecía fea, pero tampoco un bombón, ¿por qué no besarla entonces?, sin pensar en las consecuencias, o en los arrepentimientos, simplemente hacerlo, de todas formas la chica de mis sueños ni se comunica conmigo o se interesa por mí, además nunca he probado el beso francés», recorrí ese diez por ciento que quedaba. La verdad que ese beso no fue nada parecido a como me lo imaginé, Melissa era la primera chica que besaba desde que había llegado a Francia y hasta cierto punto me había sentido obligado a besarla. El famoso beso francés tampoco era como me lo imaginaba, me quedé muy confundido de cómo debía utilizar mi lengua o en qué momento... en fin, no entendí muy bien como funcionaba. Después de unos segundos, Melissa se retiró un poco, con una gran sonrisa y mirándome a los ojos me dijo que había sido un gran beso y que le había gustado mucho. Yo me sentía más bien incomodo que satisfecho, pero no sentía la valentía de decirle algo a Melissa y tal vez, hacerle daño.

Apenas terminó la canción, le dije a Melissa que tenía que ir a buscar a Maxime porque esa noche iba a dormir en su casa, salí en su búsqueda, lo encontré en la puerta del bar con Manon, habían ido a comprar cigarrillos al estanco de al lado. Ya un poco más tranquilo le dije a Maxime que me apetecía irme para casa, que no me sentía muy bien, a él le estaba yendo muy bien con Manon, quería quedarse un poco más. Asentí con mi cabeza en señal de que estaba de acuerdo, pero le dije que no quería quedarme a solas con Melissa, habíamos acabado de besarnos y me sentía un poco incomodo. Poco tiempo después las chicas nos dijeron que tenían que regresar a casa temprano esa noche, nunca supe si era cierto o tan sólo Melissa sintió mi incomodidad y decidió regresar a casa. El caso es que se fueron, y Maxime se molestó conmigo, me dijo que si me iba a comportar de esa manera, para qué la había besado entonces, no tenía ninguna excusa válida, simplemente le di la razón y nos fuimos a dormir. Ernesto se quedó otro rato hablando con la chica en la barra, no sé qué paso con él después.

El sábado Melissa me invitó a cenar a su casa con la excusa de que tenía que hablar conmigo a solas. ¿Puedes imaginarlo?, ¿qué podría decirle?, ¿que no?, e igual, ¿hacerla sentir peor?, decidí que hablar era algo bueno, así que acepté su invitación. Ella vivía en un estudio cerca del edificio que tiene forma de crayón, ya sabes, al lado de la Part Dieu, llegué tan puntual como pude. Al entrar en su casa, la cena estaba ya casi lista, era un pequeño estudio de no más de treinta metros cuadrados, en el cual únicamente había un gran salón con la cocina al lado derecho y la cama al lado izquierdo, el baño está al lado de la puerta principal. Me gustó su decoración al estilo oriental con pañuelos de colores que colgaban encima de la cama y con cuadros y espejos con motivos de Buda y de elefantes. Después de saludarla, me senté en la pequeña mesa que tenía al lado de la cocina y le dije en español, 'bueno aquí estoy, ¿para qué me quieres?', ella sonrío y me dijo que estaba concentrada haciendo la cena que ya podríamos hablar de ello luego, prefería en ese momento escuchar un poco de música, me dejó el cargo de Dj, mientras ella terminaba la cena. Tomé su ordenador y busqué entre su música, tenía un poco de rock que a mi me gustaba, le pregunté si podía ponerlo, no le vio ningún problema, a ella también le gustaba mucho. No recuerdo muy bien lo que hizo para cenar pero creo que fueron unos espaguetis a la carbonara o en todo caso algo con pasta. Para acompañar el plato yo había llevado una botella de vino rojo de esas que valen un par de euros en una epicería. Esa noche, la conversación fue mucho más fluida, hablamos de todo y de nada, Melissa ya sacaba mucho menos el tema de Nicaragua y Latinoamérica. Me contó sobre su familia, su hermana que también vivía en Lyon, pero que no se veían nunca porque al parecer existía una rivalidad muy fuerte entre ellas desde que estaban pequeñas. Después de haber acabado la cena y de ventilarnos la botella de vino, cambié la música por algo más tranquilo y ella sacó un par de cervezas que tenía en la nevera.

Me levanté de la mesa para dar un pequeño tour en su estudio, le eché un vistazo a las fotos que tenía pegadas en la pared y me divertí imaginando ser el fotógrafo, sintiéndome parte de cada una de las fotos y los momentos que estaban allí plasmados. Luego me senté en el borde de su cama y la miré, la veía diferente, vi una chica atractiva sentada al otro lado de la habitación, ya no veía la pequeña niña que vi por primera vez una semana atrás, veía una mujer guapa que al mismo tiempo se sentía atraída por mi. Al lado de su cama vi que tenía un perfume, lo tomé y rocié un poco por la habitación, ella se levantó de la silla y se precipitó a quitármelo de las manos, se veía un poco molesta por lo que había acabado de hacer, le pedí disculpas argumentando que sólo quería sentir la fragancia que utilizaba para oler bien. Ella se sentó a mi lado en la cama aún con el perfume en la mano, por curiosidad, quise saber el nombre del perfume y me dijo: 'j'adore' (me encanta), un poco confundido y en un tono burlón le pregunté: 'j'adore?', tu adores quoi?' (¿me encanta?, ¿qué te encanta?), ella sonrió y respondió: 'j'adore toi' (me encantas tú), se abalanzó encima de mi, esta vez no tuve ninguna intención de detenerla, ni siquiera me cuestioné como la ultima vez, al contrario la besé con más fuerza y entusiasmo del que ella mostraba.

El vino y las cervezas se nos habían subido un poco a la cabeza y el ambiente se calentó bastante rápido, la luz de la habitación aún es-

taba encendida y yo aproveché para alimentar mi libidinosa mirada. Tenía mucha curiosidad por ver un cuerpo femenino desnudo con una piel tan blanca, con unos cabellos rubios como nunca había tenido entre mis manos y unos ojos tan claros que parecían el reflejo de un mar caribeño, no sólo me bastó con mi mirada, mis manos recorrieron cada rincón de su cuerpo buscando encontrar y sentir texturas diferentes a las que estaba acostumbrado. La noche terminó bien a mi juicio, pero debo confesarte Amaia que después de todo lo sucedido, no sabía cómo comportarme, dejé que mi libido guiara mis acciones de esa noche y tal vez no era lo que quería pues la chica de mis sueños no salió de mi cabeza en ningún momento de la velada. No me comuniqué con Melissa ni con Nerea por el resto del fin de semana, ni de la semana, sólo hablé un par de veces con Maxime y pasé por su casa para hablar y contarle lo que había sucedido. Su primera reacción fue burlarse de mi, le parecía ilógico que me comiera la cabeza por algo tan simple como eso, me dijo que es mejor dejarse llevar por nuestros impulsos y sobre todo no arrepentirnos de ello, sólo recordar lo bien que lo pasamos y seguir adelante buscando otra víctima más. Aprovechó el momento para contarme que iba a hacer su cremaillère el viernes de esa semana, el veintiséis de octubre, le dije que me parecía estupendo y que iba a invitar a Nerea y a una amiga del master que me caía muy bien.

Al día siguiente hablé con mi compañera y le comenté sobre la fiesta de Maxime, me dijo que iría encantada pero que no podría quedarse mucho tiempo porque tenía otro compromiso más tarde ese día. Me pareció bien y así quedamos. Luego de clases le envié un mensaje a Nerea para decirle que había una fiesta en casa de un amigo el viernes y que ella estaba invitada. No tuve respuesta.

Por fin viernes, después de una semana de clases y un par de días trabajando con el chileno, tenía muchas ganas de salir de fiesta y relajarme un poco, cambiar de aires, pensar en otras cosas. Es gracioso, y espero que no te burles de mi cursilería, pero cada vez que pienso en esa noche, la recuerdo como si fuera un cuento de hadas, con príncipes, princesas y castillos. Creo que en algún momento mi marcador de página de esa noche se cruzó con un cuento de niños e hizo estragos en mi cabeza, tal vez porque en algún momento de esta historia comencé a llamar a la chica de mis sueños, mi Printzesa Nerea. ¿Sabes?, me sonaba un poco a un cuento del libro de las mil y una noches, casi como la princesa Sheccid que motivó a Carlos Cuauhtémoc Sánchez a escribir su primer libro. Para mi, era mi Printzesa Nerea, aquella que me inspiraba sacar lo mejor de mi para poder enamorarla, aquella que representaba todo lo que yo quería en una mujer, aquella que me daba la fuerza para ser mejor, pero eso te lo explico más adelante.

Era una noche mágica, una típica en las que cualquier cosa puede pasar, se respiraba un ambiente festivo y hacía frío, más o menos como hoy, pero eso era señal de los invitados vendrían al baile a refugiarse de ese frío voraz para pasar un buen rato entre amigos, entre vino y música de salón. El principio de la noche fue muy calmado, Melissa no había venido porque tenía otro compromiso, Ernesto hablaba con Maxime y yo con mi compañera de la maestría que apenas comenzaba a conocer, y a formar esos fuertes lazos de amistad a tal punto que me ayudara a sobrellevar el problema que tuve con el chileno y a encontrar un nuevo lugar donde vivir.

Estaba muy ansioso, quería ver a la Printzesa Nerea, pues nuestros dos encuentros anteriores habían sido muy cortos y poco productivos (en el sentido de palabras), en el primero aunque una noche mágica, pues pudimos compartir nuestro primer baile al ritmo del 'bufón' que decía 'en avant, en arrière, allez, on tourne', no fue más allá de un simple intercambio de números telefónicos que parecían falsos y con la casi seguridad que sería la ultima vez que nos veríamos. El segundo fue más bien disperso, pues aquel día yo debía levantarme temprano para ir a clase al día siguiente, pero igual las ganas de hablarle y conocerle mejor me hicieron quedar hasta tarde en los vestigios de la tentación en los oscuros rincones del bar australiano donde conocí a casi toda la pandilla de su reino. Al fin llegaba el día definitivo, aquel donde yo imaginaba que por fin iba a tener al menos cinco minutos para hablarle y conocerla, aquel veintiséis de octubre en el cual todo está listo para un baile de hadas maravilloso, en donde todos iban con trajes brillantes y llegaban en carruajes tirados por caballos mecánicos. La Printzesa Nerea no daba señales de vida en el principio de la noche. Mi ansiedad por verle, me llevaron a llamarla en repetidas ocasiones para saber el por qué de su ausencia.

Después de tres llamados fallidos, me resolví por hacer un cuarto, marqué de nuevo su número y esperé, el primer tono y mi corazón se aceleraba, segundo tono y mis rodillas temblaban, tercer tono y los pensamientos de que no contestaría venían a mi cabeza... En esos momentos, escuché una dulce voz, reconocí que era la Printzesa Nerea quien había contestado, cuando reaccioné le pregunté por qué no me había respondido antes, quería saber si iba a venir con la pandilla de su reino. Su respuesta fue corta pero contundente, estaba celebrando otro baile en otro palacio, sus amigos no estaban muy decididos de qué hacer luego de que se le acabara el alcohol en el lugar donde estaban, pero ella iba a insistirles en pasarse por el palacio de Maxime, así que era probable que luego vinieran a los 'jardines' del palacio para terminar la noche. Al final, después de mucha espera y unas cuantas copas, como buena cenicienta llego la esperada invitada, eran cerca de la una y media de la mañana del veintisiete, su entrada fue triunfal, digna de cualquier Printzesa en un cuento de hadas, era la chica más guapa de todo el baile y al entrar todo el cuarto resplandeció por el reflejo de sus ojos y el ambiente se llenó de polvo de hadas que hacía sentir que cualquier cosa era posible. Antes de su llegada, ya estaba empezando a pensar que no iba a llegar y que nuestra historia, tal y como fue para Romeo y Julieta en el inicio, nunca se llevaría a cabo. Después de unas cuantas canciones, todos sus compatriotas se vieron rodeados de franceses y se aburrieron del baile sin poder interactuar con los demás, decidieron partir a lugares más oscuros y más frecuentados por gente de palacio, pero ella, mi Printzesa, por alguna razón aún desconocida para mi, decidió permanecer.

Viendo que ahora existía la posibilidad de conocer aquella Printzesa que con su sonrisa iluminaba todo el salón del baile, con su carisma calentaba el aire circundante y con su mirada ponía a soñar a todo aquel que se detuviera a apreciarla, esa Printzesa desconocida para muchos pero famosa para otros, esa Printzesa que me hacía sentir ese no sé qué en no sé donde que nos encanta sentir, decidió que se sentía a gusto en el baile y que no quería partir con sus amigos. No sé si era el destino o el alcohol, pero igual, al hablar nos hemos entendido muy bien (más porque hablábamos el mismo idioma), de inmediato sentí una conexión profunda y ese sentimiento de conocerle de toda la vida, me sentía libre de hablar lo que quisiera y que podía mostrar mi verdadero yo, sin ser juzgado o rechazado, la chica ideal comenzaba a tener forma y personalidad, más allá de una linda cara y un escultural cuerpo, comenzaba a ver una chica con sentimientos, preocupaciones, sueños, metas....

Hablamos casi toda la noche, no hubo tiempo para bailar, nos contamos todo lo que se nos pasaba por la cabeza, y reíamos con facilidad mientras nos mirábamos a los ojos, me sentía en el paraíso. Hubo un instante en que la dejé para ir a la cocina, cuando regresé vi que estaba hablando con el chico que ponía la música, no quise molestarle, me fui a un rincón del salón y dejé que mi mente partiera en sueños y en imágenes que me encantarían que sucedieran esa misma noche, esculpí en mi cabeza el instante ideal para besarla, el instante ideal para acariciarla, el instante ideal para hacerle el amor, no podía contenerme de pensarlo, la mejor sensación era que sentía que realmente podía suceder, que esa noche mágica y de hadas sería la noche en la que podría saltarme el protocolo de conquistarla y poder demostrarle todo lo que me inspiraba, sin miedo a reproches.

En medio de mi meditación, sentí una pequeña caricia en mi brazo derecho, era Nerea que había venido a buscarme y preguntarme por qué estaba solo, yo la vi directo a los ojos, le respondí que estaba soñando despierto. En esos momentos, vi que un pequeño mechón de su cabello me impedía ver su ojo izquierdo, así que con mi mano derecha muy tiernamente lo tomé y lo pasé por detrás de su oreja, mientras lo hacía, Nerea miraba el suelo y pude notar que tragó un poco de saliva, luego me miró a los ojos, y allí en ese instante, se acercó y me besó (y créeme Amaia, me dejo muy sorprendido, siempre pensé que sería yo quien tuviera la iniciativa de besarla). Fue un beso tierno y cálido, podía sentir sus labios húmedos que pasaban por los míos, mientras sentía escalofríos por todo el cuerpo y mi corazón se aceleraba, mi mano aún estaba en su mejilla izquierda y en el momento del beso la avancé un poco hasta sentir el inicio de su nuca, con sus cabellos entre mis dedos, la acerqué un poco más para evitar que se me escapara, quería sentir que era un momento real y que no seguía soñando despierto mientras ella hablaba con el Dj, quería sentir su calor y su corazón contra mi pecho, quería despertar sin despertar, simplemente quería que ese instante durara para siempre. Con ese beso comenzó nuestra historia, no sé si de amor o de atracción, pero era una historia que apenas daba sus primeros pasos.

Nuestro primer beso duró mucho más de lo que duran los simples besos, es como si ambos no quisiéramos que terminara y teníamos miedo de que si nos separábamos, la noche acabaría. La sensación de tenerla tan cerca activó mi juguetona libido, y accionó el resto de mi cuerpo, mi mano derecha aún en su mejilla y nuca, comenzó a descender por su cuello, luego por su hombro izquierdo, se deslizó por su costado hasta llegar a su cintura, allí, aprovechó para pasar a su espalda y acercar su vientre al mío, mi mano izquierda mientras tanto, se ocupaba de su costado derecho, acariciaba su rostro y sus cabellos, pude sentir cómo su corazón se aceleraba al mismo ritmo que el mío. Después de acercarla lo suficiente para sentir el calor que salía de su pecho, no pude contenerme y baje suavemente mi mano derecha hacía sus caderas, en esos instantes Nerea reaccionó, y me hizo ver que a pesar de que estábamos en un rincón del salón, había muchas personas que podían vernos, 'tienes razón' le dije y la tomé de su mano y la llevé a la habitación de Maxime. Allí dejé que mi libido saliera por completo y mis manos fueron su mejor instrumento, recorrí cada rincón de su cuerpo por encima de su ropa, sin dejar escapar el más pequeño detalle de su anatomía, era aún mejor de lo que sus apretados legguings y su ajustado niqui dejaban imaginar. Podía sentir una piel suave y tersa, unos pechos firmes, además de unos glúteos redondos y muy bien puestos. No sentí ningún rechazo por parte de Nerea, así que dejé que mis extremidades superiores deleitaran mi imaginación mientras cerraba mis ojos y besaba a la chica de mis sueños. Al mismo tiempo, tomé su mano derecha y la puse sobre mi pecho, la baje suavemente hasta mi abdomen, allí la dejé para que ella decidiera hacer lo que quisiera. Mi corazón se aceleraba cada vez más y sentía muchas deseos de arrancarle sus vestimentas y apreciar su desnudez, pasé mi mano derecha por sus aductores y mientras subía lentamente, me imaginaba lo que tocaba, es como si tuviera ojos en las puntas de mis dedos, llegué a su entre pierna y sentí una deformación de la tela de los legguings, tenía un pequeño agujero, que parecía estar allí estratégicamente para darle acceso a mis manos a la parte más intima de mi Printzesa. En esos instantes alguien tocó a la puerta, era Maxime que nos había visto entrar a su cuarto, se preguntaba lo que estábamos haciendo, con una voz entrecortada logré decirle que ya íbamos a salir que estábamos hablando de algo importante. Le pregunté a Nerea si vivía lejos y me dijo que unas cuantas cuadras, en el sector de Guillotière, le pregunté que si quería que la acompañara a casa, y ella con una sonrisa maliciosa me respondió que estaría encantada. Nos arreglamos un poco el pelo, la ropa y salimos de la habitación, le dije a Maxime que lo sentía pero que tenía que dejar el baile porque iba a acompañar a Nerea a su casa, él sonrío, me guiñó su ojo derecho y me dio tres palmaditas en la espalda, queriéndome decir que no había ningún problema.

Una vez salimos del edificio, tomé la mano de Nerea, ella miró mi mano y sonrío. En la calle, conversamos poco, sólo cruzábamos miradas y nos sonrojábamos al pensar lo que sucedería al llegar a casa de Nerea. Estábamos más a la expectativa que a pensar en otras cosas, mi libido no se había calmado ni un poco y aún quería más. Nerea me dijo que vivía en una residencia de estudiantes cerca de la estación de metro de Guillotière, si Amaia, ya sé lo que estás pensando y no te equivocas, el piso en el que vivía Nerea es el mismo en el que tu vives ahora.

Pasamos una noche de locos, mi libido no se calmo en toda la noche, y todos mis movimientos fueron completamente naturales, no sentí nada forzado, ni siquiera por la curiosidad, como me había pasado con Melissa, esa noche sólo quería sentir la piel de la chica de mis sueños contra mi piel, su calor, su respiración agitada y sus olores naturales que perfumaban y maravillaban mis sentidos. En mi insaciable apetito por ella, no pude parar de acariciar sus pechos, era la primera vez que sentía unos pechos tan firmes sin estar operados, además de que su forma era una circunferencia perfecta y sus pezones eran idealmente proporcionados, me maravillaban con su color rosa claro, en su desnudez, definitivamente eran sus pechos los que más me cautivaban y atrapaban mi atención.

Acaricié sus partes más íntimas con la mejor de las maestrías que mi experiencia con mujeres me había dado durante toda mi vida, la sensación de mis manos húmedas por su lubricante natural hacía que mi sangre fluyera más y más hacía mis cuerpos cavernosos, aprovechaba mis labios para besarle la piel al rededor de su ombligo, mientras que mi otra mano la utilizaba para acariciar sus pechos perfectos. Quise entregarle todas esas sensaciones que me hacía sentir, que vibrara con mis caricias para que entendiera como ella hacía vibrar hasta el último átomo de mi ser, lo hice dulce y agresivamente a la vez, quería que sintiera el momento como algo real que no sólo se concentrara en las señales que su piel le enviaba a su cerebro sino que al mismo tiempo se transportara en su cabeza a un mundo donde sólo existíamos ella, yo y el momento que estábamos viviendo.

Le pregunté si tenía un preservativo, pues yo los había olvidado en casa de Maxime por el afán de acompañarle a su casa. Ella se levantó de la cama y fue a buscar dentro de una cajita que tenía en su armario, mientras caminaba pude observar cómo sus nalgas se meneaban al ritmo de su marchar, me dieron muchas ganas de morderlas y ese pensamiento me hizo sonreír. Sacó dos preservativos y los puso al lado de la almohada, para mi eso fue una señal de que no quería que pasara una sola vez esa noche, estaba más que encantado de hacérselo hasta que mi cuerpo aguantara, sonreí, le hice un guiño y continué con las caricias. En el momento en que me sentí listo, me puse el preservativo de una manera un poco torpe y rápida, buscando que el calor del momento no se disipara en el frío aire circundante. La penetré dulce y lentamente mientras besaba el lóbulo de su oreja izquierda, comencé tiernamente los movimientos repetitivos mientras levanté mi pecho para admirar la belleza de su rostro y sus pechos desnudos que se ondeaban al compás de mis movimientos. Cuando acaricié su mejilla, ella me miró a los ojos y luego los cerró apretándolos mientras se mordía el labio inferior, sin abrir sus ojos y con su mejilla derecha apoyada sobre la almohada, dejo escapar unas palabras que apenas si pude distinguir: 'Te quie... Me atraes mucho'. Sonreí y aceleré mis movimientos observando detenidamente lo que su lenguaje corporal me sugería qué le gustaba o qué debía de parar de hacer"

Jhonatan no escatima detalles al contar esta parte porque le gustaba mucho recordar aquella noche, pero también porque quería ver la reacción de Amaia ante ese tipo de historias.

Las mejillas un poco ruborosas, una respiración un poco acelerada y una leve sonrisa en su rostro, le hicieron pensar a Jhonatan que ella no estaba nada molesta de escuchar dichos detalles y por el contrario, era posible que estuviera un poco excitada.

"Después de llegar al éxtasis en repetidas ocasiones, de ir por más preservativos y casi de agotar el stock de la cajita, dejando sólo unos cuantos ejemplares, terminamos por abrazarnos para descansar un poco, ella estaba sobre mi pecho en el lado derecho y yo acariciaba sus cabellos hasta que agotado me quedé dormido.

Cuando nos despertamos, mi apetito aún estaba intacto, sentí que el de ella también lo estaba, así que no pude impedirme hacerle el amor una vez más, era como si mi cuerpo me reclamara hacerlo tantas veces como pudiera, sentía que mi cuerpo había nacido para preservar nuestra naturaleza humana al lado de mi Printzesa, sentía que mis genes se querían fundir con los suyos, pero también sentía que esa oportunidad no la volvería a tener nunca más en mi vida, era como una sensación de impotencia que se compenetraba con la sensación de poder hacerlo en esos momentos sin pensar en un luego o en un mañana.

Después de que terminamos, nos reacomodamos para descansar un poco, la sensación de querer abrazarla y fundirme con ella, me recordó el mito que relató Aristófanes en la conocida historia de Platón, 'El banquete', en una posición cómoda, recostados en su cama, con su cabeza en mi pecho, le describí ese deseo que tenía de no parar de hacerle el amor, quería contarle una historia que me había recordado:

'En el año 416 A.c., un reconocido filosofo ofreció un banquete para celebrar su victoria en las fiestas de Leneas. Importantes filósofos asistieron a la reunión y en medio del calor del momento, después de terminar de comer, se propone hacer un elogio a Eros, así pues, cada filosofo comienza a hablar del amor. Entre ellos se encontraba Aristófanes, que fue el quinto en hablar, cuando le tocó su turno de hacer el elogio, narró un pequeño mito: Los hombres no se dan cuenta del poder de Eros, de lo contrario, se le hubieran edificado los templos más impresionantes. ¿Cuál fue la naturaleza humana?, y ¿qué paso?, antes de que existiera el amor, nuestra vieja naturaleza era distinta, habían seres con tres partes diferentes, hombre, mujer, y andrógino. Por otra parte, la forma humana era la de una esfera con cuatro manos, cuatro piernas y dos caras, una sola cabeza, dos sexos, etc. Los seres humanos se movían hacía delante o hacía atrás, haciendo revoluciones de sus ocho miembros. La parte masculina era un hija del Sol, la parte femenina de la Tierra y el andrógino de la Luna. Su fuerza y su orgullo era inmenso, eran seres muy arrogantes que sentían que no necesitaban a los dioses, dicho comportamiento generaba cólera entre ellos. Zeus, no queriendo destruir la raza, encontró una manera de debilitarlos sin matarlos, reducirlos a dos mitades,

convirtiéndolos en un ser dual. Cada mitad, lamentándose de su otra parte, tratando de unirse a ella, se abrazaba buscando fundirse con su otra mitad, muriendo finalmente de hambre. Zeus decidió entonces, mover sus órganos sexuales a la parte frontal, y a diferencia de épocas anteriores en las que los seres brotaban de la tierra, la raza podría perpetuarse gracias a la unión de un hombre y una mujer. Las mitades de los seres nacerían casi simultáneamente (o con poco tiempo de diferencia), asegurando la posibilidad de encontrarse entre ellas. Así, los hombres que amaban a las mujeres y las mujeres que aman a los hombres (mitades andrógino) permiten la perpetuación de la raza, y los hombres que aman a los hombres (la mitad de un hombre) en lugar de dar a luz a la vida, darían luz al pensamiento. La implantación de amor en el ser humano es pues, antigua. Es el deseo de dos personas que tratan de ser uno solo parar curar la naturaleza humana. Nosotros realmente somos la mitad de un ser humano y buscamos hasta el cansancio nuestra otra mitad ya sea del sexo opuesto o del mismo sexo. Cuando nos encontramos con nuestra otra mitad, nos golpea un sentimiento de afecto y amor, nos negamos luego separarnos de ella sean cual sean las circunstancias. ¿Qué esperan entonces aquellos que se pasan la vida juntos? Evidentemente, no es el goce sexual. Se quiere algo desde el alma y que ella no sabe explicar, más sin embargo, lo adivina, lo que quiere es mezclarse lo más posible con la otra mitad para formar un solo ser. Es lo que todos queremos, transformarnos en un ser único. Nadie puede negarlo, porque eso es lo que todos quieren. La palabra amor se da a este deseo de encontrar nuestra totalidad, y Eros es nuestra guía para descubrir el ser querido que nos conviene realmente. La felicidad de la humanidad, es volver a su vieja naturaleza a través del amor, que es nuestro mejor estado. Eros nos sirve para llevarnos hacia lo que nos pertenece, nos da la esperanza de restaurar nuestra naturaleza y sobretodo, nos da la felicidad'

Su móvil sonó en esos instantes, era una amiga suya que le recordaba que tenía que estar en media hora al norte de Lyon porque había quedado con ella y con otras tres chicas para tomar un café y contarse lo que les había sucedido durante la semana, creo que a esas reuniones les llamaban el 'gabinete de crisis' pero nunca supe bien por qué o de qué hablaban exactamente. Ante el corto tiempo que le quedaba, no hubo más remedio que vestirse y prepararse para irse, yo me ofrecí a acompañarla hasta la entrada del metro y ella con un gesto un poco incomodo acepto. El ascensor como ya bien lo sabrás, tarda mucho en bajar o subir, así que aproveché para besarla repetidamente antes de que llegara a su destino, salimos del edificio y la acompañé hasta la puerta del metro como se lo había prometido, allí, sacó su billete para subirse, me acerqué para darle un beso de despedida, ella puso su brazo en mi pecho y me dijo 'no, Jhonatan, no lo hagas', yo estaba realmente confundido, no entendía por qué no podía besarla si acaba de hacerlo en el ascensor. Le pregunté por qué no podía hacerlo. Mirando su pie derecho y con sus cejas en forma de V invertida me respondió 'porque tengo novio'..."

Capitulo 4
Conquistando el corazón de la Printzesa

La palabra empatía viene del vocablo griego antiguo εμπαθεια, formado por εν, 'en el interior de', y πάθος, 'sufrimiento, lo que se sufre'. La palabra empatía, también conocida como la inteligencia interpersonal (en la teoría de las inteligencias múltiples), es frecuentemente utilizada para describir la capacidad de una persona para sentir o resentir los sentimientos de otra en una situación dada. Para que un individuo esté en la capacidad de sentir empatía, primero debe conocerse bien así mismo, debe tener una alta inteligencia emocional, de esa manera podrá imaginar (porque es algo completamente subjetivo) los sentimientos de otra persona, a través de sus propios sentimientos. Es decir, podrá copiar lo que siente el otro a partir de lo que él conoce, sus propios sentimientos. La personas con empatía tienen la capacidad de escuchar y comprender los problemas, sueños y motivaciones de los demás. Son personas generalmente reconocidas y populares en sus ambientes cotidianos, pues tienen la capacidad de percibir las necesidades de los que lo rodean, incluso antes de que ellos sean conscientes de ello.

Jhonatan entra en una casa antigua, tiene la sensación de conocerla, se encuentra en Praga o Budapest, no está seguro, ¿por qué no logra recordarlo?, la entrada da a un gran salón, está vacío, no tiene muebles, ni cuadros, ni alfombras, sólo cortinas en los ventanales. El piso es de madera, no había sido limpiado en mucho tiempo, los ventanales están abiertos y entra una corriente fría que hace que las cortinas dancen al paso del aire. Hay una chimenea en medio de la pared derecha del salón, aún hay cenizas de la última hoguera, alguien había olvidado limpiarlas. Frente suyo, ve una puerta de madera con grandes ventanas y cubierta por el mismo estilo de cortinas que están danzando en los ventanales. La puerta está medio abierta, Jhonatan decide avanzar a la habitación. En ella ve una gran cama mal tendida, con una figura femenina tumbada sobre ella, al fondo de la habitación hay otro ventanal igual a los que están en el salón, con las mismas cortinas, el Sol entra con un fuerte resplandor por esa ventana, apenas si se distingue el verdor del césped fuera de la casa. Al lado izquierdo de la habitación había una salida, sin puerta, que dejaba ver fuera una especie de solar con un manzano en medio, del cual colgaban manzanas doradas. Sobre la cama, la mujer que está extendida, en la misma posición que la Odalisca de Renoir, está vestida con un albornoz, se nota que era blanco pero el polvo y la mugre lo habían vuelto gris. Jhonatan se acerca a la mujer que está inmóvil, casi como una estatua, sólo se nota el movimiento de su pecho por la respiración. Se siente un poco mareado, las imágenes que le mostraban sus ojos eran demasiado claras, era como si alguien hubiese jugado con el contraste de sus ojos. Se frota un poco los ojos para ver bien, ¡es Nerea!, su rostro se ve arrugado y sus cabellos están despeinados y maltratados. El albornoz no permite ver más abajo de su cuello. Jhonatan le pregunta qué está haciendo allí, no recibe respuesta. Da un paso hacia adelante, la mujer, que parece ser Nerea, reacciona y lo detiene, con una voz quebrada y débil (parece la mezcla de la voz de Nerea y la de una señora mayor), dice:

- No quiero que te acerques, no me apetece sentirte cerca

- ¿Qué es lo que pasa?, ¿por qué me rechazas? -Insiste Jhonatan muy confundido-, ¿por qué tienes ese aspecto?, pareces mal maquillada, pareces al menos cincuenta años más vieja

- Los años me han pasado mientras tú estabas ausente, me sentí perdida por mucho tiempo, pero ahora comienzo a sentirme mejor, no me importa que haya tenido que sacrificar mi juventud, ahora soy lo que siempre he querido ser, me siento muy a gusto con ello, no tengo que disimular, no tengo que mentir, estoy haciendo todo con transparencia, estoy siendo yo misma, no quiero que tú me arruines todo ese esfuerzo

Jhonatan da otro paso más e insiste, quiere acercarse, al ver el movimiento brusco, la anciana abre su albornoz dejando ver su cuerpo completamente desnudo. Está arrugado, su vientre cuelga y está lleno de estrías, sus pechos ya no están firmes y redondos, están aplastados sobre el comienzo de la barriga, como si los hubiese utilizado para alimentar al menos a siete hijos, sus pezones apuntan hacía el suelo, en lo poco que se alcanza a ver de su espalda, se percibe lo que parece unas alas de mariposa arrugadas y quebradas. La mujer grita con tal fuerza que aturde a Jhonatan

- ¿Es esto lo que quieres ver?, ¿es esto lo que tanto deseas?, ¿cuándo vas a entender que yo no soy la indicada para ti?, soy feliz sin ti, vete

Un par de lágrimas brotan de sus ojos, Jhonatan, tomando fuerza y tratando de hablar con el nudo que se le había formado en la garganta, le dice:

- Nerea, ¿cuándo te vas a dar cuenta de que yo no te exijo nada?, sólo quiero que seas como eres, con eso me vasta y me sobra. Me enamoré de la Nerea a la que conocí, con sus defectos e incluso las limitaciones que ella misma se ponía, he tenido la mayor empatía que he podido. No sólo me gustas por tu belleza física, la cual sé que no será para toda la vida, nunca te pedí ser la más guapa, no me importa que te arrugues con el paso de los años, no me importa que te salgan estrías, no me importa que tus pechos no estén firmes, yo también voy a envejecer, yo también voy a arrugarme, nunca te pedí ser perfecta, nunca te pedí ser la más inteligente, nunca te pedí ser la que todos admiran por lo que sabe, sólo te pedía ser tu misma y seguir tus sueños, esos sueños que también llegaron a ser míos, y aunque no seamos pareja, daría lo que fuera para verte cumplirlos, no influenciarte para que los cambies por unos nuevos, más adaptables a mi situación y a mi comodidad, no me perdonaría hacerlo. No me importa lo que haya pasado, ¿no lo entiendes?, no voy a sentarme a llorar sobre la leche derramada, no voy a quedarme arrepentido del pasado, pero si puedo asegurarme de tener un excelente presente. ¿No ves que yo también tengo miedo?, siempre intento verme lo más fuerte y estable ante ti, para contagiártelo, pero también tengo mis complejos, inseguridades y dudas. Dime, ¿has tenido tú, empatía por mi?. No veo por qué me dices que no eres la indicada para mi, creo que soy yo quién debe de juzgar eso, no tú

Mientras dice las últimas palabras, el rostro de la mujer recostada sobre la cama, rejuvenece hasta quedar tal y como Jhonatan recordaba a Nerea, pero su cuerpo sigue arrugado y viejo. Sonríe y se levanta de la cama, toma a Jhonatan de ambos hombros y lo arroja sobre la cama. La sensación de caída hace que Jhonatan se despierte de un brinco. Está en un avión, tiene húmedas sus mejillas, ¿había estado llorando?, el chico que está sentado a su lado tiene una expresión de pánico en su rostro y lo mira de arriba a abajo. Aún un poco dormido Jhonatan le dice:

- Je suis vraiment désolé, je viens de faire un cauchermar (lo siento mucho, acabo de tener una pesadilla)

El chico sonríe un poco obligado y mira de nuevo por la ventana, Jhonatan olvidaba que el chaval que estaba sentado a su lado no hablaba francés, había olvidado que estaba en un avión rumbo a Sevilla. Se sacude un poco, siente las mismas sensaciones que había tenido el día en que Nerea le confesó que tenía novio, ese veintisiete de octubre en la entrada del metro de Guillotière. Esta vez las sensaciones eran peores, ¡si!, eran peores porque sentía que el tiempo se le acababa, no sabía que iba a pasar con su futuro y además sentía que se hacía viejo. Pronto iban a ser tres años desde que Nerea le detuvo ese beso a la entrada del metro. Mira por la ventana del avión, sólo ve nubes y el mismo resplandor que vio en la ventana de la habitación donde yacía la versión vieja de Nerea, «¿tres años?», piensa mientras siente una presión en el pecho. Decide ir a Lyon el fin de semana siguiente, quiere visitar esa ciudad a la que no va desde hace casi dos años.

- ¿Qué?, ¿que tenía novio?, pero vamos a ver, ¿qué me estás contando? - exclama Amaia con una cara de asombro y una leve expresión de enfado, Jhonatan reacciona, parece ido- Pasáis una noche en plan súper romántica, estuvo a punto de declararte su amor y luego te dice que tiene novio. Pero esa tía estaba mal de la cabeza

- Esas mismas preguntas cruzaron por mi cabeza en esos momentos, no podía entender la situación, más aún, me sentía impotente porque no podía descifrar el comportamiento de la chica de mis sueños y eso me frustraba

- Pero entonces, ¿qué paso luego?

"Era sábado en la tarde así que en lugar de ir a mi casa decidí ir a casa de Maxime, mientras caminaba, iba reflexionando sobre las palabras que había acabado de escuchar, no sabía si eso significaba que todo había quedado en una noche, o si por el contrario, existía la posibilidad de volverla a ver y repetir otra noche de pasión y aventura, en todo caso, para mi todo apenas comenzaba y no me iba a dejar vencer por ese pequeño detalle. Le conté todo a Maxime, lo que me había sucedido la noche anterior y el final inesperado de la jornada, su espíritu liberal sólo le dejo sugerirme olvidarla y pasar a otras cosas, 'pro-

bar' otras mujeres y aprovechar mi juventud. Me dijo que para ayudarme a olvidarlo y para aprovechar las vacaciones de la 'Toussaint' me invitaba a casa de sus padres que vivían cerca de París, así podría visitar por primera vez esa mítica ciudad de la que tanto se habla en poemas y canciones, saldríamos al día siguiente lo más temprano posible para aprovechar el tiempo máximo. Sin más preámbulo fuimos a la estación de trenes de Part Dieu a comprar los billetes, para conseguir un descuento compré la 'carte 12-25'. Todo estaba listo, partíamos al día siguiente a las siete de la mañana e íbamos hasta la casa de los padres de Maxime, el lunes ellos nos llevarían en coche a París.

Esa noche invité a Maxime a cenar y a dormir a mi casa, así saldríamos juntos desde allí para la estación. Le preparé lo que le llamé espaguetis a la colombiana, que simplemente llevaban pasta, un par de huevos hechos con el vapor de las pastas, atún y salsa de tomate (ketchup). Al día siguiente nos levantamos bien temprano, nos duchamos (uno a la vez por supuesto) y con la mayor de las prisas logramos llegar a tiempo para nuestro tren, apenas si tuve tiempo de percatarme de que había recibido un SMS en mi móvil pero no tuve tiempo de leerlo. Era la primera vez que montaba en tren, ya había visto varios en la televisión, y en el que íbamos era igual a como lo imaginaba, tenía cabinas para ocho personas, en una de las cuales nos acomodamos Maxime y yo. La verdad que la sensación no fue muy diferente a montar en metro, me sentí un poco decepcionado porque tenía grandes expectativas de nuevas emociones.

A mitad de camino, recordé que tenía un mensaje en mi celular que aún no había leído, mientras Maxime observaba el paisaje, saqué mi móvil y me dispuse a leerlo. Grande fue la sorpresa al ver que era Nerea quien me había escrito y además que había sido hacía las tres de la mañana. En él, me decía : 'ya regreso a mi casa de fiestuki, si quieres y estás cerca puedes pasarte'. ¿Qué podría pensar yo, con ese mensaje? , ¿Por qué no lo habré leído a tiempo?, ¿Por qué, por casualidad, ese día había decidido invitar a Maxime a dormir a mi casa y no nos quedamos en la suya, que estaba más cerca de la de Nerea?, ese men-

saje me dejaba aún más inestable, realmente no podía descifrar esa mujer, no entendía lo que pretendía o lo que buscaba en mi, decidí no contestarle inmediatamente y meditar mi respuesta. Maxime notó mi ansiedad y me preguntó qué me pasaba, yo le evadí el tema diciendo que me estaba imaginando las calles de París en la noche, mientras cantaba 'Lobo hombre en París' de La Unión en concierto, era algo que había querido hacer desde hace muchos años pero nunca lo había visto tan cercano.

Después de cuatro horas de viaje, llegamos a un pequeño pueblo en donde nos estaba esperando el padre de Maxime, Antoine, para llevarnos a su casa, a media hora de allí, en un pueblito llamado Sergines. El simple hecho de ver al padre de Maxime me hizo reír, tenía una cara un poco arrugada, adornada con unos lentes un poco gruesos, unos cabellos entre dorados y canosos, pero lo más remarcable era su gran sonrisa de oreja a oreja que se dibujo en el momento de vernos. Hablaba muy rápido y no lograba entender todo lo que me decía, yo me reía y asentía con mi cabeza, a veces eran preguntas, y obviamente yo no contestaba, me quedaba con mi expresión de estar de acuerdo con lo que él decía, Maxime se burlaba de mi, sabía que no había entendido nada de lo que su padre decía. Contaba chistes constantemente, de los cuales muchos tenían que ver con la cocaína colombiana (es muy frecuente ese tipo de chiste entre los franceses cuando se enteraban que yo venía de Colombia) o lo mal que huelen los franceses.

En casa, su madre nos estaba esperando en el portal con ansiedad de ver a su hijo y de conocer al extraño colombiano, ella nunca había visto en vivo y en directo alguien que viniera del sur de América y le entusiasmaba mucho la idea de conocerme, no sólo por eso, también por las referencias que Maxime le había dado de mi. Al interior de la casa se encontraba el hermano menor de Maxime, Benoît, jugando videojuegos. Era un chico joven, delgado y con los cabellos rubios. Cuando nos vio, se levanto para saludarnos y se le notaba un poco tímido de acercarse a decirme hola, al ver su timidez me le acerqué y le tendí la mano para presentarme.

Era medio día, la madre de Maxime nos llamo a la cocina para comer 'À table' exclamó para que los cuatro chicos que estábamos en la casa fuéramos a comer. ¿La comida? Ratatouille, estaba delicioso, mi primera Ratatouille hecha en casa, para acompañar teníamos pan recién hecho y vino rojo. El padre de Maxime, no paró de hablar durante toda la comida, me hacía preguntas sobre Colombia, de por qué había venido a Francia, quería saber si me gustaba el país, las costumbres, pero sobretodo las mujeres. Esa tarde no hicimos gran cosa, vimos la tele, jugamos un poco videojuegos con Benoît y al final de la tarde le pregunté al padre de Maxime si podía ver su colección de música, ya que tenía toda una repisa llena con cd's y a simple vista veía unos cuantos que me atraían. En medio de mi búsqueda, pude divisar dos álbumes que atrajeron de inmediato toda mi atención. Ambos eran de The Corrs, uno era 'Talk on the corners' y el otro 'Unplugged', recordé la noche de la cremaillère de Maxime, cuando estaba hablando con Nerea, me dijo que ese era su grupo favorito. Los tomé entre mis manos y le pregunté a Maxime si podía utilizar su ordenador para pasar los álbumes a mi reproductor de música. Me apresuré a hacerlo, mientras no paraba de pensar lo feliz que se pondría la chica de mis sueños cuando le dijera que había conseguido dos álbumes de su grupo favorito.

La noche terminó pronto y nos acostamos temprano para poder madrugar al día siguiente. Los padres de Maxime tenían que ir a la capital para arreglar unas cuentas de su seguro y es por ello que nos llevaron en su coche. Después de tres cuartos de hora de camino, llegamos a una autopista llena de coches, yo sólo veía el atasco y pensaba en el retraso que eso le podía generar para hacer sus vueltas del seguro, en esos momentos Maxime tocó mi hombro y me señaló la ventana, cuando alcé la mirada pude divisar a lo lejos entre el smog y unos pequeños edificios, ¡La Torre Eiffel!, vaya maravilla, pareciera que se quisiera esconder entre el modernismo y la contaminación de la ciudad, me apresté a sacar mi cámara fotográfica para inmortalizarla en mis recuerdos, pero el padre de Maxime me detuvo y me dijo que ya tendría mejores ángulos para sacarle una foto.

Estuvimos un buen tiempo en el atasco, aproveché la calma del momento para responderle a Nerea, mientras el padre de Maxime había parado de hablar porque estaba concentrado para que ningún coche se metiera en su camino y así poder avanzar más rápidamente. No había meditado mucho sobre qué decirle, escribí lo primero que se me ocurrió : 'Hola, acabo de leer tu mensaje, es una lastima que no lo haya visto aquella noche. Estoy en París viendo la torre Eiffel, estoy seguro que te encantaría'. Su respuesta no se hizo esperar: 'Hola Jhonatan, genial que estés en París, yo aún no lo conozco pero pronto iré. Mi novio ha venido a visitarme, estaré en plan turista por Lyon con él durante estas vacaciones'.

Maxime se percató que yo estaba molesto leyendo el mensaje y me preguntó lo que pasaba. Le conté la situación y su primera reacción fue burlarse de mi, eso me molestó aún más y simulé que lo ignoraba para pasar a otro tema. Al fin llegamos al centro de París, nos bajamos del coche cerca del Hôtel de Ville (Ayuntamiento, alcaldía) y allí comenzó nuestra aventura. Aún no habíamos decidido si íbamos a pasar la noche o si regresaríamos en tren al final del día. Comenzó nuestra caminata, rodeamos el Hôtel de Ville, caminamos a la isla, visitamos Notre Dame, no pude evitar imaginarme el jorobado balanceándose entre las gárgolas y campanas, y en el suelo donde yo estaba parado, Esmeralda admirando las proezas de dicho ser que la fascinaba. Decidimos no entrar a la monumental catedral, la rodeamos y tomamos unas cuantas fotos, luego caminamos al borde del Sena siguiendo la punta de la Torre Eiffel, era todo lo que lográbamos ver desde allí. Cada vez que pasábamos por pequeñas calles, imaginaba las cosas que pudieron suceder allí hace años, si eran callejuelas frecuentadas por prostitutas y por borrachos o por el contrario eran calles burguesas donde se vendían refinados perfumes.

Cruzando un puente bien adornado, con leones dorados y ángeles que tocan la trompeta, vimos una sesión de fotografía de una modelo, en el fondo ya se podía ver más de tres cuartos de la Torre. La modelo no me pareció atractiva, únicamente vi una chica muy maqui-

llada, delgada y larguirucha. Intenté tomarle una foto, pero alguien del personal me detuvo y me dijo en inglés que estaba prohibido tomar fotos. Llegando a la Torre, Maxime me dijo que quería tomarse algo, entramos a una cafetería, estaba llena de hombres en corbata y cuello blanco, había mucho ruido dentro y la gente se movía como si se tratara de una película en cámara rápida. Logramos instalarnos en la barra y pedir dos cafés. Quedé sorprendido, nunca había visto una taza de café tan pequeña, pensé literalmente y un poco en burla que nos darían el café en varias tandas para no ahogarnos con él o para que no se enfriara, ¡no era ni siquiera un trago!, además por ello pagamos casi dos euros cada uno. ¡Vaya estafa!. Salimos de allí, no sin antes aprovechar los servicios y descargar todos esos líquidos que llevábamos retenidos desde que habíamos pisado suelo parisino.

Al salir, estábamos un poco perdidos para encontrar el camino hacía la Torre, decidimos seguir el camino que decía 'Tour Eiffel', jeje, al salir al parque de los campos de Marte, pudimos ver al fondo la gran 'A' mayúscula que adorna la ciudad desde finales del siglo diecinueve. Era magistral, parecía la separación de una cortina de nubes que terminaba en los jardines, ¡nunca pensé que fuera tan grande!, nos acercamos a sus bases y constaté que yo era una pequeña hormiga a su lado. Las filas para subir eran interminables, incluso por la que se subía a pie. Decidimos no subir, pero estuvimos un buen rato en la parte inferior, pude ver parejas de recién casados tomándose fotos, la mayoría eran personas con rasgos asiáticos, y habían varias limosinas estacionadas en la calle contigua a la Torre. Al ver las parejas, me divertí pensando en que quizá algún día estaría así con Nerea, dándonos un beso apasionado debajo de una de las maravillas del mundo. ¿Por qué tenía que proyectar todo lo que veía y escuchaba con Nerea?, ¿Acaso me estaba obsesionando?

Era hora de comer y fuimos al parque que está en frente de la Torre para comernos los sándwiches que habíamos preparado en casa de Maxime. Seguía contemplando la obra de arte que simula las fibras del fémur para tener la excepcional firmeza y altura que sustenta. Tomé varias fotos y luego me senté al lado de Maxime a comer, puse música en mi reproductor y le compartí un audífono. Al terminar, reposamos un poco y luego decidimos ir a ver el Arco del Triunfo. Pero esperamos otro rato para descansar y tomar fuerzas. En el camino, veía los buses de dos pisos llenos de turistas, con su típico guía hablando en inglés y en francés para explicar la historia de la gran mayoría de las cosas que se podían ver desde el autobús. Yo disfrutaba caminar y confundirme entre la gente, respirar el aire frío y cerrar los ojos imaginándome ser uno más de la ciudad, como si perteneciera a su rutina y nadie notara que estaba allí por primera vez.

Maxime me dijo que volteáramos por la siguiente calle para salir a los campos Elíseos, cuando los mencionó, imaginé una gran explanada verde con un césped bien cortado, árboles a ambos lados, adornando un gran camino, como la entrada a un palacio. Vaya decepción me lleve cuando vi que se trataba de una avenida, llena de tiendas caras a lado y lado. Se veía gente snob y burgueses paseándose con su mejor pinta, chicas con su brazo doblado, la palma de sus manos mirando hacía el cielo y un bolso enorme colgado de su antebrazo, mientras caminaban rítmicamente haciendo que sus caderas se movieran de arriba a abajo. Muchos tenían lentes para Sol, a pesar de que la luz que había no molestaba nada la vista. Al final de la gran avenida, se encuentra el Arco del Triunfo. Nos dirigimos a él, mientras tomaba fotos de diferentes ángulos. Habían muchos turistas en la base del arco, y por mucho que buscamos, no encontramos la manera de pasar al otro lado de la glorieta para llegar a la base.

Prestos a partir, recordé que el amigo del esposo de una tía materna, vivía cerca de allí, y teniendo en cuenta de que estábamos cansados de caminar, le pregunté a Maxime si le interesaba que fuéramos a hacerle una pequeña visita. Le pedí su teléfono prestado para llamarlo, el señor del que no recuerdo su nombre, me dijo que no vivía para nada lejos del Arco del Triunfo, nos indicó el camino a grandes rasgos, teníamos que seguir por la avenida Charles de Gaulle en dirección la Défense y parar un par de calles antes, doblar a la izquierda y que cuando viéramos un minimercado lo llamáramos, que él iba a nuestro encuentro. Teniendo en cuenta que no era 'tan lejos', se podía ver perfectamente el sector de La Défense desde donde estábamos, decidimos caminar hasta allí, además así conoceríamos otra parte de la ciudad. Luego de diez minutos de caminata, la distancia no parecía acortarse, las torres de la Défense seguían igual de lejos y nuestro cansancio aumentaba. Media hora caminando, ¡rayos, si que estaba lejos!, por fin nos acercamos a las torres y volteamos a la izquierda como nos lo había indicado el señor. Lo llamamos y luego de cinco minutos apareció, reconocí su cara colombiana de inmediato, tenía rasgos inconfundibles que gritaban a leguas que era latinoamericano.

Nos invitó a su casa indicándonos el camino, y nos preguntó si estábamos cansados, creo que nuestra respuesta sobró, pues se nos notaba en nuestras caras. Su casa quedaba en un edificio antiguo, de madera pintada azul clara. Se olía un poco la humedad y había un poco de moho en las paredes. Subimos varios pisos antes de llegar a su apartamento. Una vez adentro, noté que era un piso que no superaba los doce metros cuadrados, sólo le cabían una cama mezzanine, una pequeña cocineta y algo que estaba en medio de la habitación que parecía ser una ducha improvisada. No tenía armarios, ni water. Lo más increíble, la renta costaba más de quinientos euros al mes y fue él mismo quien instaló la ducha porque no había ninguna en todo el edificio. Después, ¡uno se pregunta por qué dicen que los franceses no se bañan!.

No había mucho donde sentarse, Maxime y yo nos las arreglamos para compartir un pequeño sofá que estaba debajo de la cama mezzanine, mientras el señor nos preparaba un café colombiano y nos contaba su historia en Francia. Nos dijo que había llegado hacía quince años, le habían ofrecido un trabajo como ingeniero electricista y que él no había dudado en tomarlo. Estaba soltero y lleno de expectativas por vivir nuevas experiencias. Una vez en París, todo comenzó de maravilla, a él le iba muy bien en el trabajo y ganaba muy bien. Aprendió rápidamente francés y se desarrollaba muy bien en la empresa. Al poco tiempo de estar trabajando, alguien le contó que su jefe, que hacía mucho menos trabajo que él, ganaba tres veces lo que él ganaba por el trabajo que él hacía. Dicha información lo llenó de cólera, y decidió renunciar, al fin y al cabo le estaba yendo muy bien, seguramente encontraría trabajo fácilmente en otro lugar donde se le diera el respeto que se merecía, además de ganar lo mismo que su anterior jefe. Lo que él no sabía es que su visa de trabajo aplicaba únicamente para la empresa y para el trabajo especifico que él estaba desempeñando, así que fue rechazado en muchos trabajos por el simple hecho que representaba hacer todo el papeleo para contratarlo, además que su anterior jefe había hablado con sus conocidos para que nadie lo contratara. Su gran dilema era que había vivido lo suficiente en Francia como para acostumbrarse a la cómoda vida europea, pero demasiado poco como para pedir una visa de residencia o permanente. Teniendo en cuenta que tenía que comer y pagar la renta, comenzó a hacer pequeños trabajos de electricista con sus vecinos, arreglando pequeños circuitos dañados, instalando switches, arreglando planchas, televisores, etc... Poco a poco comenzó a hacer los mandados, a pasear perros, a recoger niños de las escuelas y así se convirtió en un 'todero', alguien que hace de todos los servicios generales. Una de las señoras a las que él servía, le cogió mucho cariño y aprecio, aprovechó unos contactos que tenía en la prefectura en París para regularizar su situación y así conseguirle una residencia permanente.

Después de un buen par de horas de descanso, mientras escuchábamos la interesante historia y degustábamos un buen café colombiano que nos había salido gratis, acordamos de que era hora de partir, ya se hacía de noche y aún no sabíamos si íbamos a regresar o íbamos a pasar la noche en París, como era evidente, no podíamos dormir allí, pues no había espacio suficiente para tres personas, sin embargo nos dijo que éramos bienvenidos para desayunar y que podríamos ir hacía las nueve o nueve y media de la mañana. Al salir del apartamento, Maxime y yo caímos en cuenta que no habíamos visitado aún El Louvre, ¡qué torpeza!, 'On devra passer la nuit ici alors (tendremos que pasar la noche aquí entonces)', dijimos en coro. 'Mais, alors où est-ce qu'on dort? (¿Pero en dónde dormimos entonces?)', le pregunté a Maxime, él sonrió y me dijo, 'on dort pas (no dormimos)'...

Así fue, emprendimos camino de nuevo hacía el centro en búsqueda de bares que estuvieran abiertos toda la noche, después de caminar cerca de una hora, llegamos a los jardines de Luxemburgo, nos sentamos frente a un pequeño teatro a tomarnos unas cervezas que habíamos comprado en una epicería. Cerca nuestro, habían tres chicas parloteando y tomando también cerveza, Maxime me dijo que hablara en español a voz viva para que escucharan y se interesaran en nosotros. Olvidamos que estábamos en la capital de Francia y como gran ciudad, la mayoría de las personas que viven allí, les da igual los demás, las chicas simplemente nos ignoraron.

La noche nos envolvía y las cervezas se nos acababan. Quisimos cenar algo, y fuimos donde nuestras narices nos guiaban. Después de dar unas cuantas vueltas, errando por las callejuelas parisinas, llegamos a un lugar bien iluminado, cerca del río Sena, abarrotado de jóvenes tocando música con instrumentos artesanales y fumando porros. Nos llamo la atención una chica delgada, de pelos rubios y rizados, llevaba puesta una falda negra que le llegaba hasta los tobillos, un abrigo blanco y unos guantes que dejaban sus dedos descubiertos, estaba sentada sola con un cartón en sus piernas sosteniéndolo con su mano derecha, en su mano izquierda sostenía un lápiz negro grueso que parecía de maquillaje. Le preguntamos qué lugar nos recomendaba para comer algo rápido y barato. Nos señalo un Kebab que estaba cruzando la calle y se ofreció a acompañarnos afirmando que tenía hambre y que le apetecía comerse un falafel. Mientras cada uno pedía lo que quería comer, Maxime y yo estábamos interesados en conocer un poco más de la misteriosa chica que se había ofrecido tan amablemente acompañarnos en nuestra cena parisina. Nos contó que nunca comía carne, y por eso prefería cenar falafel, pero no le importaba acompañarnos a comer nuestra emparedado de cordero.

Era estudiante en bellas artes con especialidad en dibujo al carboncillo, vivía en París con sus padres en la catorceava comuna (14ème arrondissement), pero estaba pensando seriamente en emanciparse e irse a vivir con una compañera a un piso. En el momento en que estaba pidiendo su falafel, Maxime aprovechó para acercarse y decirme que ella le gustaba y que si todo salía como él lo planeaba conseguiríamos dónde dormir esa noche. Comer a la orilla de piedra del Sena nos pareció la mejor idea, así que caminamos un poco hasta llegar a las bases de Notre Dame. Como no teníamos mucho dinero, Maxime y yo compartimos un Kebab entre los dos. Mientras me ocupaba de comer, Maxime hablaba con la chica, la verdad que no escuché qué le decía o por qué reían, tenía un hambre que se me estaba comiendo mis intestinos, así que me ocupaba de mi dulce manjar y no tenía sentidos para nada más. Después de unas cuantas mordidas a mi sandwich turco, me pareció escuchar que estaban hablando de un bar de rock donde siempre habían conciertos y que cerraban bastante tarde, también escuché que la chica le estaba dando excusas a Maxime por no poder alojarnos pero al parecer su padre la mataría si llevaba chicos a su casa. Aunque le prometió que si nos quedábamos otra noche nos podría alojar porque su padre iba a partir al día siguiente a un viaje de negocios y no regresaría sino hasta la semana siguiente. Le pregunté si el bar que nos decía quedaba muy lejos, nos sugirió que la mejor manera de ir era en metro, nos recomendó que, si en caso tal de que decidiéramos no ir a ese lugar, podríamos intentar detrás de la plaza de la Bastilla, allí habían bares de salsa que estaban abiertos toda la noche.

Decidimos ir primero al bar de rock para probar suerte, no recuerdo muy bien dónde quedaba pero era sobre una avenida, creo que era la avenida o Boulevard de Montmatre. En todo caso, a pesar de nuestra escasa cantidad de dinero fuimos en metro, despidiéndonos de la chica a la entrada, no sin que antes Maxime se asegurara de tener su numero de teléfono para llamarla al día siguiente. El bar que nos recomendó la chica no parecía un lugar muy propicio para conciertos, más bien parecía un restaurante con su propia tienda de ropa en el lobby con su logotipo por todos lados. Pero después de atravesar la entrada, había un gran salón donde estaba la banda tocando en vivo. Efectivamente, esa noche había concierto de rock, lo que la chica olvidó decirnos era la posibilidad de que tuviéramos que pagar la entrada, que para nuestra desgracia era de quince euros, dinero que ninguno de los dos teníamos. Así que media vuelta, dirección la plaza de la Bastilla. Ninguno de los dos sabíamos en qué dirección teníamos que seguir, o a qué distancia estábamos de la plaza.

Buscamos un mapa en una estación de bus e intentamos primero ubicarnos a nosotros y luego la plaza de la Bastilla. Después de analizar bien las posibles rutas, y calcular la distancia aproximada, coincidimos que era posible ir caminando, además eso consumiría parte del tiempo que teníamos que pasar despiertos durante la noche. Para entretenernos en el camino, Maxime se inventó un juego con los nombres de las tiendas que pasábamos. Cada uno tenía que comenzar una rima de rap con el nombre del bar, tienda, boutique o lo que sea que estuviera más cerca y el otro tenía que terminarla con otro nombre. A mi me costaba mucho más que a él, pues mi vocabulario en francés aún era muy limitado y encontrar palabras para rimar no me era para nada fácil.

Las calles estaban vacías y el frío de otoño era nuestro único acompañante de juego. París de noche tenía otra apariencia, las calles parecían más lúgubres, por momentos tenía la impresión de que ya no estábamos en el siglo veintiuno o que estábamos visitando un museo mal iluminado, donde todo hace parte de la historia que quiere ser contada. Tal vez fue torpeza nuestra o tal vez fue obra de dicha ciudad llena de historias, pero perdimos nuestro camino proyectado, nos encontramos en pequeños callejones que no tenían salida. No vislumbrábamos ninguna estación de bus o algún mapa que nos indicara nuestra situación geográfica. En el momento en que ambos nos sentimos perdidos y sin saber qué hacer, lo primero que hice fue reír, reír lo más fuerte que pude hasta que mi vientre me hacía daño, reí a carcajadas y luego reí un poco más. Maxime no entendía mi comportamiento, me ponía su mano sobre mi hombro preguntándome si me sentía bien. Des-

pués de unos instantes buscando mi aliento, logré pronunciar pocas palabras aunque en un tono bajo y sin mucha fuerza. Le dije que todo estaba bien, era sólo que estaba muy feliz, me sentía feliz porque estaba perdido en París, ¿cuántas veces podría decir algo así?, en una noche fría con Luna menguante, estaba feliz porque estaba viviendo un sueño que nunca había realmente soñado, estaba feliz porque aunque las calles estaban vacías, sentía que todos los edificios nos contaban las historias de las que habían sido testigos durante todos los años que estaban en pie, estaba feliz porque estaba perdido en una ciudad que tenía más historia escrita que cualquier ciudad en Latinoamérica y además estaba feliz porque aún albergaba en mi corazón la posibilidad de estar con la chica de mis sueños y enamorarme perdidamente de ella sin pensar en las consecuencias.

Ante la mirada atónita de Maxime, tomé mi reproductor de música y puse 'Lobo hombre en París' de La Unión en concierto, lo canté al unison con todas las fuerzas de mis pulmones, miré al cielo y con mis brazos extendidos en el aire comencé a dar vueltas sin dejar de cantar, quería crear un marcador de página de ese momento, quería que se quemara en mis cinco sentidos y que formara una cicatriz benigna para recordar la sensación de felicidad de ese momento, no quería que se me escapara un solo detalle. Cuando acabo la canción me dejé caer al suelo, y me eché a reír de nuevo, la expresión de la cara de Maxime era más de preocupación que de simpatía. Se acercó para preguntarme si todo iba bien, quería saber qué me había pasado. Lo tranquilicé, le dije que simplemente quería disfrutar de ese momento, que me sentía feliz y quería recordarlo por mucho tiempo. Me incorporé de nuevo y haciendo un gesto de seriedad le indiqué un camino a Maxime para ver si lográbamos ubicarnos de una vez por todas.

Después de caminar por varias calles distintas, vimos a lo lejos un gran edificio marrón con muchas ventanas. El edificio parecía interminable en el horizonte, tenía un aspecto amurallado y en su base tenía una fosa al mejor estilo de los castillos medievales. Maxime me dijo que creía que era el museo de Louvre y que seguramente desde allí podríamos ubicarnos. Nos dirigimos sin más espera al gran edificio, una parte de él estaba en reconstrucción, lo rodeamos buscando una entrada o algo que nos permitiera confirmar que era el famoso museo. Después de seguir dos caras de la muralla, llegamos a una gran avenida y a nuestra derecha vimos una puerta que adornaba la majestuosa construcción, ni los griegos lo tuvieron tan fácil para entrar a Troya con su insigne caballo de madera. En la entrada se encontraban varios turistas que se tomaban fotos abrazándose o señalando el edificio, pasamos por un lado de ellos intentando no incomodar las fotos y al cruzar la gran entrada, me sentí transportado. Vi una gran pirámide en vidrio en el fondo de un patio, iluminada cuidadosamente y con agua a su al rededor, el edificio amurallado la rodeaba como protegiéndola de posibles invasores o agresores, ¡efectivamente era el museo de Louvre!, aquel que había visto en varias películas e incluso en un videojuego de mi adolescencia. El gran museo que alberga muchísimas obras de arte que cuentan una parte de la historia de nuestra especie, incluyendo grandes obras del ingenioso Leonardo Da Vinci. Tomé mi cámara fotográfica y comencé a sacar fotos de cada parte que me maravillaba de aquella construcción. Luego le pedí a Maxime que me tomara un par de fotos mientras yo posaba haciendo muecas para hacer que riera. Nos sentamos, estábamos realmente cansados de todo lo que habíamos caminado en todo el día, aún veíamos que teníamos toda una noche por 'sobrevivir', sin dormir en una cama caliente en París. Vimos la estación de bus del Louvre. ¡Por fin un mapa para ver nuestro camino!. Esta vez tomamos nota de las calles que debíamos seguir y de las direcciones bien precisas que teníamos que tomar en cada calle. En todo caso era seguir la gran avenida que habíamos acabado de pasar y seguir derecho hasta ver la plaza de la Bastilla, ¿qué tan complicado podría ser?.

Recomenzamos nuestra excursión hacia la plaza que simboliza la revolución francesa, pero pocas calles después, empecé a sentir punzadas en la punta de los dedos de las manos y de los pies, es como si hubiese caminado por un hormiguero y que las hormigas soldado es-

tuvieran defendiéndose con vehemencia a mi ataque, pinchando el tope de mis extremidades. Luego mi nariz se unió a las sensación de escozor. Le pregunté a Maxime si sentía lo mismo y me dijo que si, que el frío ya comenzaba a hacer estragos con nosotros y que tendríamos que refugiarnos pronto antes de que atrapáramos frío y nos enfermáramos. Estábamos cerca del Hôtel de Ville y una señora con su pequeña niña estaba cruzando por nuestro camino. Maxime la interpeló buscando saber donde podemos encontrar un bar cerca de allí, preferiblemente que esté abierto toda la noche. La señora me miró con sus ojos entre cerrados como si pensara que la queríamos robar y luego miró a Maxime y le preguntó si lo que buscamos es uno de esos bares especiales. Maxime me miró sin entender la pregunta, y yo, pensando que con especial se refería a abierto toda la noche, le dije que si, que era eso lo que buscábamos. Maxime, aún sin estar muy convencido de la pregunta, interrogó a la señora queriendo saber a qué se refería con 'especial', la mujer se sonrojó un poco y luego miró a la pequeña que le acompaña, hizo un gesto con su mano queriendo tapar su boca de la vista de la niña y le dice a Maxime, 'Vous savez, un de ces bars pour les gays (ya sabe, uno de eso bares para gays)'. Maxime se sonrojó y bajó su mirada sin saber qué decir, luego volvió a levantarla y aclarando su la garganta dijo: 'Non, non, on cherche un bar qui soit ouvert toute la nuit (no, no, buscamos un bar que este abierto toda la noche)', no pude soportar más y me puse a reír, la mujer después de un gran suspiro y menos tensa, nos indicó que si seguimos por la misma calle seguramente encontraríamos una calle de bares y restaurantes, pero no estaba segura de que abrieran durante toda la noche. Le agradecimos y seguimos nuestro camino.

Con el frío impidiéndonos avanzar más, entramos en el primer bar que nos cruzamos, efectivamente era un bar frecuentado por homosexuales, comprendimos por qué la señora había pensado que estábamos en búsqueda de uno, al parecer la zona del Hôtel de Ville estaba colmada de bares de esa clase. Un tipo robusto, con una barba blanca cerrada y una mirada un poco perdida nos recibió y nos preguntó qué queríamos tomar, pedimos una cerveza cada uno y nos sentamos en una mesa no muy lejos de la puerta. El ambiente del bar era sobretodo tranquilo, tenía un aire un poco bohemio, la música era suave y rítmica. Las luces estaban rodeadas del humo de cigarrillo que fumaban los comensales y el volumen de sus conversaciones no era muy alto. El frío hizo que mi vejiga se llenara y me obligó a buscar un orinal para vaciarla, previne a Maxime y fui en búsqueda de un baño. Cuando volví, un chico joven, no muy alto con el cabello oscuro, cuidadosamente cortado y peinado, estaba sentado en nuestra mesa hablando con Maxime. Ambos hablaban y se reían, sentí que mi gran amigo se veía muy a gusto con su nuevo acompañante, así que sólo me acerqué me presenté y los dejé hablar. Aproveché mi pequeño momento de soledad para reflexionar, no pude evitar pensar en mi Printzesa, en la posibilidad de tener que olvidarla y dejar todo como en la simple pero maravillosa experiencia de una noche, algo así como lo que los gringos llaman 'one night stand'.

Me disgustaba la idea de rebajarlo a tal simpleza, no quería dejarlo de ese tamaño, así que decidí que tenía que encontrar una luz que me ayudara a dar un gran salto cuántico[5] y poder conquistar a la chica de mis sueños.

Después de aproximadamente una hora de reflexión, percibí que mi vaso de cerveza estaba vacío y que Maxime se estaba despidiendo del chico, el hombre barrigón de barba blanca nos indicó que el bar estaba por cerrar y que teníamos que salir. Vi cómo Maxime se despedía del chico y le mostraba una gran sonrisa. Cuando salimos, me burlé de Maxime, preguntándole si nos había conseguido donde dormir, si aquel apuesto joven nos iba a alojar en su apartamento. Él me miró y después de reírse conmigo, me dijo que aquel chico trabajaba en una agencia de fotografía y que él estaba muy interesado en conocer su trabajo, pero que lastimosamente tenía cita con su novio y no podría alojarnos por esa noche. No quedaba más remedio que seguir nuestra aventura

[5] Frecuentemente se aplica el término salto cuántico, al cambio de estado de un electrón que pasa de un nivel de energía menor a otro mayor dentro de un átomo, mediante la emisión o absorción de un fotón de luz.

hacía la plaza de la Bastilla. Aún nos quedaba al menos veinte minutos o media hora de camino, pero preferíamos caminar y probar suerte que quedarnos en la fría calle y congelarnos. Al fin llegamos a la tan deseada plaza. Una glorieta con una torre de un ángel en el centro, pocos coches y aún menos, bares que pudieran estar abiertos toda la noche. ¡Vaya engaño!, nos habían timado. Habíamos caminado unos cinco kilómetros, sólo para encontrar que no había ningún lugar donde podríamos entrar para pasar la noche.

Hubo un momento de silencio, ya no había más coches y una vez más nos encontrábamos solos Maxime y yo en las calles Parisinas, pero esta vez había algo diferente, podíamos sentir una pequeña vibración en el pecho, era música, ¡si, era música!, tal vez no estábamos tan perdidos. Seguimos el camino que nos indicaban las vibraciones en nuestro pecho, y llegamos a una pequeña zona de bares y discotecas. Que alivio que sentimos, podríamos al fin sentarnos en algún lugar, tomarnos algo, hablar con extraños, conocer sus historias y así entretenernos durante toda la noche. Al primer bar que intentamos entrar, nos pedían quince euros, pues era noche de 'open bar', luego intentamos otros y ya estaban cerrando o nos impedían entrar porque éramos muy jóvenes. Parecía que el universo se había confabulado para que esa noche no pudiéramos pasarla en un bar o una discoteca, ¿por qué nos querría hacer algo así el universo?, o era tal vez un producto de las entretenidas charlas entre Maxime y yo mientras caminábamos, nos preguntábamos cómo sería de curioso dormir en la calle en París, era casi como si deseáramos vivir la experiencia, para luego contársela a nuestros nietos, esa era la idea que me parecía más lógica. El tema surgió cuando estábamos caminando por la avenida donde estaba el bar de rock y vimos un hombre en el suelo en posición fetal, queriendo calentarse para poder dormir.

Decidimos ir a un último lugar, y si nos rechazaban ya buscaríamos algo diferente a un bar o discoteca donde pudiéramos pasar la noche. Probamos suerte en un lugar que tenía nombre latino, al fin y al cabo, yo soy latino y seguramente el portero se entendería bien con-

migo, seguro que nos dejaría pasar. ¡Que ingenuos!. Al llegar a la puerta, había un tipo fornido, a pesar del frío, con camiseta corta y sin un pelo en su cabeza, lleno de alhajas de oro y plata en su cuello y dedos. Nos miró de arriba a abajo y antes de que yo pudiera pronunciar palabra en español, nos dijo que para entrar necesitábamos zapatos y nosotros traíamos zapatillas deportivas, 'C'est bon! (¡se acabó!)', le dije a Maxime, 'On va chercher une autre solution (vamos a buscar otra solución)'.

Retomamos el camino por el que habíamos llegado y preocupado, le pregunté a Maxime qué podríamos hacer. A esa hora ya no habría trenes para volver a su casa y el dinero no nos alcanzaba para pagar un hotel. Me dijo que íbamos a buscar algún lugar en un edificio o en algún parque donde no hiciera mucho frío para dormir. Seguimos caminando mientras observábamos los posibles 'lechos' para pasar la noche. Maxime comenzó a empujar las puertas de los inmuebles, un poco asustado, le pregunté lo que pretendía. Al parecer, en ocasiones las personas dejaban abiertas las puertas de los inmuebles y si teníamos suerte podríamos dormir en un corredor cerca a un apartamento con calefacción. Le ayudé en su gran idea a empujar puertas. Después de varias calles empujando puertas, sin éxito, escuché que Maxime me llamaba con un tono sospechoso y con cuidado de que nadie pudiera escucharlo. Había encontrado un inmueble abierto, ¡que felicidad, al fin un corredor calentito donde podríamos dormir!.

Detrás de la puerta de madera pintada en un verde pálido que Maxime había logrado abrir sin mayor esfuerzo, había un corredor frío, con paredes en piedra lisa, adornado con unas pequeñas macetas de plástico que criaban unas plantas raquíticas, tal vez muriendo de frío como nosotros. Al final del pasillo, había un gran patio cuadrado, con bicicletas estacionadas en sus paredes y al lado de varias ventanas que tenían las persianas en madera del mismo verde de la puerta principal. En la pared izquierda del patio había una pequeña entrada sin puerta que se dirigía a las escaleras para subir a los pisos superiores. Escapando del frío que cada vez nos penetraba más en la piel, subi-

mos hasta el último piso, constatando que todas las luces estaban apagadas, nos echamos literalmente al suelo a dormir. Acurrucados sobre nuestras piernas y espalda con espalda, buscábamos calentarnos para evitar atrapar frío. No sé cuanto tiempo estuvimos allí, pero de un momento a otro sentí que Maxime se levantada agitado, me estremeció para que me levantara y partiéramos lo más pronto posible. Mientras salíamos del edificio, me dijo que había escuchado a alguien en el apartamento al lado de donde estábamos acostados durmiendo, la persona quería salir porque había escuchado ruidos en el pasillo y que quería ver lo que pasaba. No podía creerlo, ¡yo no había escuchado nada!, ¿acaso me había dormido tan profundamente?.

Pronto serian las cuatro de la mañana, el metro abriría sus puertas y podríamos dormir en una estación. Caminamos para calentarnos, teníamos hambre pero no había ningún lugar abierto. Después de caminar un buen rato, de nuevo estábamos en una avenida, no se si era la misma avenida en la que se encontraba el bar de rock, en todo caso, encontramos una puerta de metro abierta. El señor encargado de la limpieza la había dejado abierta mientras limpiaba otras zonas de la estación. Nos escabullimos sigilosamente y fuimos hasta lo rieles por donde pasa el metro. Al lado de una máquina de refrescos habían dos sillas verdes de plástico rígido. Corrimos hacía ellas como si se tratara de un par de niños buscando refugio en los brazos de sus madres. Nos sentamos en cada una de las sillas, nos cruzamos de brazos y eso es lo último que recuerdo hasta que el estruendoso ruido del metro me despertó. Ya eran más de las siete de la mañana y Maxime aún dormía. Decidí dormir otro poco más. Tras una hora más durmiendo, Maxime me despertó y me dijo que creía que ya podríamos ir a casa de mi amigo a comer el desayuno que nos había prometido.

Buscamos un mapa de la líneas de metro y planeamos nuestra trayectoria. Nos subimos al metro pendientes de la estación en la que debíamos cambiar de línea. Cuando por fin llegamos a la última línea de metro que teníamos que tomar, a unas cuantas estaciones de donde teníamos que bajarnos, nos quedamos dormidos, ¡qué coincidencia!,

¡ambos dormidos!. El metro ignorando la estación en la que debíamos bajarnos no nos dio aviso y no nos despertó, así que llegamos al final de la línea. Ya nos daban las diez de la mañana y nosotros aún no habíamos ido a desayunar y el hambre nos estaba matando. Le dije a Maxime que debíamos llamarlo y decirle que pronto estaríamos allí, de esa manera, para el momento en que llegáramos, el desayuno ya estaría listo y sólo tendríamos que sentarnos a comer. Nos subimos en el metro en la dirección contraria en la que veníamos, al ver la estación en la que debíamos bajar, salimos más rápido que los nadadores profesionales al escuchar el sonido seco de la pistola que anuncia su partida en la carrera.

Recorrimos la distancia entre la estación de metro y la casa de 'mi amigo' en la mitad del tiempo que tomaría normalmente, sin más obstáculos nos precipitamos a la casa en la que nos aguardaba una silla calentita y un desayuno colombiano. Al entrar, los desayunos estaban ya servidos y esperando a ser devorados por nuestra hambre acumulada. El hombre sólo caviló en preguntarnos en donde habíamos pasado la noche. Para evitar problemas o generar preocupaciones en mi familia, le dijimos que habíamos dormido en casa de una amiga de Maxime, pero que habíamos pasado mucho frío porque la calefacción no funcionaba bien. Después de terminar el delicioso desayuno, hablamos un poco más de todo y de nada, de mi familia, de por qué había venido a Francia, entre otras cosas...

Pasamos un buen rato parloteando, hasta que Maxime interrumpió la conversación para decir que iba a llamar a una amiga. Quería hablar con la chica que habíamos conocido la noche anterior, quería saber si todavía seguía en pie la propuesta de poder dormir en su casa esa noche. Cuando termino de hablar me dijo que no había ningún problema y que además nos había invitado a ver una película después de medio día que ya estaría sola en casa. ¡Qué alegría! iba a poder dormir un rato, ¡por fin!. Salimos de la casa de aquel hombre que nos había atendido tan bien, le agradecimos por todo y le prometí que volvería pronto a visitarle... nunca volví a verlo.

Dirección de la casa de la chica, evidentemente seguíamos a pie, pues nuestro pequeño presupuesto ahora se limitaba a unos cuantos euros (sin incluir el dinero de los billetes de regreso). Aprovechamos lo que nos quedaba para comprar algo para comer antes de ir a casa de la chica. Viendo que ya era después de medio día, buscamos la dirección indicada, no tuvimos mayor problema para dar con la casa. Estaba sola, sus padres se habían ido juntos y ella iba a estar sola durante todo el tiempo. Nos invitó a entrar y nos enseñó la casa, era una casa de dos plantas en medio de edificios de apartamentos. La casa estaba adornada en un estilo artístico, con dibujos a carboncillo y pinturas en óleo sobre lienzo. Nos enseñó la sala y el gran sofá que tenían, bueno la verdad que fue lo único que vi porque me apetecía muchísimo echarme encima de él y olvidarme del tiempo y del lugar en donde estaba, ¡sólo quería dormir!.

Le pregunté si no le molestaba que me recostara un rato, mientras le terminaba de enseñar la casa a Maxime. Ella estuvo de acuerdo y me precipité sobre el gran mueble forrado en cuero marrón. No sé cuanto tiempo dormí, pero cuando desperté ya no había luz del Sol y escuchaba unos ruidos al fondo de la casa. Eran ruidos repetitivos y golpeados, rápidamente concluí que era Maxime con la chica en su habitación. Me incorporé, y me puse a hojear unas revistas de moda que estaban sobre la mesita de la sala, mientras los amantes terminaban su asunto. No era la primera vez que me encontraba en el mismo recinto, mientras Maxime follaba con una chica, y sabía muy bien que después de que terminara iba a querer estar lejos de ella, así que fui paciente durante unos minutos más y ¡voilà! Maxime en la sala, buscando hablar conmigo un rato. Cuando lo vi, sonreí picara y condescendientemente, le dije en voz baja que tendría que contarme luego detalles. Poco después salió la chica, despeinada, en bragas y con una camiseta ajustada, sin sujetador, se podía percibir ligeramente sus pezones. Nos pregunto si teníamos hambre, la verdad que no sabía de donde me salía tanta, pero me hubiese comido un caballo entero en esos momentos, obviamente pasando con pan para no ahogarme. Con nuestra respuesta unánime y afirmativa, nos propuso pastas con salsa boloñesa, y nos prometió que pronto estarían listas.

Después de comer, la chica nos dio a escoger una película, nos acomodamos todos en el sofá, mientras me bebía una cerveza que había sacado de la nevera, Maxime y la chica se fumaban un porro juntos. Maxime estaba un poco alejado de la chica y yo no le daba más importancia al ambiente pesado que se había formado en el gran salón. Después de la peli, la chica tomó de la mano a Maxime y lo arrastró hasta su habitación, antes de que cerrara la puerta bajo llave le pregunté donde podía encontrar una pequeña cobija o algo para dormir y me señalo una pequeña manta que estaba doblada con cuidado sobre una silla del salón. La chica sedujo a Maxime para que pasara la noche con ella, yo sólo quería dormir. Al día siguiente, Maxime me despertó bastante temprano (al menos eso pensaba yo, en realidad eran más de las once de la mañana), aún estaba en calzoncillos, con los calcetines puestos y un zapato en una de sus manos, me dijo que se iba a vestir rápidamente para que nos fuéramos, la chica aún dormía y él no quería despertarla. Me parecía un poco descarado irme sin siquiera darle las gracias, así que le escribí una pequeña nota en unos post-it que estaban sobre el refrigerador y lo pegué en la puerta de su habitación.

Fuimos hasta la estación de metro más cercana y tomamos dirección Gare de Lyon. Compramos un billete hasta la ciudad cercana de la casa de los padres de Maxime y nos sentamos a esperar. Ya era después de medio día, compramos un sandwich entre los dos y nos lo zampamos de un solo bocado. Maxime aprovechó para contarme lo que había sucedido con la artista mientras yo disfrutaba de los brazos de Morfeo. Cuando me fui a dormir en la tarde sin terminar el tour de la casa, Maxime le pidió a la chica que le enseñara su habitación, repito, él tenía muy buenas técnicas para ligar o por lo menos técnicas que le funcionaban muy bien, algo sutiles, pero la mayoría de las veces bastante agresivas. Cuando la chica le mostró su habitación, él la tomó por la cintura con su mano izquierda, mientras que con la otra mano cerraba la puerta. La encerró entre sus brazos y mientras la miraba fi-

jamente a los ojos se inclino a besarla. Ella, un poco incomoda, intento esquivarlo pero la rigidez del brazo izquierdo se lo impidió y terminó por ceder al beso. Se giró y la llevó en brazos hasta la cama, la depositó allí suavemente y comenzó a besarle el pecho mientras le quitaba los pantalones, ella siguiendo la iniciativa, le quitó la camiseta y desabrocho su pantalón. Luego los detalles que me dio Maxime fueron más bien superfluos, me dijo que se tardo una eternidad en terminar, tal vez por el cansancio, tal vez porque lo estaba haciendo sin mayor pasión, el caso es que sus movimientos me despertaron justo en el momento de su éxtasis. Me dijo con un tono burlón que estaba seguro que a la chica le había gustado, pues en la noche no paró de acosarlo para que se fueran a su habitación a seguir lo que habían comenzado, él más por condescendencia que por ganas, hizo lo que pudo, pero al parecer no fue mucho. La verdad que no estaba de acuerdo con su comportamiento, yo al menos, me hubiese despedido dándole las gracias personalmente y tal vez dejando las puertas abiertas a una próxima aventura con ella, pero no por eso juzgaba a Maxime o lo menospreciaba, él era mi amigo y lo aceptaba tal y como era.

Llegamos cerca de media tarde, el padre de Maxime nos estaba esperando en su coche para llevarnos hasta la casa, nos dijo que la cena pronto estaría lista y que seguramente llegaríamos a comer. En el camino, aprovecho para preguntarnos sobre nuestra gran aventura parisina y de lo que habíamos hecho y visitado. Para mi gran sorpresa, Maxime le contó a su padre la pequeña aventura que había tenido con la estudiante de dibujo, casi con los mismos detalles que me la había contado a mi. Su reacción, al parecer la más lógica para él, fue preguntarme sobre la chica que yo me había ligado, un poco sonrojado le dije que tal chica no existía y que yo sólo había disfrutado de París, y no de los reconocidos perfumes femeninos parisinos. Con una expresión de sorpresa, me dijo que no entendía por qué no lo había intentado al menos. Maxime interrumpió su pregunta y le comentó sobre mi Printzesa, le dijo que un día antes de venir yo me había acostado con una chica y que me había dejado atontado. Ambos rieron de mi situación, como si quisieran decirme que era totalmente ilógico mi comportamiento. Antoine, con una expresión ahora de seriedad, la típica que ponen los profesores cuando quieren que sus estudiantes retengan lo que están a punto de decir, me dijo que él siempre había hablado abiertamente de sexo y de relaciones de pareja con Maxime y con Benoît (a pesar de su tierna edad), su recomendación principal es que mientras fueran jóvenes, aprovecharan al máximo, que tuvieran aventuras el mayor número posible de mujeres antes de comprometerse en matrimonio, y me dijo que ese era el mejor consejo que podría darme en esos momentos. Le di las gracias y miré por la venta del coche, viendo el paisaje y digiriendo lo que me habían acabado de decir.

Al llegar a la casa, la abuela materna de Maxime acompañaba a su hija en la cocina, estaban preparando platos típicos franceses. Como es tradición, al llegar nosotros, la señora de la casa nos dirigió hacía el salón y nos preguntó lo que queríamos beber, no entendía muy bien de qué se trataba. Maxime al ver mi cara de confusión me dijo que íbamos a tomar el 'apéro', que se resume a beber algún alcohol medianamente fuerte mientras se comen unos pasabocas, como cacahuetes o frutos secos, antes de pasar a la mesa. Con lo poco que habíamos comido durante estos dos días, el alcohol se me subió rápidamente a la cabeza y por arte de magia, mi francés había mejorado un montón, hablaba con más soltura y con menos vergüenza. Entablé una charla con la abuela de Maxime, le conté, resumiendo rápidamente, todo lo que tuve que hacer para llegar a Francia, mis estudios en este país, entre otras cosas banales. Ella me dijo que tenía una hija que trabaja en el área de investigación en el CNRS, pero al parecer su tema de trabajo era confidencial y ningún miembro de la familia sabía exactamente a qué se dedicaba.

¡Por fin la cena!, a ver si se me pasaba el efecto del alcohol si comía un poco. Definitivamente había olvidado que estaba en Francia, en efecto, para acompañar la cena había vino rojo. Todos los platos preparados por la madre y la abuela de Maxime eran según ellas, típicos franceses. De entrante hicieron una ensalada deliciosa, con maíz,

tomate, queso picado, y otras cosas que no recuerdo, la madre de Maxime nos dijo que ese era un plato fácil de preparar y que nos podría sacar de una urgencia cuando no tuviéramos mucho tiempo para cocinar. En plato principal, Raclette. ¡Vaya delicia!, es un plato que en si, es muy simple, pero la combinación de sabores y de texturas lo hacen único. Sólo consta de patatas cocidas, charcutería y de un queso especial al que le llaman Raclette. El queso se hace fundir en una maquinilla especial y luego se desperdiga sobre las patatas y la charcutería, la combinación de las tres cosas dan un gran placer al paladar. Cuando se terminaron las patatas, pasamos al plato de quesos, teniendo en cuenta que ya había engullido mucho queso en la Raclette, sólo tome un pedazo de Camembert con pan. ¿El postre? Crème brûlée hecha en casa. Al final ya no podía comer nada más, estaba tan lleno que tuve que abrir el botón de mi pantalón antes de que saliera disparado como el corcho de una botella de Champagne.

Luego de la cena, subimos Benoît, Maxime y yo a ver una película en la habitación del pequeño. Jugamos un poco videojuegos y después llego la hora de dormir. El padre de Maxime me dijo que había una planta nuclear no muy lejos de allí y que quería llevarme al día siguiente para que la viera. Lo había olvidado, Francia es el país con mayor concentración, con respecto a la población, de plantas de generación de energía eléctrica a base de energía nuclear. Mi habitación fue la de Maxime, y mi gran amigo compartió cama con su hermano menor. Cuando me disponía a dormir, caí en cuenta que era treinta y uno de octubre, y que a diferencia del año anterior, en el que me había disfrazado y salido de farra, estaba en una casa francesa, llena de personas que no hablaban mi lengua materna y además, les era completamente indiferente la fiesta de Halloween. Dormí hasta la media mañana, Maxime ya estaba despierto cuando me levanté, estaba afuera revisando su coche, le pregunté si le podía ayudar y me dijo que no había necesidad, me ordenó que subiera al coche, teníamos que ir al pueblo a comprar pan y algunas otras cosas que hacían falta en la casa. Su madre me detuvo y me dijo que primero me tomara al menos un café antes de partir.

Cuando regresamos de hacer el mandado, Benoît me insistió en que jugara con él un rato videojuegos, yo no estaba muy entusiasmado pero aún así lo acompañé. Durante el almuerzo, el padre de Maxime insistió en su lección del día anterior, me dijo que aún estaba joven y que lo mejor que podía hacer era aprovechar esa juventud. Después de comer, nos llevó hasta la estación de tren y se despidió de Maxime preguntándole cuándo regresaría, además de pedirle que fuera aplicado en sus clases y que no dejara que la pereza le ganara la batalla.

Teníamos un viaje de más de cinco horas por delante, con una correspondencia en Dijon. Maxime me dijo que tendríamos tiempo suficiente para visitar a unos amigos de él que vivían allí. Durante la primera parte del viaje, Maxime se fue hablando de fotografía con una chica que estaba sentada a su lado, yo por mi parte me puse a leer una pequeña novela que había llevado y a escuchar música con mi reproductor. Al llegar a Dijon, caminamos rápidamente en busca de la casa de los amigos de Maxime, sólo teníamos una hora y media de espera así que no podíamos tardarnos mucho. Antes de entrar, Maxime me previno que se trataba de una pareja de jóvenes que vivían juntos desde no hace mucho tiempo y que estaban atravesando por una etapa difícil en su relación. Efectivamente, cuando los vi corroboré que el chico no pasaba de los veintidós años y la chica estaría en vísperas de sus veinte. La casa era un desorden completo, no había cuadros en las paredes, sólo fotos, postales y billetes de tren pegados con cinta adhesiva. El suelo de madera era casi negro y su color natural se había perdido entre tanto polvo encerado, zapatos y ropa que estaban por todos lados.

Maxime los saludo con euforia, no se habían visto desde hace mucho tiempo, me los presentó y luego el chico nos preguntó si queríamos beber algo, yo le dije que sirope de limón estaba bien, Maxime le pidió una cerveza. Les pregunté si podía ver las fotos, me acerqué tímidamente a la pared que tenía todo un collage. En una de las fotos, vi a la pareja en primer plano con una gran sonrisa, en el fondo podía ver un apartamento bien organizado, con piso de madera reluciente, la paredes adornadas por bellos cuadros, cuando lo vi de cerca, ¡era el mismo piso en el que estaba en ese momento!, no podía creer el cambio tan radical que había tenido, le pregunté a la chica cuando había sido tomada la foto y me dijo que estaban recién llegados al apartamento, unos cuantos meses atrás. Luego me senté al lado de Maxime y un poco en automático escuché la conversación que tenía con su amigo. Él le comentaba sobre sus grandes planes cuando terminara de estudiar, sobre su posible vida en París y en el extranjero, pero en ningún momento mencionó a su enamorada.

Llegó el momento de volver a la estación, nos despedimos rápidamente y volvimos a la Gare de Dijon. El tren ya estaba partiendo cuando llegamos, le pedimos al controlador que lo detuviera, nos dijo que era demasiado tarde, yo vi que el tren aún tenía una puerta abierta y le dije a Maxime que podríamos subirnos. Corrí lo más rápido que pude para alcanzar la puerta y de un brinco seco tomé las manijas al interior del tren, luego, me volteé y ayude a Maxime a subirse. ¡estuvimos cerca de tener que dormir en Dijon!. Nos acomodamos en una de las cabinas vacías del vagón en el que nos habíamos subido y nos reímos un buen rato de la proeza que habíamos acabado de hacer. Para entretenernos en el par de horas de viaje que nos quedaban comenzamos a sacarnos fotos haciendo muecas. Después de divertirnos un rato Maxime fue al water, me quedé solo en aquella cabina, y la primera cosa que se me vino a la cabeza fueron las palabras del padre de Maxime, ¿sería realmente capaz de dejar atrás lo que había vivido la noche del viernes pasado y pensar que tan solo había sido una aventurilla con la chica de mis sueños?, ese sentimiento me disgustaba pero también me daba mucha curiosidad conocer en la intimidad a más chicas europeas, conocer sus aberraciones, lo que les gustaba y les daba placer.

Cuando Maxime volvió del baño, le dije: 'C'est jeudi, on pourrais bien sortir ce soir et trouver deux françaises pour nous (Es jueves, por qué no salimos esta noche y conseguimos un par de francesas?)', sin pensarlo demasiado, estuvo de acuerdo y llamó a Ernesto para preguntarle si estaba interesado en venir con nosotros al bar latino que estaba en plaza de Térreaux. Nos pusimos cita a las nueve y media en la puerta del bar. Llegamos a la casa de Maxime, dejamos nuestras maletas, comimos restos de una pizza que sus compañeros de piso no habían terminado y nos fuimos a pie para la plaza de Térreaux. Cuando llegamos, Ernesto ya nos estaba esperando en la puerta y había pagado nuestras entradas. Subimos a la pista de baile, mientras Maxime y yo buscábamos donde sentarnos, Ernesto pedía una jarra de cerveza con tequila para los tres, cuando llegó a la mesa donde estábamos sentados, nos dijo que la primera la pagaba él, pero las siguientes las pagaríamos nosotros. Ya con una cerveza bien fría entre mis manos, sentado cómodamente, alcé la mirada para ver cual podría ser mi 'víctima' de esa noche. Rápidamente vi un par de chicas que estaban en la barra, tomándose fotos con un teléfono móvil. Una de las chicas tenía un niqui negro, que dejaba ver su espalda por completo, unos vaqueros tallados a sus piernas y unas botas de cuero negras que le llegaban unos centímetros más abajo de las rodillas. Su pelo era negro y liso, le llegaba más abajo de sus hombros, su nariz era un poco aguileña y sus cejas eran pobladas. Era una chica bastante atractiva y los chicos de su rededor no paraban de lanzarle comentarios en español, sobretodo haciendo referencia a su culo redondo.

Después de haber bebido varias cervezas, vi que la chica estaba disponible para bailar y me acerqué para invitarla. La canción era un merengue fácil de bailar, así que aproveché el momento para hablar un poco con ella. Su nombre era Melanie, me dijo que había venido por un par de días para visitar a su amiga, pero que vivía en Dijon. Sonreí y le dije que había acabado de visitar esa ciudad, y aunque fue un paso muy rápido, parecía que era muy bonita, pero no tanto como ella. A partir de ese momento, me serví de mi mayor galantería y mejor camelar para convencerla de que yo era un gran tipo y que si se acostaba conmigo esa noche no cometería ningún error, sino más bien al contrario, estaría haciendo algo correcto. Después de ese baile no nos separamos, hablamos muchísimo, bailamos también, me contó que había acabado de salir de una relación seria y para mi sorpresa había sido con un colombiano, ¡Qué casualidad! o ¿era acaso el destino?, eso explicaba por qué estaba en un bar latino. Cuando nos echaron del bar porque estaban cerrando, les dije a Maxime y a Ernesto que no quería ir todavía a casa y les pregunté si les gustaría ir a una de las discotecas que hay en los barcos sobre el Ródano cerca del hospital. Los chicos estuvieron de acuerdo, convencí a las nuevas conocidas para que nos acompañaran. Cuando llegamos, el portero notó que Ernesto estaba un poco pasado de tragos y nos impidió la entrada. Ya sin plan qué hacer, aislé a Melanie y le pregunté si quería ir conmigo a casa. Mientras miraba al suelo me dijo que lo pensaría, pero que le preocupaba dejar a su amiga sola, además porque se suponía que había venido a visitarla a ella y no a mi.

Después de un corto periodo en el frío de las orillas del Ródano, Ernesto se despidió y se fue a dormir su borrachera. Maxime me preguntó lo que quería hacer, él estaba cerca de su casa y se sentía cansado. Le conté rápidamente todo lo que había hablado con Melanie y que estaba esperando su respuesta. Con una mirada picara, sonrío y me dio un pequeño golpe sobre mi hombro, se sentía orgulloso de mi, sacó de su billetera un preservativo y lo metió disimuladamente en el bolsillo de atrás de mi pantalón. Volví a preguntarle a Melanie, y me dijo que estaba de acuerdo de ir a mi casa, bajo dos condiciones, que sólo íbamos a dormir y que acompañábamos primero a su amiga hasta su casa. Yo estuve de acuerdo y así lo hicimos.

¡Por fin en casa!, no la había visto en días, estaba un poco desordenada, tal vez el chileno había pasado un par de veces, pero Melanie no pareció notarlo. Pronto amanecería, su amiga vivía en el otro extremo de la ciudad, que paseo me había dado con ellas dos. Cuando llegamos, Melanie me preguntó por el sanitario, se lo señalé y yo fui a la habitación para preparar la cama para dormir. Durante toda la noche, Melanie no había querido besarme, yo lo había intentado una infinidad de veces, pero siempre movía su rostro y me decía que no quería. Ya recostados en mi pequeña cama, la abracé y le pregunté si tenía sueño. hizo señas con su cabeza queriendo decir que aún le que-

daba energías para hablar otro rato. No había querido ponerse el short y la camiseta que le había ofrecido para dormir, así que estaba aún con su ropa de calle. Una vez más intenté besarla, pero me detuvo, me frustraba no poder acercarme, así que le besé la nariz, despacio, con ternura. Luego, comencé a respirar agitado para que mi corazón se acelerara, acerqué su pecho contra el mío para que lo sintiera y aprovechando la poca luz jugué con los reflejos para que mis pupilas se dilataran. Le acaricie suavemente su brazo y simulaba un pequeño temblor en mi extremidad mientras lo hacía, procuraba que la piel de mi mano sólo tocara los escasos bellos en sus brazos y lo hacía en el sentido contrario a su crecimiento para que se erizaran. Aún estando cerca de su rostro, humedecí mi boca y aumente la cantidad de aire que salía por mi nariz. Me acerqué muchísimo reduciendo cada vez la mitad de la distancia que quedaba entre sus labios y los míos, de esa manera nunca los tocaría. Con mi mano libre acariciaba sus cabellos, cerré mis ojos y dejé que toda la dinámica que había acabado de crear siguiera su curso, ella no pronunciaba palabra, pronto sentí en mi pecho, su corazón latir al mismo ritmo que el mío, parecían dos tambores africanos siendo tocados en perfecta sincronía, su piel estaba completamente erizada y escuché un pequeño gemido involuntario que salió de su garganta. Abrí mis ojos, y me alejé un poco de ella, al ver que me había detenido, abrió los ojos y me dijo que nunca la habían besado de esa manera. Me reí y le dije que ni siquiera había tocado sus labios.

Noté que ahora estaba más abierta y menos estresada, así que aproveché ese momento y me le lancé a sus labios, la besé apasionadamente, de nuevo tenía mi respiración agitada, pero esta vez no me limité a acariciarla, le arranqué la ropa en dos o tres acciones y después de poco tiempo estaba completamente desnuda sobre mi cama. No sentía más que una pasión carnal de penetrarla, así que me desnude rápidamente y me precipité de nuevo sobre ella. Tomé la parte trasera de sus rodillas y le levanté las piernas hasta que sus muslos tocaran sus pechos y sus rodillas complementaran sus pendientes. Me puse el preservativo que me había dado Maxime y la penetré salvajemente, no le di importancia a su expresión de dolor, la verdad que no se me pasó por la cabeza si estaba haciendo las cosas para el placer de los dos o si estaba siendo egoísta pensando sólo en mi placer propio. En el momento en que iba a comenzar mis movimientos repetitivos, Melanie me dijo que esto seria nuestro secreto y que nadie podría saberlo, no entendí muy bien por qué me lo decía y no le presté atención, me concentré en seguir, aceleré y llegué a mi punto de éxtasis rápidamente, sin prolongaciones, ni disimulos o adornos con gestos corporales. Cuando eyaculé, me separé rápidamente de ella, no me nacía besarla más, ni tan siquiera acariciarla, quería estar lejos. Me sentí vacío, cansado y sin respiración. Había planeado esto durante toda la noche, había fantaseado sobre cómo sería su cuerpo desnudo, sobre cómo se sentiría su calor, su humedad... Al final sólo quería que se fuera de mi casa. ¿Acaso me había convertido en Maxime?

Me quede dormido sin pronunciar una sola palabra, mirando al lado contrario de la cama donde se encontraba Melanie. El Sol me daba directamente en la cara y me despertó poco después. Me levante para ir al baño y mi falta de cuidado despertó a Melanie. Cuando regresé, ella se había levantado, se estaba vistiendo. La detallé con mi mirada, tenía el cuerpo bien depilado, con cuidado y hasta un poco de arte, en su pubis sólo se había dejado una pequeña línea negra en forma de flecha como si quisiera mostrarle el camino a los chicos inexpertos que vieran su desnudez. Le eché un vistazo a sus pechos, eran pequeños, desproporcionados para su cuerpo, su pezón era rosa y grande para el tamaño de sus pechos, a pesar de que tenía unas nalgas firmes y redondas, unas piernas torneadas con una piel suave, no me gustaba su desnudez, tal vez porque la estaba comparando con la chica de mis sueños y aunque en durante toda mi vida me había acostado con más de cincuenta mujeres, los pechos de mi Printzesa eran los únicos que podría describir como ideales.

Melanie se había levantado porque quería partir, estaba preocupada por su amiga y no quería pasar mucho tiempo alejada de ella mientras estuviera en Lyon. Le hice un café rápidamente, lo tomó con calma para evitar quemarse el paladar. Me abrazó y me besó tiernamente, esperando a que le dijera algo romántico, algo que le hiciera borrar esa sensación de desprecio que sentía de mi parte después de haber terminado el acto sexual, era como el deseo que sienten algunas mujeres de borrar el espacio que acaban de llenar en un formulario en el que les preguntan la edad, era más la idea de sentirse bien consigo misma y no con una posible relación conmigo. Lo único que logré decirle es que había pasado una noche inolvidable y que la encontraba muy bella. Volteó y mientras avanzaba hacía el ascensor, cerré la puerta de mi casa. Regresé a mi cama y dormí por el resto de la mañana.

En los amores en los tiempos del cólera, de Gabriel García Márquez, el día en que Florentino Ariza ve por primera vez a Fermina Daza, cuando va a su casa a entregarle un telegrama, se enamora perdidamente de ella. Florentino le escribe cartas para manifestarle su amor, ante la insistencia, finalmente Fermina cede a los encantos poéticos de Florentino y comienzan una relación. Su padre, al no soportar que su hija este con un simple trabajador de correos, se encarga de enviar a Florentino lo más lejos posible. Ante la imposibilidad de tener una relación, Florentino le jura a Fermina que permanecerá virgen hasta poder estar a su lado. Durante el tiempo en que Florentino estaba ausente de la vida de su amada, Fermina conoce a Juvenal Urbino, un respetadísimo y famoso doctor, que al ver los encantos de la joven Fermina, se enamora y se casa con ella. Desgraciadamente, Florentino no puede cumplir su promesa de quedarse virgen, por un 'accidental' encuentro que tuvo en uno de sus viajes en barco. El impulso y la impotencia generada por la frustrada relación con Fermina, llevaron a Florentino a refugiarse en la poesía, y al mismo tiempo se creó en él un deseo incontrolable de superarse a si mismo, de demostrarle a ella que él era digno de su amor. Deseando que su nombre fuera reconocido, además de tener una gran fortuna, por encima de todas las expectativas que tenían los demás sobre él, se convirtió en el reconocido dueño de una compañía marítima. Meses después de la muerte del Dr. Urbino, después de ciento treinta y una cartas, Florentino convence a Fer-

mina de dar un paseo por el Magdalena en La Nueva Fidelidad, un Ferry que le pertenecía. Después de cincuenta y tres años, siete meses y once días con sus noches, Florentino vio, por fin, realizado el momento que tanto había esperado, ese momento que había idealizado miles de veces en su cabeza, y que, una vez tuvo lugar, se prolongó por tiempo indefinido. A pesar de que Florentino se había acostado con un sin numero de mujeres durante su vida, o que Fermina se había casado con otro hombre y aseguraba ser feliz con él, el protagonista de la novela nunca dejó de lado la idea de estar con su otra mitad, con la mitad que lo complementaba y lo hacía un ser humano completo. Su amor por Fermina era más fuerte que su misma vida.

Yo no podía sacarme de la cabeza lo que había sucedido, las sensaciones que había tenido y la posibilidad de llegar a ser como Maxime con respecto a las mujeres. Me espantaba la idea de no llegar a sentir amor por una chica y sólo verla como objeto de placer, fácilmente desechable. Debido a que mi madre es la tercera hija de seis mujeres y sólo un hombre, además de que se divorció cuando yo aún estaba en una edad pueril, parió dos hijos de los cuales una es una mujer, la mayor parte de mi niñez la pasé rodeado de mujeres, crecí con su idealismo y su punto de vista femenino, desarrollé un sentido del caballerosidad que a veces podría ser exagerado a la vista de los hombre europeos, aprendí que a las mujeres no se les lastima ni con el pétalo de una rosa y que son seres humanos tan valiosos como los hombres. Esa idea la rechacé durante un tiempo, en mi adolescencia, una mujer había roto mi corazón y me dije que si ella podría hacerme algo así, es porque en realidad no se merecían el respeto que me habían enseñado desde pequeño, fue la mezcla de mi inmadurez con mi inexperiencia.

Sin embargo, no era capaz de ser completamente frío con ellas y aún así intentaba que se sintieran bien, al menos, en los momentos en que estábamos juntos. Después de un par de relaciones 'estables' y a medida que ganaba madurez, retomé los valores que me enseñaron en casa, y volví a ver a la mujer como algo especial, un ser único, que nos inspira a ser mejores. Por eso me repugnaba la idea de poder pensar en una mujer como algo desechable, algo que sólo servía para depositar mis espermatozoides después de un agitado encuentro y luego voltear y dejarla atrás, ¡No!, no iba a dejar llegar a mi ni la más mínima seña de misoginia, no iba a permitir que el consejo de un viejo hombre francés que había vivido su vida a su manera, me condicionara en mi idealismo de vanagloriar a la mujer como un ser al que debía respetar y adorar por su calidad de mujer y más aún, por su capacidad de dar vida. Me convencí de que no me iba a dejar vencer, que iba a conquistar a la chica de mis sueños a cómo diera lugar, sin importar los obstáculos que encontrara en el camino, le demostraría que yo podía ser una gran pareja y sobre todo un gran hombre.

Le envié un mensaje a Nerea preguntándole si podía pasar por su casa esa misma noche, no recibí respuesta hasta el sábado, me decía que su novio partiría al día siguiente temprano, y que después de pasar la semana entera con él, no estaba segura de si querría verme de nuevo. ¡Su novio!, ¿cómo pude haberlo olvidado?. ¿Cómo conquistar a la chica de tus sueños si tiene novio, si no está sentimentalmente disponible, y peor aún, la conoces muy poco?. Tal vez me había convertido en Florentino Ariza y tendría que esperar cincuenta y tres años, siete meses y once días con sus noches para poder ver realizado el sueño de estar al lado de mi Printzesa, de mi musa. Si eso era necesario, lo esperaría sin descansar, con vehemencia le demostraría que ella me inspira a ser la mejor de las personas y que eso es impulsado por el amor que le tenía, y que ese sentimiento era más fuerte que la vida misma.

Después de despertarme, aún podía sentir la fragancia de Melanie en la habitación, mi ropa estaba tirada en el suelo y el Sol iluminaba toda la habitación, recordé que había quedado con el chileno para que me pagara el dinero que me debía de Montçeau les Mines, con ese dinero planeaba comprarme un ordenador portátil, sería mi primera gran adquisición material desde que había llegado a Francia, y la primera vez que tendría un ordenador que me perteneciera a mi. Me levanté, me duché y lo llamé para decirle que ya estaba disponible para vernos. El pasó por mí en su coche y me llevo a una de las tiendas de tecnología que quedan a las afueras de Lyon. Ya sabía qué ordenador quería y fui directamente a buscarlo, el chileno me puso la condición de que me daría el dinero a cambio de que la factura estuviera hecha a nombre de su pequeña empresa de demolición para poder evadir impuestos, no teniendo más remedio acepté y pude llevarme el ordenador a casa.

El domingo, el chileno me contactó porque tenía un trabajo para mi y para Ernesto, era cerca del parque de la Tête D'or, un piso se había quemado por una falla eléctrica, debíamos ir a sacar todo lo que se había quemado y dejarlo tan limpio como pudiéramos. Mientras trabajábamos, estuve hablando con Ernesto, no lo había visto desde aquella noche que se fue caminando en zigzag buscando su camino a casa. Entre charla y charla, me contó que el chileno estaba enojado conmigo por haberme ido a París durante cuatro días y no haber trabajado para él, me advirtió que no era bueno tenerlo de enemigo pues podría hacerme mucho daño, yo sólo levante los hombros y seguí cargando la pequeña mesa de la cual sólo quedaban las patas, parte de los cajones y un gran olor a quemado. Al terminar el trabajo, cerca de las ocho de la noche, me percaté que Nerea me haba enviado un mensaje al móvil, me decía que no quería alejarse de mi, pero sólo le interesaba que fuéramos amigos, así que me puso cita a las ocho treinta en la estación de la universidad de Lyon III, ¡qué alegría!, podría volver a verla, «¿Ocho treinta?, pero eso es en media hora» pensé mientras me miraba la ropa sucia y mis manos que aún olían a carbón, a pesar de que me las había lavado muchas veces. No tenía más remedio, debía ir así a la gran cita, pues el trayecto se consumiría esa media hora que tenía. Cuando salí del metro, ella ya estaba allí esperándome, estaba más linda que nunca, llevaba una chaqueta de cuero rojo, unos pantalones blancos, un foulard que hacía juego con sus pantalones y unas botas de cuero, sus cabellos estaban sueltos y adornaban perfectamente su foulard y su rostro, estaba un poco maquillada, con las mejillas bien rojas y una pequeña línea negra que delineaba sus ojos. Me acerqué y la salude de dos besos en sus mejillas, me disculpé por las fachas que tenía, pero no había te-

nido tiempo de ducharme y cambiarme para estar presentable ante ella, sonrió y me dio un pequeño golpe en el hombro, queriendo decir que era una tontería lo que decía. Con una expresiva cara de decepción, me anunció que su plan era que fuéramos a una tetería que quedaba al lado de su universidad, pero no había contado con que era domingo y que ya era bastante tarde, lo único que había abierto era un Mc Donalds en la esquina de su facultad. Yo tenía un poco de hambre pero no tenía dinero para comprar algo, me daba vergüenza decírselo, ella tomó la iniciativa de pagarme lo que pidiera, así que pedí una pequeña hamburguesa para no incurrirle en muchos gastos, ella pidió un Sundae, le encantaban los Sundaes, quería tener una maquina propia en su casa, siempre había dicho desde pequeña que cuando fuera grande y trabajara se iba a comprar una para su casa. En mi maleta llevaba mi nuevo ordenador, lo saqué para mostrárselo, cual niño muestra a sus padres el nuevo regalo que le ha traído el niño Dios por navidades. Me preguntó sobre mi aventura en París, y no acerté más que a decirle que habíamos pasado una noche en la calle, que me había gustado mucho la arquitectura y que había pensado mucho en ella mientras estaba allí y le mostré los dos álbumes de The Corrs que había conseguido para ella. Siempre que le hacía un halago, ella acercaba su mentón al cuello, bajaba la mirada, fruncía las comisuras y hacía un pequeño ruido con su garganta, como si quisiera reprimir algo pero quisiera mostrar decepción en su comportamiento.

Le mostré todas las fotos que había tomado, haciendo un resumen de lo que sucedía en cada una de ellas, le mostré la foto en la que nos habíamos perdido y Maxime estaba viendo el mapa en la estación de bus cerca del Louvre, le conté cómo había cantado a todo pulmón en un Boulevard de París y cómo la señora nos había confundido con una pareja de enamorados. Cada vez que sonreía, mi corazón saltaba, mi estomago me cosquilleaba y mi mirada no se separaba de sus labios. Con el ambiente alegre, al terminar las fotos, ella me dijo que me quería mostrar unos sketches de un grupo de humoristas vascos que hacían parodias y tenían un sentido del humor genial para burlarse de los acontecimientos políticos del País Vasco. Aprovechamos la conexión a internet gratuita que ofrecía la tienda y vimos varios vídeos. Luego, siguiendo la iniciativa, le mostré algunos vídeos graciosos colombianos de los premios Hetores de ese año. Pero al final de cuentas, sólo nos reíamos de lo que conocíamos, ella de los sketches de los vascos y yo de las parodias de los Hetores. Dicho comportamiento sólo podía explicarse desde el punto de vista cultural, yo no entendía los chistes de los vascos, porque no conocía su cultura ni su contexto social y político, mi Printzesa no entendía el humor de los Hetores, porque no entendía el acento paisa y porque había demasiado argot para entender con claridad lo que decían.

Pasada una media hora de ver vídeos, y de reírnos por periodos alternados, se hacía tarde. Vi la hora en el ordenador, varios pensamientos que se contradecían vinieron a mi cabeza: «debes de lanzarte ahora», «no arruines el momento, regresa a casa sin decir nada más», «sólo se vive una vez y creamos nuestras experiencias de vida a medida que la vivimos, lánzate». La miré a los ojos, le dije que no había podido parar de recordar nuestro primer beso, el cálido beso del cual ella tuvo la iniciativa, ese beso que no sólo hizo que mi corazón latiera más rápido, sino que también logró que no parara de latir por ella. Mientras se lo decía, me acercaba a ella lentamente, casi como un felino en caza que se camufla entre la alta hierba y se mueve lentamente para no asustar a su presa. A unos cuantos centímetros de ella, le dije que quería que nuestra historia no acabara de esa manera, que me diera una noche más, ella estaba inerte, sólo se podía sentir su respiración un poco agitada, cuando noté que entre cerro los ojos me lancé por completo y la besé. Casi instintivamente pasé mi mano derecha por su mentón, luego su oreja para depositarla detrás de su cuello, la acariciaba dulcemente sintiendo la anatomía de su cabeza, podía sentir la vértebra de Atlas y al mismo tiempo el inicio de su cráneo, mi mano se sentía segura y cómoda en ese lugar, le gustaba acariciar esa parte de la anatomía de mi Printzesa. Abrí los ojos y me alejé un poco de ella, ella también los abrió muy lentamente, mientras apretaba los labios como queriendo saborearse el beso que le había acabado de dar. Tomé su rostro con ambas manos y mirándola fijamente a los ojos, le insistí en una última noche, no soportaría que nuestra historia fuera de una sola noche, no soportaría tocar la trompeta de la retirada sin realmente haber luchado.

No sé si fue por mi insistencia o porque ella realmente lo quería, pero terminó por aceptar y nos dirigimos a su casa. Estar en la intimidad con mi Printzesa era una sensación completamente diferente la que había sentido con Melanie, la ponía a ella y a su placer antes que el mío, mis caricias en su piel me producían muchísimas sensaciones diferentes. Mis movimientos eran más suaves y cariñosos, no sólo besaba sus labios, también me gustaba besar todo su cuerpo sintiendo sus aromas, sus sabores, recorrer su cuerpo con mis labios me daba tanto placer a mi, como a ella. Mientras la recorría, por cada rincón de su cuerpo, noté que tenía dos pequeñas manchas de nacimiento en su rodilla derecha, tenían forma de león rampante y de nube, me fascinaron, eran su logo característico, era algo que la hacía especial, pensé: «tal vez existe en el mundo alguna otra chica con los ojos como ella, con una piel tersa como ella, incluso con pechos que se asemejaran, pero nunca existiría una chica que tuviera todo eso a la misma vez y además un logo característico en forma de león rampante y de nube, eso, a mis ojos, la hace única».

Esa noche, como la primera noche que pasé con ella, no me cansaba de tener orgasmos, sentía literalmente como toda mi anatomía me reclamaba a gritos pasarle todo mi código genético a mi Printzesa, como mi instinto me reclamara procrear con ese ser deiforme que me acompañaba, quería ser un ser humano completo, y encontrar la felicidad que Eros nos promete a todos, porque eso es lo que todos queremos. A diferencia de la experiencia con Melanie, cada vez que tenía un orgasmo, sentía ganas de estar más cerca de mi Printzesa, de abrazarla, besarla, acariciarla, mimarla, morder el lóbulo de sus orejas, incluso hacerla reír con chistes malos o con pequeñas cosquillas en sus costillas. La quería cerca y no quería que eso cambiara pronto. Ago-

tados los preservativos, le pregunté si quería ducharse conmigo, ella me miró un poco enojada y me dijo que eso eran cosas que sólo hacían los novios. No entendí su comentario, ¿acaso lo que acabábamos de hacer, no era algo que hicieran sólo los novios?, no le di más vueltas al asunto y me fui a duchar. Cuando regresé, ella ya estaba dormida sobre su costado derecho, su brazo del mismo lado estaba estirado debajo de la almohada y su brazo izquierdo está doblado frente a ella con su mano cerca de su boca, su cabello le tapaba la oreja pero dejaba ver su mejilla, una parte de su frente, sus labios rosados (un poco maltratados por tantos besos), la manta le cubría un poco más abajo del hombro, dejando ver el nacimiento de sus pechos y su hombro izquierdo desnudo. Quería tomarle una foto, era casi como ver un cuadro de la época barroca en el que se pretendía mostrar la belleza femenina en todo su esplendor, salí de mi trance cuando ella dejó escapar un pequeño ronquido en forma de suspiro, sonreí y me acosté a su lado procurando no despertarla. A la mañana siguiente, yo debía despertarme temprano para ir a la universidad, mi Printzesa no tenía clases entonces decidí no despertarla. Cuando me levanté le eché un vistazo, y verla después de una noche de ejercicio, sin maquillaje, unas pequeñas ojeras poco marcadas, sus cabellos despeinados y un poco alborotados, sus ojos cerrados y su boca entre abierta, era una imagen preciosa, podría afirmar que de todas las veces que la había visto, en ese momento era cuando la veía más hermosa que nunca, veía su verdadera belleza, su belleza natural...

Antes de partir se entre despertó, tenía que cerrar la puerta después de que yo saliera, esta vez me despedí de ella en al puerta de su piso con un gran abrazo y un tierno beso en los labios, le pregunté cuándo volveríamos a vernos y me dijo que seguramente iría al bar australiano al día siguiente, como todos los martes. Convencí a Maxime que me acompañara, tenía nervios de ver a mi musa entre sus amigos y encontrarme de repente solo sin un apoyo de mi lado. Ya sabíamos que los españoles no llegarían temprano, así que esta vez decidimos quedarnos bebiendo una cervezas en casa de Maxime antes de tomar la ruta hasta el centro. Llegamos sobre las once y media, el bar ya estaba lleno, la movilidad era casi imposible, no había señal alguna de los españoles, pero la gente ya empezaba a estar borracha y a caminar torpemente. Bajamos los pequeños escalones para ir a la sala del lado derecho del bar, reconocí a Patricia al fondo, no había notado sus atractivos ojos verdes, era una chica guapa, pequeña de estatura y con una sonrisa no muy agradable, fumaba mucho y sus dientes ya daban seña de su vicio. Patricia estaba hablando con un chico de Murcia, Miguel, que tenía el pelo medianamente largo y ondulado, llevaba ropa que podría clasificarse de rockero, se hablaban muy cerca al oído para poder evitar malentendidos a causa de la fuerte música y de el parloteo de la gente. Miré al rededor de ellos buscando a mi Printzesa, pero no había señal, ¡tal vez no ha venido!, ¡espero que esté bien!

Me acerqué a Patricia para preguntarle por Nerea, mientras Maxime me seguía sin decir una palabra, como si fuera el guardaespaldas de un hombre muy importante y estuviera allí únicamente para asegurarse de que yo tuviera la fuerza de buscar a mi diosa. En el momento en que me acerqué, Miguel se había acabado de ir a hablar con alguien más y Patricia estaba leyendo un mensaje en su móvil. La saludé: 'Hola Patricia, ¿te acuerdas de mi?, soy Jhonatan de Colombia', ella me miró un poco extrañada, se le notaba que ya había bebido unas cuantas cervezas y que luchaba con sus piernas para mantenerse estable. Bajó su móvil y lo metió en su bolsillo, alzó la mirada hacia mi rostro, y con un poco de dificultad me dijo: 'acabo de dejarlo con mi novio', no le noté tristeza en sus palabras, más bien un pequeño tono de alegría, así que me aventuré a bromear, incluso sin conocerla mucho :'¿Ah si?, pues entonces dame tu numero de teléfono', le dije mientras sacaba mi móvil del bolsillo, ella sonrió, le pregunté por Nerea y me dijo que estaba en el servicio.

Esa noche hablé mucho con mi Printzesa, era increíble que ya hubiésemos dormido juntos dos veces, y aún no supiera cuantos hermanos tenía o dónde había nacido exactamente, digamos que vi su lado más personal sin verla desnuda. Me contó que era la menor de cinco hermanos, de los cuales dos eran barones, ella siempre había sido la consentida y la protegida. En realidad no había nacido en Bilbao sino en Madrid, pero cuando tenía un mes de vida, trasladaron a su padre a trabajar a Bilbao, por eso ella se considera de allí, además 'Los de Bilbao nacemos donde queremos'. Con lo que hablamos esa noche, pude notar una pequeña dependencia de ella hacia su familia, una constante búsqueda de aprobación de su parte. Le daba miedo decepcionar a las personas, incluso a las que acababa de conocer, pero en especial a su hermana mayor, que al parecer llevaba el control en su casa.

Yo también le resumí mi vida, le conté sobre mi madre, mi hermana. Le conté que había ingresado a la universidad con sólo catorce años, y sin miedo a que me juzgara le conté que eso había creado un complejo en mí hacia las mujeres. Cuando entré a la universidad, debido a mi tierna edad, tenía mucho miedo al rechazo, además las chicas con las que estudiaba eran al menos tres años mayores que yo, por supuesto no me veían como un prospecto de novio o de pareja, sólo veían un niño cabezón y con los pies grandes que estudiaba con ellas. Pocos meses después de iniciar la universidad, me 'enamoré' platónicamente de una chica de dieciocho años que estudiaba economía, estaba en segundo semestre y eso para mi significaba una mujer imposible a mis alcances. Viviana, una chica alta, delgada, con la piel blanca (dentro de lo posible para una colombiana), cabellos oscuros y lisos. Era mi amor platónico, y no sé por qué razón o por cuál medio se dio cuenta de mi 'enamoramiento'. Un día se me acercó y me preguntó si me interesaría ir a tomar algo a la cafetería de la universidad. Con muchos nervios logré responderle que estaba más que interesado en acompañarla a tomar un café. Hablamos poco ese día, después comenzamos a saludarnos regularmente cuando nos cruzábamos en la facultad, me invitaba a su casa, nos hicimos buenos amigos. Un día en su casa, mientras estaba sentado en su sofá, estando los dos solos, me quedé mirándola a sus ojos sin pronunciar palabra alguna, al ver mi comportamiento de estatua, me preguntó lo que pensaba, le dije: 'En lo que se sentiría besarte', no sé por qué lo hizo, si quería jugar conmigo o si tan solo quería sentir las sensaciones de besar a un chico en plena pubertad. Terminamos acostándonos esa noche, era mi primera vez y como es evidente, no tenía nada de experiencia, no fue la mejor de mis noches, pero estaba convencido que después de eso íbamos a ser novios. Pocos días después, mientras ella se cambiaba de ropa en su cuarto porque íbamos a salir, yo estaba sentado en su cama y ojeaba un álbum de fotos, miré sus curvas femeninas, los casi imperceptibles bellos al rededor de su ombligo, sus uñas bien cuidadas y pintadas, quise formalizar las cosas, quería quitarme la duda de si éramos realmente novios o no, así que me aventuré y le dije: 'tal vez la pregunta sobre, pero, ¿te gustaría ser mi novia?', ella paró de hacer lo que estaba haciendo y con una cara evidente de sorpresa, titubeó, balbuceó unas cuantas palabras, y luego de respirar profundamente me dijo 'Lo siento Jhonatan, yo no busco novio en estos momentos', ella había acabado de terminar una relación con un señor de más de treinta años y al parecer le había hecho mucho daño y no quería pasar por algo parecido, no le interesaba tener una relación. Para mi fue una catástrofe, sentí literalmente como mi corazón se agitaba en señal de que algo andaba mal, es tal vez esa sensación la que llaman tener el corazón roto, porque me dolía el pecho al sentir las palpitaciones, era la primera vez que sentía algo así. Insistí, le pregunté que si no era en esos momentos entonces cuándo, ella decía que no lo sabía, me enojé y le dije: 'necesito una respuesta definitiva', a lo que ella respondió: 'entonces es un NO rotundo'. Salí de su piso y hasta hoy no la he vuelto a ver.

Al ver mi sinceridad, Nerea estaba un poco atontada con toda la información que había acabado de recibir, creo que se sentía un poco obligada a compartirme algo tan intimo como es la historia de su primera vez. Su pudor sólo le permitió contarme que había tenido un novio durante toda su vida, Eneko. Comenzó con él cuando tenía quince años y aún estaba con él después de seis años. El había sido su primera vez y yo era el segundo hombre con el que ella compartía su cama. Me sentí halagado pero a la vez confundido, no sabía qué, de lo que yo había hecho, la había convencido para que yo fuera el afortunado segundo hombre en su vida, años después me di cuenta de que en realidad era el tercero.

Le pregunté si esa noche podría ir a dormir a su casa, mirando al suelo y haciendo un gesto con sus labios movió negativamente su cabeza, me dijo que Patricia había acabado de terminar su relación con su novio y que necesitaba apoyo, así que iba a dormir con ella. Seguramente tendrían reunión en su gabinete de crisis esa noche. No lo sabía en ese momento, pero Patricia era la mejor amiga de Nerea en Lyon.

Patricia había nacido en La Rioja, y estudiaba traducción en Logroño. Un año antes de venir a Lyon, sus padres estaban pasando por una crisis de pareja y habían decidido divorciarse. La decisión de sus padres trastornó mucho a Patricia, e hizo que eso se viera en las notas de ese año, al decidir irse de Erasmus, a causa de sus notas, no le dieron opción de escoger y le asignaron Lyon.

Pasaban los días y los encuentros entre mi Printzesa y yo eran difíciles debido a su gran resistencia por verme, teniendo en cuenta de que cada vez que nos veíamos terminaba en su cama. Me hice buen amigo de Patricia, aunque ella ignoraba toda la historia que había entre Nerea y yo, mi Printzesa nunca le quiso contar nada ni a ella, ni a su mejor amiga de Bilbao. Patricia veía la manera como yo observaba a Nerea y me insistía en que no pensara en ella como una posible presa, que ella tenía novio y muy seguramente no haría nada con nadie durante el Erasmus, ¡si tan sólo supiera!.

Una noche de bar australiano, estaba con ella y con Miguel (el murciano), no sé por qué vino al tema de conversación mi dulce Printzesa, Patricia comenzó a darme el mismo sermón que me daba siempre y Miguel comenzó a decirme lo mismo, toda esa represión me provocaba melancolía y ganas de gritar. Puedes llamarme terco Amaia, pero cuando las personas insisten mucho en que algo no se puede hacer porque existe un protocolo bien establecido desde hace muchos años, ese protocolo se convierte en mi, el primero a vencer, el primero en el que le puedo mostrar a los demás, pero sobre todo a mi mismo, que esos protocolos realmente nos sirven sólo para limitarnos y hacernos infelices, que nos impiden hacer y lograr lo que realmente queremos, son sólo el producto de que alguien o algunos acordaron que era la mejor manera de hacer las cosas, pero olvidamos fácilmente que al igual que ese alguien o esos algunos, todos vivimos una sola vez nuestra vida y a causa de eso es imposible que hayan dos vidas iguales, es por eso que no puede existir una regla universal para todas las situaciones en las relaciones humanas, siempre y cuando haya memoria, todo debe adaptarse, cambiar y avanzar.

Era principios de diciembre, y como ya es tradición desde hace muchos años en Lyon, se celebra la fiesta de las luces (Fête de la lumière), es una tradición en la que se le agradece a la virgen María por haber protegido la ciudad de la peste. Al parecer en algún siglo de esos de los que comienzan con una equis y que terminan con una barra vertical cuando se escriben en romano, hubo una gran peste que atacó por todos los terrenos franceses. Los lyoneses, muy fieles católicos en esa época, le rezaron a la virgen María para que la enfermedad no llegara a sus vidas, las plegarias fueron escuchas y por acto de un 'milagro' la peste nunca llego a Lyon, al menos eso es lo que cuentan, desde eso se celebra el día de la virgen el ocho de diciembre en Lyon.

Miguel nos contó que se iba a hacer un gran botellón en las orillas de La Saône, el viernes, antes del comienzo de la fiesta de la luces. Con los fuertes lazos de amistad que se empezaban a formar entre Patricia, Maxime y yo, y teniendo en cuenta que ese fin de semana iba a venir el novio de mi Printzesa, Patricia nos invitó a cenar en su casa antes de ir al macro botellón. Nos preparó pasta con salchichas, ¿y para beber?, sangría, nunca había tomado sangría y menos hecha en casa. Patricia había hecho la cantidad suficiente para llenar un gran recipiente de vidrio, al menos cuatro litros del refrescante liquido. Comimos rápidamente y comenzamos a beber la sangría, para pasar el tiempo antes de salir, Patricia nos puso música española en su ordenador y jugamos a las cartas. Cuando salimos de su piso, que quedaba a media hora en tranvía del centro, nos habíamos bebido cuatro litros de sangría entre tres y además habíamos comido sólo un plato de pastas con salchichas, eso se traduce en una gran borrachera. Logramos llegar casi a gatas a las orillas de la Saône donde ya habían más de treinta personas, no todos eran españoles, habían también franceses, ingleses y unos cuantos italianos, además de mi por supuesto, que muy a menudo era el único colombiano de las fiestas a las que asistía.

Ya llevábamos un rato hablando de todo y de nada en las orillas de la Saône, entre mi borrachera, tal vez queriendo evadirme la imagen de la chica de mis sueños siendo acariciada, besada, y seguramente mucho más, por su novio, recibí un mensaje en mi móvil, era Melanie, me decía que estaba en Lyon por la fiesta de las luces y que le gustaría verme, ¡Melanie, me había olvidado por completo de su existencia!, más por un acto de venganza por la visita de Eneko, que por sinceras ganas de verla, la llamé y le dije el sitio exacto en el que estábamos. La fui a buscar a la estación de metro del viejo Lyon y la conduje al gran botellón, allí, cerciorándome de que todos me estuvieran viendo cuando llegaba con Melanie, la besé mientras la tomaba por la cintura con ambos brazos. Literalmente me aproveché de ella, sabía que ante la mirada de todos los amigos de Nerea, el rumor llegaría rápidamente a sus oídos aún a sabiendas de que nadie sabía de la historia de mi Printzesa y yo, pero entre españoles en Erasmus no existen secretos. La belleza de Melanie era un plus para mi venganza, sabía que muchos chicos presentes iban a tener envidia y de ese modo hablarían más fácil de mi.

Pero tan fácil como llego, así se tenía que ir, Melanie me dijo que sólo podía estar un ratillo conmigo porque quería estar con su amiga, así que mi plan de hacer que todos vieran que me llevaba a la linda francesa a casa, se derrumbaba ante mis ojos, quedé muy inestable cuando me despedí de ella, el alcohol empeoró las cosas, así que en medio de mi búsqueda de simpatía de la gente y para empeorar el chisme que se comenzaba a armar, me acerqué a la chica que estaba hablando con Maxime, era una chica rubia de ojos claros, no muy delgada pero no muy ancha tampoco, sabía que era prima de una de las espa-

ñolas y que estaba en Lyon solo por el fin de semana. La tomé de la mano y le dije a Maxime que sólo se la iba a 'quitar' por unos minutitos, la verdad que no recuerdo qué le dije, o qué no le dije, recuerdo que me le lancé encima y la besé con igual pasión con la que besé a Melanie. Maxime al ver la escena, se enfadó conmigo y se fue a casa sin despedirse. No contento con lo que ya había logrado hasta allí, la chica con la que estaba me dijo que tenía que ir a descargar todos los líquidos que había bebido, y por supuesto aún en medio del efecto del alcohol, el caballero en mi no desaparece, me ofrecí a acompañarla. No fuimos muy lejos, simplemente vimos un puente y en sus bases le era suficiente a ella para hacer su necesidad. Al llegar, había un par de chicas en medio de su meada nocturna, y mientras la chica con la que yo iba, hacía a lo que iba, una de las chicas que estaba meando se me lanzo encima a besarme, era muy surrealista, pero me agradaba así que no le impedí y la besé. Como si no fuera suficiente, cuando terminé de besarla, me acerqué a la otra chica y la besé sin encontrar resistencia alguna, un poco excitado y sin creerme aún la situación, le pedí a las tres chicas que se besaran y para mi gran sorpresa lo hicieron, ¡lo que hace una mezcla de alcohol, hormonas y el frío!, aproveché y les tomé una foto para que no se me olvidara el momento que estaba viviendo.

Nos despedimos de las desconocidas y ellas siguieron su camino mientras nosotros regresábamos con los demás. Cuando la prima de la chica con la que estaba nos vio llegar, la tomó de la mano y le dijo en voz baja que tenían que irse. Ya eran cerca de las cuatro de la mañana, la mayoría de personas se habían ido, sólo quedamos unos cuantos. Vi una inglesa que estaba hablando con unos franceses, le pregunté que si podía beber de lo que ella estaba bebiendo y después de eso, todo es muy confuso. Creo que estuve caminando con ellos por la ciudad pero no recuerdo muy bien por dónde, recuerdo que me desperté en la estación de buses de Perrache ya con la luz del día, un poco desesperado y con ansiedad por recordar lo que había pasado, miré mi cámara en búsqueda de alguna pista que me refrescara la memoria. Encontré unas cuantas fotos movidas en el puente que lleva a la plaza de Bellecour, otra foto mientras besaba a la inglesa, y la última salía yo solo con luces de fondo, cerca de Perrache. ¡Vaya noche, que desastre!, bebí pensando en una chica, queriendo que ella pensara en mi, tuve la oportunidad de besar cinco chicas y tal vez alguna se pudo convertir en una excelente pareja, pero en lugar de eso me encontré solo en una estación de buses durmiendo la borrachera y con frío, definitivamente el alcohol no era la respuesta para conquistar a la chica de mis sueños.

En medio de nuestros contados encuentros durante todo el mes de noviembre, mi Printzesa me contó que estaba buscando trabajo y que era muy posible que trabajara en el bar español de la rue Saint Catherine. La situación económica de la familia de Nerea no estaba en su mejor momento, su hermana mayor que aún vivía en casa de sus padres, había acabado de comprar un piso, su hermano, el penúltimo, no tenía trabajo y ella estaba en un país extranjero a más de novecientos kilómetros de casa. Era indispensable que encontrara un trabajo si quería pagar el alquiler del estudio y poder comer. Creo que fue en mitad de noviembre cuando le confirmaron que podía trabajar en el bar español, yo estaba muy contento y quería celebrarlo con ella, pero sólo encontré resistencia, no quería verme argumentando que no le parecía bien lo que hacíamos. Precisamente, la noche del viernes del macrobotellón, el fin de semana en que había venido Eneko, pero además algunos amigos incluyendo a Borja, su hermano el penúltimo, mi Printzesa trabajaba en el bar, no supe de ella en toda la noche.

Al día siguiente, Patricia nos dijo que los amigos de Nerea querían salir con nosotros, puesto que la chica de mis sueños tenía que trabajar de nuevo ese sábado, le había pedido a Patricia salir con sus amigos para mostrarles un poco la ciudad en la noche. Para no sentirse sola en medio de muchos desconocidos, Patricia nos invitó a Maxime y a mi a que fuéramos con ella, yo tenía un poco de vergüenza de conocer personalmente a Eneko, pero también tenía mucha curiosidad de saber cómo era. Aceptamos y cumplimos la cita, ocho de la noche en la plaza de Guillotière. Cuando llegamos, vimos tres personas, ¡yo me esperaba al menos diez!, era Patricia acompañada de dos chicos, nos acercamos y saludamos primero a Patricia, luego ella nos presento a los chicos :'Hola mucho gusto Jhonatan', 'Hola encantado Eneko', ¿Eneko?. Estaba estrechando la mano que acariciaba a mi Printzesa, viendo los ojos que ya la habían visto desnuda y seguramente admiraban su desnudez casi tanto como yo, la gran sonrisa de simpatía del chico que era el novio oficial de la chica a la que yo quería como pareja, el chico que salía en las fotografías que están puestas en el salón de la casa de los padres de Nerea, el chico que llevaba más des seis años de conocerla en la intimidad, el chico que sin quererlo se había convertido en mi rival.

Eneko, era un chico delgado, de estatura media, a mi juicio era más pequeño que Nerea, su piel dejaba ver la herencia española, estaba cubierta de bellos, tenía un aro en la oreja izquierda. Sus rasgos me hacían pensar mucho a la imagen que tenía de un chico típico español, de los que salían en la tele jugando al juego de la oca. Eneko, era hijo único, había estudiado tres años de ingeniería pero lo había dejado para trabajar, hacía trabajos esporádicos pero no tenía nada estable. Cuando era más joven, iba a veranear a un pueblo cerca de donde veraneaba la familia de Nerea. Un día, estaba en la piscina municipal tomando el Sol, cuando una chica de cabellos oscuros se le acerca un poco tímida, quería saber su nombre y el de su amigo que estaba sentado a su lado. Él, al ver la belleza de la chica que se le había acercado a preguntar su nombre, da un salto un poco nervioso, se pone de pie y se presenta: 'Hola, soy Eneko', la chica la sonríe y le dice 'Hola, yo soy Nerea, mi prima me ha enviado para saber vuestros nombres, pues piensa que tu amigo es muy mono'. Ese mismo día en la noche, quedaron en la plaza principal del pueblo, y en una callejuela se besaron por primera vez.

Pregunté dónde estaban los demás, el otro chico que acompañaba a Eneko y a Patricia me respondió que finalmente no estaban motivados para salir y que habían preferido quedarse en la cabaña que habían alquilado. Nos invitaron a ir a beber con ellos algunas cerve-

zas, en vista de que no habíamos comprado nada para beber, Maxime y yo dijimos que nos daba palo ir con las manos vacías, Eneko nos dijo que no había problema, ellos habían comprado bastantes cervezas. Fuimos en su coche hasta el lugar donde estaba la cabaña, era en las afueras de Lyon. En la cabaña nos estaban esperando los demás amigos de Nerea, habían tres chicas que ya se habían puesto el pijama, y tres chicos, uno de los cuales era Borja, el hermano de Nerea. Ya estaban bebiendo desde hace un par de horas y se les notaba un poco contentillos. Esa noche hablé un poco con Borja, tuve un gran impulso por contarle que estaba seguro que pronto seriamos cuñados, que su hermana me encantaba y que no podía vivir sin ella, pero preferí ser prudente y callar. Borja es un chico bastante alto, con los ojos claros y corpulento. Su nariz se asemeja mucho a la de Nerea y su sonrisa también. Es un vasco independentista jurado, asegura que no le gustaban los españoles, quiere que Euskal Herria sea un país libre. Con mis pocos conocimientos sobre el tema en esa época, lo único que podía hacer era asentar con mi cabeza y decirle que estaba de acuerdo. La noche pasó, y cerca de las dos de la mañana Eneko se ofreció a llevarnos de nuevo a Lyon, porque él iba a pasar a recoger a Nerea. No puedo negar que sentí muchos celos en esos momentos, pero preferí disimular e irme en el coche sin pronunciar palabra alguna. En Guillotière, le pregunté a Maxime si podía dormir en su casa. Al día siguiente, los amigos de Nerea volvían a Bilbao, era domingo y yo no tenía grandes planes para ese día.

Desde el domingo después de haber llegado de París, no había pasado ninguno en que no durmiera en casa de Nerea, y ese día no iba a ser la excepción. Fui a su casa cerca de las veintitrés treinta, sabía el código de la entrada así que no tuve que llamarla para avisarle que venía. Llegando al ascensor, '¡Patricia!, ¿qué haces aquí?', Nerea había llamado a su mejor amiga, necesitaba verla para entregarle algunas cosas, pero a mis ojos, mi Printzesa no quería sentir una insoportable soledad después de haber tenido la visita de casi diez personas cercanas. Subí el ascensor con Patricia, mientras me interrogaba por qué estaba allí, le dije simplemente que Nerea tenía algo que le había prestado y que venía a buscarlo. Al llegar juntos, mi Printzesa no supo cómo reaccionar, no esperaba verme y mucho menos con Patricia. Aproveché que nuestra amiga fue al water y le susurré al oído a Nerea que necesitaba hablar con ella. Me dijo que estaba bien, pero que esperara a que Patricia se fuera. Cerca de la media noche, Patricia aún no se había ido, y el último bus para ir a mi casa partiría pronto. No hubiese llegado, ni siquiera si saliera en esos momentos. Por fin, Patricia dijo que tenía que irse, y me pregunto si me iba con ella, le dije que tenía que decirle algo a Nerea y que luego me iba para mi casa, así que podía irse si quería.

¡Al fin solos!, abracé a Nerea, no encontré resistencia alguna. No le dejé pronunciar palabra, le puse mi dedo índice en sus labios y le dije: 'Sé que tienes a alguien, sé que estás a gusto con esa persona, por eso sólo te pido que me dejes despedirme esta noche y te prometo que haré lo máximo posible para no volver'. Tenía la mirada baja y movía sus ojos de derecha a izquierda, me respondió entre balbuceos: 'No lo sé Jhonatan, no me siento bien haciendo esto, Eneko se ha ido esta mañana y ahora tú estás aquí... No lo sé'. Al ver que no había recibido un NO rotundo por respuesta, sino una duda, le dije que no se arrepentiría. Había escogido un TOP 5 de canciones para despedirme y así poder crear un marcador de página de esa noche, cada canción tendría un mensaje entre las letras que el autor escribió alguna vez en el pasado porque probablemente atravesó una situación parecida. Las canciones que escogí no tenían nada que ver con mi gusto musical, ni eran necesariamente de mis favoritas, sólo quería que se concentrara en la lírica detrás del ritmo de la canción. Le dije que esa noche quería ocuparme completamente de ella, no tendría que hacer ningún movimiento, ni el más pequeño esfuerzo, quería besarla, acariciarla, masajearle la espalda, hacerla llegar al éxtasis con mi boca y mis manos. Logré convencerla, tomé su ordenador y busqué las canciones que le quería dedicar para mi despedida. El orden de las canciones no res-

pondía a que la numero uno fuera mi favorita, el orden de las canciones estaba hecho para comenzar por decirle lo que sentía y terminar por despedirme.

EL TOP 5:

- Despistados, 'Estoy aquí': Con esta canción quería decirle de manera indirecta que me estaba enamorando de ella y que siempre estaría disponible para ella cuando me necesitara, a pesar de que ella no sintiera lo mismo que yo.

- Ricardo Arjona, 'Duele Verte': Quería expresarle el sentimiento que me producía ser su amante a escondidas, sin importar que no estuviera en los álbumes de fotos de sus familiares, quería ser yo quien supliera esa necesidad de amor que ella tenía.

- Don Omar, 'Dile': Era impresionante cómo la letra de esta canción describía mis sentimientos de esa noche, quería decirle en secreto que le gritara al mundo que estaba conmigo y que a mi no me importaban las consecuencias siempre y cuando estuviera con ella, y si realmente no era posible que al menos me concediera esa ultima noche a su lado.

- Alejandro Lerner, 'Después de ti': Era la primera vez que sentía tantas cosas por una chica, era la primera vez que tenía la sensación de haber encontrado la chica de mis sueños, mi otra mitad, era la primera vez que tenía que decirle adiós, ¿cómo podría llevar mi vida después de eso?.

- Incubus, 'Nice to know you': Bueno el coro de la canción era lo principal que quería que retuviera, 'Good bye, nice to know you' (hasta luego, un placer haberte conocido).

Existían aún, otras canciones que podrían acomodarse a la despedida, canciones que por sus letras les dejaba aún una puerta abierta a que no fuera un adiós definitivo, sin saber donde ubicarlas decidí dejarlas como bonus tracks, le escribí los nombres para que las escuchara luego:

BONUS TRACKS:

- Héroes del Silencio, 'La Chispa adecuada': 'El fuego a veces propio, la ceniza siempre ajena'. Esa canción siempre me había gustado mucho, el ritmo, las voz de Bunbury, pero hasta esos momentos las letras no habían tenido tanto sentido, con mi Printzesa no supe distinguir besos y raíces, no supe distinguir lo complicado de lo simple, me estaba enamorando mientras ella sólo esperaba algo simple de mi, algo sin sentimientos, sin amor. Aún esperaba encontrar la chispa adecuada para que ardiera en su corazón una llama de amor hacía mi. Siempre he querido hablar con el autor de esta canción y preguntarle por qué la escribió, cuales eran sus sentimientos en esos momentos.

- The Corrs, 'Runaway': Apoyándome en su grupo favorito, quería decirle, sin decirlo, que dejaría todo por ella, que me escaparía de todo lo que conocía por su amor, por el amor que yo sentía por ella.

- Fito & Fitipaldis, 'Me equivocaría otra vez': Aunque me estuviera despidiendo mi sentimiento de seguir estaba latente, así ella considerara que todo era un error, lo volvería a cometer sin pensarlo dos veces.

Esa noche, como se lo había prometido, hice todo lo posible para que se sintiera amada, le hice el amor como nunca antes y procurando que siempre llagara al orgasmo. En un momento de descanso, ella tenía su cabeza en mi pecho, yo le acariciaba sus cabellos y su espalda, recordé que los mejores escritores y oradores son reconocidos por sus habilidades para contar anécdotas o hacer metáforas, el poder de las metáforas es muy grande, a veces se pueden comparar dos cosas que a simple vista no tienen relación, pero por medio de una buena metáfora nuestra percepción sobre algo puede cambiar completamente, la metáforas nos dan desde otro punto de vista una idea de la situación que se está viviendo, incluso Jesús, mientras predicaba solía contar sus famosas parábolas a las personas que se le acercaban, eso le ayudo mucho a ser reconocido. Las personas prefieren aprender por medio de ejemplos que ellos puedan entender, y que mejor que una metáfora para ello. Decidí entonces contarle una pequeña historia antes de que se durmiera exhausta:

'Un día, en un bosque no muy lejano de aquí, había un pequeño pueblito donde vivían un grupo de ranas que hacían su vida cotidianamente. En dicho grupo de ranas habían muchas rivalidades y envidias. Siempre que veían una rana que se compraba un nuevo abrigo a la moda, las demás hablaban a sus espaldas diciendo lo engreída que era, o que seguramente lo habría robado, no soportaban ver que otra rana triunfara o tuviera lo que deseaba. Las envidias eran tan grandes que los rumores eran el pan de cada día. Así que cada rana se cuidaba de aparentar estar perfectamente ante las demás, sin importar si en casa no tenía para comer, o si los problemas de familia estaban en sus peores momentos, siempre que salían de sus guaridas al bosque ante las demás ranas, se mostraban en sus mejores condiciones, ocultaban sus sufrimientos y se sentían incomodas si alguna otra rana entraba en la intimidad de su guarida y se daba cuenta de la realidad. Era un pueblito lleno de personajes en búsqueda de aprobación. Entre todo ese grupo, había una ranita muy especial, dicha ranita vivía su vida sin pensar en el qué dirán, salía a la calle cómo quería y hacía caso omiso a los cuchicheos que se escuchan a su andar. Era la ranita más envidiada de todas, pero a ella simplemente parecía no importarle. La ranita disfrutaba salir al bosque, saltar mientras cerraba sus ojos y podía sentirlo a través de su olfato, de su tacto, le encantaba saltar con los ojos cerrados y sentir cómo la brisa golpeaba todo su cuerpo, pisar las hojas secas y sentir cómo las vibraciones llegaban hasta su cabeza, era una manera especial de escuchar el crujir de las hojas. Un buen día, se paseaba por el bosque, y a lo lejos vio un gran hoyo en medio de dos árboles, se acercó, vio que habían dos ranas de su pueblo que habían caído y no lograban salir por más que saltaran, el hoyo era demasiado profundo. Con su espíritu noble y altruista, nuestra ranita decide ayudarles, va

en búsqueda de una rama o de algo que pueda utilizar para que sus compañeras puedan salir. Al final encuentra una pequeña liana que serviría perfectamente para sacarlas. Se acercó al gran hoyo y les lanzó la liana en un acto de sincera simpatía, las ranas que estaban en el hoyo, al no soportar que fuera precisamente ella la que las ayudaba halaron con todas sus fuerzas de la liana haciendo que nuestra ranita cayera con ellas. Ahora eran tres en el hoyo y nadie cerca para ayudarles. Las ranas seguían saltando inútilmente para salir, intentaban trepar pero las paredes del hoyo eran demasiado inestables, así que volvían a caer irremediablemente al fondo del socavón. Después de unas horas de estar intentando salir entre gritos y saltos, varias ranas del pueblo se acercaron a ver qué pasaba. Percatándose de que habían tres ranas en problemas y que potencialmente morirían, comenzaron a reírse y señalarlas mientras se sostenían las barrigas con la otra mano. Les gritaban que sería imposible que salieran de allí, que seguramente morirían muy pronto. Ninguna quiso ayudarles y al contrario esperaban su muerte. Seguían gritando y burlándose de la ironía de su situación, lo cual las hacía sentir mejor con ellas mismas, pues estaban felices de no estar en el fondo del pozo con esas tres ranas que vanamente intentaban salir. Después de varios días, las dos ranas que hicieron caer a nuestra ranita, se dejaron vencer y terminaron por morir de hambre. Pero nuestra ranita seguía intentando salir, y a diferencia de las otras dos cada vez lo hacía con más ahínco, siempre que levantaba su mirada, veía a las demás señalando y gritando, eso generaba en ella más fuerzas para salir. Al final, por sus intentos con vehemencia, logró salir de aquel agujero, para gran sorpresa de las demás ranas, que consideraban que sería imposible. Sí, nuestra ranita era especial, era muy especial porque carecía de un sentido en medio de este pueblo de lenguas de doble filo, nuestra ranita no poseía el sentido del oído, no podía escuchar lo que le gritaban las demás, sólo veía un gran grupo de ranas al rededor del gran agujero, y sintiendo las vibraciones de sus gritos sentía un gran apoyo de su parte, eso la llenó de valor y no se venció hasta que logró salir'

Al día siguiente, me desperté temprano, mientras admiraba la infinita belleza matutina de mi Printzesa, me confirmaba y aseguraba a mi mismo que definitivamente era la condición en la que la veía más hermosa que nunca. Se despertó un poco perdida y confundida, le echó un vistazo a su móvil y me dijo que tenía clases, me levanté con ella me vestí le di un gran abrazo y salí de su apartamento sin mirar atrás"

Capitulo 5
¿Producto de la globalización?

En la insoportable levedad del ser, Milan Kundera, nos dice que hicieron falta seis casualidades para que las vidas de Tomás y Teresa se cruzaran, además, nos dice que para que el amor sea inolvidable, las casualidades deben volar hacia él como lo hacen las palomas hacia los hombros de San Francisco de Asís. En la historia entre Jhonatan y Nerea ¿cuántas casualidades han hecho falta?, todo dependería desde qué momento comencemos a contar, tal vez desde la casualidad de que nadie hubiese sacado a bailar a Nerea y que precisamente se hubiese ubicado en frente de Jhonatan, tal vez desde que se cruzaron el día que era precisamente el aniversario de la escuela de baile de salsa, o empezar desde unos días atrás cuando Jhonatan conoció a Manon en una cremaillère de un extraño y le invitó a ir a las clases de baile. O podríamos empezar desde la casualidad de haber compartido habitación con Maxime cuando había recién llegado a Francia, un francés fuera de las reglas francesas, que lo había impulsado a ir a fiestas de desconocidos. Tal vez es mejor comenzar en la casualidad de que Jhonatan haya escogido Francia, más precisamente Lyon, para continuar sus estudios, o la casualidad de que los jurados de su trabajo de maestría estuvieran precisamente trabajando en lo opuesto a lo que él proponía, por lo tanto no haya conseguido una beca para continuar sus estudios en Colombia. Por qué no irnos muchos años atrás y comenzar desde la casualidad de que Cristóbal Colón descubriera America pensado que era la India. O podemos irnos realmente hasta el limite y decir que todo comenzó con la gran casualidad que una pequeña esfera de energía "decidiera" explotar, dando origen a las galaxias y al universo. Y, ¿por qué debemos pensar que eran casualidades?, ¿por qué no pensar más bien que así estaba escrito y así debía de pasar?. Para Carl Gustav Jung, nada es casualidad, creó una teoría a la que denominó Sincronicidad, en la cual sustenta que todas las leyes naturales responden a modelos estadísticos bien determinados. Por lo tanto, el concepto general de Sincronicidad es utilizado para definir la sincronía temporal de dos o más acontecimientos relacionados entre sí de una manera no casual. A partir de dichas teorías se podrían explicar temas como el calendario Maya, el libro de las mutaciones (I-Ching), las profecías de Nostra Damus o incluso el determinismo sostenido por tantos filósofos y científicos, es como un efecto Mariposa imparable que condiciona las consecuencias según las causas. Podríamos pensar entonces, que ha habido una tormenta torrencial en el golfo de México, de esas que causan tantos estragos, como Katrina lo hizo en Nueva Orleans, porque algún paisano europeo utilizó más agua de la necesaria para preparar sus pastas, dicho vapor se unió a un inestable cúmulo de nubes que sólo necesitaba esa exacta cantidad de vapor, ayudado por las bajas presiones y diferencias de temperatura que se presentaban precisamente en esos momentos, atravesó todo el océano Atlántico mientras incrementaba su velocidad, creando un huracán imparable.

Entonces, si partimos de esa base, sería justificable ir a ver una vidente para que nos lea la mano, el fondo de la taza de chocolate, el tabaco o alguno de los métodos que emplean para predecirnos el futuro. He ahí el bache del cual se aprovechan los que piensan que el destino no está escrito y no se puede predecir el futuro. Ellos sustentan que si algo de lo que se predice en el pasado y que realmente tiene lugar en el presente es simplemente porque nuestra percepción así lo quiere ver. Es decir, si alguien va a ver una pitonisa porque quiere que le aclare un aspecto en especial de su vida en el futuro y cree realmente lo que se le dice, entonces hará de manera inconsciente todo lo que este a su alcance para que así suceda, incluso si es negativo para esa persona. Eso podría explicar por qué a veces creemos que nuestros sueños se cumplen en la realidad. Es en esa base que se sostienen los libros de autoayuda, la programación neurolingüística, la ley de la atracción universal y una infinidad de temas que nos sugieren hacer pequeños pasos realizables hacia un objetivo más grande, programando nuestro subconsciente para que nos ayude en la tarea. Jhonatan conoce bien los conceptos de la atracción universal y de la programación neurolingüística, los aplica en cada momento de su vida, no los dejó de lado para poder lograr ir a Francia. Pero a la hora de enamorarse, perdió fácilmente el concepto y se confundió con el destino, pensando en que si algo es para alguien, ya vendrá sin importar lo que se haga, por eso hizo referencia a Florentino Ariza, sin pensar que había pasado más de cincuenta años para obtener ese algo que le 'pertenecía'. Aún así, en la noche de la despedida, se había programado para que esa no fuera la última noche en el lecho de su Printzesa, por esa razón le dedicó las **bonus tracks**.

Pero entonces, partiendo de esta dualidad de las situaciones amorosas, ¿Una pareja formada entre Jhonatan y Nerea sería simplemente el producto de las casualidades de la globalización, o era producto del destino?. Muchas personas están en contra de la inminente globalización, afirman que las pequeñas culturas van a desaparecer y no habrá más una identidad que pertenezca a cada pequeña cultura (algunos de estos argumentos son muy frecuentes entre los euskaldunes), sino que se formará una cultura mundial.

A grandes rasgos se decía que Nerea y Jhonatan hablaban la misma legua, el idioma de Miguel de Cervantes, pero si nos fijamos en los detalles, dentro de sus contados encuentros íntimos, a veces salían a flote pequeños debates sobre la semántica, o sobre la sexualidad de los sustantivos, pequeños detalles como si es «el o la tanga» o si se debe decir «el azúcar moreno o morena», o si el verbo nevar se conjugaba nieva o neva, o también si estaba bien dicho decir «a por ellos» o «¿a qué esperas?».

Jhonatan nunca se había atrevido a decirle «te amo» a Nerea, pero por el contrario si le había dicho en repetidas ocasiones «te quiero», ignorando que en España, ambas tienen igual de fuerza y es más corriente que los novios se digan «te quiero», en lugar de «te amo». Para él, querer significaba un sentimiento fuerte pero que aún no aseguraba los fuertes lazos que expresaba amar, por eso prefería decirle «te quiero», a veces, aprovechándose de que Nerea tenía dos lenguas maternas, le decía en euskera «Maite Zaitut» para dejar la ambigüedad entre «te quiero» y «te amo».

Si en realidad existe una media naranja, y sólo una, para cada uno de nosotros como lo relata Aristófanes, entonces puede estar en cualquier parte del mundo, no veo por qué tiene que haber nacido en la misma ciudad, o incluso en el mismo país o continente. Entre Jhonatan y Nerea había una gran distancia no sólo física sino cultural en el momento en que nacieron. A pesar de que habían visto la luz del Sol por primera vez en sus vidas con sólo un mes de diferencia, las situaciones en ambos países no eran nada parecidas, y ni siquiera los climas se asemejaban.

Si en realidad las palomas de la casualidad deben volar al amor, entonces las personas que están en los sitios de internet para conocer a su pareja ideal, las que van a las «soirées» de solteros, ¿están perdiendo el tiempo?, ¿están obligando a que las palomas vuelen y no dejan por libre albedrío que tomen vuelo hacía los parajes del amor?. Pero entonces, ¿cómo se puede conocer la chica o el chico de tus sueños?, ¿será tal vez la modificación de la percepción que hace pensar que se ha encontrado a la persona ideal según nuestros propios criterios de ese preciso momento?, pero eso iría en contra de lo que piensa Jhonatan, pues él aseguraba que había soñado con Nerea desde que él era pequeño, era ella, con el mismo tamaño, la misma mirada, la misma sonrisa, el mismo carisma que tenía en el momento en que la conoció, era el ángel que le había prometido el amor verdadero.

¿Cómo conocer a esa persona cuando la estás esperando desde tu edad pueril?, ¿cómo conocerla sin forzar las casualidades para que pueda entrar dentro de la idílica definición de destino?. Ahora bien, ¿qué hacer si crees encontrar la persona de tus sueños, la persona ideal para compartir el resto de tus días, aquella que te hace feliz por la manera en cómo tú te sientes cuando estás a su lado, la que te hace sentir un ser humano completo como los de la antigüedad, pero ella no está disponible sentimentalmente?. No podemos olvidar que sólo vivimos una vida, y en ella estamos limitados a sólo poder tomar una decisión importante a la vez, ¡siempre y cuando no hayas tomado una decisión cualquier cosa puede suceder!, es como si al vivir nuestra vida estuviéramos escribiendo un borrador, un boceto, una vida imperfecta, sin trazos definidos, algo que nos sirve como base para luego vivir una vida plenamente alegre y perfecta. Pero, ¿cómo podemos hacerlo si nadie vive dos veces la misma vida, ni siquiera los que creen en la reencarnación, así como nadie bebe dos veces la misma agua?, tal vez sirviéndonos de las experiencias de los demás, de nuestros padres, abuelos, personas mayores cercanas a nosotros, pero nos enfrentaríamos al problema de que ellos no han vivido la misma época que nosotros, no son de nuestra generación, esta época de globalización que nos invita a dejar nuestros valores culturales y adoptar los que nos imponen otros países más poderosos. Tal vez, deberíamos pensar que, si algo importante nos puede enseñar las experiencias de vida, es que si realmente deseas algo, no deben existir barreras que nos hagan desistir, si realmente deseamos algo, debemos luchar por eso hasta el final y sobre todo no aplazarlo cincuenta y tres años, siete meses y once días con sus noches. ¡No hay peor arrepentimiento que aquel que se siente por las cosas que nunca se intentaron!

Amaia aún esperaba que Jhonatan continuara su historia, no podía creer que el chico que había acabado de conocer, que al abrirle su corazón, lo podía identificar como un luchador, como alguien que no se rinde fácilmente, hubiese dejado ir así, sencillamente, a la mujer de sus sueños. Aún tenía su Kebab a medias, y su hambre aún estaba presente, pero se luchaba el lugar en su estomago con la ansiedad de saber la continuación de la historia. Jhonatan se había quedado pensando en ese día, el día del **TOP 5** con el que quería sugerirle a Nerea que aún no estaba listo para decirle adiós, en esos días precisamente se había acabado de cambiar de casa, ya no vivía más en casa del chileno, tenía una pequeña habitación de estudiante en la misma residencia que su compañera de maestría, Mariouma. Pensó en ella, una chica de origen Magrebí, que tanto lo había apoyado durante sus malos momentos, no sólo con el chileno, sino también con Nerea. El día del **TOP 5**, Jhonatan llegó a casa de Mariouma con sus lágrimas sobre las mejillas, le dio un gran abrazo y le dijo que, aunque él no lo quería, era muy posible que todo hubiese acabado.

Recuerda la noche buena de ese año, la pasó con Mariouma, la única persona que él conocía que no había viajado de regreso a casa. Para ella las festividades de la natividad no eran importantes pues en su religión, Jesús era tan solo un personaje, aunque importante, sin mucha relevancia comparado con Mohamed. Siempre había sentido su apoyo y su compañía, le ayudó a conseguir una habitación en su misma residencia y había pasado junto a él la navidad, realmente era una chica muy amable. Recordó la ultima vez que le habló, él estaba en casa de su Printzesa, Mariouma lo llamó al móvil porque necesitaba de su ayuda para el examen que tenían al día siguiente, que era muy importante y precisaba de su ayuda, él le dijo que no podía porque no estaba en la residencia, ella sintió una gran traición comparado a todo lo que había hecho por él, nunca más volvió a hablarle.

Piensa en el último día que había visto a Nerea. Fue en el aeropuerto de Bilbao, ella está más guapa que nunca, tenía un abrigo que él no conocía, la veía diferente, ya no era la misma. Estaban hablando de algo serio, Jhonatan prefiere saltarse ese recuerdo, adelanta la 'película', la ve con una lagrima en su mejilla, le duele mucho recordarle, prefiere parar.

- Y luego, ¿qué pasó? -pregunta Amaia, interrumpiendo la meditación de Jhonatan - ¿Volviste a ver a Nerea?

- Si, la volví a ver, la vi el fin de semana después de ese domingo, el viernes para ser más preciso

"Ella tenía que trabajar en el bar español, pero quería dar un paseo por el centro de Lyon. Yo estaba con Maxime en la place de Térreaux, estábamos pasando el tiempo y le dije que me apetecía dar una vuelta por la plaza de Bellecour, cuando estábamos caminando por la calle de la République, en medio de una multitud de gente, me pareció ver un rostro conocido, cuando enfoqué bien mi mirada, era ella, estaba preciosa, tenía un gorro blanco de lana, una bufanda, un abrigo negro y vaqueros. Le dije a Maxime que tenía que irle a hablar, no podría perdonármelo si no lo hacía. Me acerqué y la salude de dos besos en las mejillas, le pregunté lo que hacía y me dijo que le había apetecido dar un paseo antes de ir a trabajar, miré a Maxime y le pregunté a ella si no le molestaba que la acompañara. Bajó su mirada y su linda sonrisa se desvaneció lentamente, a la misma velocidad que se desliza la miel cuando se inclina su recipiente para obtener un poco del delicioso manjar. Estuvo de acuerdo, pero se podía ver que estaba un poco tensa, sin que ella se diera cuenta le pedí a Maxime que por favor nos dejara solos a los dos, él se inventó una excusa y se fue rápidamente. Me contó que volvería a Bilbao al día siguiente por las vacaciones y que regresaría a Lyon los primeros días de enero.

Seguimos caminando en dirección de la plaza de Bellecour, me dijo que quería pasar por una tienda para comprarle algo a su mejor amiga Luza, en realidad es un diminutivo para Luz Adriana. Fuimos a una tienda de ropa y mientras ella miraba unos bufandas para su amiga, yo busqué algo que le pudiera regalar por navidad, vi unos guantes de colores, estaba seguro que le encantarían, los pagué y en secreto los guardé en mi bolsillo. Al salir de la tienda, le dije que no había podido impedírmelo y que le había comprado un pequeño detalle de navidad, le di los guantes, le gustaron mucho, me dio un gran abrazo y un delicado beso en mi mejilla, mi corazón se acelero muchísimo, tanto que hizo que fluyera más sangre de la normal en mi rostro, dán-

dole un aspecto rojizo como de un tomate. Continuamos nuestro camino y al llegar a la plaza, vimos que habían instalado una pista de patinaje sobre hielo, ¡qué guay, nunca había patinado sobre hielo en Francia!, nos acercamos, notamos que estaban haciendo un espectáculo de patinaje artístico, tome unas cuantas fotos (siempre llevaba mi cámara conmigo), cuando terminó el espectáculo, una voz gangosa anunció por el altavoz que la pista estaba abierta al público y por ser el primer día era gratuita. Corrimos a hacer la fila para patinar un rato, fue muy divertido, me caí varias veces pero no me importaba, me reía con mi Printzesa de mi propio espectáculo, me lo estaba pasando tan bien que olvidé que había quedado con una chica. Después de patinar, Nerea me invitó a cenar a un restaurante de comidas rápidas que quedaba sobre la plaza. De postre le invité un chocolate caliente y luego nos despedimos para que fuera a trabajar.

Mientras se alejaba y se perdía entre la multitud, saqué mi teléfono celular, vi que tenía cinco mensajes sin leer, era la chica con la que tenía cita, estaba muy enojada porque no le respondía y porque no había ido al lugar que habíamos acordado. No le di mayor importancia y me fui a casa de Maxime. Patricia nos había invitado a ver una película en su casa, no teníamos muchas ganas de salir de fiesta y nos sedujo la idea de quedarnos tranquilos en casa. Fuimos a verle, cuando nos disponíamos a ver la peli, Maxime recibió una llamada, era su compañero de piso que lo invitada a una fiesta en el centro de la ciudad, nos miramos los tres con una pequeña sonrisa de complicidad, nos fuimos para el centro dejando de lado la peli y el plan tranquilo de estar en casa. La fiesta era cerca del trabajo de Nerea y yo con la gran tentación, a sabiendas de la hora en que terminaba de trabajar, fui a verle a la hora de salida, me ofrecí muy caballerosamente a acompañarle, infiriendo que era una hora peligrosa para que regresara sola a casa. Pasé esa noche en su casa, disimulando los momentos azarosos que nos recordaban la ultima vez que estuve allí, los de una despedida inexistente, pues había regresado y habíamos de nuevo hecho el amor, cómo nuestros cuerpos nos lo reclamaban. Al día siguiente se fue de regreso al País Vasco y fue la ultima vez que la vi ese año.

Pase navidades con mi compañera de maestría, ella no había vuelto a su país y nos hicimos compañía mutua, comimos pizza esa noche y vimos unas cuantas películas. Era la primera navidad que pasaba en Europa, y para mi sorpresa no me sentí triste, me gustaba vivir esa nueva experiencia. La noche vieja la pasé con Maxime, ya había vuelto de casa de sus padres, tenía ganas de salir de fiesta, estuvimos andando por las calles lyonesas y encontramos una pequeña fiesta en la que podíamos colarnos, en la fiesta habían personas de todo el mundo e incluso los franceses eran otra minoría más. Después de un rato de estar bebiendo cerveza y hablando con la gente en inglés o en francés o incluso en español, terminamos la noche en casa de un lyonés estudiante de medicina, en compañía de un bosnio y una chica de la isla de la Reunión. Es sorprendente la cantidad de extranjeros que he conocido desde que llegué a Francia, en Colombia sólo había conocido unos cuantos, de países vecinos, pero al llegar aquí, empecé a compartir historias con personas de todos los rincones del mundo, aprendí mucho sobre el Islam, el comunismo chino o sobre los deseos de los vascos por independizarse del Estado Español, es más, aprendí qué querían decir con Estado Español.

Ya eran los primeros días de enero y yo esperaba ansioso el regreso de mi Printzesa, recordé el consejo de Mariouma, mi compañera de maestría, de no dejar ver mi ansiedad, sino seguramente obtendría el efecto contrario, ¿Otra ves ese protocolo?. Por internet me comuniqué con Patricia, me dijo que volvería en el mismo tren que Nerea y que llegarían en la madrugada del cinco de enero. Le dije que no me importaba la hora, que de todas formas vivía cerca de la estación de trenes (en realidad vivía a media hora a pie), sólo que me hiciera una llamada perdida para cuando les falta unos veinte minutos para llegar y allí estaría esperándolas. Vi el tren llegar a lo lejos, mi corazón latía cada vez más rápido, tenía ganas de orinar, ¿Por qué no fui al baño antes de venir?, se detuvo el tren y miré a ambos lados del andén en búsqueda de las chicas, no había señal de ninguna de las dos.

Después de unos segundos, vi una gran maleta azul que estaba sostenida por una pequeña mano que intentaba balancearse para no caer, reconocía esa maleta, ¡era la de Nerea!, corrí a ayudarles a bajar del tren. Eran las seis de la mañana y tenía una gran tentación de pedirle a mi Printzesa que me dejara dormir en su casa, recordé las palabras de Mariouma, así que le dije a Patricia que la acompañaría hasta su casa para ayudarle con esa pesada maleta, así dormiría un poco allí. Patricia no tuvo problema con mi proposición. Me fui a casa de Patricia, aunque mi corazón se fue con Nerea. Esa noche, invité a Mariouma, a Patricia y a Maxime a comer a mi 'nueva morada', hice la misma cena que le hice a Maxime el día antes de irnos a París. Luego jugamos un pequeño juego de penitencias llamado 'action ou vérité (se podría traducir: la verdad o se atreve en Colombia)', nos divertimos mucho aunque no apartaba de mi cabeza a mi Printzesa. Esa noche trabajaba en el bar, iba a terminar hacía las cuatro de la mañana, ¿quién la acompañaría hasta su casa?. Al terminar el juego y cuando todos querían irse, le pregunté a Maxime si no le molestaba que me fuera a dormir a su casa, al menos hasta que Nerea saliera de trabajar. Puso una expresión de cansancio queriéndome decir que no le complacía la situación, pero sino había más remedio así sería. Le prometí que dormiría en el sofá y que saldría sin hacer ningún ruido, pero le pedí su móvil prestado para poder llamar a Nerea antes de ir a su casa.

La estuve llamando durante toda la noche, no recibí respuesta alguna. No me atrevía a ir directamente al bar, al menos no antes de hablar con ella, me parecía muy agresivo y tal vez se sentiría mal si lo hacía. Esperé un par de horas más, aún nada, ya iban a ser las cuatro de la mañana, la hora de su salida, y no conseguía que me respondiera el teléfono. Cuatro y media, decidí intentarlo una ultima vez, sino, me iría a dormir. Esta vez me contestó, se le escuchaba un poco agitada, al parecer había estado corriendo. Le pregunté si todo iba bien, me dijo que de maravilla, que había acabado de llegar del trabajo y que había olvidado su móvil en su casa, le dije que estaba en casa de Maxime, es decir, cerca de su casa, quería saber si quería verme, después de un pequeño momento de duda, me dijo que estaba bien, que si quería verme, di un pequeño salto de alegría, intentando no despertar a nadie y corrí a su casa.

Al día siguiente, le dije iría a buscarle al trabajo y que me haría mucha ilusión si dormía en mi casa esa noche. Preparé mi habitación como nunca antes, sería la primera vez que ella vendría a visitarme, a mi terreno, a mi lecho, a mi cama. Esa noche salía a las dos de la mañana, era la noche entre el seis y el siete de enero, día de reyes, un día muy especial en España, pues a diferencia de Colombia, el seis de enero se dan regalos a los niños, para los colombianos por ejemplo el día de la natividad es el día más importante en las fiestas religiosas, siempre se reza una novena desde el día diez y seis, la noche del veinticuatro se dan los regalos de navidad. Se podría decir que le quise dar un gran regalo de reyes.

Después de hacer el amor, me recosté sobre mi costado izquierdo y comencé a admirar su cuerpo desnudo, sus piernas entrelazaban mis sabanas blancas resaltando su belleza, se podía ver su logo, el león rampante y su nube, lo acaricié suavemente, sus pechos seguían el compás de sus movimientos. No podía soportarlo más, sentía cómo mi corazón quería salir de mi pecho, atravesar los centímetros que me separaban de mi Printzesa, encontrar camino entre sus pechos perfectos y fundirse en su corazón para ser uno solo, sentí una grandes ganas de gritar, de hacer algo que me liberara, algo que me quitara toda esa impotencia de decirle que la amaba sin tener miedo al rechazo, sin tener miedo a que todo terminara esa noche. Le pregunté que si en un caso hipotético, ella y yo fuéramos novios, hasta que punto estaría dispuesta a dar de sí en nuestra relación, me miró a los ojos sin pestañear o sin tan siquiera titubear, me respondió: 'Todo, estaría dispuesta a darlo todo por ti'. Esa era la respuesta que necesitaba escuchar en esos momentos, me acerqué le di un beso, aún con mi corazón muy agitado, deje salir las únicas palabras que ocupaban mi cabeza en esos momentos, las palabras más fuertes y sinceras con las que podía expresar y exteriorizar mis sentimientos, las palabras que me hubiese encantado escuchar de sus labios: 'TE AMO'.

Durante el mes de enero nuestros encuentros se hicieron mucho más frecuentes. Nerea le confesó a Patricia y sólo a Patricia que tenía una relación en secreto conmigo. No sé cómo salió la historia, tal vez por una reunión del gabinete de crisis, pero todas sus amigas del Erasmus, con cierta prontitud, terminaron por enterarse que le estaba poniendo los cuernos a Eneko conmigo. Me parece muy desagradable esa expresión 'poner los cuernos', pero tiene un origen muy curioso tal y como muchas expresiones que utilizamos hoy en día. En la época monárquica, los hombres pertenecientes a la realeza podían escoger una mujer de cualquier pueblo del reino para acostarse con ella. A manera de simbolismo, se colgaban un par de cuernos en la puerta de la casa de la afortunada, y el esposo tenía el derecho a fanfarronear de su situación, podía vanagloriarse del hecho de estar casado con una mujer que merecía la atención de los hombres de la nobleza.

Recuerdo un día que estábamos Maxime, Patricia y yo cenando en casa de nuestra amiga española antes de salir de fiesta. Patricia me miro y me dijo que tenía un aspecto fatal, me veía cansado y tenía ojeras. Me miré en el gran espejo que Patricia tenía a un lado de su cama, con un poco de vergüenza le confesé que era porque no dormía muy bien últimamente, me lo pasaba muy seguido en casa Nerea. Ella me miro y con una gran sonrisa de oreja a oreja me dijo: 'Parecéis conejos'. Durante todo ese mes, Nerea se mostraba más condescendiente conmigo, ya no me decía que no me quería ver y dejó escapar uno que otro 'te quiero', disimulado bajo un tierno beso y una mirada intensa. Yo siempre iba a buscarla cuando salía en la madrugada de su trabajo, no me importaba el frío o el tiempo que tuviera que esperar, su jefe no me dejaba entrar al bar para esperarla sentado y en el calor, pero eso no me importaba simplemente quería acompañarla a casa, hasta su cama, nuestro nido de amor, como lo llamó Nerea un día de esos en los que hacíamos el amor hasta el cansancio.

El catorce de febrero para los colombianos no es una fecha muy importante, aunque la tendencia viene cambiando en los últimos años, nosotros celebramos el día del amor y la amistad a mediados del mes de septiembre. Nerea me había contado un poco sobre el día de San Valentín y lo importante que podría llegar a ser para las parejas de en-

amorados. Un día frío a finales de enero, mientras estábamos recostados en mi cama viendo el paisaje que nos ofrecía mi ventana, le hice prometer que pasaría conmigo el catorce de febrero porque quería que fuera inolvidable para ella mientras estuviera en Lyon. Lo que yo no sabía era que Eneko tenía pensado pasar ese día con ella en Francia, ¡qué ingenuo!, ¿cómo pude olvidar que tenía un novio y que seguramente querría pasar ese día con ella?. Nerea se encontraba en una gran contradicción de sentimientos, me decía que quería estar conmigo pero que le costaba mucho hacerle daño a Eneko y dejarlo. Aún así, me dijo que estaba decidida a terminar la relación con él, para así definitivamente comenzar una relación seria conmigo.

Eneko tenía planeado venir hacia el diez de febrero para pasar unos días en París y luego en Lyon. Mi Printzesa no tenía las fuerzas para decirle por teléfono que todo había terminado, y aunque le parecía un poco descarada la situación, prefería que viniera hasta Francia sin que supiera nada para poder hablarle claro mientras estuvieran en París. El día del viaje llegó, yo la acompañé hasta el tren y sin pronunciar palabra alguna, la abracé y besé tiernamente los labios, quería que supiera que tenía mi apoyo para cualquier situación, quería que tuviera claro que estaba allí por y para ella. Antes de que partiera en el tren le dije al oído que escuchara 'Everybody hurts' de R.E.M. antes de que hablara con Eneko, eso tal vez le daría fuerza a ser sincera y no tratar de embellecer las cosas. Extendí mi brazo para darle mi reproductor, ella sabía que ese reproductor de música era muy importante para mi y con ese gesto quise decirle que le estaba entregando mi corazón. Saliendo de la Gare, pensé en lo curioso del cuadro que se creaba en esta situación. Una pareja de jóvenes vascos terminando su larga relación de seis años en París, porque la chica había conocido y se había enamorado de un colombiano que vivía en Lyon. Si no era eso el destino, no creo que fuera la globalización.

No tuve comunicación alguna con ella mientras estuvo en París, mi ansiedad me hacía inventarme miles de historias, posiblemente no había logrado decirle nada a Eneko por no hacerle daño, o que tal vez al verlo se dio cuenta de que quería seguir con él y que lo que tenía conmigo sólo hacía parte de una ilusión. Patricia me dijo que había hablado con ella, me dijo que volvería el trece y que no sabía nada del tema de Eneko, pero que al parecer su familia la tenía acosada llamándola para saber lo qué había sucedido, ¿eso significa que si terminó la relación?. La llamé la noche del trece para saber cómo le había ido, no me contestó. Me escribió un mail diciéndome que por ahora no quería verme, que Eneko había venido a Lyon, la situación estaba muy delicada con él, le insistía en no dejarla ir, no le importaba que le hubiera sido infiel, incluso le propuso irse a vivir juntos en Bilbao cuando ella volviera de su Erasmus, además, toda su familia la llamaba para decirle que lo pensara bien, que Eneko era un buen chico, y que yo, seguramente, sólo quería llevármela a la cama.

Al despertar del catorce no quería levantarme de mi cama, estaba sufriendo una terrible depresión, no podía soportar pensar que ese día, que tanto había esperado, imaginándome miles de cosas románticas qué hacer con mi Printzesa, irreparablemente me encontraba solo en mi cama. No quise ir a clases, en cambio, me compré un par de cervezas en lata y me fui a Fourvière, la gran basílica de Lyon. Nunca había estado allí, a pesar de que la casa del chileno quedaba cerca, nunca había sacado tiempo para pasearme por los jardines que la colosal iglesia. Mariouma me llamo para saber por qué no estaba en clases, le dije que no tenía muchos alientos de atender o de concentrarme, ella sin preguntarme nada más me dijo que si necesitaba hablar, estaría allí para mí, le dije que quería estar solo y reflexionar. Me senté en un banquillo perdido entre los espesos árboles que adornaban los jardines de la basílica. Allí, mientras miraba el precioso paisaje entre las ramas de los árboles, Lyon en época invernal, abrí una cerveza y dejé que mis lágrimas fluyeran de mis ojos, como el agua fluye por encima de las barreras de un dique que ya no la puede retener. Quería estar con ella, y la única imagen que tenía era la que estaba pasando ese día con Eneko, ¡tal vez no estaban bien, pero estaban juntos!, no sabía nada, no quería hablar conmigo, seguramente él estaría demostrándole de miles maneras por qué valía la pena y por eso no debía dejarle. Intentaba reconfortarme con las palabras que me habían dicho las amigas de Nerea, las que conformaban el gabinete de crisis: 'No te preocupes Jhonatan, estamos seguras de que ella te quiere a ti, tarde o temprano estaréis juntos'. Si existe en realidad algún destino, ¿por qué tenía que hacer la cosas tan difíciles?, por qué no simplemente la pude conocer y estar juntos sin ninguna barrera, sin ningún obstáculo. Esas preguntas me hicieron recordar una palabras que leí en algún libro de autoayuda:

'Todos quieren vivir en la cumbre de la montaña, pero toda la diversión y la felicidad ocurren mientras estás escalándola'

Luego pensé en todos las dificultades que tuve que pasar para poder pisar suelo francés, y la gran satisfacción que sentía por estar estudiando en este país. Me repetía eso una y otra vez buscando alentarme y dejar la depresión a un lado. Bajé la gran colina del viejo Lyon y caminé hasta el bar español en el que trabajaba Nerea, vi a uno de sus compañeros de trabajo, Philipe, me vio un poco acongojado y me pregunto si todo iba bien, sólo logré decirle que no era nada grave. Sacó una botella de whiskey y me sirvió una copa. Le pregunté cuanto le debía, esa me la invitaba él. Sabía que esa noche Nerea tendría que trabajar allí, le pedí un favor muy grande a Philipe: 'S'il te plaît, dis à Nerea de venir chez moi après qu'elle ait finit de travailler (por favor dile a Nerea que venga a mi casa después de terminar de trabajar)'. De regreso a mi habitación, seguí pensando en la situación en que me encontraba y en la que me hubiese gustado estar. Pensé que esto apenas comenzaba y que no me iba a inmovilizar en ese momento de tiempo por algo tan simple, recordé las palabras de Víctor Hugo, un poeta nacido en el país que ahora sostenía mi peso y veía derramar mis lágrimas:

'Nada tan estúpido como vencer, la verdadera
gloria está en convencer'

No quería entrar en una batalla contra Eneko, no tenía qué demostrar quién era el mejor prospecto de pareja para Nerea, simplemente quería aferrarme a la idea de que ella sabía con plena seguridad que yo la amaba. Estaba seguro que tenía plena voluntad de hacer lo que fuere necesario para estar con mi Printzesa, sin atacar a Eneko, para que esas palabras que me dijo en mi cama la noche del seis de enero se convirtieran en una realidad y dejaran de estar en el campo de lo condicional.

En la noche de ese día, mientras estaba escuchando en mi ordenador 'Solo' de Ekhymosis, Mariouma me citó en su habitación, estaba con otro compañero de la maestría, Miguel, que al igual que yo era latino, venía de Guatemala. Ambos me dijeron que habían tenido una excelente idea, habían planeado hacer un 'eurotrip' en las vacaciones de semana santa y querían saber si yo estaba animado para ir. ¡Vaya proposición!, yo haciéndome preguntas sobre la existencialidad de la vida y el amor, y ellos me vienen con un banal viaje por Europa. Me calmé un poco y les pregunté qué tenían planeado. Al parecer estuvieron viendo billetes en diferentes compañías low cost y podríamos ir a Berlín, Ámsterdam, Bruselas y Brujas por sólo cien euros. La propuesta me sorprendió mucho, parecía un excelente plan. Como es evidente, tenía a Nerea en la cabeza, así que les pregunté si podía proponer el plan a más gente. No le vieron problema y llamé a mi Printzesa, tenía una excelente excusa para hablar con ella. Me contestó un poco apurada, yo la estaba llamando desde el móvil de Mariouma, no sabía que era yo, le dije que estábamos armando un gran viaje para semana santa y quería saber si le interesaba, con la voz entre cortada y en medio de sollozos me dijo que lo pensaría.

Era domingo, no quería perder la pequeña tradición que había creado de dormir todos los domingos en su casa, la llamé en la tarde para saber cómo estaba la situación. Me cogió el teléfono esta vez, me dijo que Eneko se había ido en la mañana y que era definitivo, había terminado la relación con él. Fui de inmediato a su casa, no sabía cómo sentirme, si alegre por lo que conllevaba la decisión de terminar todo con Eneko, o si sentirme triste porque sé que estaba pasando por un mal momento. Al llegar a su casa, lo primero que hice fue darle un gran abrazo y un beso apasionado, de esos que duran varios minutos. No pronunciamos palabra alguna mientras nos veíamos a los ojos. Luego nos sentamos sobre su cama y tuve que seleccionar entre las miles de preguntas que rondaban por mi cabeza. ¿Cómo estas?, 'bueno, he estado mejor. Mi familia no para de llamarme para decirme que debo pensar bien lo que estoy haciendo, sobre todo mi hermano Borja que es muy amigo de Eneko'. Me contó que en París lo había pasado muy mal, habían llorado casi todo el tiempo y que aunque Eneko quería romperme la cara, respetó su decisión de terminar la relación y no le tocó ni un solo pelo, a pesar de que durmieron en la misma cama. Se sentía mal porque ahora tenía un gran estigma al pensar en París, pues se había convertido en la ciudad en la que había acabado su relación de adolescente. Esa noche dormí a su lado pero no le hice el amor, sólo la acaricié y la reconforté, creí que era muy propicio que le contara otra historia antes de dormirnos abrazados:

'¿Sabes? alguna vez un gran autor comparó la vida con un viaje en tren, (creo que incluso existe un correo cadena de esta historia, ya sabes, el típico 'power point'), en su historia, compara nuestra vida con un viaje en el que siempre había gente que subía y que se bajaban cambiaban de destino o simplemente de vagón. Aseguraba que todas nuestras experiencias y las personas que conocíamos durante nuestra vida podían ser comparadas a diferentes lugares y personas que nos acompañan durante ese largo viaje en tren, dichas experiencias podrían generarnos grandes alegrías pero también profundas tristezas. Al nacer, subimos al tren y las primeras personas que cruzamos son nuestros padres. Irremediablemente, algún día tendremos que bajarnos de su tren para tomar el nuestro propio. Durante nuestro recorrido seguramente conoceremos personas que nos acompañen durante un largo trayecto, tendremos el tiempo de conocerles bien, de compartir las experiencias y visitar los mismos lugares, algunos serán nuestros hermanos, amigos o incluso nuestros amores

que ocuparan la silla de nuestra par. Habrán otros que cuya presencia será tan leve que ni siquiera percibiremos su ausencia cuando dejen el tren. También puede llegar el caso en el que, algún compañero de viaje, que puede llegar a ser muy importante para nosotros, decida por voluntad propia ir en otro vagón o bajarse para tomar un tren con rumbo a otro destino, puede que nos haga daño al principio pero luego entenderemos que cada pasajero tiene un destino final diferente al que nosotros hemos escogido. El viaje está lleno de retos, esperanzas, sueños, despedidas... pero jamás podrás ir de regreso. En cada lugar que escojas ir, y con cada persona que compartas este tren, hará que tu equipaje vaya creciendo al compás de tu recorrido. El tren siempre ira hacía adelante en la dirección que hayas escogido, aunque es posible que vuelvas a cruzarte con alguien del cual ya te habías despedido antes, no significará que tu equipaje reducirá de tamaño, sino que seguirás avanzando y llenándolo en compañía del viejo compañero de viaje. El gran misterio es saber en qué estación nos detendremos por completo, o tan siquiera, cuál será para nuestros amigos, familiares y compañeros, y más aún, aunque creamos que nuestra estación final seguramente será el mismo lugar que escoja la persona que tenemos en nuestro asiento del lado, es poco probable que esto suceda, pues cada uno tiene su propio trayecto. Seguramente sentiremos mucha tristeza al bajarnos del tren con nuestro pesado equipaje para no seguir nuestro viaje, pero podremos reconfortarnos pensando en lo grandes que hicimos los equipajes de los que nos cruzamos, e incluso que sembramos las primeras semillas en los equipajes de nuestros hijos, que luego llenaran sin nuestra presencia y aún menos sin nuestra asistencia'

Esa semana dormí todos los días en su casa, sólo pasaba por mi pequeño cuarto de estudiante para cambiarme de ropa y para saludar a Mariouma, al menos los días que no la veía en clases. El martes de esa semana, Patricia nos dijo que habría una gran fiesta en el bar australiano y que seguramente todos los Erasmus españoles irían. Nos pareció una gran fecha para anunciarles a todos que estábamos oficialmente juntos. Era un veintiséis como la primera noche que pasamos juntos, pero esta vez, era un mes invernal, era un veintiséis de febrero. Llegamos cerca de media noche al bar, como era de costumbre para los españoles. Algunos estaban haciendo botellón en el parque de la opera antes de ir a la gran fiesta, nos reunimos con Maxime y Patricia a la salida del metro y nos fuimos al bar. Esta vez iba cogido de la mano de mi Printzesa, ¡iba tan feliz!, casi como perro que ha estado siguiendo el rastro de un gran tesoro en un terreno baldío y después de mucho buscar e intentar por fin lo encuentra. El bar estaba lleno de extranjeros, me refiero a personas no nacidas en Francia, era una noche Erasmus y los cabellos de diferentes colores estaban por todos lados, los tonos de piel, las formas y colores en los ojos, las palabras que rondaban por el aire, era como estar en una pequeña reunión de las naciones unidas en donde todos habían decidido tomar alcohol y bailar al ritmo de sonidos estridentes.

Después de unas cervezas y varios bailes, abracé con todas mis fuerzas a mi Printzesa, le di un tierno beso en su mejilla y luego mientras le rodeaba el rostro al tacto de la punta de mi nariz, le di un beso apasionado sin importar quién nos estuviera viendo, ¡por fin!, no tenía esa pesada carga de no poder besarla en público, tenía esa levedad que disfrutaba al poder expresarle mis sentimientos con caricias y con besos en el lugar en qué yo quisiera y que ella estuviera de acuerdo. Fue una sensación hechizante, aunque sonaba música no puedo recordar qué canción era, mis cinco sentidos estaban concentrados en ese beso y en mi Printzesa, duró varios minutos, pero para mi fueron segundos. Seguimos bailando y disfrutando con nuestros amigos. Debo reconocer que Nerea se bebió un par de cervezas más de la cuenta, quería aprovechar que salía poco a causa de su trabajo y esa noche precisamente no tenía la responsabilidad de estar sobria para venderle alcohol a los borrachos o jóvenes que venían a coquetearle. Su trabajo significaba un gran sacrificio para lo que se define como 'la vida Erasmus', para muchos jóvenes, el Erasmus representa fiesta, borracheras, sexo de una noche, pero para Nerea, al trabajar justo los días en que la mayoría de los estudiantes salían de fiesta, el Erasmus se había convertido en res-

ponsabilidad, estudio, aguantar a borrachos, e incluso verse obligada a coquetear con ellos porque así su jefe lo quería.

Recuerdo un día que fui a visitarla antes de que saliera de trabajar, estaba detrás de la barra con Philipe, sus ojos brillaban con las luces y los reflejos de las botellas de la barra le daban una belleza especial, tenía una camiseta negra ajustada, con el logotipo del bar ubicado estratégicamente entre sus pechos, queriendo enviar un mensaje subliminal a los mirones, curiosos de ver cómo se meneaban esos pechos perfectos al andar de mi Printzesa. Me acerqué a la barra, lo más cerca que podíamos estar era a unos cincuenta centímetros, teniendo la barra de por medio, viendo la imposibilidad de saludarla de un gran beso cálido en sus labios, le tomé la mano y mientras la miraba a los ojos le besé los nudillos, seguido de las palabras 'buenas noches Printzesa, está usted radiante'. Esa misma noche, al salir, su jefe le llamó la atención, le dijo que ese tipo de comportamiento no podía tolerarlo en su bar, argumentó que si los demás chicos veían eso, no iban a respetarla y le saltarían encima para besarla, a mi juicio, a él no le convenía que los borrachos que visitaban su bar y que iban a allí a deleitarse los ojos con la belleza de las camareras, vieran que no estaban disponibles, eso les dañaría el encanto.

Al salir del bar australiano, Patricia, Maxime y yo estábamos juntos en la puerta esperando a que Nerea saliera del water. Patricia estaba un poco mareadilla y Maxime estaba literalmente borracho, yo había bebido pero no sentía un efecto fuerte del alcohol sobre mí. Estábamos a unos diez metros de la puerta, mientras hablábamos entre nosotros vi que mi Printzesa salía del bar con Philipe (que por casualidad tampoco trabajaba esa noche), ella salió primero y Philipe la seguía, él tenía su mano derecha sobre su hombro, al salir, ella se giró y le tomó la mano, lo arrinconó contra la columna de la entrada y lo besó. Me quedé atónito viendo toda la escena, Maxime y Patricia estaban muy absortos en su conversación y no vieron nada, es más, creo que nadie lo vio, era como si fuera un espectáculo arreglado sólo para que yo fuera el espectador, un espectáculo grotesco que buscaba jugar con mi percepción, un espectáculo que me hizo dudar de si estaba en los brazos de Morfeo, o tal vez que había sido víctima de Baco, fuera lo que fuera, preferí cerrar los ojos y pensar que no había visto nada.

Comenzar una relación oficial, una relación ante los ojos de los demás, con mi Printzesa no fue nada fácil. Ella tenía novio, y le preocupaba mucho que la juzgaran de facilona si se enteraban que se estaba acostando conmigo. Su familia rechazó la situación desde el mismo momento en que se enteraron que había alguien más, no faltó el comentario de que seguramente ese alguien más, sólo quería llevársela a la cama, que si era un colombiano seguramente, por un lado le pondría los cuernos a la primera oportunidad que tuviera y por otro lado no nos entenderíamos bien por ser de países diferentes. La verdad que la mayoría de esas situaciones, en ese momento, me preocupaban, pero no mucho, aunque siempre tenía miedo a que si llegaba a formalizar todo con Nerea y tener hijos con ella, su familia los rechazara por ser míos. Pero en esos momentos, antes de conocer a la familia de Nerea, antes de sentirme realmente en una relación seria ante todos sus allegados, había algo a lo que le temía mucho, que tal vez estaba generado de mis más profundos complejos de adolescente, de mi experiencia con Viviana, o incluso de lo que viví de pequeño con una madre soltera en búsqueda de cariño en los brazos de un hombre. Puedo reconocer que mi madre, como madre ha sido la mejor que jamás haya conocido, le estoy muy agradecido por eso, pero mi complejo de Edipo desapareció rápidamente desde una tierna edad. Siempre he buscado mujeres que no se parezcan a mi madre, tanto físicamente como en su comportamiento de pareja (no de madre, insisto). Con ello no quiero decir que no busque una excelente madre para mis hijos, al contrario, en ese aspecto me encantaría que mi pareja se pareciera al máximo a mi madre, pero sólo en ese aspecto. Mi madre es una mujer bastante joven para la edad que tienen sus hijos, me lleva veinte años, es delgada, tiene la piel no muy blanca, pero tampoco morena, sus cabellos son rubios y rizados, tiene una estatura media colombiana y únicamente utiliza faldas y zapatos de tacón. Es una mujer con tenacidad, feminista cuando le conviene, desde pequeña le han atraído los hombres mayores que ella (mi padre le lleva trece años), siempre exige que su pareja sea galán, que sea él quien la busque, la llame y que pague todo, sí, todo, la cena, el taxi, los viajes, los regalos... Cuando conocí a Viviana, yo tenía catorce años, ella diez y ocho. Vi en ella una mujer que no se asemejaba en nada a mi madre, era alta, con los cabellos negros y lisos, su piel era mucho más blanca, odiaba las faldas y los zapatos de tacón, siempre andaba de vaqueros y zapatillas deportivas. Además, el hecho de que fuera mayor que yo, despertaba en ella un sentimiento de querer enseñarme cosas (al mismo tiempo que me demostraba que no le importaba que yo fuera menor que ella), así que no le veía importancia a si era yo quien pagaba o ella, o si era yo el de la iniciativa de verla o era ella. El día en que Viviana me dio su NO rotundo, algo en mi cambió, quería vengarme del genero femenino. Comencé a salir todos los fines de semana, con los nuevos amigos que me había hecho en la universidad, siempre buscaba una chica, le prometía el cielo y la Tierra para llevármela a la cama y luego olvidarme de su nombre al día siguiente, eventualmente me sentí vacío de esa situación, vi todo el daño que había dejado a mi paso, tuve un tiempo de depresión y arrepentimiento por haber causado ese tipo de sentimientos en mujeres que seguramente no lo merecían, decidí que iba a darle un lugar muy especial a las mujeres, que serían un manjar exquisito que no se come y luego se escupe, un ser especial que sin el cual nuestra especie desaparecería, aceptar que puede ser la fuente de la divina inspiración en la cual un artista olvida lo que es una línea recta.

En el momento en que conocí a Nerea, aunque había tenido un par de relaciones estables y duraderas, tenía al mismo tiempo un largo historial de mujeres con las que había compartido cama. Eso, y tal vez para tu sorpresa, creaba en mi una gran sensación de inseguridad, consideraba que si ella sólo había conocido íntimamente a dos hombres en su vida, producto de una relación de adolescente, tarde o temprano llegaría la curiosidad de conocer más que eso, le llegarían las ideas del padre de Maxime, esa curiosidad, que ahora, a pesar de que segura-

mente no ha sido una idea original suya, y que muchos más adultos de edad media tienen preconcebida y tanto hombres como mujeres les recomiendan lo mismo a sus hijos e hijas, yo la denomino con el nombre del padre de Maxime: 'El Síndrome del Antoine LetitGros'. Me daba mucho miedo la idea de perder a mi Printzesa porque le llegara esa curiosidad, porque padeciera el síndrome de Antoine LetitGros. Esa curiosidad que me llegó en mi temprana adolescencia y que me había dado la experiencia sexual que podría tener un hombre de más de treinta años. Me aterrorizaba la idea de que me dejara por alguien que le sembraba curiosidad sexual, alguien que le atrajera por su físico, tal vez esa misma curiosidad que sin ella quererlo, la arrojo sobre mis brazos, como cuando los piratas arrojaban a sus víctimas por la borda en contra de su voluntad.

Precisamente por la época en que ya comenzábamos a tener una relación seria y estable en Lyon, estalló un gran escándalo en la política estado unidense, el senador de Nueva York, Eliot Spitzer, era acusado de tener relaciones extramatrimoniales con una prostituta de clase alta llamada Ahsley Dupré, a la que él denominaba 'cliente numero nueve' y le pagaba los viajes desde Washington hasta Nueva York para poder tener sus encuentros furtivos. Leyendo mucho sobre el tema, encontré que en realidad 'la prostituta' era una chica común y corriente que buscaba ser una famosa cantante, lo de prostituta había sido creado para agrandar la situación del escándalo. Tal vez fueron al menos seis casualidades las que generaron que se cruzaran la vida de la atractiva Dupré y del respetado señor Spitzer. ¿A quién creerle?. La cosa es que la chica se volvió increíblemente famosa, era una chica muy guapa, recibió ofertas de las revistas Penthouse y Playboy para que posara desnuda. Sus canciones fueron descargadas en cantidades exorbitantes el primer fin de semana después de que todo salió a la luz. Viendo las fotos de Ashley que rondaban por internet, podía ver su belleza, era realmente una chica muy guapa (al menos en las fotos que no buscaban degradarla o mostrarla en sus peores momentos, los que algunos reconocerían como 'Args'), le encontré algunos rasgos comu-

nes con Nerea, pero aún así mi Printzesa era mucho más guapa que Ahsley. Esa sensación me dio escalofríos por todo el cuerpo, hasta ese momento había aceptado que mi Printzesa tenía una belleza extraordinaria, pero nunca había pensado que tal vez alguien con poder o famoso pudiera interesarse en ella. Es más, era muy posible, por su carrera como periodista podría acercarse fácilmente a ese tipo de personas, ¿Y si la logran seducir?, para mí, Nerea es una chica no sólo muy guapa físicamente, sino también una persona integra, inteligente y con la cual es muy ameno tener debates y conversaciones. Era muy probable que algún día un político en búsqueda de desatarse de la dura presión de su vida social, la viera en medio de la multitud de periodistas en una rueda de prensa y la lograra seducir. ¿Será posible que a Nerea le seduzca el poder?, ella me aseguraba que no le atraían los hombres mayores y que peor aún no se fijaría en ese tipo de cosas para estar con alguien, me decía que yo la veía con ojos de plata, pero que seguramente no era tan guapa como para que eso sucediera.

Sé que trataba de calmarme, pero muchas veces que caminaba con ella de la mano, yo miraba al suelo, no me sentía merecedor de estar con ella, a pesar de la autoestima que me tengo, estar con ella me generaba mucha inseguridad. Durante nuestros numerosos encuentros en enero, mientras nos abrazábamos y debatíamos sobre diferentes temas, algunas veces le decía que si sentía esa curiosidad, que si alguna vez sentía ese deseo, si sentía el síndrome de Antoine LetitGros y que sentía que tenía que saciarlo, que lo hiciera, pero que jamás repitiera esa experiencia con un mismo hombre, que jamás lo hiciera dos veces, eso me devastaría, una vez puede pasar, dos ya es premeditado. Era mi inseguridad la que le hablaba, no quería perderla, pero tampoco quería limitarla, sentía que tal vez no podría darle todo lo que ella exigiera en todo momento y que me resignaba a que lo buscara en alguien más siempre y cuando volviera a mis brazos y no al de esa otra persona. Por eso cerré los ojos esa noche que la vi besar a Philipe, preferí pensar que no había visto nada, ya esperaría a que ella me dijera algo al respecto.

Al día siguiente, Nerea se levantó temprano, me dijo que tenía que llamar a su amiga Luza, no me dijo qué era lo que tenía que decirle, ni por qué era tan urgente. Seguí durmiendo tranquilamente. Cuando regresó noté que estaba un poco alterada, me dijo que había hablado con Eneko y que no entendía por qué le había mencionado a Philipe, ¿Philipe?, ¿el chico con el que se había besado la noche anterior y yo intentaba mantener la sangre fría al respecto?, 'Sí, Philipe, me dijo que cómo iba con él, si ya se había cuajado algo', respiré profundo y le dije, 'Anoche te vi cómo lo besabas', hizo un gesto marcado en su rostro, no comprendía lo que le decía, intentando recordar lo que había sucedido la noche anterior, me dijo que no recordaba eso, no me pidió disculpas, sólo me dijo que tal vez si había pasado, le parecía recordar algo, pero si no fuera porque se lo había mencionado, no lo hubiese recordado.

¿Alguna vez te has preguntado a quien sería la persona con la que más facilidad le puedes mentir?, te daré la respuesta, es a tu pareja cuando está enamorada. Aunque a veces nos cuesta aceptarlo, cuando estamos enamorados, nos gusta vivir en el engaño, por eso muchas personas después de años en una relación estable, cuando el amor comienza a apagarse poco a poco, comienza a hacer comentarios como: 'Ya no eres la persona con la que me casé', 'antes eras diferente, más romántico'. Al inicio de una relación nos gusta ser engañados y engañar, vivir en un cuento de hadas donde nada se sienta real, nos creeremos cualquier cosa que nos diga ese ser que nos fascina con sus palabras y su aspecto, además de que sólo mostramos nuestro mejor lado, nuestra mejor figura, todo es color de rosa y pretendemos que así sea siempre. Las personas que no aceptan este hecho están condenando su relación desde el principio, y muy probablemente acabará mal.

Nunca supe de qué se hablo realmente en esa llamada que hizo, o por qué había hablado con Eneko en lugar de hablar con Luza, no quería saberlo, quería seguir en ese dulce engaño de mi enamoramiento. Al día siguiente, recibí un mail de Eneko en el que me decía, '¡bienvenido al club!, entonces, ¿qué se siente que te den una patada en el culo y además en frente tuyo?'. Intenté no darle mucha impor-

tancia al mensaje, tal vez un poco con el sentimiento del síndrome de Estocolmo justificando el comportamiento de Nerea, pero de todas formas, no podía sacarme de la cabeza de la imagen de mi Printzesa besando a alguien más.

A mediados de marzo era el cumpleaños número veintidós de mi Printzesa, ella iba a regresar a Bilbao a visitar a su familia pero la noche en que celebraba su nacimiento tenía que trabajar. Teniendo en cuenta de que era viernes y que ella tomaba el avión en la tarde del sábado para ir casa de sus padres, Maxime me invitó a pasar el fin de semana en su casa, eran las vacaciones de invierno en Francia y teníamos una semana entera sin clases. Pasamos toda la noche en el bar español acompañando a Nerea, luego nos fuimos a dormir a casa de Maxime para poder pillar el tren temprano en la mañana del día siguiente. Me despedí de ella con un gran beso a escondidas de su jefe y le deseé mucha suerte, pues era la primera vez que iba a ver a su familia después de haber terminado con Eneko y haber comenzado una relación conmigo. Un par de años después me enteré de que Nerea no había pasado esa noche sola, alguien la había acompañado hasta su casa y se había quedado en nuestro 'lecho de amor'.

Durante esa semana tuve poca comunicación con ella, sabía que le estarían convenciendo para que regresara con Eneko, comencé a hacerme a la idea de que su familia le temía mucho a los cambios y que tenían una gran inercia hacía las cosas nuevas, preferían la estabilidad. Su familia es católica de tradición, van a la iglesia todos los domingos y la gran mayoría de los miembros hacen parte de la comunidad de una parroquia.

Su padre es un hombre corpulento, ingeniero mecánico de formación, había trabajado para una reconocida marca de automóviles francesa. A causa de su trabajo había tenido que vivir varios años en Madrid, los años en que nacieron Borja y Nerea, los demás años, los había vivido todos en Bilbao. Un viernes, hace unos ocho años más o menos, uno de sus compañeros de trabajo estaba **casualmente** *celebrando su aumento, y convencieron al padre de Nerea para ir a tomarse* *una copa al bar de la esquina. Como era su costumbre, se tomó unas copas de crema de café, le encantaba degustarlas lentamente, sintiendo cómo la mezcla de café con alcohol iban en perfecta armonía con el frío hielo que se derretía con el calor de sus manos. Después de beber un par de copas se sentía bien para regresar conduciendo a casa, le encantaba conducir, encontraba gran placer al poder dirigir el volante para ir a donde quería llegar, cuando conducía sentía que tenía el control de todo. En el mismo momento en que se disponía a subirse en su coche, al otro lado de la ciudad, en el mismo edificio en que él vivía, su vecina Olatz le estaba poniendo la correa a su perro, iba a dar su paseo nocturno media hora más tarde de la hora de costumbre,* ***casualmente*** *no había podido sacarlo antes por una llamada importante que recibió. En el camino, el padre de Nerea iba escuchando un poco de música, mientras pensaba en su jornada de trabajo que acababa de terminar, también pensaba en la posibilidad ir a Artxanda al día siguiente con sus hijos. Le gustaba mucho ir de montañero los fines de semana. Olatz, da un paseo con su perro, un labrador de dos años de edad, bastante corpulento, a pesar de su edad, aún era muy juguetón y le gustaba saltar encima de las personas que conocía para saludarles. Le encantaban los paseos nocturnos y esa noche estaba particularmente excitado.*

Después de que su mascota hiciera sus necesidades, Olatz decidió regresar a casa, ***casualmente*** *en esos momentos el padre de Nerea estaba entrando al edificio, muy cortésmente le sostiene la puerta abierta a la chica para que entre con su perro. En medio de su euforia, el colosal canino salta para saludar a su vecino, el padre de Nerea estaba sosteniendo la puerta con su pie izquierdo, al ver que el perro saltó para saludarlo, trató de evitarlo y* ***casualmente*** *su zapato se enredó con la base de la puerta . El animal alcanzó su objetivo, con su pie enredado y un poco el efecto de las copas que se había tomado, el padre de Nerea dio* ***casualmente*** *tres pasos hacía atrás, no logró guardar el equilibrio y cayó de espaldas, golpeando la parte baja de su cuello contra el primer escalón del portal del edificio, la distancia desde la arista del primer escalón, hasta el extremo de la puerta principal del edificio* *cuando está abierta, era* ***casualmente*** *de tres pasos del padre de Nerea y de la altura de sus pies al cuello.*

El accidente fue trágico, el golpe fue bastante fuerte, la suma de los pesos de ambos hicieron que se concentrara por lo menos ciento veinte kilos de fuerza en el golpe del cuello contra el escalón. El padre de Nerea sobrevivió, pero quedo condenado a una silla de ruedas de por vida, sólo tiene movilidad en su brazo derecho y control total de su cabeza, no pudo volver a conducir o a trabajar. Desde ese día, la casa de Nerea no es igual, hubo un gran cambio del cual aún no se han repuesto los integrantes, en especial las chicas, se sienten responsables de la felicidad de su padre, ya que su madre no está en la capacidad de hacerlo. El padre de Nerea le teme mucho a los cambios porque siente que lo van a abandonar y dejar sin el apoyo necesario para poder hacer todo lo que le gusta (como tomar su copa diaria de crema de café), le es difícil aceptar que ha perdido la autoridad, no sólo en la casa, sino también sobre él mismo, le aterra la idea de envejecer, no quiere sentir que se le pasan los años en una silla de ruedas. Utiliza palabras fuertes (lo único que aún controla él mismo) para conseguir que nada cambie y que todo siga igual. Cuando supo que Nerea estaba con un colombiano, su primera reacción fue decirle a Nerea 'es mejor que te consigas a alguien de tu misma cultura, los latinoamericanos no son fieles y seguramente te dejará por otra'. Lo que él no se da cuenta con su comportamiento es que está cortando las alas a sus hijos, no permite que asuman su propia vida, les obliga a que vivan bajo la sombra de la responsabilidad que tienen con él. Les hace sentir culpables sólo por el hecho de pensar dejarlo con algún profesional o de llevarlo a una casa de retiro donde se encarguen de él las veinticuatro horas del día. Les hace pensar a sus hijos, en especial a las hijas mayor y la menor, que ese acto sería una injuria contra su autoridad como padre cabeza de familia. En otras palabras, estarían traicionando las buenas costumbres conservadoras con las que han sido formadas. Es uno de los pensamientos más egoístas que un padre pueda tener con sus hijos.

Su madre era la menor de cuatro hermanos, ella era la única mujer entre ellos y siempre había sido educada bajo un modelo machista católico. Su concepción de la vida era algo lineal, en el que naces, creces, te casas, pares los hijos que quiera tu marido, los crías, le rindes pleitesía a tu pareja hasta morir, sin importar cuanto sufras en el camino, sólo calla y continua sobre la línea de tu vida. Es completamente pacifista y verla enojada por algo es un gran evento en la casa. Su voz es muy dulce, su entonación suave y pausada, es una mujer corpulenta, con movilidad limitada, haber parido cinco hijos casi le cuesta la vida. Cuando Borja y Nerea aún eran unos niños, su madre fue operada de urgencia, su cuerpo no iba muy bien desde su último parto, por poco no sobrevive a la operación. Después de eso, sufre de la tiroides, por lo tanto le es muy difícil controlar su peso. Le temía mucho al cambio porque cualquier desvío de aquella vida lineal significaba dejarse tentar por el mal. Ambos, el padre y la madre de Nerea, habían vivido los años de la dictadura en Bilbao, de ahí, su formación fuertemente católica y el hecho de que no sabían hablar euskera. Le tiene mucho miedo a la soledad.

Su hermano mayor, era el que más cambios había sufrido en su vida, al ser el mayor quiso revelarse contra la opresión que le significaba una familia tan conservadora, de adolescente fue skin, le gustaba pelearse en la salida de los partidos del Athletic contra los fans del otro equipo. Se fue de casa aún estando joven, antes del accidente de su padre. Después de mucho tiempo de mostrar su rebeldía en el ámbito social, prefirió dejar la violencia a un lado, viendo todo lo que había hecho de joven, los posibles daños morales y físicos provocados por él (a sabiendas que había sido formado católico desde pequeño) y queriendo también mostrar rebeldía en el ámbito religioso, se convirtió al Islam, desde eso es uno de los personajes más conocidos en la Mezquita de Bilbao. Se casó con una holandesa de origen beréber y llevaba su matrimonio a distancia entre Bilbao y Leiden. No le temía para nada al cambio y apoyó a Nerea desde el primer momento en su relación conmigo.

Su hermana mayor, la segunda, sólo había tenido una relación en su vida, era casi como escuchar la misma historia de Nerea (o de su madre), únicamente que no había aparecido ningún Jhonatan en medio de ella para que las cosas cambiaran. Comenzó con su novio cuando tenía diez y ocho años. En la época en que conocí a Nerea, su hermana mayor había comprado un piso para irse a vivir con su novio. Estaba pasando una época difícil, llevaba trece años de relación y aún no había dado el gran paso (algunos dirían matrimonio, otros simplemente irse a vivir con él). El piso que había comprado estaba cerca de la casa de sus padres, no soportaría alejarse más de tres calles de ellos. Es una persona que le gusta mucho buscar la aprobación de los demás mostrando sus logros laborales y financieros, además de hablar mucho de sus múltiples viajes por el mundo. Le gusta comprarse la ropa más cara, siempre y cuando sea de una marca reconocida, irse de viaje y asegurarse que el mayor número de personas se entere de ello, habla de su trabajo y de lo mucho que le pagan para el puesto que ocupa. No le gusta que la gente piense que algo va mal en su casa, siempre aparenta estar en la familia perfecta sin problemas, no le gusta que ninguna ranita entre en su guarida y se dé cuenta de que eso tal vez no es cierto. Al igual que su madre, su mayor temor es la soledad.

Se había convertido en la figura paterna y materna de la familia, por la ausencia de su hermano mayor, la imposibilidad de su padre y el pacifismo de su madre. Por la época del cumpleaños número veintidós de Nerea, la relación de su hermana mayor estaba en crisis total, su novio empezaba a revelarse y se sentía frustrado por tener que vivir cerca de sus suegros. Era un hombre de treinta y tres años que sólo se había acostado con una mujer en toda su vida, comenzaba a padecer del síndrome de Antoine LetitGros. Ella experimenta una contradicción ante el cambio, se siente oprimida por la responsabilidad que significa cuidar a su padre, ser la líder de la familia y al mismo tiempo tener una relación de pareja exitosa, por un lado quiere liberarse de su cuerpo, de todo el peso que él conlleva y las responsabilidades para mantenerlo sano, quiere ser estrictamente alma, eso le permite justifi-

car su pensamiento altruista de anteponer a su padre y a su familia, antes que sus propios deseos, para lograrlo va siempre a la comunidad de la parroquia a rezar con los demás fieles, le da una sensación de alivio, de levedad, de un alma que no necesita al cuerpo para vivir. Pero, por otro lado, en medio de su contradicción, sabiendo que se necesita de un cuerpo para tener una relación de pareja exitosa, intenta hacerse consciente de ello, mirando con morbo los cuerpos desnudos de las chicas en las playas, los cuerpos esbeltos de las jóvenes vascas que se desnudan para recibir de pleno, los favores del Sol, cuerpos que no sólo sirven para una relación de pareja, sino también para ser admirados, cuerpos que compara con el suyo, que simplemente es instrumento para procrear y para dar placer a su pareja (al comparar, hace que en su cabeza se forme la fuerte idea y se conciencie de que tiene un cuerpo con el que debe cargar). En medio de su contradicción, no sabe lo que es bueno en un cambio o lo que le puede perjudicar, aunque, estuvo en contra rotundamente de mi relación con Nerea, porque tuvo la sensación de que mi Printzesa podría querer irse a vivir a Colombia conmigo, dejando un gran espacio vacío en la casa, haciendo aún más pesada la carga de su cuerpo y lo que tenía que cargar con él.

Su otra hermana mayor, la tercera, la del medio, siempre había sido la rezagada, es como si hubiese tenido que, por obligación, sentarse en esa silla del medio del fondo del bus, la que no tiene apoyo alguno y en la que nadie quiere sentarse por el riesgo a caerse de frente. Llevaba una relación con un hombre diez años mayor que ella y que había sido su primer novio de toda la vida. Desde pequeña se le ignoraba en casa, si no era por los problemas que presentaba su hermano mayor, era por el cuidado que tenían que prestarle a Borja y a Nerea. Es una fiel copia de su madre, nunca intentó revelarse, sigue el mismo modelo de una mujer sumisa que haría lo que fuera para complacer a su pareja, sólo esperaba a que su novio le propusiera matrimonio para cambiar su relación de dependencia ante sus padres para pasar a una nueva con su marido. En otras palabras, en la ausencia de cariño y cuidado espontáneo por parte de sus padres, siempre buscó compla-

cerlos al máximo en búsqueda de su aprobación y admiración, por lo tanto, la única manera de estar estable fuera de casa, es con otra relación de dependencia, esta vez, hacia su pareja, complaciéndolo en todo lo que él quiera. Desde pequeña descubrió que la única manera con la que podía llamar la atención en su casa era haciendo un estruendoso berrinche, ese comportamiento se le quedó bien grabado en sus meta programas, es muy fácil verla hoy en día en medio de un berrinche en su casa. Le teme al cambio por la inestabilidad que eso representaba, si se aventura a algo desconocido es muy probable que fracase y eso decepcionaría a los demás, y no hay berrinche que exista para remediar eso. Se creó muchos prejuicios hacía mi, pensaba que su hermana me interesaba únicamente para pasar el rato y que seguramente le haría mucho daño o le pondría los cuernos. Sin dejar de lado el temor de las mujeres de la familia, la soledad la aterroriza.

Su hermano Borja, el cuarto, había tenido más a su hermano mayor como figura paterna que a su propio padre, le gustaba revelarse pero sin llegar a extremos, eso hacía parte de la influencia de su hermana mayor, la segunda. Borja es un chico muy inteligente, y con muy buenas habilidades para los números, pero se dejó ganar la batalla por la pereza académica y decidió trabajar apenas terminó el bachillerato. La situación de su padre no le afectaba mucho en su sentimiento de querer emanciparse y vivir su propia vida fuera de casa, algo así como lo había hecho su hermano mayor. A pesar de que es un chico bastante atractivo, no tiene gran éxito entre las mujeres, es su falta de seguridad creada por su figura materna la que no le permite acercarse a una chica para hablar e invitarle a una copa. Le temía al cambio porque desde que Nerea comenzó la relación con Eneko, ellos dos se hicieron muy buenos amigos, lo veía como el cuñado perfecto y no le gustaba la idea que ya no fuera así. Debido a sus escasas relaciones de pareja, siente que la oportunidad de encontrar a alguien que valga la pena es muy difícil y no se puede dar el lujo de dejarlo por alguien más.

Luza, la mejor amiga de Nerea en Bilbao, es una chica con rasgos muy típicos vascos, no muy alta, no muy baja, no muy gruesa, no muy delgada, con cabellos oscuros y lisos, cejas muy pobladas y una nariz aguileña que la caracteriza. Había nacido y vivido en Bilbao toda su vida, sólo había salido del País Vasco por cortos periodos de tiempo, para irse de vacaciones con sus padres. Era estudiante en psicología de último año, quería especializarse en psicología clínica. Conocía a Nerea desde los quince años, casi al mismo tiempo en que comenzó la relación con Eneko, por lo tanto conocía muy bien a Eneko también. Llevaba una relación de cuatros años con un chico de su clase, pero su madre le insistía en que cayera en las redes del síndrome de Antoine LetitGros, le decía que estaba muy joven para pasarlo todo el tiempo con un solo chico, que experimentara y sobretodo que no se casara joven. Estuvo en contra de mi relación con Nerea principalmente por el daño que eso le representaba a Eneko.

Durante el fin de semana en la casa de Maxime, el padre, Antoine, insistió en sus consejos, quería contagiarme del síndrome, esa vez sus palabras, aunque fueron las mismas, tuvieron un mayor efecto en mi, no podía quitarme de la cabeza lo que Nerea había hecho, me dolía mucho que justo el día en que habíamos decidido decirle al mundo que estábamos juntos, ella hiciera algo así.

Cuando regresó mi Printzesa, se le veía un poco alterada y perturbada, había estado bajo la presión y los sermones de su familia durante todo el tiempo, pero aún así, volvió para seguir en una relación conmigo. Por esos días, recibí unos mensajes electrónicos por parte de una Sandra de Santander, que había acabado de llegar a Lyon para hacer su Erasmus, me pedía ayuda para ubicarse en la ciudad. Me pareció muy extraño que una española hubiese conseguido mi correo electrónico, además que haya decidido dirigirse a mi para mostrarle la ciudad o pedirme consejo de la vida Erasmus. Le dije que el mejor consejo que le podía dar, era buscarse amigos franceses para perfeccionar la lengua y de aprovechar al máximo su tiempo en Francia, que era mejor que no perdiera el tiempo con hispano hablantes, al menos no por un par de meses.

Le conté a Nerea sobre los mensajes y le dije que creía que eran Eneko y Luza tramando algo. Tenía la seguridad de que querían ten-

derme un anzuelo para mostrarle a Nerea que sólo me interesaban las mujeres para acostarme con ellas y luego olvidarlas, querían tenderme una trampa para mostrarle a Nerea lo malo que yo era. Mi Printzesa me dijo que eso le parecía exagerado, que ella los conocía bien y que ellos nunca harían algo así. Nerea aún conocía la clave para entrar en el correo de Eneko, un día por curiosidad (al menos eso me dijo), entró a ver sus mensajes y vio que él le había enviado un mensaje a Luza en el que había redactado algo de una tal Sandra y que buscaba ayuda para ubicarse en Lyon. ¡Era el mensaje que yo había recibido!. Nerea, muy sorprendida del comportamiento de su ex y de su amiga, me dijo que nunca hubiera pensado que fuera cierto tal comportamiento, me quedé más tranquilo al saber que la trampa que me querían hacer no había funcionado.

Mi relación con Nerea fue mejorando poco a poco, me sentía muy a gusto de poder expresarle todo mi amor en donde fuera, sin limitarme porque alguien nos veía, o porque alguien pensaría que ella estaba poniéndole los cuernos a su novio. Me sentía tan bien que recuerdo que un frío día de marzo, nevaba en Lyon, fue el único día en que nevó ese año, estaba solo en mi habitación, leyendo un poco. Me quedé dormido y en mi sueño me encontraba en Colombia, en la antigua casa que compartía con mis compañeros de la universidad, esa casa que fue testigo de muchas fiestas y noches de locura, esa casa a la que había llevado un gran numero de mujeres a dormir, esa casa que ahora no existe para dar paso al avance, fue derribada para hacer un gran centro comercial. Recuerdo que estaba hablando con un amigo con los que vivía en ese apartamento, él me preguntaba que si quería salir esa noche a 'cazar', le dije que no, que estaba muy contento con la vida que tenía y que estaba enamorado, además, yo en realidad no podía estar en ese momento en Medellín, yo estaba en mi habitación en Lyon y estaba nevando, esas últimas palabras las pronuncié con tal euforia que me desperté de un salto.

Pronto sería nuestro primer mes de estar juntos oficialmente, así que preparé una noche especial, compré velitas con perfumes y las puse estratégicamente por todo el piso de Nerea, compré una botella de vino rosado, aunque no de las caras, y organicé todo para poder poner música suave y tener una noche inolvidable. Cuando llegó de clases, le abrí la puerta y de un movimiento rápido le cubrí los ojos con una venda. La guié hasta la cama, le serví una copa de vino y luego puse 'Save Tonight' de Eagle Eye Cherry, las velas ya estaban encendidas y el apartamento entero estaba cubierto del perfume que desprendían mientras se quemaba el delgado hilo.

Le dije que quería jugar a un juego con ella, la canción aún sonaba, ella se veía un poco ansiosa pero con una gran sonrisa, me encantaba verla sonreír de esa forma, daría lo que fuera por verla sonreír de esa manera. Le dije que quería que jugáramos un juego que se llamaba 'action ou vérité', consistía en preguntarnos si preferíamos hacer alguna acción o mejor responder a una pregunta indiscreta. Estuvo de acuerdo y le quite la venda de los ojos mientras la besaba. La noche fue muy bien, la mayoría de las veces preferimos decir 'action' para aprovechar la oportunidad de hacernos erizar los bellos, con cualquier penitencia erótica que se nos ocurría.

Ya pensaba menos en el incidente de la noche del veintiséis de febrero y siempre iba a buscar a mi Printzesa a la salida de su trabajo. Recuerdo incluso una vez, hacia las dos de la mañana que iba caminando tranquilo por la calle Saint Catherine, al otro lado venían en sentido contrario a mi marcha, un grupo de cinco jóvenes franceses, dos chicas y tres chicos. En un momento de descuido, un joven de rasgos magrebíes, arrebató el bolso de una de las chicas, y se precipitó a toda velocidad hacía donde yo me encontraba, la cólera me invadió inmediatamente, pensé que ese tipo de personas nos daban la fama que tenemos provenientes de países 'no occidentales', me interpuse en su camino y de un golpe seco en sus pies y lo hice caer con tal violencia que el suelo hizo un estruendoso ruido al chocar su mandíbula en el asfalto. Seguí mi camino como si nada hubiese pasado, la francesa aún en shock y mientras acallaba sus gritos, se acercó tímida al chico y le quitó su bolso de las manos. No me dio las gracias, ni siquiera me di-

rigió la palabra, simplemente continuó el camino con sus amigos. Es como esos miles de inmigrantes latinos que están en Europa que hacen los trabajos que nadie quiere hacer, ayudan a los europeos en sus problemas diarios, nadie se los agradece, pero simplemente todo sería un caos si ellos no estuvieran allí.

Llegué rápidamente al bar español y me refugié allí de cualquier represalia que quisiera tomar el chico en contra mía. Aunque el jefe no me dejaba entrar al bar, me quedé en la puerta. Me había enojado mucho su gesto, no podía creer que aún estando en un país donde existían tantas ayudas para los menos afortunados, donde ni siquiera los indigentes duermen en las calles, aún existieran ese tipo de jóvenes que salieran a robar por diversión o tal vez por una adicción. Es increíble, cuando naces con ciertas comodidades, nunca te percatas de los importantes que pueden ser algunas cosas. Por ejemplo, si pensamos en el derecho al agua, tú puedes pensar rápidamente en que todas las casas deben de tener por lo menos un grifo de donde brote agua potable. Desde que naciste te dieron un baño en el hospital para quitarte el exceso de sangre de tu piel, mientras crecías, si tenías sed después de haber jugado un buen rato en el parque, podías ir a casa a beber un vaso de agua fría para refrescarte, hoy en día, si haces deporte, o si te levantas con resaca, sólo tienes que ir a la cocina de tu casa y beber un poco de agua. Si ignoras la situación de otros muchos países, que incluso no están muy lejos de aquí, pensarás que es una perdida de tiempo hacer una ley por el derecho al agua, pues para ti el agua está en todos los rincones a donde vayas. Pero algo que la globalización nos está mostrando, es que existen culturas que no se adecuan al modelo occidental, que no tienen los mismo lujos de poder decir que en cada casa hay por lo menos un grifo de agua potable, y que sólo hace falta abrirlo para calmar tu sed. Cuando nacemos con ciertas comodidades, comenzamos a divagar sobre otras cosas que, en los países carentes de esas comodidades, podrían parecer locuras o incluso descaro. Tal vez por eso Francia avanzó tanto en los siglos anteriores, seguramente es por esa razón que Moisés escribió los libros del génesis de la manera en que lo hizo, desde que él nació vio un mundo lleno de personas, para él, el mundo siempre había sido así, lo más lógico es pensar que Dios, de la noche a la mañana, creó todo lo que él veía ante sus ojos.

Otro ejemplo son los nacionalistas vascos, ellos nacieron con las comodidades que les ofrece el Estado Español, tienen un pasaporte que les abre las puertas del mundo, tienen ayudas, tienen infinidad de cosas que para los habitantes de otros países sólo serian sueños, pero seguramente que si alguno de esos personajes viviera en una constante odisea, en una búsqueda diaria de la comida y el sustento de su familia, realmente experimentando lo que es pasar hambre, lo que significa no beber más que agua durante más de dos días, sin comer nada sólido, lo último que se le pasaría por la cabeza sería independizarse, más fácil protestarían por el abandono del gobierno, por sus condiciones de vida, de pobreza, que por ser un país independiente. El nacionalismo vasco está creado en la base de la vida cómoda europea, incluso se considera que la vida en Euskal Herria es más cómoda que en cualquier otra región del Estado Español, con la excepción de Cataluña que también se quiere independizar. No es la misma situación que existe entre Palestina e Israel, allí no se pelea por ser independientes, allí se pelea por tener un territorio en dónde vivir, que es algo muy diferente.

Finalmente, mi Printzesa y yo decidimos ir de viaje con Miguel, Mariouma, y una amiga de Nerea que también era española. El viaje estaba programado para la semana santa, así que seguramente pasaría mi vigésimo segundo cumpleaños en Ámsterdam. Teniendo en cuenta que era en abril, contábamos con que ya iba a empezar a hacer un poco más de calor y decidimos ahorrarnos un par de noches de hotel y pasarlas en la calle, ¡qué ingenuos!, hizo tanto frío que Miguel, con el sentido del humor que lo caracteriza, apodo al viaje 'spring break under zero'. Es increíble cómo se pude ir de un país a otro en Europa, durante los veintiún años que viví en Colombia, sólo salí un par de veces, para ir a Ecuador y a Venezuela, fue cuando estaba pequeño, así que no tengo muchos recuerdos. En Berlín pasamos tres días, me decepciono mucho que la mayoría del turismo estaba dirigido a la segunda guerra mundial, Hitler y la división de la ciudad a causa del muro. Me hubiese gustado también ver la historia antes de la guerra, los reinos germanos, y las otras partes que los alemanes tenían que ofrecer como la cerveza y la gastronomía. Sólo vivimos unos pequeños rastros de eso, cuando comimos unas grasosas salchichas, en un pequeño puesto que lo atendía una señora rubia y bastaste obesa. Comimos tanto que tuve indigestión toda la noche. La última noche en Berlín, no habíamos buscado hostal, así que nos fuimos de juerga por la ciudad, las discotecas (al menos la impresión con la que me quedé) están en casas destruidas por la guerra, o en lugares aislados. Fuimos en metro a un lugar que nos había recomendado el administrador del hostal, pues el sitio sólo costaba cinco euros la entrada y estaba abierto toda la noche. Miguel, Mariouma y yo nos quedamos dormidos en los sillones de la discoteca hacía las tres de la mañana, Nerea y su amiga se quedaron despiertas toda la noche.

En Ámsterdam, teniendo en cuenta que habíamos planeado quedarnos por fuera toda la noche, Mariouma y la amiga de Nerea se pillaron un hotel a veinticinco euros, Miguel, Nerea y yo pensamos que podíamos resistir otra noche fuera, ¿Qué es lo peor que pude pasar?, podríamos encontrar un bar que estuviera abierto toda la noche, al fin y al cabo era Ámsterdam. Rondamos varias coffee shops, luego fuimos a un par de bares, pero para nuestra sorpresa todo estaba cerrado a las dos de la mañana, los únicos lugares que estaban abiertos estaban en las afueras de la ciudad, sólo con pagar lo del taxi y las entradas saldría más económico pagar un hostal. Decidimos hacer turismo nocturno. Pasamos por el barrio rojo varias veces, contemplamos las prostitutas que se exhibían en las vitrinas y me sorprendió mucho ver cerca del canal, en la calle Oudezijds, una gran iglesia en medio del barrio rojo, es como si la lujuria quisiera acallar las voces de la religión pero sólo consiguiera rodearla, mientras la iglesia se levantaba majestuosa en medio de todas esas mujeres que dan su cuerpo a cambio de dinero.

Nos cansamos de caminar y recordé el día en que pasé por fuera en París, comencé a empujar puertas para conseguir abrir alguna y después de intentarlo por una media hora, logre abrir una pequeña puerta naranja, era una casa de una fachada estrecha, típica de Ámsterdam y la puerta era simplemente la barrera que había entre la calle y unos diminutos y empinados escalones que te llevaban a quién sabe dónde. Nos acomodamos cómo pudimos en los pequeños escalones, en los que sólo nos cabía media nalga y nos dispusimos a dormir, abracé a mi Printzesa para combatir el frío y cerré los ojos esperando dormir un poco. Nuestros traseros fueron víctimas de la arquitectura holandesa. Después de una media hora o tres cuartos de hora de estar allí sentados conciliando el sueño, ya no resistíamos más la presión en la mitad de nuestro culo, mejor salimos de allí y seguimos caminando. Hacia las seis de la mañana pasamos por el hostal en el que nos íbamos a hospedar, vimos que las luces estaban encendidas. El primer piso del hostal era un bar y al parecer, estaba abierto toda la noche, pero no lo decían al público para evitar problemas con las autoridades, ¿por qué no nos previnieron?, hubiésemos podido haber pasado la noche allí, tomándonos una cerveza. Entramos y preguntamos a qué horas nos podrían asignar una habitación, nos dijeron que las personas tenían hasta medio día para hacer check-out, así que no sería antes de la una de la tarde porque tenían que organizar las camas después de que la gente se fuera. Entramos al bar y nos quedamos dormidos en las mesas, el dueño no nos dijo nada.

Al día siguiente era mi cumpleaños, Nerea me había preparado una sorpresa muy especial, durante el desayuno, sacó un pequeño pastel que había comprado cerca de allí y me dio una billetera con dos post-its pegados a ella, uno era un vale para una 'soirée crêpes' y el otro era un vale para besarla cuando quisiera, me encantó su regalo me llegó al corazón, aún conservo la billetera y llevo siempre conmigo los dos post-its, siempre espero poder utilizarlos. Nuestro siguiente destino era Brujas, un pequeño pueblo al norte de Bélgica, que parece de cuento de hadas, tiene muchos canales como Ámsterdam y algunas casa se le parecen, con sus pequeñas fachadas y terminación en flecha. Me gustó mucho ese pueblito, hasta me imaginaba una posible Luna de miel con mi Printzesa algún día en el futuro cuando nos casáramos.

Por último fuimos a Bruselas por un par de días y regresamos a Lyon, después de diez días y un agotamiento terrible en el cuerpo, pero con muchas nuevas experiencias y un alma enriquecida.

Los meses a venir, ya comenzaba a hacer calor y yo ya estaba cerca de terminar mis practicas, tenía menos trabajo y salía más seguido en los días de laborales. Las orillas del Ródano habían acabado de ser habilitadas para poder sentarse y admirar un buen atardecer mientras te comías un helado o te tomabas algo. Mi relación con Nerea iba viento en popa, y los días que ella trabajaba yo salía con Maxime, Patricia y Miguel, mi compañero de la maestría que se había unido mucho a nosotros después de esa fría noche que pasamos por fuera en Ámsterdam. No había martes que no faltáramos en el bar australiano, la mayoría de las noches iba a dormir a casa de mi Printzesa.

Una noche, en los días en que Nerea estaba trabajando, Patricia estaba en España presentado un examen para un materia que había dejado pendiente y que Miguel había salido con otros amigos, Maxime y yo salimos solos, como en los viejos tiempos. Cerca de las dos de la mañana le dije a Maxime que quería ir a buscar a Nerea para saber qué hacíamos, al llegar al bar, ya estaba cerrado, toqué tres veces para que me abrieran pero no había respuesta, encontré la manera de mirar dentro del bar por entre las ventanas para ver si había alguien que nos pudiera abrir. Lo que vi me dejo frío. Nerea estaba en brazos de un joven libanés amigo del dueño del bar, ella estaba de espaldas a la barra y él la tenía 'arrinconada' entre sus brazos, justo en el momento que me asomé, vi como él se le acercaba a darle un beso, no resistí ver más de dos segundos la escena y me incorporé diciéndole a Maxime que el bar estaba vacío, que nos fuéramos a otro lugar. Sin hacerme pregunta alguna Maxime me siguió y decidimos que lo mejor era irnos a dormir.

Esa noche dormí solo, esperé la llamada de Nerea, pero no me llamo en toda la noche. Al día siguiente fui a su casa, esta vez no quise esperar a que me dijera algo, la interrogué apenas llegué. Me dijo que él la había estado acosando desde hace meses, pidiéndole un beso, justo la noche anterior se habían quedado solos y él aprovecho para lan-

zarse encima, ella no vio más remedio que darle un beso para que la dejara en paz.

Pocos días después, mientras volvíamos de una fiesta en una casa en el viejo Lyon y nos dirigíamos a los bares en el centro, Patricia me habló sobre lo sucedido, me dijo que ella entendía lo que había hecho Nerea, que a veces habían tíos muy calcinas que no lo dejaban a uno en paz y la mejor solución es darles un beso para que se calmen. Pude reaccionar violentamente, pude haber roto los cristales de la puerta del bar e ir y acabar a ese pequeño libanés a golpes, pero, ¿de qué me serviría todo eso?, es verdad que al no hacer nada también obré mal, porque lo único que hice fue retener el enfado, por vergüenza a que Maxime se enterara de lo que había sucedido. Pero entonces, ¿cuál sería la mejor reacción a esta situación?, Patricia me preguntó cómo iban las cosas con Nerea, le dije (haciendo señas con mis manos) que se asemejaba un poco a una montaña rusa, al principio mi amor iba creciendo lento pero seguro, fortaleciendo mis sentimientos hacia ella y enamorándome perdidamente. Luego, llego el beso con Philipe, eso se asemejaba a la primera caída de la montaña rusa (seguía los gestos con mis manos), luego poco a poco volvió a subir, esta vez un poco más entre curvas y sobresaltos, estaba llegando a un punto incluso más alto que la ultima vez, pero ahora, la vuelvo a ver en una situación comprometedora con otro tío, y en esos momentos en los que Patricia me había hecho la pregunta, sentía que el carrito estaba en la segunda bajada de la montaña rusa, esta vez no sabría si tocaría fondo para volver a subir. Patricia podía ser muy persuasiva cuando quería, logró convencerme esa misma noche que todo había sido una tontería, que Nerea me quería mucho, no debía prestar mayor atención a lo sucedido, en mi ingenuidad de enamorado y a sabiendas de que por mi situación era muy fácil mentirme, decidí vivir en el engaño y olvidar todo lo que había visto, aunque no se me salía de la cabeza que tal vez a Nerea le había dado el síndrome de Antoine LetitGros, preferí pensar que ese comportamiento hacía parte de su ***imperfección perfecta****.*

Sabía que mi felicidad no podía durar para siempre en Lyon, mi Printzesa tenía que regresar a Bilbao a hacer las prácticas que le fal-

taban para obtener su diploma de periodista. Yo terminaría pronto el master y si no encontraba trabajo o algún otro estudio, tendría que regresar a Colombia, 'víctima' de haber nacido en un país en el cual la globalización sólo toma en cuenta por su café y a veces por la droga, pero desprecian fácilmente a sus habitantes, así seamos emprendedores, luchadores y honestos. Comencé desde abril a buscar la posibilidad de seguir con un doctorado, me interesaba mucho la idea de seguir estudiando. Mi primera opción para buscar, ¡evidentemente!, Bilbao, quería ir a vivir a la misma ciudad que mi Printzesa así no estaría lejos de ella y nuestra relación podría continuar sin problemas. Conseguí un curso gratuito de euskera por internet y lo estudiaba en mis ratos libres, me pareció un idioma muy divertido, antes de empezar a estudiarlo no sabía qué eran las declinaciones en un idioma, o que el verbo podía ir al final de la frase, eso creo que ayuda mucho en una conversación o en un debate, pues se debe esperar a que la otra persona termine de hablar para saber lo que quiere decir. Mi euskera se hizo muy bueno y a veces tenía conversaciones en euskera con mi Printzesa, me gustaba pensar que si algún día tenía hijos, les iba a enseñar esa misteriosa lengua de la cual no se conoce la procedencia, ni incluso la antigüedad, pero que aún está tan viva como el mismo castellano.

Después de intercambiar varios correos electrónicos con responsables de masters o doctorados en la universidad del País Vasco (UPV), siempre me contestaban que si quería hacer un doctorado tenía que volver a hacer un master y que era casi imposible de que tuviera una beca por mi calidad de extranjero. Recuerdo que incluso una responsable me dijo casi con un tono burlón: 'Si ya es difícil para los vascos'. Ni modo, tuve que buscar otras opciones. Busqué por internet proposiciones de doctorados en Francia, había una infinidad para ir a todos los rincones del país, pero muy pocos sobre temas que me interesaran para trabajar, además priorizaba los que estaban en la costa oeste de Francia, más cerca del País Vasco. Encontré dos que me llamaron mucho la atención, el primero (mi preferido), era para ir a Burdeos, y trabajar con un reconocido laboratorio especializado en agricultura, me gustaba mucho porque estaba a tan sólo dos horas de la frontera y además era un laboratorio reconocido en toda Europa. La otra proposición era en un pueblito un poco más al norte, era para trabajar en un laboratorio adjunto a una universidad, el tema me gustaba más que el de Burdeos, pues trataba de energías renovables, se podría decir que era precisamente lo que había propuesto como trabajo de la maestría cuando estaba en Colombia.

Para la primera opción que tenía, pasé por varios filtros para poder llegar a una ultima llamada en la que me hacían una entrevista telefónica, la chica del laboratorio reconocido me llamo sin prevenirme, me dijo que quería entrevistarme en ese momento sobre mi candidatura al doctorado que ellos ofrecían. Estaba en la pequeña oficina que se me había sido asignada para hacer mis practicas del master. Al menos tenía mi ordenador frente a mi, si me hacía alguna pregunta técnica de la que no conocía la respuesta podría buscarla rápidamente en internet. Mis nervios salieron a flote rápidamente, mi francés se me perdió, no lograba encontrarlo, lo necesitaba con urgencia, sino la señora al otro lado del teléfono se decepcionaría de mi y no me contrataría para su doctorado, ¿qué hago?, la señora al escuchar todos mis titubeos y las pausas que hacía para encontrar mis palabras, me dijo que no había problema que ella hablaba castellano y que si quería podíamos hacer la entrevista en mi lengua materna, al ver que no había rechazo de su parte pero más bien un sentimiento de empatía, logré respirar profundo y le dije que prefería que fuera en francés. Finalmente todo salió muy bien, todas las preguntas técnicas las pude responder sin la ayuda de mi computador, la señora me dijo que esa misma tarde tendrían una respuesta.

Unas horas más tarde, recibí una llamada, aún estaba en las practicas, era la señora, quería darme la buena noticia, había sido aceptado para hacer el doctorado con ellos, pero que existía un pequeño problema, teniendo en cuenta que yo no había nacido en suelo europeo, no iba a poder tener un contrato sino hasta cuatro meses después de haber comenzado a trabajar porque había que hacer papeleo y muchas otras cosas antes de poder asignarme un salario. Me dio mucha rabia la falta de seriedad del laboratorio, no podía creer que fueran tan reconocidos y no pudieran organizarse bien para empezarme a pagar desde la fecha en que empezaba a trabajar, en si, me estaban pidiendo que trabajara cuatro meses gratis, ¿cómo iba a comer entonces?, le dije que lo iba a pensar, ella comprendió y se despidió.

Una semana antes de esa llamada, mientras estaba comiendo con mi Printzesa en el restaurante universitario, sonó mi móvil, era un hombre con una voz un poco ronca, se notaba que sonreía mientras hablaba, tenía un marcado acento árabe cuando hablaba y hacía pausas seguidas. Era el profesor de la universidad del pequeño pueblo al norte de Burdeos, me decía que le había gustado mucho mi hoja de vida, no sólo porque tenía veintidós años y ya iba a empezar un doctorado, sino también porque hablaba cuatro lenguas, y venía de un país caluroso a más de diez mil kilómetros, eso para él era una gran cualidad de dinamicidad, adaptabilidad y liderazgo. Me dijo que le daría mucho placer que escogiera su laboratorio para hacer mi doctorado, todo estaba firmado, lo único que faltaba era mi firma para comenzar a trabajar y que me pagaran por ello. Al día siguiente de la entrevista telefónica, llamé al profesor de universidad y le dije que iba a trabajar con él.

Ya se acercaba junio y estaba pronta la partida de mi querida a su país natal. Los botellones en las orillas del Ródano se habían vuelto una costumbre y siempre íbamos allí Patricia, Miguel, Maxime y yo, los días en que no trabajaba, Nerea se nos unía también. Recuerdo un día, ya hacía calor, incluso en las noches de botellón, estábamos bebiendo unas cervezas Patricia, Nerea, una amiga rusa y yo. Hubo un momento en el que le estaba dando un gran abrazo a mi Printzesa mientras la besaba, me encantaban ese tipo de besos en la calle, nunca antes lo había hecho con alguna de las otras dos novias que tuve en Colombia, sentía que la gente me miraba y se burlaba de mi, pero con mi Printzesa simplemente no me importaba, aprovechaba al máximo cada momento en que estaba con ella para hacerla reír, acariciarla, decirle algo bonito o para besar esos labios que atraían los míos como imanes de carne. Mientras le demostraba todo mi amor a mi Printzesa, dos chicos de apariencia de Europa del este se acercaron a hablar con Patricia y su amiga, cuando volteamos para ver qué hacían, vimos que los chicos no estaban y que el bolso de Nerea había desaparecido. Advertimos a todos los que estaban cerca y salí corriendo para ver si veía a alguno de los chicos.

Cuando regresé, vi que al lado del puente, cerca de donde estábamos, yacían en el suelo algunas de las pertenencias de mi Printzesa, habían post-its, el monedero, notas de la universidad e incluso los tampones que siempre guardaba por si tenía alguna emergencia. Corrí a donde estábamos antes, las chicas ya no estaban por ningún lado. Subí hasta la avenida y vi que Patricia tenía en una mano el bolso de Nerea vacío y en la otra a uno de los chicos que lo habían robado. Me precipité sobre él y comencé a interrogarlo, quería saber dónde estaba todo lo demás, o por lo menos los papeles y la tarjeta de debito de Nerea. Lo agarré con fuerza y le dije que de allí no se iría sin que no nos devolviera por lo menos eso.

Al verse encerrado entre los españoles que estaban allí y mi firmeza al sostenerlo, decidió llamar a sus compañeros para que al menos devolvieran los papeles, hablaba una lengua desconocida para todos los que estábamos allí, no supimos qué les dijo a sus amigos. Mientras hablaba con ellos, Nerea lo requisaba para ver si tenía algo que le perteneciera, no le agrado nada que le buscáramos en sus bolsillos y en un gesto violento intento zafarse de mis brazos, mientras Nerea tenía la mano metida en uno de los bolsillos de su chaqueta, el bolsillo se rompió y todos los papeles de la billetera de Nerea cayeron al suelo. Mi Printzesa, en medio de su enojo y viendo que yo lo tenía sostenido, tomó los papeles, se los acerco a la cara mientras le decía en un francés combinado con español 'Alors?, ¿tu disait pas que tu les avait? (en realidad no está gramaticalmente bien dicho, la euforia del momento no dejo a Nerea hablar bien francés, se puede traducir más o menos así: ¿entonces?, ¿no decías que no los tenías?), jilipollas, creías que te lo ibas a robar, ¿no?', no sé si el chico entendía español, pero en todo caso se ofuscó tanto que se logró soltar de mis brazos y se abalanzó sobre Nerea, le dio una patada en el estomago y eso es lo último que vi, mi mirada se puso roja, me cegué por completo, no podía soportar ver que un hombre le pegara a una mujer y mucho menos si se trata de mi pareja, yo daría la vida por mi Printzesa, me lancé sobre él, y ambos caímos al suelo, le apreté sus piernas con las mías, empecé a darle golpes directos en el rostro, estaba descargando todo ese enojo que había guardado durante todos esos meses, los que me había causado el ver a mi Printzesa besando otros chicos, el enojo que me causaba sentir que la familia de mi novia me rechazaba y sobre todo el enojo que me había producido ver cómo maltrataban a mi musa.

Los españoles, al ver que me había encarnizado con el joven eslavo, decidieron llamar a la policía. Los compinches del chico al que estaba golpeando no estaban lejos, estaban presenciando toda la escena. Al ver que tenía dominado a su amigo y le estaba dando una paliza decidieron reaccionar, vinieron corriendo a darme puntapiés y puños, terminé cubierto de diminutas piedras rojas del suelo que estaban allí con el objetivo de adornar las orillas del Ródano. Esta vez sirvieron para raspar mi piel mientras recibía los golpes de tres chicos enfurecidos. Después de unos segundos de estar en esa situación, decidí que si me quedaba así me iban a dar una paliza, levanté mis brazos y los comencé a agitar con todas mis fuerzas, no sé a quién le pegué o en dónde, en todo caso, logré hacer que se apartaran, las sirenas de la policía se escuchaban acercándose, los chicos iban a escaparse y logré agarrar al que había golpeado a Nerea, la policía llegó y se lo llevaron a dormir al calabozo, hicieron testificar a Nerea. Esa noche dormí como un bebé, agotado de todo el ejercicio que había hecho.

Las prácticas que me había encontrado el director del master eran para trabajar en una reconocida empresa francesa de tratamiento de desechos y control de la contaminación. El proyecto estaba firmado en conjunto con la ONU y buscaba el desarrollo de un útil de diagnostico rápido de las potenciales contaminaciones en el caso en que hubiera un accidente industrial en un país del tercer mundo, dando prioridad a los países africanos. Creé una base de datos que tendría que ser utilizada por alguien con conocimientos en química para que pudiera rápidamente decidir qué contaminantes buscar dependiendo el tipo de industria que había sufrido el accidente. Mi trabajo gustó mucho, quedé primero de mi promoción en el master. Al salir de la sustentación de mi trabajo de practicas, un señor robusto, de pelo cano y con una dentadura que tenía más oro que calcio, se me acercó y me estiró su mano. Se presentó como el jefe del proyecto para el que yo había trabajado, me felicitó por mis grandes avances en mi francés, pues le parecía increíble que al llegar a Francia no hablara mucho y ahora me veía allí, sustentando un trabajo de master en una idioma que no era mi lengua materna. Me habló un poco más sobre el proyecto y de la necesidad que tenían de gente joven y emprendedora, le gustaban mucho mis ideas y no paraba de halagarme, al final me volvió a extender la mano y me preguntó si quería trabajar para ellos. ¡Qué proposición!, me estaban ofreciendo un trabajo en una reconocida empresa francesa, pero eso significaría parar mis estudios y sobre todo quedarme en Lyon. Para esa época ya había hablado con el profesor de universidad y le había confirmado que iba a trabajar con él. Miré al suelo, le quité mi mano de su mano , levanté mi mirada y mientras me concentraba en sus ojos le dije que ya había aceptado una propuesta de doctorado y que ya estaba todo firmado. Mentí, mentí, no sólo porque realmente me sentía comprometido de trabajar en la universidad de La Rochelle, mentí porque tenía miedo de perder a mi Printzesa si me quedaba en Lyon, no quería vivir tan lejos de ella, mentí porque sentía que si me quedaba perdería todo el esfuerzo que había hecho para estar con Nerea, mentí porque no quería que la historia con la chica de mis sueños acabara con el año Erasmus, quería que durara toda mi vida.

Al final de junio, Nerea y Patricia regresaban a sus casas, yo aún tenía que quedarme unos días más para poder sustentar mi trabajo de master. Iban a tomar el tren de noche que las llevaría hasta Hendaya, eran más de doce horas de viaje, pero al menos tendrían una cama, aunque no muy cómoda, para dormir durante el viaje. Tenían maletas por todos lados, no era fácil empacar todo un año de recuerdos y experiencias en todo ese equipaje, era simplemente un caos total. Maxime, Miguel y yo les acompañamos hasta la estación, les subimos las maletas y por poco me quedo dentro del tren antes de que emprendiera camino, alcancé a salir en los últimos segundos, corrí al lado del tren hasta el final del andén, fue la última vez que vi a la chica de mis sueños en Lyon.

Los últimos días que viví en esta ciudad, los viví en tu piso Amaia, mi Printzesa ya se había ido para Bilbao, y yo dormía solo en la cama en la que siempre dormí con ella, nuestro 'lecho de amor'. A falta de su presencia pero con mucha inspiración, decidí hacer una caricatura de Nerea, hacía mucho tiempo que no dibujaba, me tomó trabajo conseguir la sonrisa que deseaba, quería que fuera un buen regalo de reencuentro para el momento en que la volviera a ver"

Amaia tiene su Kebab en la mano, ya le queda poco para terminarlo. Jhonatan, no tiene más apetito, va al mostrador a pedirle al hombre que le guarde lo que no había comido, para comerlo más tarde. Mira la entrada del restaurante turco, ve entrar un hombre robusto, con una camisa a cuadros, de tonos rojos y marrones, lleva una boina inglesa. Esa imagen lo transporta de nuevo al día anterior. Para ir a Lyon, tuvo que tomar un tren desde La Rochelle que lo llevó a París Montparnasse, para luego hacer un transbordo a la Gare de Lyon, ¡Montparnasse, la ultima vez que estuvo allí, había sido con Nerea!

Estaba en el andén, había acabado de bajar del tren que venía de La Rochelle, se dirigía al metro para ir a Gare Lyon, al final del andén le parece ver al padre de Nerea, ¡estaba de pie!, la imagen es muy oscura, todo es muy confuso, avanza un poco más el recuerdo, se ve tomando una foto con su móvil a una pareja, se estaban besando, le parece un espectáculo repugnante, estoy muy enojado, tiene ganas de gritar, pero lo único que hace es sonreír mientras balbucea palabras en inglés, «¿por qué me obligo a hacerlo?, ¿por qué tengo que guardar compostura?», piensa mientras guarda su móvil, avanza más en el recuerdo, ahora está en el tren en dirección a Lyon, está viendo las fotos que ha tomado mientras escucha 'Ironic' de Alanis Morrisette, siente que tiene una gran responsabilidad, pero no sabe qué hacer con ella, una lagrima cae en su móvil, es su propia lagrima, se siente perdido, cierra sus ojos y duerme.

La historia que Jhonatan le ha estado contando a Amaia puede ser considerada como una historia de amor, una historia donde las casualidades de su vida profesional se confunden con el destino de su vida amorosa. Jhonatan vivió durante su año Erasmus en una ambivalencia de sentimientos en los que por un lado sentía que el mismo podía controlar su futuro profesional, pero al mismo tiempo, su historia con Nerea no estaba en sus manos sino en las de una fuerza que lo superaba. Y si no era el destino entonces, ¿de dónde viene todo lo hermoso que le sucede en la vida?, a pesar de que Jhonatan había tenido un par de relaciones estables nunca se había enamorado, estaba más por costumbre y pereza de buscar a alguien más, esa sensación lo confundía, lo hacía pensar que podría estar enamorado, se sentía cómodo y a gusto. La primera vez que sentía amor por una chica había sido con Nerea, eso comenzó a sembrar en él sentimientos de duda que iban en contra de todo lo que creía de la vida. Sentía que perdía el control de su comportamiento, era algo que no sabía cómo manejar, e incluso eso comenzó a afectar su vida profesional, dejó de lado un trabajo que le prometía un gran futuro laboral, forzó las casualidades por lo que él creía que era el destino. Jhonatan había comenzado a creer que no sólo todo lo hermoso que le sucedía era porque así tenía que ser, sino también todo lo demás. Todo tenía una razón bien precisa para estar en el tren de su vida, ya sea porque mataron al padre de Ernesto y eso desencadeno una serie de eventos que resultaron en que él fuera su compañero de trabajo, también puede ser porque los padres de Patricia se divorciaron y eso tuvo como consecuencia de que ella se encontrara en Lyon ese mismo año, o incluso Miguel, el guatemalteco, que había terminado de estudiar ingeniería mecánica, y había ido a Lyon para ser profesor de español, en la escuela en que lo habían contratado hubo recorte de personal, viendo que iba a ser deportado a su país por no tener una excusa para estar en Francia, encontró un master en el mismo lugar en el que estudiaban Jhonatan y Mariouma. Pero si aceptamos esa tesis, quiere decir que aceptamos que existe el destino y que las personas que se suben en nuestro tren es porque tenía que ser, sin importar si el tren ha viajado mucho, atravesando el Atlántico y estamos a miles de kilómetros del lugar donde nacimos. ¿Cómo puede ser que al otro lado del mundo existan personas con las que Jhonatan se entendía tan bien?, un francés que pensaba muy parecido a él en muchos aspectos de la vida, y sin embargo habían tenido infancias completamente diferentes. O estar enamorado de una vasca que pertenecía a una familia numerosa, de formación católica y que a veces se asemejaba más a una francesa que a una colombiana.

Tal vez Nerea era esa otra mitad que completaba a Jhonatan, y por eso desde que la vio, sintió que ella sería alguien importante en su vida. Podríamos pensar entonces que la globalización fue necesaria para que Jhonatan encontrara su otra mitad, pero ¿cómo puede algo tan grande, como lo es la globalización, ser la causa necesaria para que dos mitades mutiladas se encontraran?, es un pensamiento arrogante, digno de los seres que habitaban el planeta en la antigüedad, eso significaría que aquel personaje (Zeus) que controla el destino no permitiría que eso sucediera, iría en contra de sus propias decisiones. Pero si fue la globalización, entonces, ¿por qué se nos implanta cada vez más la necesidad de ser independientes?, para Jhonatan la globalización significa la perdida de los valores familiares, a pesar de que se considera neutral en el aspecto machista y feminista, siente que cada vez nos dirigimos a una sociedad que ya no siente necesidad de su otra mitad para sentirse completa, estamos volviendo a esa arrogancia, y peor aún, sin estar completos. Tal vez, es conformarnos con lo que tenemos, o tal vez pereza de buscar lo que nos pertenece, ya no se cree en Eros y por lo tanto no se cree que se puede encontrar la otra mitad. Las personas ahora dan prioridad a su trabajo y una vida profesional exitosa, a veces confunden el amor con la posibilidad de avanzar en su carrera, por eso no es sorprendente que muchas parejas se formen por conveniencia laboral más que por ese deseo de estar completos, nos confundimos en la dualidad del amor y del deseo del éxito.

En mil novecientos cinco, Albert Einstein publicó la teoría por la cual fue merecedor del premio Nobel de física dieciséis años después. La teoría fue bautizada como la 'heurística de la generación y conversión de la luz'. En ella, Einstein mencionó por primera vez la posibilidad de que la luz se moviera en pequeñas partículas llamadas fotones, es como si fuera una línea formada de partículas de polvo muy pequeñas que siguen un trayecto definido. Esa teoría iba en contra de lo que se conocía hasta esos momentos, los físicos explicaban el comportamiento de la luz como ondas electromagnéticas, aseguraban que la luz avanzaba formando las mismas ondas que forma una serpiente que avanza en el desierto. Esa paradoja creó lo que es conocido como la dualidad de la luz. A Jhonatan le gusta explicar esa dualidad con una metáfora que él mismo había inventado. En La Rochelle, por ser un pueblo pequeño, Jhonatan compró una bicicleta en la que se desplazaba a todos los lugares a los que quería ir. En la infinidad de trayectos que hacía diariamente, a veces iba por las carreteras a la par de los coches, otras veces iba a por las aceras, a la par de los peatones. Cuando discutía con alguien que le atrajera la física cuántica, él le explicaba que la luz era como un ciclista en una ciudad, a veces prefería ser peatón (fotones de luz) y a veces le gustaba ser conductor (ondas electromagnéticas). Lo que Jhonatan no notaba de su explicación, es que al asegurar que la luz podía escoger cómo comportarse, al igual que un ciclista que elige qué camino seguir, le daba ciertas capacidades antropomorfas a la luz, le daba la capacidad de decidir cuando quiere ser fotón y cuando quiere ser onda. En la dualidad de las casualidades y el destino, ¿quién es el que tiene las capacidades antropomorfas para decidir cuándo es el destino o cuando son simple casualidades?. No es sorprendente que el hombre haya creado a Dios a su imagen y semejanza, es la única especie que puede hablar y razonar, evidentemente no encontró ninguna objeción por parte de ningún otro animal al asegurar que Dios se parecía a él y no a un perro o a una vaca. ¿Qué fue primero el huevo o la gallina?, o en este caso ¿Dios o el hombre racional?. Si Dios existe es porque el hombre racional existe y cree en la existencia de la divinidad, en el momento en que todos dejen de creer en ÉL, simplemente desaparecerá, es como el árbol en medio del bosque que cae y no hay nadie (algún animal con capacidad auditiva) para escuchar su caída, ¿realmente hace ruido?. Hasta ahora no he visto al primer animal voluntaria y concienzudamente rindiendo culto a 'su Dios'.

Entonces, teniendo Dios la capacidad antropomorfa de decidir qué camino le conviene a cada uno para llegar a su estación final, es él quién decide cuando es el destino y cuando son las casualidades. Es este el impulso, el que nos dicen de seguir en la religión católica, 'Entrega todos tus problemas a ÉL, confíate a ÉL, todo saldrá bien si tienes fe'. Los libros de superación personal no pueden, por ende, ser creyentes en Dios, de lo contrario, se estarían contradiciendo ellos mismos y lo que tienen escrito sería sólo palabrería barata. Si quieres ser dueño de tu propio futuro, programa tu subconsciente para que te ayude a ello, es decir, has de tu subconsciente tu Dios personal, cree con fe que lograras todo lo que quieres, incluso cuando estés enamorado y no seas correspondido, ten fe en que conseguirás lo que quieres, sé egoísta y conviértete en el ser sin zonas erróneas que nos recomienda el Dr. Dyer en su conocido libro 'Tus zonas erróneas'. Si quieres avanzar en tu vida sin pensar lo que te depara el destino o de por qué suceden las casualidades, sigue el ejemplo de Alicia en el país de las maravillas, sólo avanza sin importar a donde te lleve el camino, lo importante es que sepas que vas a algún lado. Si quieres creer que el destino existe, crea tu Dios fuera de ti, no necesariamente el de alguna religión especifica, sólo cree en una fuerza superior a ti, que tiene la capacidad de escoger el camino que más te conviene. No tienes que vivir según una sola tendencia durante tu vida, o incluso en un mismo periodo definido, puedes vivir en diferentes enfoques dependiendo cómo te sientas más cómodo, piensa en tu felicidad.

No sé a qué conclusiones llegó el Jhonatan que se despedía de su Printzesa a finales de junio después de su master, con toda esta situación de las casualidades, del destino y de su media naranja, lo que si sé, es que decidió dejarse llevar por su pasión, por sus sentimientos de sentirse completo con Nerea, por sus sentimientos de lo que le gustaba pensar que era amor verdadero, e ir a pasar el verano del final del año del Erasmus a Bilbao al lado de la chica de sus sueños.

SEGUNDA PARTE
Los cambios y la estabilidad

Capitulo 6
La ciudad Gotham del norte de Euskal Herria

Siempre que sufrimos un cambio considerable en algún aspecto de nuestras vidas, nuestra percepción se pone alerta y registra todo lo que sucede con precisión y cautela, se puede decir que entramos en un estado híper-perceptivo. Partiendo de esa base, podríamos entonces comparar una típica historia de amor (de las que están inundadas las novelas románticas) con el crecimiento de un cultivo bacteriano en un medio liquido. Un típico crecimiento bacteriano se puede definir claramente en cuatro fases. La primera es la fase de la adaptación, las bacterias cultivadas adaptan a su metabolismo las nuevas condiciones del nuevo medio (nutrientes, temperatura, humedad), generalmente esta etapa no tarda mucho en acabar, una vez adaptadas, comienzan el crecimiento exponencial, se reproducen rápidamente y la cantidad de nuevas bacterias que aparecen en el cultivo aumenta exponencialmente con respecto al tiempo, dependiendo de la disponibilidad de nutrientes y del espacio para reproducirse esta fase puede ser corta o larga. Una vez se llega a un equilibrio con respecto a la disponibilidad de comida y de cantidad de bacterias vivientes, se llega a la fase estable, en ella el número de bacterias que mueren es igual al numero de bacterias que nacen, esta etapa es siempre la más larga, a menos que algo exterior lo afecte. Finalmente los nutrientes comienzan a escasear, comienza la fase de la muerte, la tasa de muerte es mayor a la de nacimiento y el cultivo termina por exterminarse, por morir.

Cuando comenzamos una relación amorosa, y me refiero a una relación en la que estemos dispuestos a enamorarnos, nuestra mente registra un cambio, existe una nueva persona en nuestras vidas que hace que nuestros sentidos vibren y que por algún motivo vemos las cosas desde otra perspectiva. Nos tomamos un corto periodo de tiempo para asimilar este cambio y luego damos paso a que nuestros sentimientos florezcan. Nuestros recuerdos del principio de la relación son muy numerosos y aumentan rápidamente con el tiempo, por lo general dichos recuerdos son sólo positivos (son nuestras bacterias del amor) y engañados escogemos no recordar o dar por alto los negativos, se puede decir que nuestra relación está en la fase exponencial, todo lo de la otra persona nos fascina y nos sorprende, queremos conocer hasta el último de los detalles de su vida y registramos mucha de esa información en nuestra memoria. Todo lo que vemos, oímos, olemos, sentimos, tiene algo que ver con ese nuevo ser que está es nuestras vidas, está en todas partes, no sale de nuestra cabeza y eso se proyecta en nuestra realidad, e incluso en nuestros sueños. Eventualmente, sentimos que ya conocemos lo suficiente a nuestra pareja y entramos en la fase de estabilidad, en dicha fase no faltan ciertos comportamientos o eventos que le llaman la atención a nuestra percepción y son registrados como eventos importantes en nuestra memoria, el numero de recuerdos positivos iguala a los recuerdos negativos. La mayoría de las veces, esta fase es interrumpida con un evento lo suficientemente importante como para entrar en la fase la extinción, es una especie de crecimiento exponencial pero en la cual, los eventos negativos (las bacterias del amor comienzan a morir) de nuestra memoria, logran eclipsar los eventos positivos, generalmente los pensamientos negativos de esta fase son los que escogimos deliberadamente ignorar en la fase exponencial (la diferencia de edad, los celos, la irresponsabilidad, la tacañería sentimental y/o material), sólo que en esta fase se hacen insoportablemente grandes, la relación está condenada a terminar, al menos por un tiempo antes de que las bacterias del amor cambien de medio, vuelvan a adaptarse a las nuevas condiciones y el proceso vuelva a comenzar, ya sea con las misma persona o con alguien más.

¿Por qué Jhonatan recordaba con tal detalle los primeros días de su relación con Nerea y el viaje a París?, y por el contrario, ¿relató rápidamente el paso por cuatro ciudades europeas?. Por los días que Jhonatan fue a París por primera vez en su vida, se encontraba en un estado híper-perceptivo, sus sentidos estaban alerta la mayoría del tiempo y su memoria registraba el más mínimo movimiento, el acontecimiento de haber conocido al ángel con el que había soñado años atrás, hizo que sus sentidos bascularan, logrando que todo lo que los estimulaba estuviera relacionado con ese nuevo ser que lo fascinaba.

¿Se podría decir entonces, que la percepción humana obedece la ley cero de la termodinámica?. A grandes rasgos, la ley cero de la termodinámica establece que si un cuerpo que está a la temperatura A, se pone en contacto con un cuerpo que está a la temperatura B (A es diferente de B), habrá un flujo de calor espontáneo tal, que los dos cuerpos llegarán a una nueva temperatura de equilibrio C, y el flujo de calor se detendrá. Entre mayor sea la diferencia entre A y B, mayor será el tiempo necesario para llegar al equilibrio C, a medida que se van acercando a la temperatura C, el flujo de calor va disminuyendo hasta llegar a cero.

Para hacer el paralelo, podemos comenzar con una persona que se encuentra bien con su situación actual, que se siente feliz y a gusto con lo que se presenta en algún aspecto especifico en su vida, por ejemplo en su trabajo. Esa persona estará en la situación A. Por otro lado, un acontecimiento casual o acasual, se atraviesa en ese aspecto de su vida, algo que la persona no se esperaba, ese acontecimiento es la situación B, la persona entra en un estado de desequilibrio, por ejemplo un recorte de personal que produce que esa persona se quede sin empleo. Entre mayor sea el cambio que represente la situación B, con respecto a la situación A, mayor será el tiempo que tome la persona para adaptarse al nuevo cambio, y mientras lo hace, se encuentra en un estado de mayor flujo de información hacía su mente, es decir, un estado híper-perceptivo, la persona que ha perdido su trabajo le da mil vueltas, se pregunta qué es lo que debe hacer, si tiene que conseguir un nuevo empleo, todo lo que le dicen sus amigos o lo que ve en la televisión está relacionado con trabajo. Una vez la persona asimile el cambio y lo incluya en su vida, el flujo de información se detendrá y la persona habrá llegado a un nuevo equilibro en la situación C, por ejemplo un nuevo empleo o una vida estable en el paro. A veces, cuando la situación B es muy negativa, nuestra mente escoge voluntariamente borrar la mayor parte de recuerdos posibles del cambio, es decir, nuestro marcador de página desaparece y nos es difícil recordar con precisión lo qué sucedió con la situación B y de cómo llegamos de la situación A a la situación C, esto sucede muy a menudo con situaciones traumáticas.

Después de haber pagado la cuenta, Jhonatan regresa a la mesa con su Kebab a medias, empacado en una bolsa para llevar. Amaia ya ha terminado de comer y se estaba quitando los restos de comida de sus comisuras con la servilleta, en el momento en que Jhonatan se sienta de nuevo en la mesa.

- ¿Qué te apetece hacer ahora? - Le pregunta Jhonatan, animando a Amaia para hacer algo más-

- Bueno podríamos dar un paseo por la plaza de Bellecour mientras continuas tu interesante historia

- ¿Mi historia?, pero si ya te he contado mi año Erasmus, ¿Qué más quieres que te cuente? - dice Jhonatan un poco incomodo-

- Pues lo que paso con Nerea -dice Amaia con un gesto de confusión en su rostro-, me has dicho antes que ya no estás con ella, que no tienes novia, y si me he enterado bien, en el momento en que ella se fue de Lyon, vosotros aún estabais juntos, ¿no?

- Si, aún estábamos juntos

- ¿Entonces?, ¿lo habéis dejado en el momento en que ella se fue para Bilbao?

- No, después de todo lo que había atravesado para conquistar su corazón, no iba a dejar que esa relación se acabara así de fácil...

"Teniendo en cuenta que mi doctorado comenzaba en octubre, decidí pasar el verano en Bilbao, cerca de la chica de mis sueños. Después de mi sustentación en la maestría en los primeros días de julio, me quedé una semana más en Lyon para terminar algunos detalles del master. Por la situación que se presentaba en su casa, su padre fácilmente irritable, constantes disputas por el estrés que generaba, además del rechazo evidente de su familia a la nueva relación de Nerea, no pude quedarme el verano en casa de mi Printzesa. Nerea me buscó piso los días que estuvo en Bilbao antes de que yo llegara. Visito uno en Leioa, pero era demasiado lejos, finalmente encontró uno en Uribarri, justo detrás del Ayuntamiento. Era un piso de tres habitaciones, en una vivía un vasco ya pasado de los treinta años que trabajaba en construcción, en el otro vivía una holandesa que estaba de Erasmus en Bilbao, en el tercero viviría yo. Para ir de Lyon a Bilbao, tomé un tren Lunéa, que viajaba toda la noche, más de doce horas, para llegar a Hendaya, en el tren habían pequeñas habitaciones con dos camarotes, en total había cuatro camas por habitación. Intenté dormir, pero la ansiedad no me dejó pegar ojo en toda la noche, era la primera vez que iba a ir a 'España' y no sabía qué esperarme. Lo menos que podía imaginar es que la gente en la calle ya no hablaría francés, escucharía por todos lados mi lengua materna hablada con un acento raro. Nerea me indicó bien lo que tenía que hacer para llegar al menos a San Sebastian, de todas formas, es muy fácil, sólo debía tomar el Euskotren en Hendaya e ir directo a San Sebastian. Mi Printzesa le pidió el favor a Borja de irme a buscar a San Sebastian, así no me perdería en el transbordo que tendría que hacer del Euskotren hasta la estación de buses.

El Sol me recibió en San Sebastian, era un día precioso, hacía calor, había gente en ropa veraniega, e incluso en traje de baño, que se dirigían a la playa. Frente a la estación de Euskotren hay una gran plaza, yo tenía que llamar a mi Printzesa para decirle que ya había llegado y que estaría esperando a Borja. Había un par de teléfonos públicos al otro lado de la plaza, eran de una reconocida empresa española, que incluso ahora está en Colombia. Al descolgar el auricular, cuando iba a meter las monedas para llamar, me percaté que los avisos que salían en el teléfono no estaban en castellano, ¡era euskera!, ¿cómo no pude notarlo?, miré a mi al rededor, vi que los avisos en las calles, los nombres de las tiendas e incluso el billete de Euskotren estaban en euskera, ¿cómo no pude haberlo visto?, a partir de ese momento, comencé a notar que algunos de los que pasaban por allí, no iban conversando en castellano sino en euskera, un niño pasa en su bicicleta al lado de su padre y le iba contando la historia de cómo había evitado caerse, 'galgatze bat', le dice mientras hace el gesto de frenar su bicicleta.

Llamé a Nerea y le dije que ya había llegado a San Sebastian, ella me dijo: '¡Ah! ¿ya estás en Donosti?', muy nervioso le dije: 'No, estoy en San Sebastian, no me digas que me tenía que bajar en Donosti', soltó una gran carcajada y en medio de su risa me dijo: Donosti es San Sebastian en euskera, deja que voy a llamar a mi hermano para que vaya a buscarte'. Me quedé en la plaza frente a la estación de tren a esperar a Borja. Me senté en un banquillo y me puse a admirar el paisaje, habían personas mayores sentadas en la plaza discutiendo, los árboles daban sombra a las palomas que buscaban comer cualquier miga de pan que cayera al suelo. Después de media hora de espera, vi a lo lejos a Borja, era la segunda vez que lo veía en mi vida, me pareció verlo más fornido esta vez, no sé si había estado haciendo ejercicio o tan solo había ganado peso. Me saludó muy calurosamente, aunque no me abrazó, sólo me dio la mano y me dijo que lo sentía, se había tenido que quedar con un cliente y que no pudo acelerarlo.

En esa época, Borja estaba trabajando para una marca de cinta adhesiva, tenía que ir por los centros comerciales de las grandes superficies en el País Vasco, para cerciorarse que el producto se estuviera vendiendo bien, que estuviera bien ubicado y sobretodo que sobresaliera sobre el de la competencia. Era muy bueno en lo que hacía, desde que comenzó, las ventas de su empresa aumentaron considerablemente en el País Vasco. Tenía poco espacio en su coche, estaba lleno de papeles y cosas del trabajo. Yo había logrado meter toda mi vida en una mochila de camping de ochenta litros, al menos esa no acaparaba demasiado espacio en el coche.

En el camino, me advirtió que Eneko no sabía que él había venido a buscarme, quería evitar problemas con él. Llegando a Ermua, llamó a una de sus amigas de la cuadrilla, Luisa, le dijo que estaba conmigo y que pronto llegaríamos a Bilbao, le pidió el favor de no decirle nada a Eneko para evitar malos entendidos. Luisa es una chica bastante popular en Bilbao, es conocida por mucha gente, tiene mucho carisma y le gusta hablar mucho de diferentes temas. Estudia trabajo social y quiere ayudar a los niños huérfanos y sin hogar. Cuando se enteraron en la cuadrilla que Nerea había terminado la relación con Eneko para estar conmigo, se corrió el rumor de que yo había intentado ligarme a Luisa la noche que estuvimos tomando cervezas en la cabaña en Lyon, además, se dijo que Maxime y yo nos habíamos aprovechado de la gentileza de los amigos de Nerea, y que nos habíamos tomado todas sus cervezas. Ese rumor fue suficiente para hacerme la fama de ligón, y de únicamente querer acostarme con las mujeres que conocía, además, de ser tacaño y aprovechado. En definitiva, no llegaba muy bien posicionado a Bilbao, la familia de Nerea rechazaba nuestra relación por las premisas de lo mujeriegos que son los latinos, además de que yo era el culpable de haber dañado la relación perfecta. Por otro lado, todos los amigos de Nerea estaban de parte de Eneko, y sin conocerme bien, consideraban que yo no era una buena persona. Estaba completamente paranoico, de por si, pensaba que Borja era muy amable en haberme ido a buscar, pero no entendía por qué lo había hecho, mi paranoia me hizo pensar que tal vez estaba tramando algo.

Después de unos veinte minutos de haber llamado a Luisa, pasamos por un gran túnel, tardamos más o menos tres minutos en atravesarlo del todo. Al salir, Borja me señaló a la derecha y me dice: 'eso que ves allí, eso es Bilbao', no se veía muy bien, vi casas construidas en la montaña y un gran valle que parecía ser el camino de un gran río. Nos desviamos por Lagarreaburu Zubia, para llegar a Bilbao por el casco viejo, desde que entramos a la ciudad comencé a ver contrastes por todos lados, edificios viejos, al lado de edificios modernos, habían montañas rodeando la ciudad, pero el centro era completamente plano. Pasamos el mercado de la Ribera, luego por el teatro Arriaga, tomamos el paseo Campo Volantín, que va por las orillas de la ría (que es diferente de un río porque su agua es salada), vi una gran estatua de lo que parecía ser un león o un tigre, estaban construyendo dos torres al lado de un puente colgante diseñado por Calatrava cerca del teatro Arriaga, pude apreciar el emblemático museo Guggenheim, con su forma de barco y fachada reluciente, vi también la universidad de Deusto y su parroquia, luego, se desvío y subió hasta San Mamés, hizo el tour del gran estadio conocido como la catedral y luego tomó la gran vía, pasamos por el Sagrado Corazón, Moyua y luego Abando, vi grandes edificios adornados por estatuas con cuerpos atléticos. Mientras íbamos pasando por algún lugar en especial, Borja me iba contando una pequeña historia de cada sitio histórico, parecía que se lo hubiese aprendido de memoria, realmente le gustaba vivir en esa ciudad.

No paraba mi asombro, Bilbao me fascinaba los sentidos, sobre todo por su gran contraste de arquitectura, sentía que era muy moderna pero a la vez muy antigua, veía el tranvía moderno, en forma de tren de alta velocidad, luego un edificio del siglo pasado. Todas esas sensaciones me hicieron pensar en la ciudad en que vivía Batman, en la versión dirigida por Tim Burton, la ciudad Gotham, una ciudad moderna llena de construcciones exageradas y extravagantes, pero al mismo tiempo con edificios al estilo europeo del siglo dieciocho o diecinueve. Se podría apreciar fácilmente que la ciudad había sufrido un cambio acelerado en las últimas décadas. Un cambio que pasaba de una ciu-

dad industrial y constructora de barcos, a una ciudad que quería atraer el turismo y el arte, eso fue la consecuencia de grandes contrastes por todos lados.

Nerea nos estaba esperando en el portal de su edificio, estaba preciosa, tenía sus cabellos reluciendo un negro brillante, una gran sonrisa y un vestido de flores, ¡era verano!, y se le notaba en los ojos lo feliz que estaba de verme, para mi era una sensación indescriptible, olvidé por un momento el rechazo que tendría al entrar en su casa, olvidé por un momento que toda su familia y amigos se oponían a nuestra relación, incluso olvidé que estaba en Gotham del norte de Euskal Herria, sólo quise abrazarla y decirle que la amaba. Borja tenía que continuar trabajando y después había quedado con Luisa, siguió su camino. Mi Printzesa y yo subimos a su casa, era viernes así que su padre estaba en el centro de día y su hermana mayor estaba en el trabajo. Sólo estaba su madre. Tenía mucha vergüenza de conocerla, no sabía qué decirle o cómo comportarme, no sabía si debía darle dos besos en las mejillas, o darle la mano, o abrazarla, o tan solo saludarla de lejos. Me pareció una señora muy guapa, tuve la impresión de ver a Nerea en una versión más vieja, recordé que en Colombia solemos decir, si la suegra te parece guapa, entonces no tendrás problemas para casarte.

Apenas si tuve tiempo de sentarme en el sofá para hablar un poco con la señora que había acabado de conocer, cuando sonaron a la puerta, era la hermana de Nerea, la tercera, había venido con su novio, querían conocerme y aprovechar para llevar mi pesada maleta a mi nuevo hogar. Bajamos para encontrarnos con ellos, saludé a su hermana dándole la mano, al igual que con su madre, no sabía cómo comportarme, me daba vergüenza darle dos besos en las mejillas. Comencé a pensar que los genes de su madre eran dominantes, la hermana de Nerea, era la viva imagen de mi Printzesa pero en versión rubia, bueno también un poco mayor y unos cuantos kilos más. Ella me detalló de arriba a abajo, no sé si quería encontrarme algún defecto o si tan solo se sentía extraña por ver que no me parecía en nada a Eneko, me dijo: 'Hola, encantada'. Su novio fue muy amable desde el principio con-

migo, siempre me sonrió y me hablaba como si me conociera de toda la vida, me cayó muy bien desde la primera vez que lo vi, sentía cierta compinchería con él, no sé por qué. Me llevaron a mi nueva casa, era ya medio día y yo tenía unos deseos impresionantes de una ducha, ellos me esperaron abajo en el coche mientras me duchaba y me cambiaba de ropa. Luego nos llevaron a Artea para comer, yo no había comido en todo el día, el plan me cayó de maravilla, ¡Ah si!, porque en el Estado Español no se come como en Francia o en Colombia que es de doce a dos, ¡no!, allí se come después de las tres, el medio día está corrido un par de horas, ¡qué hambre!, los días que iba a almorzar a casa de Nerea, tenía que comer algo antes, sino mis tripas no me dejaban en paz. Fue el cuñado de Nerea quien pagó todo, casi cien euros en una sola comida de restaurante, me sentí culpable de haber comido tanto, pero a él no parecía importarle.

Esa noche eran fiestas de Zanturtzi, había concierto de Boney M, me llené de recuerdos mientras escuchaba 'Rivers of babylon' o también 'Rasputin', me recordaba mucho a mi madre y a mi infancia. Durante el concierto estuve hablando un poco con un amigo de la cuadrilla de Nerea, un tocayo mío, se llama Jhonatan, que también había ido a Lyon, pero no habíamos tenido la oportunidad de hablar. Se caracterizaba en la cuadrilla por ser el que disfrutaba sacar de quicio a Borja, por sus comentarios españolistas y en contra de la independencia del País Vasco. Nunca había aprendido euskera, en cambio, había preferido aprender latín, se refería a los países latinoamericanos como las antiguas colonias españolas y aseguraba ser de derechas. Después del concierto, Nerea no pudo dormir conmigo en Uribarri, tenía que ir a casa a media noche para encargarse de acostar a su padre.

Al día siguiente, me levanté relativamente temprano, vi una chica rubia que salía de la ducha, cubierta por una toalla. Era mi compañera de piso, no me había cruzado con ella el día anterior, hablaba un poco de castellano, pero prefería hablar en inglés. Me contó que había estado haciendo su Erasmus ese año en Bilbao y que ese mes lo iba a aprovechar para viajar un poco por Europa, de todas formas había pagado la renta, por si tenía que volver a Bilbao. Fue la única y última vez que la vi. Aún no me había cruzado con el otro chico que vivía en la casa, parecía un fantasma, sabía que estaba allí porque escuchaba el ruido de su televisión en la habitación, pero no sabía cómo era, que aspecto tenía, o cómo era su tono de voz.

Era sábado, ese día me invitaron a comer a casa de Nerea, iba a conocer a su padre y a su hermana mayor, no imaginas los nervios que tenía. Al entrar, su hermana mayor me estaba esperando en la puerta, con una gran sonrisa, no entendía por qué, pensé que era una de las personas de las cuales iba a recibir más rechazo, pero al contrario, se acercó espontáneamente y saludo de dos besos, estaba muy confundido, mi paranoia no salía de mi. Su padre ya llevaba cinco años en su silla de rueda cuando lo conocí, aunque los médicos le habían dicho que si se esforzaba podría volver a caminar, él había envejecido rápidamente en su silla de ruedas, no veía esperanza de volver a caminar y se sentía cómodo con ese pensamiento. Lo saludé extendiéndole la mano, no sabía que no veía bien con su ojo izquierdo, no me vio extenderle la mano y no reaccionó ante mi presencia. Cuando por fin me vio, aún sin darme la mano dijo en voz alta: 'Cerrad las ventanas que se están entrando los bichos'. Era una evidente ofensa hacia mi, ¿qué podría hacer ante tal situación?, reí y miré a Nerea, ella estaba sonrojada y no sabía qué decir, le dije que no se preocupara que me parecía graciosa su manera de recibirme. Después de la comida, Borja nos motivó a Nerea y a mi para jugar con su consola de videojuegos. Le gustaba mucho, la había acabado de comprar y creo que era su escapatoria para no pensar que no tenía pareja, o al menos para entretenerse.

Esa semana fuimos todos los días a Santurtzi a los conciertos gratuitos, Nerea logró quedarse un par de días en mi casa, pero al parecer, su hermana mayor no le gustaba mucho su comportamiento. Su hermana mayor utiliza sutilezas para mencionar cuando no está de acuerdo en algún comportamiento en la casa. Bueno así es al principio, pero si ve que no funcionan, puede ser muy directa y decir las cosas sin importar qué tanto daño hagan. Desde que Nerea durmió por primera vez en mi casa de Uribarri, los pequeños comentarios de su hermana no faltaron: 'Estoy muy cansada, he tenido que trabajar muy duro esta semana', 'Mi padre necesita de todos, somos una familia'.

Durante las fiestas, aprovechaba para hablar con los amigos de Nerea que no se sintieran amenazados por mi presencia o que al menos no dejaran ver sus prejuicios contra mi. Me costaba mucho acercarme a Luza, siempre que la veía recordaba el mail que me escribió bajo el pseudónimo de Sandra de Santander, me enojaba la idea de que me hubiesen juzgado antes de conocerme, quería idearme una forma para demostrarles que yo soy buena persona, simplemente había seguido mi instinto, y luché por conquistar el corazón de mi Printzesa, pero aún no se me ocurría nada. Recuerdo un día que estaba en la habitación de Nerea, llego Luza a saludarla, cuando entró en la habitación, vio la caricatura que yo le había hecho a mi amada Printzesa y en voz baja le dijo a Nerea : 'pero, ¿qué es lo que no es capaz de hacer este chico?'.

Uno de los amigos de la cuadrilla de Nerea con los que hablaba durante las fiestas, Xavi, era un personaje muy interesante, tenía el pelo largo, aros en ambas orejas y solía llevar camisetas sin mangas, la noche que lo conocí tenía una camiseta que decía 'Ahorra agua, bebe cerveza', a simple vista se podía decir qué tipo de música le gustaba. Cuando conocí a su novia, no le di crédito a mis ojos, tenía todas las señales de ser completamente lo opuesto a Xavi, vestía muy bien, sus manos estaban bien cuidadas y su rostro cuidadosamente maquillado, sus cabellos delicadamente peinados y su manera de hablar era bastante refinada, pensé que tal vez era cierto eso de que los polos opuestos se atraen. Xavi me contó que estaba trabajando en la construcción de las Torres Isozaki, Me confío un secreto de albañil, me dijo que los materiales que utilizaban para esas torres eran tan malos que el precio del piso era más de cien veces lo que constaban los materiales para hacerlo. Me recomendó nunca comprar un piso ahí, el mejor consejo que podría darme es comprar una las construcciones antiguas y refor-

marla, de esa manera tendría al menos paredes más estables y no me saldría tan caro como un piso en las torres frente al Zubizuri. También hable con compañeros de Nerea de la universidad, ellos no tenían prejuicios hacía mi pues no sabían ni siquiera quien era Eneko, aunque mi paranoia no me lo dejaba ver. Una de las cosas que noté más rápidamente entre los jóvenes con los que hablaba es que no todos sabían euskera, algunas veces comenzaba a hablarles y me paraban diciendo que no se enteraban de lo que les estaba diciendo.

Durante las conversaciones que tuve con Nerea en Lyon, cuando hablábamos del País Vasco y de su situación, me creé una idea de cómo serían los jóvenes en Euskal Herria. Pensaba que la mayoría serían independistas y que no apreciaban a los que se consideraban españoles. Esos pensamientos se afirmaron cuando comencé a estudiar euskera por mi cuenta, el autor del curso gratuito por internet, además de enseñar esa lengua que me fascinaba, también aprovechaba y enseñaba un poco de la cultura vasca. Los ejemplos y ejercicios que ponía en el curso iban cargados con un fuerte mensaje independista que buscaba que los estudiantes se hicieran una idea de que el euskera no sólo es una lengua, es también la representación de un pueblo. Aprendí muchas cosas, como por ejemplo que los ancestros de Salvador Allende eran vascos, el tatarabuelo del libertador Simon Bolívar fue un conquistador vasco que tenía por nombre el mismo que el hombre que ganó la batalla de Boyacá, la mayoría de apellidos de gente reconocida en Colombia provienen de palabras vascas: 'Aristizabal, Echeverri, Bolívar, Uribe, entre otros'. Me sorprendió mucho al llegar a Bilbao y ver que la gente no hablaba euskera en la calle, con ciertas excepciones, como en San Sebastián, casi la mitad de los amigos de Nerea no sabían más de tres o cuatro frases hechas en euskera, e incluso había uno que aseguraba ser más español que el mismo Rey.

No sé si era casualidad, pero los que tenían más sentimiento de independetzia eran los que habían aprendido euskera desde pequeños. Jhonatan, mi tocayo, se mantenía muy informado en la situación de Euskal Herria, siempre buscaba nuevos y fuertes argumentos para de-

batir con Borja, quería convencerle de que el deseo de independencia del País Vasco era una perdida de tiempo. Me contó una pequeña historia de la cual no sé su veracidad, me decía que hace dos siglos el nacionalismo vasco tenía lo mismo que tienen en común Superman, el Olentzero y el hada de los dientes, ¡No existen!. En esa época, los vascos se sentían orgullosamente vascos, pero también orgullosamente españoles. Emigraban a las colonias españolas en America en búsqueda de riquezas para luego traerlas de nuevo a tierras de la madre patria, entre ellos estaba el tatarabuelo de Simon Bolívar. Los primeros pasos del movimiento nacionalista vasco comenzaron al mismo tiempo que las colonias americanas comenzaron a independizarse, es decir, cuando España comenzaba a perder poder ante el mundo. Me aseguraba que el comportamiento más normal para muchos, fue no sentirse españoles, no podían tolerar sentirse parte del fracaso de la corona, por eso decidieron deliberadamente dejar de ser españoles. El sentimiento de ser diferentes de los españoles se incremento con las persecuciones e intolerancia durante la dictadura, los vascos no podían soportar verse españoles si estaban siendo discriminados y tratados como si fueran parte de algo diferente e inaceptable.

Desde pequeño, me inculcaron en la escuela el 'sentido de pertenencia', este sentido, que vendría después del sentido común, es decir, es el séptimo sentido. El objetivo de este sentido es crear una responsabilidad con lo que es tuyo, una espontaneidad de cuidar y proteger lo que se dice pertenecerte. En los institutos escolares pretenden que este sentido ayude a que las instalaciones físicas del establecimiento no sean agredidas por los estudiantes y al contrario se condene a cualquiera que pretenda hacerlo. El sentido de pertenencia puede ser muy beneficioso para un establecimiento público, una ciudad e incluso un país, pues eso garantiza que las personas apoyan los productos locales, los cuidan, invierten y avanzan de manera local. No es sorprendente que sean Cataluña y Euskal Herria las comunidades más ricas del Estado Español. Cuando alguien tiene sentido de pertenencia por algo, siempre querrá que ese algo este en las mejores condiciones. Pero también hay un efecto negativo de este sentido, y del cual es imposible de prescindir, el efecto negativo de la discriminación. Al identificarte como parte de un grupo o de una comunidad, y queriendo que tu comunidad esté en las mejores condiciones, comenzaras a rechazar lo que no pertenezca a lo que tú proteges, además, si alguien se atreve a atentar contar eso que te pertenece, tú te ves en todo el derecho de regresar la agresión incluso más fuerte, porque algo TUYO ha sido tocado y es TU DEBER protegerlo. Otro argumento que utilizaba muy seguido mi tocayo se relacionaba con la situación mundial actual. Afirmaba que era muy tonto pensar en una independencia en un momento en el cual la globalización era inminente. Europa cada vez se asemeja más a un sólo país donde habitan personas con lenguas diferentes, pero con normas en común. Esos dos conceptos se contradicen, la globalización y el sentido de pertenencia no pueden coexistir, no son compatibles, a menos que se hable de sentido de pertenencia mundial.

La discriminación puede ser definida como sinónimo del sentido de pertenencia, tiene un efecto positivo que es el de aceptar que las personas somos diferentes, ya sea por nuestra cultura, raza o experiencias. Esa discriminación, llevada por buen camino puede lograr consensos y acuerdos fácilmente, cuando se reconoce que la otra persona puede ser diferente a ti. Pero el efecto negativo, y que generalmente es con el que es conocida la discriminación, es el más devastador, al diferenciarnos de otras personas tendemos a rechazarlas por ser diferentes, por no hacer lo mismo que nosotros hacemos en nuestras rutinas o simplemente porque no son agradables a nuestra vista. Un ejemplo muy evidente de esta ambivalencia de la discriminación puede verse en las reglas para contratar en la cantera del Athletic de Bilbao. Para los orgullosos bilbaínos, su equipo está compuesto sólo por jugadores vascos, por eso apoyan el equipo incondicionalmente en las buenas y en las malas, se sienten identificados, es por eso que es uno de los equipos con más hinchas en el Estado Español. Para los jugadores extranjeros, personas no nacidas en Euskal Herria, ese comportamiento significa la imposibilidad de pertenecer a ese exclusivo equipo de fútbol, no se valoran las capacidades como jugador sin antes haber visto el acta de nacimiento, por lo tanto, se sienten rechazados, incluso si por alguna casualidad nacen en otro lugar pero viven toda su vida en Euskal Herria, no podrán pertenecer al Athletic, aún si su sueño es jugar para ese equipo.

¿Puede un idioma condicionar nuestro comportamiento y creencias?. Alejandro Magno aseguraba que una persona que hablaba dos idiomas era un ser con dos almas, cada idioma es una manera de pensar, reflexionar y de expresarnos. Si aceptamos que nuestros actos están ligados directamente a nuestros pensamientos, es decir, primero pensamos lo que vamos a hacer o decir, y luego lo hacemos o decimos, un idioma es una manera diferente de pensar, es por ende una manera diferente de actuar. En efecto, el euskera se aleja mucho gramaticalmente a la lengua castellana, no existen preposiciones y los sustantivos se declinan, además de que el verbo va al final de la frase. Eso nos da para pensar que una persona que hable los dos idiomas, dependiendo de la lengua en la que esté pensando, tendría comportamientos completamente diferentes, y su comportamiento sólo lo entendería alguien que hable el mismo idioma que él, a menos que la otra persona sepa cómo explicarlo en el otro idioma (una tarea que no es muy fácil, a menos que se conozca bien, no sólo el idioma, sino también la cultura de la otra persona con la que se habla). Entonces, ¿qué pasa con los traductores?, esas personas que se pasan la vida a interpretar y traducir lo que una persona quiere decir. No debe ser tarea fácil tener que cargar un alma por cada idioma que hablan, pero seguramente los traductores desarrollan un gran sentido de la empatía, al menos si son buenos en su trabajo. Tienen la obligación de no sólo interpretar lo que la persona a la que traducen quiere decir, sino también saber por qué utiliza una palabra y no su sinónimo, o si la palabra que utiliza tiene el objetivo de ofender o simplemente de hacer una broma, son personas que no sólo son polialmados, son policulturales. Tienen que tener la capacidad de predecir lo que la otra persona quiere decir mientras traducen simultáneamente, para el caso en que la lengua que traducen tenga los

verbos al final de la frase. La empatía en ellos les haría imposible discriminar negativamente, repito, cuando son buenos en su trabajo.

Los latinos somos víctimas del sentido de pertenencia de los países de occidente, se nos rechaza porque no somos iguales a ellos, y porque es muy probable que lo único que hagamos sean cosas malas por esos países, como quitar el trabajo o traficar con drogas. La inmigración se ha convertido en un negocio y nos venden la idea de que pertenecer a los países de occidente ha sido nuestro sueño desde que nacemos, incluso si aún no tenemos uso de conciencia. De esa manera, los países occidentales tienen mano de obra barata por las personas ilegales que siempre habían soñado con vivir en sus tierras. El sentido de pertenencia de los vascos creció mucho desde que comenzaron los movimientos nacionalistas. Las personas que hablan euskera desde pequeños, sienten que les pertenecen las tierras en las que nacieron y por ende deben protegerlas. Es casi como lo que hizo Cristóbal Colón al llegar a America, autoproclamó las tierras descubiertas como pertenencias de la corona española y a partir de ese momento había que comenzar a protegerlas y defenderlas de los que no eran españoles, aunque vivieran allí desde hace siglos. La discriminación negativa del sentido de pertenencia sólo puede ser acallada si las personas se identifican con otra comunidad, no es sorprendente que un vasco nacionalista (el típico que dice que no le gustan los españoles) no tenga ningún problema en aceptar a un catalán, se siente identificado, es por esta misma razón que ha funcionado bien la comunidad europea, los países miembros se sienten identificados como parte de un común, bueno, al menos hasta que se han dado cuenta de que Grecia no es tan semejante a los otros países y ahora dicen que son España e Italia son los que están al borde de la crisis. Borja utilizaba mucho la situación entre Palestina e Israel cuando debatía con mi tocayo para sostenerse en esta empatía por otras comunidades, decía que hasta cierto punto al País Vasco le estaba sucediendo algo parecido que a los palestinos, pero a una escala menor.

La discriminación extrema, termina irremediablemente generando odio, odio por lo que no es como tú, la discriminación extrema creó a los skins, a los nazis, a ETA. Es el alma creada por ese idioma para el cual le es difícil de encontrar almas con las cuales pueda identificarse. Es por ello que es más probable, aunque no una regla universal, que los que hablan euskera como lengua materna sientan más ese deseo de independentzia, un alma que no se identifica con un país europeo, que los que sólo hablan castellano, un alma que se identifica con los españoles. Aquí también entra el deseo de pertenecer a una elite, nuestro sentido de pertenecía, en su búsqueda por lo mejor para lo que nos pertenece, siempre nos impulsa a que lo que protegemos haga parte de una elite, teniendo en cuenta que los países de occidente se han autoproclamado una elite, los vascos quieren ser independientes pero no dejar de ser europeos, es decir, un país de occidente.

Al mismo tiempo, existen personas que se sienten vascos y que no ven la necesidad de pelear por una independentzia, son las personas con las que me identifico. Para ellos, les es suficiente sentirse ellos mismos como tal y no convencer a nadie de que lo son. Es una especie de revolución pacifica, que pienso con seguridad, que sería mucho más efectiva que cualquier grupo armado. Un ejemplo sería pensar que por alguna razón somos invadidos por extraterrestres, marcianos por ejemplo, y que ellos nos obligan a decir que somos marcianos porque nos controlan, les diría que soy un marciano con muchas costumbres terrestres. No me importaría ser marciano, o lunático o de cualquier otro cuerpo celeste, yo he dejado de lado ese sentido de pertenencia que nos puede hacer tanto daño, lo que me importa es sentirme bien conmigo mismo y no ser limitado por haber nacido en donde nací"

Están cerca del puente de Bellecour, Jhonatan para súbitamente de hablar, mira las orillas del Ródano y señalando con su mano dice:

- Mira Amaia ahí fue donde le robaron el bolso a Nerea, y allí fue donde me intentaron dar la paliza entre los tres chicos - hace una pausa y continua-, perdóname Amaia, creo que me estoy desviando un poco del tema, no estoy aquí para hablarte de política o de esas cosas, te estoy contando mi historia

Jhonatan no quiere entrar en polémica con Amaia, sabe que ella es nacionalista y es muy probable que lo que acaba de decir le haya molestado, se siente desorientado entre sus recuerdos de Bilbao, por eso se alejó de su historia y comenzó a hablar sobre sus opiniones. Su estadía en Bilbao ese verano no fue muy placentera, sentía rechazo por parte de la familia y amigos de su novia. Oscilando entre sus recuerdos y lo que él cree que realmente pasó y lo que no, prefiere continuar su historia con Nerea y no dejar salir sus opiniones sobre el nacionalismo vasco.

- Has dicho unas cuantas cosas con las que no estoy de acuerdo, sobretodo la parte del odio que puede generarse por el nacionalismo, no todos los vascos odiamos a los españoles, simplemente no nos sentimos uno de ellos

- Lo siento Amaia, no quiero entrar en un debate sobre ello, estaríamos aquí todo el resto de la tarde y seguramente no llegaremos a ninguna conclusión, lo peor de todo es que al final de la tarde seguramente Euskal Herria aún será parte del Estado Español, sin importar los argumentos que aquí se digan. Sin embargo, quiero dejar claro que soy neutral en ese aspecto, me encanta el euskera, me encantan los paisajes del País Vasco, me encanta la cultura y las costumbres, me encantaría que mis hijos crezcan en Iparralde o incluso en Bilbao, defendí por mucho tiempo el nacionalismo y el derecho de los vascos a ser independientes, pero ahora simplemente esa idea no es compatible con la filosofía de sentirme ciudadano del mundo, simplemente sería hipócrita si apoyo una región que quiere crear nuevas fronteras

Amaia se ve un poco frustrada, quiere decir muchas cosas, pero siente que no es el momento, a ella le apetece más saber qué había pasado con la historia de Nerea, Jhonatan no se ve motivado para entrar en un debate.

- Tienes razón, venga, continua con tu historia por favor

"Lo que más disfrutaba de las vacaciones en Bilbao, eran los días de playa con mi Printzesa. La playa salvaje fue la primera que conocí, se me quedó marcado en la cabeza la imagen de tanta gente de todas las edades paseándose desnudos por la arena sin mayores prejuicios, mientras los surfistas tomaban las olas sin que ninguno se quedara mirando libidinosamente a los cuerpos desnudos que se pasaban por el frente. Era algo natural para ellos, para mi era algo nuevo. Conocí todas las playas habidas y por haber en el gran Bilbao, estuvimos en el puerto deportivo e incluso estuvimos un día en la Kontxa en San Sebastian. Los paisajes me encantaban, las montañas cerca del mar, un cielo azul sin una nube a la vista, y sobretodo el cuerpo de la chica de mis sueños tumbado al lado mío en traje de baño, ese paisaje si que era inigualable. También estuvimos un fin de semana en Lekeitio con un compañero de la universidad de Nerea, me lo pase muy bien porque sentía de su parte una honesta simpatía, no sentía que me juzgara o que me rechazara, pude ser yo mismo, además el pueblo es precioso.

Las cosas en la casa de Nerea no iban muy bien durante las vacaciones. Mi Printzesa decidió no trabajar durante el verano para poder estar conmigo durante los tiempos libres, es decir, cuando no tenía que estar en casa cuidando de sus padres. Como ya lo sabrás, hay fiestas durante todo el verano en pueblos cerca de Bilbao, se van turnando entre ellos y hacen muy amena toda la estación. Los días que Nerea no podía salir de fiesta por cuidar a sus padres, yo me quedaba con ella para colaborarle hasta la media noche que era la hora que partía el último bus hacía mi casa. Esas noches me aburría solo en casa, pues me sentía mal con la situación. Por un lado era la primera vez en mi vida en que la familia de una novia me rechazaba, me hacía el feo, no me sentía aceptado. Y por otro lado, la única vida social que tenía, era con los amigos de la cuadrilla de Nerea, es decir, personas que tenían prejuicios hacia mí y yo hacia ellos. Era tanta mi frustración que no vi la posibilidad de conocer nuevas personas, gente que no conociera la historia de cómo comenzó mi relación con Nerea, personas con las que podría llevarme bien. Dejé que me ganara la depresión e hice todo lo contrario, los días que no salía con Nerea, me encerraba en mi habitación y me metía en internet a chatear o me ponía a ver televisión, los únicos amigos que tenía eran los pocos que lograba hacerme en internet o los personajes creados por los guionistas de las series de televisión. En una noche de depresión, después de volver de casa de Nerea, sintiendo la impotencia de que ella no pudiera dormir conmigo, o que si lo hacía luego sería chantajeada moralmente, casi a las cuatro de la mañana, mientras en la tele pasaban ese típico programa con el que puedes ganar miles de euros con sólo una llamada, decidí escribirle a Mariouma. Hacía mucho que no hablaba con ella y que no sabía lo qué hacía. Le dije que estaba muy mal y que me hacía falta su apoyo, le dije que fui muy tonto por no ver lo importante que ella era para mi y que me arrepentía de no haberla ayudado en el último examen (es por eso que me dejo de hablar), le dije que me sentía muy mal en Bilbao y que estaba dudando de lo que sentía por Nerea, que tal vez no era buena idea de haber continuado una relación con ella. Nunca recibí respuesta.

Las noches que salíamos de fiesta, que generalmente era con amigos de la cuadrilla de Nerea, en medio de mi depresión y paranoia, sentía que todos me miraban, me señalaban y se burlaban de mi, a menudo, mientras caminaba de la mano de mi Printzesa, no me sentía capaz de levantar la mirada, iba siempre mirando el suelo, es como si quisiera evitar encontrarme con alguien que estuviera señalando y burlándose de mi, o alguien que me dijera que yo no era digno de la Printzesa que llevaba de la mano. El hecho de estar mirando al suelo salió, al fin de cuentas, lucrativo, durante el tiempo en que viví en Bilbao encontré cincuenta y seis euros en el suelo, obviamente, no todos de una sola, sino repartidos en varios días. Otro aspecto que me pareció curioso, fue que desde que había llegado a Europa no había tenido tantos sobrinos... todos con los que hablaba me llamaban 'tío'.

Recuerdo una noche que estábamos de fiesta y que Luza tenía una expresión de preocupación, Nerea estuvo hablando con ella toda la noche, lo único que hice fue buscar dinero en el suelo. Después, cuando fuimos a dormir, Nerea me contó que había un pequeño problema en casa de Luza, lo primero que recuerdo haber pensado era que la madre de Luza había querido probar el frenesí del síndrome de Antoine Letit-Gros, y que todos esos consejos que le daba a su hija, eran una proyección de lo que ella realmente quería hacer, salir de su rutina, desequilibrarse con su situación y encontrarse un amante. Nerea nunca me dijo lo que había sucedido en casa de Luza, pero esa idea no salió de mi cabeza.

Pasé muy pocos días en casa de Nerea, nunca dormí un día allí, y a menudo lo único que hacía era ver la tele mientras mi Printzesa hacía sus deberes de casa. A veces le ayudaba y pasaba el aspirador por el salón, recogía la mesa, o ponía la vajilla en su sitio después de que el lavavajillas terminaba. Quería que sintiera mi apoyo y que estaba allí para ayudarle, quería ser parte de la familia, aunque existiera esa gran resistencia a ser aceptado. Una vez recuerdo estar viendo la televisión con la hermana mayor de Nerea, la segunda, estábamos viendo uno de esos programas en los que entrevistan gente en la calle, pero esta vez era en las playas. Me llamó mucho la atención ver el comportamiento de la hermana de Nerea cuando mostraban la gente en las playas nudistas, es como si hubiese estado esperando ese momento todo el día. ¡Ah si!, había olvidado decirte, para el momento en que yo llegué a Bilbao, la relación de la hermana, la segunda, ya había terminado, su novio estaba saciando los deseos que le generaba el síndrome de Antoine LetitGros y su ex novia estaba dedicando más su vida a sus padres. El problema es que ahora sentía que las relaciones de pareja no servían para nada, de una manera inconsciente, quería que las relaciones de sus hermanos acabaran. Hacía comentarios a menudo sobre mi o sobre el novio de la tercera, siempre en búsqueda de hacer dudar a sus hermanas sobre la conveniencia de sus relaciones de pareja.

Mi visado vencía a finales de agosto, exactamente un año después de que entré a Europa por primera vez, no podría quedarme septiembre en Bilbao, tuve que regresar a Francia. Pasé de nuevo una odisea para conseguir donde vivir, llamé a varios lugares que encontré en el sitio de internet para compartir piso, e incluso hice varias citas para visitarlos, recuerdo uno de Aytré que me llamaba la atención, era para compartir con otras cinco personas, al parecer era una casa de locos, tenía un nombre y todo, se llamaba 'La Belle Verte (la verde bella)'. Finalmente encontré un muy buen piso en Chatelaillon, a trece kilómetros de la universidad, lo iba a compartir con dos franceses, una chica y un chico"

Jhonatan para de nuevo de hablar, no tiene buen aspecto, se ha sonrojado la piel cerca de sus ojos y su nariz. Están cerca del hospital y Jhonatan concentra su mirada en el Ródano, traga un poco de saliva y dice:

- Lo siento Amaia, mis recuerdos de ese par de meses son muy confusos, recuerdo con precisión mi llegada a Bilbao y el día que me fui, pero el tiempo en medio me cuesta mucho recordarlo, no recuerdo fechas, ni la cronología de los eventos, tampoco recuerdo muy bien todo lo que sucedió, de hecho no estoy seguro de haberte dicho toda la verdad, me cuesta distinguir entre lo que fue real y lo que creó mi mente para evitar deprimirme, incluso los recuerdos de las fiestas de Bilbao, que fueron la ultima semana que pasé allí, también son muy confusos

- No pasa nada hombre, entiendo que te sintieras mal, no es fácil sentirse rechazado por todo el mundo, en especial si es importante para ti ser aceptado por la familia de tu novia

- ¡Ya!, creo que he suprimido voluntariamente muchos de los recuerdos tristes de ese par de meses, recuerdo que al irme de Bilbao tenía una sensación de malestar con esa ciudad, pero ahora me parece una magnifica metrópolis

- ¿Qué recuerdas de las fiestas de Bilbao?

- La famosa Bilboko Aste Nagusia (semana grande de Bilbao, también son conocidas como Marijaias), la Marijaia, la imagen de una mujer con los brazos al aire como si la estuvieran amenazando o como si quisiera que le hicieran cosquillas en los costados, no sé cómo no se cansa la pobre, pero era muy divertido verla pasearse por el teatro Arriaga en el Txupinazo. Tenía muy buenas expectativas de la gran fiesta de Bilbao. Todos con los que hablaba en las fiestas de los pueblos me decían que las fiestas de Bilbao eran las mejores. No se equivocaban, me gustaron mucho las Txosnas, las Kopartxas, los conciertos de rock en la calle, la gente bailando con las orquestas, fue un gran evento. Desde la primera vez que fui, no he faltado a ninguna Marijaia, ya he estado en tres y quiero ir el próximo año. No sabría darte mayor detalle, de la primera vez, recuerdo que una noche conocí varias amigas de Luisa y me lo pase bien hablando con ellas, no conocían a Eneko, así que yo me sentía en confianza con ellas, podía hablar sin sentir que cualquier cosa podría ser utilizada en mi contra

Amaia se detiene, mira al suelo, balancea su mirada de un lado a otro y pestañea rápidamente, perece que acaba de recordar algo que había olvidado hacer, luego alza su mirada, se nota que está nerviosa.

- ¿Qué te pasa Amaia? -pregunta Jhonatan sorprendido por la paralización de Amaia-, ¿has recordado algo que tienes que hacer?

- No, no es nada, déjalo -dice un poco nerviosa-, es sólo que tenía que llevarle algo a mi amiga, con la que dormí anoche, pero ya se lo llevaré más tarde

Jhonatan no queda muy convencido de la respuesta de Amaia, pero prefiere no preguntarle nada, considera que puede ser algo de lo que ella no quiere hablar.

- ¿Y cómo fue el día de la despedida?

- Bueno... - suspira-, tenía que tomar un bus desde Termibus que me llevaría a Hendaya, de allí tomaba un tren que me llevaría hasta La Rochelle, pasando por Burdeos. Nerea me acompañó a tomar el bus. Era la primera vez, desde que estábamos juntos, que nos íbamos a separar por un buen tiempo, me sentía mal por dejarla, pero tenía muchas expectativas de ver lo que me esperaba en mi nueva ciudad. La abracé y besé tanto como me fue posible, quería de alguna manera que se fusionara a mi y así no dejarla en Bilbao. Mientras esperábamos el bus, teníamos una de nuestras conversaciones en euskera, decidí contarle una pequeña historia:

"Bazen behin elkar maite ziren bikotea lurralde erdi amerikarretan. Euren bizitza elkarrekin pasatzea erabaki zuten, familia bat sortzeko asmoz. Porrot egiteaz beldur zirenez... xamanerera joatea erabaki zuten, gomendioa eskatzeko gogoz. Bere jakituria jarraituz... xamanak esertzeko eskatu zien bikoteari. "Arnasa hartu", esan zuen. Bake giro bat sortu nahi zuen haien irudimena bultzatzeko xedeaz. Behin giro lasai eta epela lortuta, esan zuen:

'Ene lagunak, gure adibide bikainena natura da. Zeuen bikotebizitzan arrakasta izateko eta familia zoriontsua lortzeko erarik errazena natura imitatzea da.

Imajina ezazue Hegoalderantz emigratzen duen ahate multzoak, iparreko haize hotzetik ihes egiten duenak. Arretaz behatuz, haien emigratzeko era oso berezia da. Antolakuntza eta sinkronia bikaina direla medio oso urrun ailegatzeko gai dira haien hegaldietan.

Haien antolaketa, ejertzitoan bezala, sendoa da, gerta daitekeen edozein ezustea ekiditeko asmoz. 'V' bate ituxran hegan egiten dute.

'V'aren puntan hegan egiten duenak, lan gogorrena egiten du. Haizearen erresistentzia handiena berak jasaten baitu, bigarrenak hirugarrenarentzat erresistentzia gutxitzeko lan egiten du... hurrenez hurren. Buruan dagoen ahateak ezin du oso urrun hegan egin, bestela, bere saiakera porrot egingo zuen, eta bigarrenak lehengoak baino ahalegin handiagoa egin beharko du.

Puntan doazen ahateak txandakatzen dira. Hala ez bazen... puntan doana hil egingo liteke nekeaz jota.

Ez da hierarkiarik ezta esklabotzarik existitzen. Buruan hegan egiten duenak, ez da besteen gainean sentitzen. Sinergia kolektibo baten parte egiten duela baitaki. Norbaitek ahateen hankak lotu egingo balu, haien hegaldia oztopatuko liteke, eta ezin izango ziren oso urrun ailegatu.

Honela bada, lagunak, ahate multzo baten moduan jardun ezazue. Zeuen bizitzan elkarrekin urrun ailegatzeko, hegan egin, elkar hegan egin, baina ez lotuta. Elkar hegan egizue baina bestearengan konfiantza sendoa izanik. Batzuetan, airea gogorragoa izango da, eta zuetako batek, buruan izanda, besteen pausua arindu behar izango du. Horrek ez du beti bera izango dela pausua arindu behar izango duenak.

Mailaz goragoko sentitzen den ahateak ezin izango du ahate multzoa lagundu. Airea arintzeko ardura duela sentituko baitu, beharrezkoa den baino urrunago hegan egingo du... besteen airea bortiztuz.

Zuen seme-alabak zuekin hegan egiten irakatsi ezazue. Elkar, baina aske. Gogoan izan egunen baten haiek izango direla 'V'aren puntan hegan egingo dutenak besteen airea arintzeko. Horrela, inoiz ez dira esperientzia handiagoa duen ahate baten beharrean izango. Horrek porrota baino ez luke ekarriko'."

(Mi euskera no es tan bueno como el de Jhonatan, así que ésta es sólo una traducción aproximada en castellano:

"Hace tiempo, en tierras centroamericanas, un par de jóvenes que se amaban, decidieron compartir el resto de su vida juntos y formar una familia. Tenían mucho miedo de fracasar en su relación, por esta razón, fueron a ver a un reconocido Chamán para que les diera el mejor de los consejos que se le puede dar a una pareja de jóvenes que comienzan su vida juntos y quieren formar una familia. En medio de su sabiduría, el Chamán les pidió que se sentaran y que respiraran profundo,

quería crear un ambiente de paz, un ambiente propicio para abrir la imaginación, antes de darles el consejo por el que habían venido. Después de lograr un ambiente cálido y relajante, comenzó:

'Hijos míos, el mejor ejemplo es la naturaleza, si quieren gozar de una vida de pareja exitosa y al mismo tiempo de una familia feliz, la manera más fácil de lograrlo es imitando la naturaleza. Les invito a imaginarse una bandada de patos que emigran al sur, escapando de los fríos invernales de las tierras norteñas. Si observan bien, su manera de emigrar es muy especial, utilizan una sincronía y una organización perfecta para lograr llegar muy lejos en sus vuelos. Tienen una formación, cual ejercito, muy preparada para evitar que cualquier incidente se vuelva un problema mayor, vuelan en forma de 'V'.

El pato que va en la punta de la 'V' es el que tiene mayor trabajo, él se encarga de reducir la resistencia del aire para los patos que vienen detrás de él, el segundo se encarga de reducirla al tercero y así sucesivamente. El pato que va a la cabeza no puede volar muy lejos del que le sigue, pues su esfuerzo será en vano y el segundo tendrá que hacer el mismo o incluso más que el primero para mantener el vuelo. Los patos se turnan el puesto a la cabeza para poder descansar, sino lo hicieran, el pato de la punta moriría de cansancio. No existe jerarquía o esclavitud, el pato que va a la cabeza no se siente superior a ninguno de los patos que lo vienen siguiendo, ni vuela más rápido tratando de dejar a lo otros atrás, simplemente sabe que tiene la responsabilidad de aligerar el vuelo de los demás de la bandada, sabe que hace parte de una sinergia colectiva.

Si por alguna razón, alguien amarrara las patas de las anátidas, vería que su vuelo se entorpecería y que seguramente no llegaran muy lejos en su emigración. Así pues hijos míos, el mejor consejo que les puedo dar es comportarse como una bandada de patos. Si quieren llegar lejos en sus vidas, estando juntos, vuelen, vuelen juntos pero no amarrados, vuelen independientes pero con la seguridad de que pueden contar con el otro. Habrá momentos en que el aire se hará pesado, y alguno de ustedes dos, que estará a la cabeza, tendrá que aligerar el paso para los demás, y no por ello será el único que tenga que resolver los problemas en todos los casos, eso sólo lo mataría del cansancio.

Un pato que se sienta superior a otro por su experiencia, trabajo o éxitos, no funcionara en la bandada (incluso si no lo manifiesta ante los otros patos, pero así lo siente), porque él sentirá que tiene la responsabilidad de aligerar el aire todo el tiempo, volará más lejos de lo que tiene que volar, haciendo el aire más pesado para los que vienen detrás de él. Enseñen a sus hijos a volar con ustedes, de nuevo, independientes pero juntos. Estén consientes de que algún día ellos volaran en la punta de la 'V' y prepárenlos para ello, sin importar si se trata de una chica o un chico, los dos tendrán que tener iguales capacidades de volar en la punta para aligerar el aire para los demás. Así, no tendrán que depender de un pato más experimentado y fuerte que les esté aligerando el aire todo el tiempo, eso sólo conllevaría al fracaso'.")

Amaia, ya no parece estar nerviosa, la historia la ha relajado y sus ideas de debatirse con Jhonatan por el tema del nacionalismo vasco ya han desaparecido. Jhonatan aún tiene un aspecto de melancolía, recordar esa época en que vivió en Bilbao le ha bajado los ánimos, vuelve a recordar el día anterior. Esta vez está en el tren que va desde La Rochelle a París, está contento, habla con un señor alto, delgado, con marcadas arrugas en el rostro y unas gafas bastante grandes, se parece un poco a Woody Allen. Recuerda la conversación tan amena que tuvo con él, la alegría que le transmitía y la emoción en sus palabras, le parecía muy curioso que dijera su edad en años, meses y días, realmente tenía el alma de poeta, las imágenes eran claras, le agrada recordarlas, una sonrisa se dibuja en su rostro.

- Hablas muy bien euskera Jhonatan, me sorprende que no lo hayas olvidado en estos años

- Mila esker Amaia (muchas gracias Amaia), la verdadera motivación para aprenderlo ha sido Nerea

- Nerea... ¿y lo habéis dejado cuando te fuiste de Bilbao?

- Jaja, Amaia, ¿por qué insistes tanto en saber cómo lo hemos dejado?, ten paciencia que ya te diré qué fue lo que pasó. No, no lo dejamos, acordamos comenzar una relación a abierta y a distancia

- ¿Una relación abierta?

Capitulo 7

Una relación abierta y a distancia

Cuando algún acontecimiento nos marca, nos llama la atención, nos hace entrar en un estado híper-perceptivo, comenzamos a ver, oír y hasta oler cosas relacionadas con ese acontecimiento por todos lados, nos da la impresión que el mundo nos quiere recordar ese suceso constantemente. Si no salimos de ese estado híper-perceptivo o nos toma mucho tiempo asimilar el cambio, llegaremos a un nuevo equilibrio que cambia por completo nuestro punto de vista sobre lo que ha cambiado, así pues, consideramos que el acontecimiento era parte del destino, por ejemplo, el hecho de que alguien nos salve la vida o que sobrevivamos a un accidente o descubrir la solución a un problema que nos estaba costando la vida. Por el contrario, si finalmente aceptamos rápidamente el cambio que generó el acontecimiento, volvemos al estado original y omitimos cualquier señal que nos pueda recordar el momento en que lo vivimos, ya no volvemos a ver, oír ni oler cosas relacionadas con ese evento en ningún lado, volvemos a una fase de estabilidad no muy alejada de la original, consideramos que el acontecimiento era simplemente una casualidad, por ejemplo, cuando nos encontrarnos con alguien que conocemos durante nuestras vacaciones en una ciudad lejana, o conocer a alguien una noche banal y nunca más volverlo a ver.

La naturaleza es perezosa, siempre busca estar en estabilidad, siempre encuentra la manera de hacer que dos cosas que interactúan entre si, lleguen a un equilibrio. El ser humano no es la excepción, aunque disfrutamos de las emociones fuertes y nos gusta salir voluntariamente de ese equilibrio, la naturaleza nos reclama volver a la estabilidad, es por eso que son más lo perezosos en el mundo (los críticos, los habladores, los charlatanes) que los hacedores, son más los personajes del común que los exitosos, porque hacer cosas consume energía, demanda un desequilibrio que nuestro cuerpo rechaza, pero nuestra mente nos reclama.

- Si Amaia, una relación abierta, ¿no sabes lo que es?

- Bueno, me lo imagino, pero quiero que me lo expliques

- Nerea y yo decidimos, creo que más ante mi presión que a lo que ella realmente pensaba, tal vez fui yo solo quien decidió, que si teníamos la curiosidad, es decir, si sufríamos del síndrome de Antoine LetitGros, no nos detendríamos, no lo frustraríamos, de esa manera evitaríamos el arrepentimiento no haber hecho lo que pudimos haber hecho

- Pero eso es algo horrible, cómo puedes decirle a tu pareja, a la que se supone que amas, que se puede acostar con alguien más y quedarte así, tan tranquilo -Amaia levanta los hombros en repetidas ocasiones y continua-, ¡Ala! a follar con la que quieras que a mi no me importa

- En las condiciones actuales de mi vida, Amaia, te doy toda la razón, es algo horrible. Pero en esa época tenía dos grandes motivaciones que me llevaron a persuadir a Nerea de hacerlo. La primera era el miedo a ser abandonado por ella, como te lo dije antes, mi inseguridad me hacía pensar que era probable que ella encontrara a alguien que lograra seducirla, tal vez alguien con poder, alguien al cual yo no podría vencer, y ya sabes, lo prohibido es más divertido, si ella sentía que se estaba liando con alguien que la seducía y además estaba prohibido, sería más excitante, eso tal vez la confundiría y me abandonaría pensando que estaba enamorada de la otra persona

- Pero eso no tiene sentido Jhonatan, si alguien te ama no va estar buscando ese amor en otro lado, no tendrá ojos sino para ti

- ¡Ya!, pero ten en cuenta que estábamos comenzando una relación a distancia, no estaría allí para satisfacer sus necesidades, y no se me salía de la cabeza que llegara otro como yo y la convenciera de estar con él y yo pasara a ser Eneko

- ¿Cuál era la otra motivación?

- La segunda motivación era limpiarme la conciencia por si algo me sucedía a mi, como te dije lo de la madre de Luza, hasta cierto punto lo que le decía a Nerea era un reflejo de lo que me podría pasar a mi, no quería sentirme culpable si me llegara a pasar, ¡qué ingenuo!

- Aún no lo entiendo bien, dices que fuiste tú el de la idea, imagino entonces que ella no quería hacerlo, ¿cómo se puede convencer de eso a la persona que amas?

- Bueno... no es cosa fácil, sobretodo cuando lo haces por miedo a ser abandonado. Comencé por sacar el clásico argumento de que el ser humano es capaz de hacer la diferencia entre el amor y el sexo. Le dije que desde que el hombre creó el lenguaje, comenzó un proceso de evolución que lo separó de los demás animales. El lenguaje nos sirve para que los conocimientos alcanzados en generaciones pasadas puedan ser transmitidas a las nuevas generaciones, de lo contrario viviríamos una historia en círculos, constantemente inventando la rueda y descubriendo el fuego. Las personas mueren, las ideas transmitidas por el lenguaje perduran. Siendo ésta la única diferencia entre el hombre y los animales, no podemos negar nuestros instintos básicos: violencia, envidia, egoísmo, deseo sexual, deseo por el poder (macho alfa), entre otros... Ese instinto nos motiva a procrear, a preservar la raza, no nos obliga a ver con quien lo hacemos siempre y cuando se cumplan las condiciones que te dije cuando estábamos yendo al restaurante. Por otro lado, el lenguaje creó en nosotros la poesía, la música, la historia, el amor romántico. Ese amor romántico nos motiva a estar con una sola persona toda la vida, a encontrar nuestra otra mitad que nos hace ser un ser humano completo. Los animales viven muy bien en la rutina, no tienen lenguaje que les haga preguntarse el por qué de las cosas, simplemente viven en círculos y así son felices, nuestra naturaleza animal nos reclama estar en una rutina, en un estado de mínimo gasto de energía, en un estado estable. El lenguaje creó en el hombre la necesidad de salir de la rutina, nos preguntamos el por qué y el por qué no de las cosas, a no aburrirnos (somos la única especie que sabe lo que es aburrirse), nos estimula estar desequilibrados. ¿Cómo vivir en esa dualidad?, muchos hombres y mujeres mayores aseguran que aman a sus parejas, pero aún así tienen amantes, dicen poder diferenciar entre ese deseo sexual (instinto animal) y el amor romántico (instinto del lenguaje). El amor para los románticos muere con la rutina (para los científicos muere por otras razones que ya te expliqué), cuando se llega a una estabilidad completa y de repente nada cambia, los protagonistas de la historia de amor comienzan a mirar otras cosas, quieren desequilibrarse, quieren entrar en un estado híper-perceptivo, algunos tienen mucho miedo de terminar su vida solos, así que se consiguen un amante y conservan su relación estable, de esta manera satisfacen su dualidad amorosa. Este tipo de personas por lo general aún no han pasado por el síndrome de Antoine LetitGros o no lo han superado, no tienen la suficiente experiencia sexual que les pide su instinto animal, pero al mismo tiempo, tampoco están seguros de poder mejorar su relación o de encontrar a alguien más que les brinde esa estabilidad, que al fin de cuentas, es en el mejor estado que puede estar el ser humano (consume menos energía). Existen otro tipo de personas que al llegar a esa rutina, dónde ya nada les fascina, prefieren utilizar su **imaginación** y motivar a su pareja a hacerlo también, es su manera de desequilibrarse, de satisfacer el deseo creado por el lenguaje de salir de la rutina. Mi mayor miedo cuando me fui para La Rochelle, a sabiendas de que Nerea había besado dos chicos frente a mi cuando estábamos en Lyon, era que estuviera dando los primeros pasos en el síndrome de Antoine LetitGros y que se convirtiera en el primer tipo de personas que te comenté, pero teniendo en cuenta que aún está muy joven, seguramente no tendría miedo a terminar su vida sola, podría abandonarme, yo no quería eso. Prefería darle carta blanca para que pudiera satisfacer ese deseo del síndrome, pero le puse una condición 'JAMÁS REPETIR CON LA MISMA PERSONA', una vez pasa, la segunda es premeditada

- No me convencen tus argumentos, pero entiendo el miedo que tenías a ser abandonado por la chica de tus sueños, al fin y al cabo si piensas en la manera en que comenzaron la relación, era muy posible que volviera a suceder

- Prefería no pensar en eso, no quería juzgarla o condenarla por haber dejado a Eneko, aunque a veces si se pasaba por mi cabeza

- Entonces, ¿cómo fue tu llegada a La Rochelle?

"Durante mi viaje, pensé todo el tiempo en Nerea, y en la nueva aventura que comenzaba, una relación abierta y a distancia. Sentía que era un gran reto y que estaba dispuesto a hacerlo para continuar con mi Printzesa. Recuerdo que en el tren que me llevaba de Burdeos a La Rochelle, mientras escuchaba canciones en mi reproductor de manera aleatoria, sonó 'Here without you' de Three doors down, ¡qué canción más propicia para ese momento!. Llegaba a La Rochelle al final de la tarde, mi nueva compañera de piso, Christine, me iba a recoger en su coche y llevarme a nuestra nueva casa. El otro chico llegaría al final

de la semana. La casa estaba ubicada al norte de Chatelaillon, en un pequeño conjunto de casas recién hechas, el objetivo de la agencia que las había construido era alquilarlas por mil euros a la semana durante el verano, y luego a un precio medio para estudiantes durante el año escolar. Las casas a nuestro al rededor estaban vacías, sólo una, que estaba en el extremo sur del conjunto, estaba ocupada. Allí vivían tres chicos que estudiaban en la misma universidad que mi compañera de piso. Christine era una chica joven, delgada, atractiva, pero tenía algo en su comportamiento que me daba mala espina, desde que la vi, sentí que era engreída y mimada, desde ese momento pensé que tal vez no íbamos a llevarnos muy bien.

Como fui de la estación de trenes de La Rochelle directamente hasta Chatelaillon, tuve la impresión de que el pueblito era nuevo, sólo vi construcciones de este siglo y dejaba atrás las contradicciones bilbaínas. La casa no tenía internet, yo tenía una gran necesidad de utilizarlo, no sólo para comunicarme con mi Printzesa, también con mi familia, para el papeleo que tenía que hacer con la agencia que nos arrendaba el piso y para la inscripción en la universidad. Un día, llamé de emergencia a Nerea, necesitaba que le enviara un correo a mi futuro director de doctorado, eran unos papeles para mi inscripción a la universidad. Le di mi clave para que tuviera acceso a mi correo. Ese mismo día en la tarde, me llamó en medio de lágrimas, ¿qué pudo haber pasado?, me dijo que ya me había hecho el favor y que luego se había puesto a curiosear en mi correo. ¡Encontró el mensaje que le había escrito a Mariouma!. Sentí un baldado de agua fría, ¡había olvidado ese mensaje!, nunca le revelé a Nerea que estuve deprimido la mayoría del tiempo en Bilbao, no quería hacerla sentir mal, sabía que ella hacía muchos esfuerzos para compartir tiempo conmigo. Le expliqué, cómo pude por teléfono, que ese mensaje lo había escrito en un momento de profunda tristeza, que las palabras allí plasmadas no representaban más que los momentos extremos de un desequilibrio negativo, los momentos de depresión. Se calmó y me dijo que eso lo hablaríamos mejor cuando nos viéramos personalmente.

Mi nueva compañera de piso era la hermana mayor de dos hijas de un matrimonio formado por dos divorciados, en realidad tenía una hermana, y cinco medio hermanos. Su padres ya eran bastante mayores, y por ser ellas las últimas les habían mimado toda la vida. Christine me contó que sus padres fueron novios de adolescencia, se conocieron cuando tenían quince y diecisiete (su madre era mayor), fueron novios durante cinco años, terminaron porque se fueron a vivir a ciudades diferentes. La vida continuó y cada uno encontró una nueva pareja, se casaron y tuvieron hijos. Después de veinte años sin saber el uno del otro, un día, en esas típicas reuniones de egresados que se hacen en Francia, se volvieron a ver por casualidad, las veces anteriores siempre había asistido uno de los dos, pero nunca los dos al mismo tiempo. Estuvieron hablando toda la noche, recordando viejos tiempos y el amor de adolescentes. Al final de la noche se preguntaron: '¿Pour quoi est-ce qu'on s'est separé déjà? (¿por qué no habíamos separado?), se dejaron llevar por los sentimientos de los recuerdos y pasaron la noche juntos en un hotel. Desde ese día siguen juntos, se divorciaron de sus parejas respectivas y tuvieron dos niñas, la mayor era Christine. Mi nueva 'colocataire' hacía sus estudios en la escuela de comercio de La Rochelle, un lugar que es bien conocido por sus estudiantes pijos y extravagantes. Yo no soporto las personas que tienen dinero y son engreídos con él, simplemente no soporto la vanidad y la arrogancia. Pierre, el otro chico con el que íbamos a compartir piso, llegó una semana después que Christine y yo. Acababa de cumplir dieciocho años, tenía muchas expectativas de alejarse de sus padres y comenzar una vida independiente. Era un chico no muy alto, de contextura gruesa y tenía los ojos claros. Al parecer sólo había tenido una novia en toda su vida, había terminado su relación porque iba a estudiar en La Rochelle y ella seguiría en Angoulême. Cuando conoció a Christine, me confesó que se había enamorado de ella.

Para mi fortuna, a principios de septiembre, Nerea tenía que ir a Lyon para entregar su piso y que le dieran la fianza. Aprovechando, mientras regresaba a Bilbao, paso por La Rochelle y se quedó unos días, ¡qué felicidad!, sólo había pasado un poco más de una semana sin verla, me ayudó mucho, pues los problemas con Christine ya comenzaban. Pocos días antes de la llegada de la visita de Nerea, llegaron dos vecinos al piso debajo del que yo vivía, Sarah y Adrien, se habían comunicado entre ellos antes de conocerse personalmente para llegar el mismo día, así podrían hacer todo el papeleo y pagar al mismo tiempo. Los conocí el día en que llegaron, estaban bajando las cosas de sus respectivos coches y me ofrecí a ayudarles. Eran muy simpáticos, Sarah iba a hacer un master 2 en ciencias, y Adrien un master 1 en geografía.

El fin de semana que vino Nerea nos lo pasamos muy bien, paseamos por toda la isla de Ré, y aprovechamos la playa de Chatelaillon, no paramos cinco minutos en casa, bueno sólo para dormir. También aprovechamos para ir al Grand Pavois, Sarah y Adrien vinieron con nosotros. Esa noche hicimos una barbacoa en el jardín de la casa de Sarah y Adrien, y luego volvimos a casa. Entramos sin hacer mucho ruido, Pierre y Christine ya dormían, fuimos directamente a mi habitación y nos tumbamos en mi cama. Para ese momento ya pronto iban a ser once meses desde la primera vez que dormí en tu piso Amaia, y sentía que mi relación con Nerea estaba entrando en una fase de estabilidad.

Mi Printzesa siempre me inspiró a ser mejor, la parte más poética salía de mi cuando estaba con ella, sentía que mis palabras brotaban para hacerla sentir única, especial, la mujer de mis sueños. Esa noche no fue la excepción, Después de hacer el amor en repetidas ocasiones, la abracé y le dije mientras la miraba a los ojos: 'Eres la mujer con la que siempre he soñado, no me importa haber puesto seiscientos kilómetros entre nosotros, sé que eso no apagará la llama que arde en mi corazón, siento que soy el hombre más afortunado del mundo, tengo todo lo que siempre quise, eres mi estabilidad, eres el símbolo de mi equilibrio, eres la persona a quien más amo en este mundo'.

Nerea se quedo tres días, no quería pasar mucho tiempo fuera de casa para poder ayudar a cuidar a su padre. La despedida no fue muy trágica, nos prometimos que nos veríamos en menos de quince días, yo iría a Bilbao, además, estaba pensando en otras cosas también, tenía que inscribirme al doctorado, tenía que renovar mi visado, tenía que acomodarme a la nueva vida que comenzaba. Mis ahorros habían escaseado mucho, la mayoría de lo que había logrado ahorrar en Lyon lo invertí en Bilbao, además, en el primer mes en La Rochelle, una de mis tías estaba pasando por un mal momento económico y le envié dinero, fue mi pequeño aporte y agradecimiento por todo lo que habían hecho por mi durante mi año en Lyon.

Cuando estaba en Bilbao, creí que vivir a trece kilómetros de la universidad no sería problema, el transporte publico en Lyon es una maravilla, y Bilbao no se queda atrás, pero pequé por ignorante, el último bus que iba desde el centro (ni siquiera desde la universidad) hasta Chatelaillon, era a las seis de la tarde, ¿cómo podría tener vida social con un horario como ese?. Pierre y Christine tenían coche, gozaban de la independencia de movilidad, excepto los días que salían de fiesta, que no podían beber alcohol si querían regresar a casa. Los primeros días hablaba mucho con Christine, llegué a conocerla bien, le gustaba mucho el orden y le gustaba sentirse la líder de la casa, siempre andaba mandando lo que debíamos hacer y nos hacía sentir mal a Pierre y a mi si nos veía sentados en el sofá viendo la televisión. No soportaba ver que estuviéramos cómodos y relajados. Mantenía en un estado hiperactivo y no soportaba a las personas que no lo fueran, al menos en su casa, a veces pasaba el aspirador a las seis de la mañana. Pierre, en búsqueda de su aprobación y de su 'amor', siempre corría cuando ella le ordenaba algo, quería demostrarle lo importante que era ella para él y pensaba que si hacía todo lo que ella le dijera, lograría llevársela a la cama. Christine se dio cuenta rápidamente del control que tenía sobre Pierre y de las razones de por qué siempre hacía todo corriendo cuando ella se lo ordenaba. Para mantener ese control, le pedía que le hiciera masajes a la luz de las velas, con su espalda desnuda y con aceites especiales, era el nirvana para Pierre, sentía un frenesí inigualable cuando lograba acariciar la espalda desnuda de Christine, por ese mo-

mento haría cualquier cosa que ella le pidiera, mi compañera de piso lo sabía. Por mi parte, no le hacía caso cuando nos pedía algo, a menos que considera que era realmente necesario, es más, a veces no lo hacía deliberadamente para que ella notara mi rebeldía contra la pequeña dictadura que quería formar, sé que eso despertaba una gran cólera en ella.

No pude ir a Bilbao cuando se lo prometí a Nerea, no tenía suficiente dinero y la beca comenzaba en octubre, no en septiembre, así que utilicé los pocos ahorros que me quedaban para sobrevivir septiembre y octubre (me comenzaba a pagar a final de octubre). Viéndome en aprietos y sintiendo la posibilidad de pasar el veintiséis de octubre lejos de la chica de mis sueños, le pedí un pequeño adelanto a mi jefe, no podía quedarme más tiempo sin ver a mi Printzesa. Fui a Bilbao para las vacaciones de la Toussaint, quería celebrar nuestro primer aniversario por todo lo alto. Su familia aún me rechazaba, no me veían como parte de ellos y no quisieron aceptarme en su casa, la excusa es que se sentirían incómodos con la situación de su padre, esa es siempre la excusa, no veían que a mi no me importaba, yo también hago parte de una familia en la que hay personas que necesitan atención el cien por cien del tiempo, estaba seguro de que mis familiares no se sentirían incómodos de la presencia de Nerea, no sienten esa necesidad de hacer ver a los demás que todo va bien en casa, esa necesidad de ser las ranitas del cuento, aparentar que todo va bien y cuando algo se sale de esa definición se sienten incómodos y prefieren esconderlo. Sé que una casa hay discusiones, que hay malos entendidos y que pueden haber personas que necesiten atención, no entendían que yo estaba dispuesto a ayudarlos en lo que quisieran y a quedarme fuera de cualquier discusión, no entendían que yo quería ser parte de esa familia, no entendían que yo no tengo un familiar a menos de once mil kilómetros de distancia, y que me hubiese encantado adoptarlos a ellos como mi familia europea, quería ser parte de ellos.

Su hermano mayor me recibió en su casa, dormí allí durante cuatro días, Nerea no pudo dormir ningún día en casa de su hermano, no sólo por su religión, también porque la necesitaban en casa. Para mi, la noche de nuestro aniversario era muy importante, quería que fuera muy especial, le compré rosas blanca que eran sus favoritas, la llevé a comer a un restaurante chino y luego fuimos a tomar un par de cervezas a un bar cerca de Deusto. Esa noche se quedó hasta el último Metro, luego regreso a su casa y yo me fui a dormir. No tuvimos ningún momento de intimidad, no nos fue posible consumar nuestros deseos carnales, me frustró mucho no poder hacerlo. La noche de todas las almas, el treinta y uno de octubre, no salimos disfrazados a pedir dulces, nos quedamos en casa de su hermano, nos hizo una comida muy especial y la llamó 'Halalloween', un juego de palabras para decir que estábamos cenando comida Halal (permitida en la religión musulmana) y que esa noche era Halloween. El día en que volvía a La Rochelle, Nerea me acompañó a Termibus, me prestó un libro de su hermano para leer. Antes de subir al bus le dije a Nerea que escuchara 'Somewhere out there' de Our Lady Peace, le dije que cada vez que la escuchara pensara en mi, que yo no estaba muy lejos también pensando en ella. Le dije que las noches de Luna llena la mirara y que pensara que yo estaría mirando la misma Luna que ella, eso nos acercaría aún más. Esta vez la despedida fue más dolorosa que la de La Rochelle, no quería irme, no quería partir dejando a mi Printzesa, me deprimí mucho en mi viaje de regreso. Cuando llegué a La Rochelle, me encerré en mi habitación y no salí hasta el Lunes que tenía que ir a la universidad. Durante mi encierro, le escribí una carta a mi Printzesa, una carta fruto de mi depresión e impotencia por no poder estar con la mujer a la que amaba, una carta que escribí pensando en un futuro, en algún momento de mi vida en el que estuviera viviendo con ella, algún momento en que podríamos leerla juntos y recordar ese día de depresión, siempre guardo una copia en mi billetera, a veces la leo para recordar los sentimientos de ese día:

'¡Hola amor!

Son las 18:30 del Dos de noviembre. Estoy en mi habitación en "mi" casa de La Rochelle y debo confesar que no puedo dejar de pensar en ti.

Antes de todo quiero decirte que en estos días en Bilbao la he pasado genial, realmente veo en ti la mujer a la que quiero amar, cuidar, ayudar, defender…

Desde mi partida de ayer de tus brazos he estado muy deprimido, todo me recuerda a ti, incluso ese librillo que me prestaste para leer ("las mujeres son de Venus y los hombres son de Marte"), me deprimía cada vez más al pasar página a página. Todo el libro lo proyectaba hacía ti, cada palabra, cada letra, cada coma, cada espacio, todo el libro tenía sentido sólo porque tú estabas en mi cabeza.

Hoy he dormido hasta tarde intentando evitar despertarme y ver que la otra mitad de esta interminable cama estaba insufriblemente vacía, o bueno, sólo la llenaba el tibio aliento que has dejado la última vez que has venido. No he querido salir de mi habitación (lo que John Gray llamaría mi cueva) que para lo estrictamente necesario (preparar algo de comer, ir al baño…) pero no puedo evitar sentir ese infinito vacío, no puedo evitar sentir que, ese pedacito de mi desgarrado corazón que está siempre contigo y que no te desampara, debe estar aquí para completar mi fisonomía. Me siento incompleto, me siento mutilado, me siento sin TI.

No he conseguido concentrarme en el trabajo, lo único que he hecho es ver películas intentando sumergirme en otro mundo y así evitar pensar en esa parte que me falta. He esperado tu llamada todo el día, no he parado de ver mi teléfono para ver sí si tiene señal, si aún tiene batería, si aún no te has olvidado de mí.

No puedo evitar dejar derramar mis lágrimas sobre el ordenador, estoy muy triste y me siento impotente porque por más que le dé vueltas al asunto todo apunta que esa parte de mi no estará a mi lado en un buen periodo de tiempo. Aceptémoslo, en un año y medio suceden muchas cosas, eres tu quien insiste en ello y en estos momentos de depresión estoy de acuerdo contigo.

Acabo de terminar una película. En ella salía una mujer a la que el libretista a nombrado como una mujer de 'raza' especial, era una mujer andaluza (el que lo decía era un asiático). Luego de esa descripción no paré de ver esa mujer como si fueras tú, creo que me estoy volviendo loco o creo que mi traviesa percepción me quiere enredar en una mala pasada para incrementar mi insoportable depresión.

Puedes reírte, pero anoche apenas llegue a la Rochelle, mi pensamiento era invadido por pensamientos como: que rico que sería vivir en Bilbao, por qué no me he quedado, cómo puedo hacer para regresar. Sí, Bilbao, esa fatídica ciudad que me dio tanto qué pensar durante los meses más calurosos de este año. Sí, ese sitio lleno de personas a las que sé que mi sola presencia les molesta y en el cual me siento paranoico cuando conozco a alguien nuevo. Es tal mi necesidad de ti, que mi mente comienza hacer maniáticos planes para evitar sentir el vacío.

Me está costando mucho reponerme de esta despedida amor, me siento inhábil. Antes de venir a Europa, si me preguntabas, te respondía que cada uno siente y se deprime porque quiere y aquel que lo hace es porque no sabe controlarse. Pues ha llegado mi momento de descontrol, no sé qué hacer, necesito tu apoyo, necesito tu cariño, necesito escucharte, necesito sentir tu respiración, necesito tu equilibrio, necesito tu estabilidad.

En otra película iba a haber un matrimonio, y sé que suena loco pero también nos proyecte en él. Sabes que fue lo más "absurdo", que no me sentía incomodo, al contrario, me sentía feliz de pensar que por medio de ese simple gesto podríamos unirnos de una manera aún más fuerte de la que tenemos ahora. Sé que pensaras que estamos jóvenes para ello, pero, ¿puedes definirme juventud?. Es tan solo el miedo al fracaso lo que define juventud en este caso, la madurez está hecha de la suficiente experiencia para aceptar que te has equivocado. Es así y no lo contrario que todos nos quieren hacer pensar, nos dicen jóvenes porque afirman que aún no tenemos la suficiente experiencia para tomar una decisión de vida, una decisión de la cual podríamos arrepentirnos más tarde. Recuerda, para alcanzar la Luna hay que apuntar a las estrellas, no tenemos que tenerle miedo a hacer

grandes planes, al contrario, permitámonos soñar con grandes cosas para alcanzar al menos una parte de ellas.

Viendo todas estas películas, me he dado cuenta la poca fe que tiene la cultura occidental en las relaciones a distancia, ¿te has fijado cuantas comedias románticas terminan en un aeropuerto, estación de buses o de tren?, el protagonista corre para impedir que el amor de su vida se vaya a vivir a otra ciudad, no cabe la posibilidad de que él o ella puedan viajar a verlo, sólo se puede ser feliz si se vive en la misma ciudad, y tal vez, sólo bajo el mismo techo.

Dicen que hace muy bien escribir en este tipo de momentos, es una vía fácil de exteriorizar todo lo que sientes sin miedo a ser juzgados. Al comenzar a escribir esta pequeña carta, no pude evitar pensar que algún día lo leeríamos y nos reiríamos recordando esta época que nos ayudó a crecer como personas, que nos ayudó a aprender y a ser más fuertes, a tener la posibilidad de aconsejar sin miedo a equivocarnos y sobre todo a confirmar que todo sucede porque quieres y sé que lo que ambos queremos es estar juntos pase lo que pase. Te amo mi vida, mi amor, mi musa, mi venusina, mi adoración; eres esa personita que carga un pedacito de mi corazón en estos instantes y espero que lo cuides muy bien. Ti voglio benne, A très bientôt ma chérie, Mutsu pilo bat.'

Era muy difícil tener una relación a distancias, a veces sentia que tenía novia sólo por un fin de semana al mes, incluso sentía que las cosas importantes de nuestras vidas no pasaban cuando estábamos juntos, es como si lleváramos dos vidas diferentes, una cuando estábamos juntos y la otra que era la cotidiana.

A principios de noviembre todo comenzó a ir de mal en peor en mi casa, Christine no podía soportar mi depresión y mi encierro, no toleraba que no saliera de mi cuarto, decidí pasar una carta el lunes tres de noviembre a la agencia, me iba de esa casa en un mes. La gota que derramó el vaso fue un chisme que se comenzó el día del cumpleaños de Christine, a mediados de septiembre y del que yo me enteré un par de días antes de ir a Bilbao en la vacaciones de la Toussaint. El día de su cumpleaños, Christine hizo una gran fiesta, quería mostrarles a sus amigos su nueva casa. Esa noche, hubo música, alcohol y mucha comida, todo lo pago Christine. Yo estuve hablando un buen rato con Adrien y con Sarah, estuve también hablando con una de las mejores amigas de Christine. A mi juicio, y eso es lo que yo interpretaba, Christine se servía de ella como la amiga fea, ya sabes, lo que hacen muchas chicas engreídas, acercarse a una chica que ella consideran menos agraciada físicamente y así verse aún más guapas a los ojos de los demás. Esa noche noté cierto recelo por parte de Christine al verme tan sumergido en una conversación con 'su amiga fea', el tipo de atención que yo no había querido tener con ella durante semanas.

Un mes después de esa noche, Christine nos citó a Pierre y a mi en la cocina de la casa, según ella tenía algo muy serio de lo que debía hablarnos. Me senté en la mesa con ella y Pierre se quedó de pie recostado a la estufa. Christine, con una leve sonrisa en su rostro, nos contó que la noche anterior estuvo con sus amigos, los mismos que habían venido a su cumpleaños. Le confesaron que habían visto algo muy grave esa noche y que no se habían atrevido a decirle nada durante todo ese mes porque no querían que se sintiera incomoda. Nos dijo que una amiga de ella, que no bebe alcohol y por lo tanto no estaba borracha la noche de su cumpleaños, me había estado siguiendo los pasos mientras hablaba con la 'amiga fea' de Christine, en un momento en que estábamos hablando cerca de la cocina, la chica con la que yo estaba hablando sacó algo de su bolso y fue al water, según la amiga abstemia de Christine, que estaba observando mis movimientos, metí mi mano en el bolso de la 'amiga fea' y busqué el dinero de la billetera, en el momento en que lo iba a meter en mi bolsillo, me sentí observado y lo volví a meter en donde estaba.

Al terminar de contar la historia, Christine me miraba con una expresión de querer decir 'te jodí cabrón', Pierre tenía la cara roja y una notable expresión de enfado. Le agradecí a Christine por su historia, le dije que me había dado la excusa que había estado buscando para irme de allí, lo único que le pedía es que le dijera a su amiga 'la fea' que necesitaba hablar con ella. Al día siguiente, vinieron varios de sus amigos a hacer un trabajo, 'la fea' estaba entre ellos, la llamé y hablé con ella en privado. Le pregunté su versión de los hechos, ella estaba un poco borracha, no recordaba bien, recordaba que habíamos visto fotos de su billetera y que luego me había dejado para ir al water, le pregunté que si habíamos estado juntos cerca de su bolso, me dijo que si, le pregunté si le faltaba algo, me dijo que no, le agradecí y no volví a hablar del tema, para mi todo fue un plan de Christine para hacerme quedar mal y que si antes yo tenía un poco de influencia sobre Pierre, ahora la perdería del todo.

Prácticamente todo el mes de noviembre dormí en el sofá en casa de Sarah y Adrien. No sólo tenía la melancolía de estar lejos de mi Printzesa, también tenía a una chica engreída que quería dañar mi reputación en un pueblito de menos de cien mil habitantes. Una mañana, después de hablar con Nerea por teléfono, le conté todo lo que había pasado, ella no vio más que decirme que me amaba y que me apoyaba en todo, así fuera a distancia, luego me envió un mensaje al móvil y me pedía que escuchara 'I'm yours' de Jason Mraz, La vida es corta no tenemos por qué complicárnosla, ella era mía y la tenía para lo que quisiera.

Nerea fue a la Rochelle a ayudarme a pasar de casa los primeros días de diciembre, mi nueva casa estaba en Tasdon a sólo seis cientos metros de la universidad. Ahora vivía solo, así lo prefería, no tendría el riesgo de encontrarme con otra Christine, y esta vez podría comenzar a tener una vida social, ahora vivía más cerca del centro. El único detalle que me molestaba de mi nueva casa era que tenía que dejarla a finales de junio, la dueña de la casa la alquilaba a precios exorbitantes durante el verano. Nerea se quedó un par de días, no podía quedarse más porque había comenzado unas practicas en la cadena local de televisión de Bilbao, estaba como becaria en la sección de deportes. Teniendo en cuenta que sus prácticas no eran pagadas, consiguió un empleo a medio tiempo como azafata en una tienda de ropa. Bueno, además de su eterna atadura a casa, su padre.

A finales de noviembre y principios de diciembre, Miguel, el guatemalteco, me contactó, quería hacer otro eurotrip, pero esta vez por Europa del este. Tenía planeado pasar navidad en Bratislava y año nuevo en Budapest. La idea me agradó mucho, me metí a fondo con él para encontrar los precios más baratos. Nos lo armamos muy bien, era un viaje de casi quince días, e íbamos a visitar Milan, Bratislava, Viena, Praga, Budapest y Venecia. El había contactado varios de sus amigos de Guatemala, que ahora vivían en Barcelona, para que nos acompañaran en el viaje. Intenté convencer a mi Printzesa de viajar con nosotros, pero tenía que trabajar en sus practicas y además se sentiría muy mal si partía por más de quince días seguidos dejando a su familia, nunca había pasado una navidad o noche vieja lejos de ellos, ahora que lo pienso siempre encontraba otra excusa que no fuera su padre para decirme que no, en este caso fue su trabajo (aunque tenía vacaciones).

Me las arreglé cómo pude y comencé mis vacaciones una semana antes, fui a pasar la fiesta de Santo Tomás a Bilbao y me quedé unos días en casa de Nerea, era la primera vez que dormía en su casa, ¡por fin!, sentía que empezaba a ser aceptado, aunque dormí en la misma habitación que Borja, nunca había dormido tan cerca de Nerea en Bilbao (excepto los pocos días que durmió conmigo en Uribarri). Durante esa semana, Nerea aún no salía a vacaciones de sus practicas, sin importar si hacía mucho frío en los estadios de los equipos de los pueblos aledaños a Bilbao, yo la acompañaba y me quedaba a su lado viéndola trabajar, me llenaba de orgullo ver cómo se desempeñaba como reportera, esa chica que era mi novia y que hacía muy bien lo que hacía, estaba ufano de ver que mi Printzesa era la gran mujer que siempre pensé que era. Estar con ella en esos momentos me recordaba a los largos periodos de tiempo que pasaba en frente del bar español, esperando a que terminara de limpiar para irnos a dormir en una camita caliente, recordé que eso no eran penas comparado la satisfacción que venía después, creo que ella nunca entendió que yo la acompañaría hasta el fin del mundo si fuera posible para que cumpliera sus sueños y no mutilárselos haciéndola cambiar de parecer.

Poco a poco iba descubriendo los placeres que ofrecía Bilbao, la gran cultura musical que tiene, además de todas las cosas que tiene para ofrecer. Nunca había visto una ciudad que tuviera tantos conciertos en un mismo año, y no sólo de artistas locales, sino del Estado Español e internacionales. Fue en mis visitas después de haber vivido en Uribarri, que comencé a querer esa ciudad, a ver todo lo atractivo que tenía, su gente, la cultura, las artes, los bares, la vida nocturna, me agradaba, sobretodo cuando dejé la paranoia a un lado y dejé de pensar que todos me iban a juzgar por haberle quitado la novia a Eneko. De todas formas, aún seguía sintiendo el rechazo de la familia de Nerea, recuerdo que el fin de semana de Santo Tomás, Borja me dijo que tenía que ir más seguido a Bilbao, yo le dije, más por protocolo que por otra cosa, que me daba vergüenza venir a su casa, ya sabes, uno espera que le digan: 'no hay problema aquí eres bienvenido', pero en lugar de eso me dijo: 'no te preocupes en Bilbao hay hoteles muy baratos'.

Antes de irme en mi viaje a Europa del este, mi Printzesa me dijo unas palabras que no voy a olvidar 'Si quieres hacer algo con alguna chica, no te detengas por mi', ¿sería realmente ella la que me decía eso?, o ¿serían mis palabras que había logrado confundirla?, no lo sé, en todo caso esas palabras hicieron su efecto en mi viaje.

Debido a un pequeño problema de organización, tuve que pasar una noche de más en Milan, llegué una noche antes que los demás, teniendo en cuenta que mi avión, que salía desde Santander, llegaba a las once de la noche a Milan, preferí pasar esa noche en el aeropuerto. Allí conocí una estado unidense que hacía de Fille Au Pair en Vitoria, tenía un avión a las seis de la mañana para Venecia, también conocí a una turca que hacía su Erasmus en Milan y que estaba esperando a su madre. Estuvimos hablando un buen rato, me hice pasar por un francés que hablaba bastante bien castellano, la turca se fue hacia la una de la mañana con su madre y yo me quedé hablando en castellano a la gringa. Hacia las tres de la mañana decidimos dormir y nos acostamos en el suelo con nuestras maletas como almohadas. Al despertar, la nor-

teamericana ya se había ido, un vigilante me dijo que no podía quedarme en el suelo y me fui a unas sillas a dormir. Hacia las diez de la mañana fui a la Stazione Centrale di Milano para buscar a Miguel, pasamos toda la tarde en Milan y luego volvimos al aeropuerto, nuestro vuelo a Bratislava salía esa noche. Al día siguiente nos reunimos con los otros guatemaltecos.

El día de navidad lo pasamos en un bar donde el medio litro de cerveza nos costaba ochenta céntimos de euro, ¡qué pasada!, ya te imaginaras la cantidad de alcohol que bebimos esa noche. Recuerdo que nos cruzamos con un grupo de veinte colombianos que iban de paseo también en eurotrip. Estábamos con otra gringa que se quedaba en la misma habitación que nosotros en el hostal, estaba haciendo sus practicas en Sevilla y hablaba castellano, pero con un acento andaluz que te cagas. ¡Jeje!, recuerdo que le hice pasar el susto de su vida. Habíamos estado bebiendo en un bar cerca del castillo de Bratislava, los guatemaltecos iban más adelante que nosotros, ella me dijo que aún no había tenido la oportunidad de ver el Danubio, la invité a ir y nos desviamos del grupo. Al llegar al Danubio le dije que tenía algo que confesarle, le dije que me había caído muy bien, que me parecía una chica muy agradable y que por eso no me iba a portar mal con ella, me miró confundida y me preguntó por qué. Le dije que yo en realidad no era amigo de los guatemaltecos, que mi trabajo era ir por Europa del este buscando americanos para venderlos a una sociedad de ricos que se divertían matándolos poco a poco (ya sabes el argumento de una película conocida de Tarantino), no sé si fue que no entendió el chiste, pero casi sale corriendo, se puso pálida, no volvió a pronunciar palabra, pero como no sabía el camino hasta el hostal se quedó conmigo, cuando vio que llegábamos a un lugar que ella reconocía, respiro profundo y se relajó. No me volvió a hablar. No pensé que en Estados Unidos se tomaran tan en serio las películas de asesinos en serie.

En Viena pasamos únicamente un día, fue una visita rápida a la ciudad donde Mozart se convirtió en lo que lo hizo historia. En Praga pasamos tres días, es una ciudad preciosa, aunque nos hizo cuatro gra-

dos bajo cero todo el tiempo y anochecía a las cuatro y media de la tarde. Por lo demás, muy linda la ciudad. La noche vieja la pasamos en Budapest, era una ciudad mucho más grande que Praga y tenía muchas más cosas, las distancias eran más grandes. Comimos muy poco durante nuestro viaje, y sobretodo en Budapest, no logré quedarme despierto hasta la media noche del treinta y uno de diciembre, el alcohol me ganó la batalla, me quedé dormido sobre la mesa, cuando desperté no había nadie en el hostal.

Con la espinita de no haber podido festejar el año nuevo, intenté convencer a todos de salir el primero, aunque estaban reventados de la noche anterior, logré convencer a una guatemalteca, a una alemana y a un catalán que se estaban quedando con nosotros en el hostal, los demás se quedaron a dormir. Esa noche estuve hablando con la alemana todo el tiempo, era muy agradable, tenía muchas cosas qué contar, bailaba ballet y pintaba al óleo. Estuvimos en una discoteca, 'The Roof' creo, cerca del puente de las cadenas. Se llamaba así porque quedaba en el tercer piso de un edificio abandonado, tenía un parte exterior con sofás y calefacción, y un salón interior. Estábamos sentados hablando de todo y de nada, le dije a la alemana que tenía frío en las manos, ella me las cogió y se sentó sobre ellas, me quedé un poco confundido, no sabía si me estaba invitando a tocarle sus caderas o si era una manera especial de calentar las manos en Alemania. Pensé que la primera era más probable que la segunda, siempre había escuchado que los alemanes eran muy fríos, no creo que se calentaran las manos de esa manera. Ya me había bebido varias cervezas, las últimas palabras que me había dicho Nerea rondaban por mi cabeza una y otra vez, la alemana me parecía atractiva, además donde ella había puesto mis manos hizo que mi pulso se acelerara. En el momento en que puso mis manos debajo de sus nalgas, me quedé mirándola a los ojos, estaba esperando una explicación, quería saber lo que me insinuaba con ese gesto, sólo recibí una mirada picara acompañada de una pequeña sonrisa. A nuestro lado había una pareja succionándose sus labios de una manera tan violenta que parecía que se quisieran arrancar las amíg-

dalas, el chico estaba tocando los pechos de la chica y ella tenía su mano entre las piernas del chico. En un movimiento rápido el chico bajó la blusa verde de tirantes de la chica, dejando ver sus pechos desnudos ante todos los presentes, parecía no importarles, el chico paró de besar los labios de la chica para besar sus pezones, en lugar de sentirse avergonzada, la chica cerró sus ojos y levantó su mentón hacía el techo, quería dejarle el espacio suficiente al chico para que tuviera acceso a sus pechos y a su cuello. Miré a la alemana y ella seguía con la misma expresión picara, sonreí y le pregunté si quería salir un rato de allí. Le dijimos al catalán y a mi amiga guatemalteca que íbamos a estar afuera hablando un rato. Nos sentamos en un sofá, y ella aún no pronunciaba palabra, la miré y le dije que mis manos aún tenían frío. Me sonrió y esta vez las puso en su cintura, entre su abrigo y su blusa. Tenía ganas de besarla, pero me retenía, no quería comenzar algo de lo que después podría arrepentirme. Me quedé mirándola a los ojos. Tenía unos ojos azules profundos, su cabello era rojo claro, se lo había tinturado, le gustaba mucho cambiar el color de su cabello. Al ver que yo no me movía, cogió mis muñecas y comenzó a subirlas lentamente, mi corazón palpitaba a cien latidos por minuto, tragué saliva, sabía que se dirigía hacía sus pechos, «¿qué hago?, ¿la detengo?, pero tengo ganas de hacerlo, además Nerea me dio 'permiso', pero no quiero hacer algo de lo que pueda arrepentirme después» pensé mientras ella seguía subiendo mis manos, era demasiado tarde no la detuve y mis manos se encontraron tocando unos firmes pechos, llenaban la palma de mi mano, no tenía sujetador, pero si varias capas de abrigos. Me dije que ya no había vuelta atrás y me lancé a besarla, no encontré resistencia, al contrario, puso su mano en mi cuello y me acerco aún más, deje mi mano izquierda sobre su pecho derecho y utilicé la derecha para tocar sus caderas. Metí mi mano dentro de su pantalón y noté que tenía bragas muy finas, casi como una seda dental, su piel estaba fría y lisa, tenía un culo enorme, al parecer las bailarinas de ballet desarrollan glúteos prominentes, el de ella era especialmente grande. Mi mano izquierda encontró el camino entre los abrigos y blusas, para depositarse sobre la piel de su pecho, estaba cálido y su pezón estaba erizado y firme. Después de unos minutos de estarnos besando, me paró y me dijo que era mejor si regresábamos a casa, quería darse una ducha conmigo. Estaba tan excitado que ni siquiera recordé las palabras que alguna vez me había dicho Nerea: 'Jhonatan, eso es cosa de novios'. Nos fuimos al hostal, en la calle hacíamos juegos, carreras, ella bailó un poco de ballet, luego la cargué en mi espalda y corrí un poco. Al llegar al hostal fuimos directos a la ducha, ella se desnudó con mucha naturalidad, no le importaba que la luz estuviera encendida y que hubiera alguien allí que nunca la había visto desnuda, se notaba que le gustaba su desnudez y que estaba orgullosa de su cuerpo. Para mi si fue un poco más difícil quitarme la ropa, pero al ver su naturalidad, la imité y me desnudé por completo. Sus pechos no eran para nada pequeños, eran bien proporcionados a su cuerpo pero eran eclipsados por el tamaño de sus nalgas, pensé que tendría celulitis o algo para que fueran de ese tamaño, pero su piel era lisa, parecía ser sólo músculo, nada de grasa. Abrió la llave y se puso detrás mío hasta que se calentara el agua, luego nos metimos bajo el chorro y nos besamos mientras caía el agua cálida por nuestra piel, se sentía muy bien, ¡no había tiempo para la culpabilidad!, acaricié todo su cuerpo con mis manos y mis labios, el agua lo hacía más fácil. Ella me estimulaba con su mano pero no beso más que mi boca. Me preguntó si tenía un preservativo, para mi fortuna o tal vez infortunio, no tenía ninguno, no había ido a ese viaje planeando acostarme con alguien, por eso no había llevado preservativos, ella tampoco tenía, tuvimos que dejarlo de ese tamaño, hasta cierto punto sentí alivio de no haber ido más lejos, salimos de la ducha y nos fuimos a dormir, cada uno en su cama respectiva.

Al día siguiente, el catalán me preguntó que tal me había ido con la alemana, le dije que sin más, y él continuo haciendo bromas, ignoraba que ella aún estaba allí y que su hermana comprendía el castellano. Momentos después la alemana se me acercó y me saludó de un beso en los labios, me quedé sorprendido, pensé que ya todo había quedado en una noche, pero creo que ella quería enviarle un mensaje al ca-

talán, y a su hermana también, al parecer su hermana quería reprimirla, era mayor que ella, y creo que eso fue una señal de rebeldía. La culpabilidad vino después, esa tarde no quería hacer nada, sólo pensaba en que había traicionado la confianza de mi Printzesa, seguramente ella me dijo esas palabras para mostrarme que confiaba en mi y yo la había cagado haciendo lo que hice.

Finalmente Venecia, no pude aprovecharla tanto como tenía planeado, no salía de mi cabeza esa noche en la ducha con la alemana, me sentía mal. Antes de ese acontecimiento, me proyectaba en todos lados con mi Printzesa, visitando cada rincón de cada ciudad, y disfrutando los paisajes juntos, en Venecia ese pensamiento me dolía, lo único que logré pensar con seriedad, era lo romántico que sería proponerle matrimonio a Nerea bajo el Ponte dei sospiri (puente de los suspiros). Esa idea se quedó en mi cabeza por mucho tiempo. Regresé en avión desde Venecia hasta Lyon y me quedé una noche en casa de Miguel. Al día siguiente regresé a La Rochelle, a mi fría y vacía casa de La Rochelle. En cada ciudad en la que estuve le envié una postal a Nerea, así comencé una pequeña tradición de enviarle una postal desde cada ciudad a la que yo iba sin ella, aún compro las postales, ya no las envío.

Por los primeros días de enero, Sarah me invitó a una fiesta de disfraces que iban a hacer sus compañeros del master, ¡era en La Belle Verte!, ¡qué sorpresa!, finalmente terminé conociendo la casa en la que iba a vivir, pero que al final cambié por la casa de Chatelaillon. Me fui disfrazado de inspector Gadget, aunque todos creyeron que me había disfrazado de exhibicionista a causa mi largo gabán marrón. Esa noche conocí dos españolas, y hablé con una casi toda la noche, Clara. Estaba estudiando para ser profesora de español a franceses, vivía en Poitiers, pero había venido para la fiesta. Guardé el contacto con ella, me cayó muy bien y hasta cierto punto hablar con ella me hacía sentir cerca de Nerea, tenía un acento parecido y muchos gestos que me recordaban a mi Printzesa. Los habitantes de La Belle Verte me invitaron a ir cuando quisiera, de todas formas, ni ellos estaban seguros de los que vivían allí, siempre entraba y salía gente, se quedaban a dormir en colchones en el garaje o en el salón, era un desorden completo.

Volví a Bilbao a mediados de enero, podía quedarme únicamente un par de días para evitar incomodidades en casa de Nerea, aún sentía ese recelo, no importaba que me esforzara ayudando en las tareas de casa y no opinando sobre las discusiones, siempre sentía que no les gustaba que yo estuviera allí. Volví a acompañarla en sus practicas, era su último mes, ella siempre me preguntaba si no me importaba no hacer nada mientras ella trabajaba, yo le decía que en realidad si hacía algo, la admiraba, me encantaba verla en acción, me encantaba ver como brillaban sus ojos por hacer lo que le gustaba hacer, ¡Dios, hubiese dado lo que fuera por ver ese brillo en sus ojos!. Ese mismo brillo que tenía al poco tiempo en que comenzamos nuestra relación a los ojos de los demás y que incluso un amigo del jefe del bar en el que trabajaba en Lyon le dijo que se le notaba mucho que estaba enamorada. Ese brillo que seguramente ahora ya no tiene.

Mi doctorado iba muy bien, ya había pasado la etapa de la investigación del estado del arte y había comenzado a redactar mi primer artículo científico. Mi jefe estaba muy contento con mi trabajo y me tenía tanta confianza que ni siquiera me vigilaba si estaba en mi oficina o no, me aprovechaba de eso para ir a Bilbao o para trabajar desde casa. Mi compañero de oficina es iraní, está cerca de la treintañez y se casó hace poco con una chica iraní que conoció aquí en Francia. Quiso trabajar en energía nuclear, pero el gobierno francés no estuvo de acuerdo, dijeron que no era seguro que un iraní en Francia trabajara en energía nuclear. Yo lo conozco, no creo que tuviera intenciones de hacer una bomba, pero bueno, el gobierno no se encarga de conocer a las personas, simplemente juzga a grandes rasgos, así es más fácil, así sean las personas que votan por ellos.

En febrero, Clara me llamó, me dijo que había ido a La Rochelle y que le apetecía quedar conmigo para tomar un café o algo, la invité a mi casa a ver una peli y a hablar un rato. Estuvimos hablando toda la tarde, se hizo tarde para que ella regresara a La Belle Verte, la invité a que durmiera en mi casa. Dormimos en la misma cama, yo me hice en el extremo derecho mirando hacía afuera, quería evitar cual-

quier sueño erótico que me hiciera acercarme a ella durante la noche y tal vez, confundiéndola con Nerea, hacerle el amor. No pasó nada en toda la noche, me sentía bien conmigo mismo, ¡no había pasado nada!. El problema comenzó cuando nos despertamos, estuvimos hablando aún recostados en la cama, me sentí en mucha confianza, tenía a una chica española en mi cama, una chica que me recordaba un poco a Nerea y que estaba allí con un short y una camiseta mía, enorme para su cuerpo, que le había prestado para que durmiera. Tomé su mano y la empecé a frotar, luego tomé la otra y las uní, estaba haciendo el gesto de calentarlas, en realidad quería tocar sus manos. Cuando sentí que estaban calientes las besé y miré a Clara para ver su reacción, estaba sonriendo, ella sabía que yo tenía novia, pero no le importaba estar compartiendo cama conmigo. Le había contado mi teoría de la relación abierta y a distancia, pero no opinó sobre ello. Allí estábamos, en mi cama frente a frente, a unos cincuenta centímetros de distancia, y no queríamos levantarnos. No pensé en la alemana, pero si pensé en Nerea, era increíble cómo Clara lograba hacerme pensar en mi Printzesa. Solté sus manos, y comencé a hacerle cosquillas, ella se reía y comenzó a hacerme cosquillas a mi también, en un movimiento rápido quedo encima mío. Sentí el peso de su cuerpo, la piel de sus piernas estaba cálida y podía sentir el calor que emanaba su short, tenía sus manos sobre mis hombros y sus brazos estirados, separando nuestros pechos pero uniendo nuestros pubis. La sangre comenzó a fluir hacía mis cuerpos cavernosos, sentí una presión entre mis piernas, creo que ella también la sintió y se dio cuenta de lo que estaba pasando, sonrió y me quitó la camiseta, comenzó a besarme el pecho, bajó hasta el ombligo, yo estaba paralizado, no la detuve, ¡tal vez no quería detenerla!, tomó mi short con ambas manos y me lo bajó hasta los tobillos, no dejó de besarme, besó el inicio de mis abductores, luego paso a mis cuadriceps, llegó a mi pubis. Estaba muy excitado, mi respiración estaba muy agitada, no era capaz de moverme, no sabía qué hacer, se sentía muy bien, ¿pero y la culpabilidad?, en esos momentos no tenía suficiente sangre en la cabeza para sentir culpabilidad o tan siquiera para pen-

sar algo claramente, mi sangre se había concentrado toda entre mis piernas y ahora Clara succionaba con su boca para que se concentrara aún más. Después de hacerme una felación con gran maestría, volvió a besarme el vientre y subió hasta mi pecho, se quitó la enorme camiseta que yo le había prestado dejando ver su torso desnudo, cerré los ojos y me dejé guiar por su voz, su acento español me excitaba, era la segunda española con la que estaba en la intimidad en toda mi vida. Preferí pensar que lo estaba haciendo con Nerea y eso me relajo mucho, ahora era yo, aún con mis ojos cerrados, quien continuó la acción, le quité sus shorts y aún teniéndola encima mío me puse un preservativo que tenía allí para cuando venía Nerea, la penetré, con una mano estimulaba su clítoris y con la otra tocaba sus pechos, fue todo muy intenso.

Cuando terminamos, me levanté para ducharme mientras ella se vestía, nos despedimos en la puerta de mi residencia, fue curioso, pero fue ella quien se me lanzo a los labios a despedirme, recordé el día en que intenté hacerle lo mismo a Nerea en la puerta del Metro, cuando vio que no quise besarla, me dijo que me entendía, que yo tenía novia, pero que ella era así y que al menos lo había intentado.

El fin de semana siguiente, Clara nos invitó a su casa en Poitiers a mi y a dos habitantes de La Belle Verte, Mateo y Mathilde. Mateo, un italiano muy irreverente, le decían constantemente que se parecía a Jesús, tenía el pelo largo y su barba también, medía un metro noventa centímetros y pesaba al menos cien kilos, era una mole completa, muchas veces pensaban que era jugador de rugby. Mathilde, una francesa, completamente opuesta a Mateo, pequeña, delicada, le gustaba mucho fumar porros y tenía el gran sueño de vivir en África. Ese fin de semana había fiesta en la escuela de ingenieros de Poitiers y nos colamos, hubo concierto en vivo de grupos formados por estudiantes de la escuela, recuerdo que uno de ellos cantó 'I'm yours' de Jason Mraz, la canté a todo pulmón con ellos mientras pensaba en el momento en que se lo contaría a mi Printzesa. Esa noche, 'casualmente' no había camas suficientes para todos y tuve que dormir con Clara, fui muy claro con ella, pero sobretodo conmigo, le había dicho mi regla principal de la relación abierta y a distancia, 'UNA VEZ PASA, DOS ES PREMEDITADO', aún así ella me buscó el lado pero sólo recibió negativas de mi parte.

A vísperas del cumpleaños de Nerea, yo no podía ir a Bilbao, estaba en plena redacción de un artículo en inglés y mi jefe estaba sobre mi, ella me dijo que no iba a poder ir a La Rochelle, tenía trabajo en la tienda de ropa y no podía faltar. Fue por esos días en que ella, mi Printzesa, me hizo el mejor regalo que nunca jamás me habían hecho en toda mi vida, un regalo que aún recuerdo y que creo que será difícilmente superado, un regalo que jamás volvió a repetir aunque lo esperé por meses. Era la noche entre el once y el doce de marzo de ese año, estaba durmiendo tranquilamente en mi casa, a las cinco de la mañana sentí que estaban tocando el timbre. Tardé varios minutos en reaccionar, ¡están tocando el timbre!, ¿a estas horas?, ¿quién puede ser?. Corrí a la puerta y no vi a nadie por la mirilla, pensé que me estaban jugando una broma pesada, cuando iba a regresar a mi cama, el timbre volvió a sonar, abrí rápidamente para pillar al bromista, ¡Era Nerea!, ¡qué sorpresa!, estaba en la puerta con dos o tres maletas, con una gran sonrisa y sus ojos medio cerrados porque su mejillas los cerraban por la sonrisa, tenía los brazos abiertos y cuando abrí la puerta gritó: '¡Sorpresa!', casi me la como a besos, era los más divino que me había hecho desde que la conocía. La tomé entre mis brazos y mientras le besaba el cuello, la llevé en brazos hasta mi cama, volví por las maletas y cerré la puerta. Me contó que había descubierto que había una línea de buses que viajaban de noche entre países, había tomado el bus a las once de la noche en Bilbao y había llegado a las cinco menos diez a la Plaza de Verdun en La Rochelle. Era su cumpleaños, pero el regalo me lo había hecho a mi.

Ese fin de semana había fiesta en La Belle Verte, no previne a Clara que Nerea iba a venir, de todas formas yo no lo sabía, además no creí que eso fuera un problema. Mi amiga española se enojó conmigo, no quiso hablar con Nerea, no entendí muy bien su comportamiento, pero a partir de ese día, nuestra amistad se degeneró mucho. Esa noche conocí unos mexicanos, una brasileña y una estado unidense, muy simpáticos todos, llegamos a ser buenos amigos. Salía seguido con ellos de fiesta.

Los mexicanos conocían los Erasmus españoles de ese año en La Rochelle, una noche en casa de uno de los mexicanos conocí a un bilbaíno, Iker, le hablé resumidamente de los meses que había vivido en Bilbao y que tenía una novia bilbaína, su primera pregunta fue: '¿cómo se llama?, tal vez la conozco', reí mucho porque sentí que los bilbaínos no se daban cuenta de que vivían en una ciudad lo suficientemente grande como para no conocerse entre todos, aún hoy en día, cuando les digo a los bilbaínos que están en La Rochelle que tuve una novia bilbaína, me preguntan lo mismo.

Para mi vigésimo tercer aniversario, Nerea volvió a La Rochelle, teniendo en cuenta que teníamos planeado viajar en verano a Colombia, y yo pasaría unos días en Bilbao antes de irnos al otro lado del Atlántico, ese fin de semana, el de mi cumpleaños, iba a ser el último que nos viéramos antes del verano, es decir un poco más de dos meses.

Ese par de meses fueron más bien tranquilos, salía de fiesta con mis amigos mexicanos, con la gringa y la brasileña, de vez en cuando veía a Clara que venía de visita y hablábamos como amigos, y con una gran barrera entre nosotros, como si quisiéramos olvidarnos de lo que había sucedido esa mañana en mi cama.

Durante esos dos meses y medio, mi libido me estaba matando, las videollámadas por internet sólo incrementaban mi apetito sexual, ver a mi princesa al otro lado de una pantalla no llenaba mis deseos de caricias, de besos, de su calor, de sus perfumes. En una de nuestras videollámadas puse 'Through the glass' de Stone Sour y la canté al unison, luego le puse 'Set the fire in the third bar' de Snow Patrol y le pedí que la escuchara todos los días que sintiera que yo le hacía falta, yo lo haría y pensaría en ella. Las noches de Luna llena siempre le enviaba un mensaje a su móvil para decirle que la viera y que recordara que era la misma Luna que yo estaba viendo. A menudo no me sentía muy bien, la estabilidad que había logrado conseguir empezaba a desaparecer, pensaba miles de cosas para estar cerca de mi Printzesa, no paraba de pensar, me agotaba rápidamente, mi cuerpo necesitaba más energía de la normal, decidí conseguir consejo profesional, pedí cita con la psicóloga de la universidad. El cuento con los psicólogos es que no te responden a las preguntas que les haces, en cambio, te hacen más preguntas. Mi objetivo principal de ir a verle era poder controlar mi libido, no quería volver a acostarme con una chica, quería serle fiel a mi Printzesa, quería ser sólo para ella. Lo poco que pude tomar de las idas a la psicóloga era aprender a decir no, a ponerme mis limites. Desde que comencé a ir a verla, la mejor manera que vi para evitar tentaciones en las fiestas era ser el Dj, además de que me gustaba ver que la gente bailaba al ritmo de la música que yo les ponía, me mantenía ocupado y no pensaba en tener sexo o en mujeres, sólo pensaba en mi Nerea. Ese año las mejores fiestas fueron las de La Belle Verte, y todos me felicitaban por ser el Dj.

Recuerdo que una de las noches en que estaba pinchando la música, conocí a un chico que estaba durmiendo en La Belle Verte por unos días, era un aventurero, no recordaba su pasado, había perdido su memoria en un viaje en barco, hablaba perfectamente portugués, español (con un acento que mezclaba expresiones latinas con españolas) y francés, siempre escribía en un diario todo lo que le pasaba. Me preguntó sorprendido por qué no le hacía caso a todas las chicas que me buscaban el lado, le conté sobre Nerea y sobre el síndrome de Antoine LetitGros. Era un chico muy interesante, le gustaban mucho los enigmas, decía que eso le ayudaba a ejercitar su mente para poder recordar su pasado. Le puse uno que seguramente aún no habrá resuelto.

Un mes y medio después de mi cumpleaños, ya había publicado mi primer artículo científico en una revista reconocida a nivel mundial, envié el resumen a un congreso franco-quebecois en Lille (norte de Francia) y fui aceptado para presentarlo. Era la primera vez que iba a participar en un congreso en francés, y tenía que presentar mi tema frente a una multitud de gente, ¡qué nervios!. Viajé solo, me quedé en un hotel a las afueras de Lille, todo estaba pagado por mi laboratorio, mi jefe no pudo venir conmigo, tenía que dar clases y ser jurado de las sustentaciones de las practicas del master. Me fue muy bien, tenía que presentar mi artículo durante diez minutos en una lengua que no era mi idioma materno. Cuando comencé a hablar estaba muy nervioso, pensé «es increíble el número de hombres que hay», no lograba ver más de tres o cuatro mujeres en la sala, excepto por las azafatas que rotaban el micrófono para las preguntas, comencé a hablar, mi voz estaba quebrada y débil, señalé varias veces la pantalla y cuando vi unas cuantas cabezas llenas de cabellos blancos balanceándose hacia adelante y hacia atrás, confirmando lo que yo decía, me relajé y logré hacer una buena presentación.

Al final del día fui a una tienda turística y compré una postal para Nerea. Aún con mi traje y mi corbata me senté frente a la Opera en los escalones, al lado de los jóvenes que bebían cerveza y tocaban guitarra, me miraban raro, no entendían cómo alguien en traje se sentaba allí, al lado de ellos. Dejé que la música de cuerdas me inspirara y le escribí un pequeño mensaje a la chica de mis sueños. Las postales eran la mejor manera de demostrarle a Nerea que había estado en mi cabeza, que había pensado en ella mientras estaba en algún congreso o conferencia. Ese viaje fue el principio de una infinidad de viajes que he hecho como investigador. Ser investigador en Francia me abrió mucho las puertas del mundo, ya no me miran como aquel colombiano que probablemente quiera transportar droga para sacar a su familia de la hambruna. Aunque todavía tengo que hacer las vueltas en las embajadas para obtener el visado, ahora existe menos probabilidades de que me la rechacen, sin embargo Estados Unidos si lo hizo, no pude asistir a un congreso en Nueva York, también tuve muchos problemas para poder ir a Marruecos, un país que se supone que se identifica con nosotros los latinoamericanos. Desde que comencé a hacer el doctorado he estado en al menos treinta aeropuertos diferentes, y en unas cincuenta estaciones de tren, ya sea porque eran mi destino final o por que tenía transbordos para otro tren u otro avión. La semana pasada, por ejemplo, estuve en Sevilla en un congreso de energías renovables.

Siempre que llegaba a algún lado, veía la gente esperando ansiosa a su ser querido, comencé a pensar que esos lugares son espacios de grandes concentraciones de sentimientos, algunos se van, otros llegan, otros esperan. Siempre quise que mi Printzesa estuviera en cada lugar que visitaba para que me recibiera con un gran abrazo y me preguntara cómo me había ido, después de darme un cálido beso de bienvenida. Siempre que me bajaba de un tren o de un avión, suspiraba profundamente, y seguía mi camino mientras veía los abrazos de los demás, los besos de los enamorados y las lágrimas de las despedidas.

Cuando volví a La Rochelle de mi primer congreso en Lille, sentí ese insoportable vacío, no había nadie esperándome en mi regreso, la melancolía me invadió y me encerré en mi habitación. Por esos días ya no vivía en Tasdon, había entregado el piso porque pronto me iría a Colombia, y no volvería en dos meses, me fui de 'ocupa' a La Belle Verte, de todas formas sólo iba a quedarme quince días. Una chica que se había ido de vacaciones me dejó su habitación. Al día siguiente, después de haber llegado de Lille, aún me sentía un poco deprimido, mis compañeros de casa me dijeron que había una fiesta de una amiga, me invitaron a ir para animarme un poco. Era la cremaillère de una ex habitante de la casa de locos. La soirée tenía un tema especifico, había que disfrazarse de algo relacionado con la granja. Fuimos Mateo y yo juntos, no llevamos disfraz, pero al ver que todos estaban disfrazados en la fiesta, improvisamos un disfraz con lo que nos ofrecieron en la casa. La chica que había vivido en la casa en la que yo estaba viviendo, estaba disfrazada de vaca, llevaba un niqui blanco ajustado con manchas negras que ella misma había pintado, un pescador también pintado por ella y una campana en el cuello, típica de las vacas lecheras. Cuando nos vio, se inclinó un poco hacía el frente y mientras sonreía movió sus hombros de una manera que la campana se balanceara de izquierda a derecha para que sonara, lo que ella no sabía, o muy seguramente si, es que sus pechos hacían el mismo movimiento que la campana, mi libido alborotada no dejó que mis ojos se despegaran de ese par de ubres femeninas pintadas con manchas de vaca. Pasé la noche con ella, la llevé a mi pseudo casa porque había mucha gente durmiendo en su cama. Al día siguiente cuando nos íbamos a despedir, me preguntó que ella y yo qué, en qué quedábamos, le dije que tenía novia..."

¿Alguna vez te has preguntado cómo piensan las personas que nacieron sordas?, en general, si tú eres una persona como yo, pensamos en palabras, tenemos una pequeña voz interior que es la que utilizamos para pensar, reflexionar e incluso recordar (aunque muchas veces, para recordar también utilizamos imágenes, sonidos, olores). Entonces, ¿cómo piensa una persona que nunca ha escuchado una palabra?, hasta hace unas cuantas décadas se consideraba a los sordos como personas con discapacidad no sólo física sino también mental, incluso si no había mayor problema con su cerebro. El gran problema es que sólo hasta hace poco se comenzó a estimular a los sordos para comunicarse, ya sea por lenguaje de señas o por entrenamiento en la comunicación hablada y lectura de labios. Esas personas crearon la habilidad de poder pensar, reflexionar. Una persona que haya nacido sorda, y aprende el lenguaje de señas, va a pensar ¡precisamente en señas!, es más el ritmo de los símbolos que aparece en su cabeza en lugar de las imágenes de unas manos mostrando lo que se dice. Hoy en día, una persona que haya nacido sorda, y que haya aprendido por lo menos un lenguaje o una manera de comunicarse con los demás, puede llevar una vida normal, ya no es considerado como un discapacitado mental, e incluso puede pasar desapercibido para muchos. Esto demuestra que el lenguaje es el principio básico que nos hace ser humanos, puesto que es la base del raciocinio, ¡sin lenguaje no podemos razonar!, es el principio que nos aleja de los demás animales 'no racionales'.

La parte animal del hombre responde perfectamente a la ley cero de la termodinámica, una persona sin la capacidad de razonar (sin lenguaje alguno, ni de señas, ni hablado) entraría en el mismo estado que cualquier otro animal y viviría una vida circular, sin recuerdos (al menos con palabras) que le puedan condicionar seriamente su vida futura. El lenguaje le ha dado al ser humano la capacidad de salirse voluntariamente del orden de la ley cero, un ser humano puede escoger voluntariamente salirse de la estabilidad de su vida y cambiarlo todo de la noche a la mañana, nuestra parte animal nos lo impide, nos hace sentir miedo al cambio. A nuestro cuerpo (como ente orgánico) no le gusta estar en un estado de máximo consumo de energía, rechaza cualquier forma de desequilibrio.

Estos argumentos fueron utilizados por Jhonatan para persuadir a Nerea de que un ser humano está en la capacidad de diferenciar entre el amor (sentimiento racional) y el sexo (sentimiento animal). Sostenía que si teníamos esa dualidad mente-cuerpo, y podíamos desafiar a la naturaleza, saliéndonos deliberadamente de la ley cero, podríamos fácilmente diferenciar entre una noche de sexo y el amor verdadero.

Capitulo 8
El viaje a Colombia

La fuerza de Sheccid relata la historia de un adolescente enamoradizo, que conoce a una chica de la que se encapricha en el momento en que la ve. Sin saber su nombre la bautiza Sheccid por la historia que le contaba su abuelo cuando él estaba pequeño. El autor pretende dar un mensaje de valores con la ayuda de una historia de amor. El libro tiene un epílogo claro, el amor de adolescente nos causa dolor, pero ese dolor nos impulsa a hacer cosas grandes, a superarnos a nosotros mismos. El joven nunca conoce realmente a la chica, por esa razón se lleva una gran decepción, esa decepción lo impulsa a ser escritor y a escribir su propia historia. Jhonatan leyó La fuerza de Sheccid cuando tenía apenas doce años, cuando apenas se estaba formando una idea de lo que son las relaciones de pareja, mientras veía a su madre sufrir por estar soltera después de un divorcio que ya llevaba más de siete años. Por su tierna edad, Jhonatan no entendió claramente el mensaje de valores que quería dar el autor, por el contrario, otro mensaje quedó muy claro en su cabeza, si algún día encuentras a la mujer de tus sueños, esa que te hace un ser humano completo, tu otra mitad, esa que te impulsa a hacer grandes cosas, sufrirás, sufrirás y mucho, te llevarás una gran decepción, esa decepción te llevará a hacer cosas aún más grandes, si no es así, es porque realmente no era la chica de tus sueños.

En el momento en que Jhonatan vio su recuerdo, ese en el que estaba contando su sueño a su madre, en el que había visto un ángel, el mensaje de La fuerza de Sheccid llegó a su cabeza, sentía que Nerea era la mujer de sus sueños y le temía mucho a esa sensación porque sabía que iba a sufrir, esperaba que ella lo decepcionara para poder hacer cosas grandes, las cosas para lo que se suponía que él estaba predestinado.

- Pero entonces, tu también le has puesto los cuernos a Nerea -dice Amaia reprochando a Jhonatan-, y peor aún, te las has llevado a la cama

- Bueno, creo que fui víctima de mis palabras, como te lo dije antes, no sólo estaba inseguro por lo que pudiera pasarle a Nerea, también tenía miedo de lo que me podía pasar a mi, lo peor es que la ultima vez, la culpabilidad no se pasó por mi cabeza, es como si cada vez que lo hacía se hacía menos difícil... Pero eso si, nunca repetí con la misma

- Vaya una consolación Jhonatan, el caso es que lo hiciste

- Tienes razón Amaia, lo hice

- Bueno, y ¿qué tal os fue por Colombia?, me gustaría tanto ir allí

"Dos meses y medio después de haber visto a mi Nerea, volví a Bilbao, de allí salimos para Colombia, teníamos un vuelo de una hora Bilbao - Madrid, un vuelo de once horas Madrid - Bogotá y un último vuelo de una hora Bogotá-Manizales. Teniendo en cuenta que el aeropuerto en Manizales lo cierran muy temprano, tuvimos que pasar una noche en Bogotá, en casa de una amiga de la familia. Llegamos a Manizales a las siete de la mañana, toda mi familia nos estaba esperando con los brazos abiertos, a pesar de que era la primera vez que veían a Nerea, la recibieron con abrazos y besos, pero no abrazos incómodos, verdaderos abrazos, de esos que les llaman abrazos de oso.

La mayoría de las vacaciones las pasamos en Manizales, visitamos Chipre un parque mágico por sus atardeceres, incluso poetas reconocidos a nivel mundial han escrito sobre los atardeceres de Chipre en Manizales, tiene ese nombre por un obelisco que fue ofrecido por la isla de Chipre a la ciudad, lo ubicaron en la parte más alta de la ciudad y le dieron ese nombre al barrio en honor al regalo. Fuimos al Cable, que era el antiguo medio de transporte en Caldas, el departamento donde está Manizales, la gente se transportaba en plataformas suspendidas en el aire, sostenidas por un cable grueso, podían viajar distancias hasta de ochenta kilómetros. También estuvimos en la universidad donde yo había comenzado mis estudios de ingeniería (los terminé en Medellín), estuvimos en las aguas termales, es un lugar mágico, tienes aguas a más de treinta grados al aire libre, en un lugar rodeado de montañas y algunas tienen nieve, se ve incluso el Nevado del Ruiz que es la montaña más alta de Colombia, tiene cinco mil trescientos metros de altitud, por lo tanto tiene nieve todo el año. También estuvimos en la catedral, es una construcción enorme, la más alta de sur America y la quinta más alta del mundo, subimos al su punto más alto 'El corredor Polaco', se veía toda la ciudad desde allí.

¡Ah!, recuerdo que fuimos también a patinar sobre hielo en una pista permanente en el parque los Yarumos, ese día llovía, hacía un poco de frío, la temperatura media en Manizales es diecinueve grados todo el año, pero ese día hacía, yo creo, unos quince (eso es frío en Colombia), recuerdo que estábamos Nerea, mi madre y yo, cuando regresábamos a casa, mi madre le entraron muchas ganas de miccionar, no había nadie en la calle, ya era de noche, pero no había ningún baño cerca y estábamos al menos a media hora de casa. Ante la imposibilidad, viendo que llovía y que ya estábamos los tres empapados por la lluvia, mi madre le dijo a Nerea que se pusiera frente a ella y a mi en un lado, como te lo dije mi madre siempre utiliza falda, aprovechó e hizo su necesidad allí, bajo la lluvia frente a Nerea, sin mayor problema, yo me reí a carcajadas y le dije a Nerea que si no se sentía parte de la familia después de eso, no sé qué necesitaría para tener más confianza con todos.

Mi abuela vive en Manizales y mi madre vive en Pereira, a una hora de distancia. En Pereira no hicimos mucho turismo, mi madre es trabajadora social, trabaja en un colegio de educación especial, era organizadora de las olimpiadas especiales a nivel nacional (colombiano) de ese año y nos llevó a Nerea y a mi para que participáramos como organizadores, a Nerea le tocó natación y a mi ciclismo. Estuvimos también en Belén de Umbría, un pueblito de Risaralda en donde pase mi infancia, quería que Nerea conociera al máximo mi pasado, le mostré los lugares donde jugaba, la casa en donde soñé con ella, el colegio donde hice mi bachillerato, también fuimos a una finca de unos amigos y comimos sancocho en leña y empanadas.

Me imagino que querrás saber qué es un sancocho en leña, es una sopa preparada con plátano, patatas, carne, cilantro y otros ingredientes, se cuece al fuego de leña, queda delicioso, te lo aseguro. Estuvimos en Medellín, hicimos el tour de la ciudad en un bus turístico, fuimos al pueblito paisa que queda en una pequeña montaña llamada el Cerro Nutibara, el pueblito paisa es la típica representación de un pueblo del departamento de Antioquia, con su iglesia, sus casas con balcones, la escuela, etc... luego nos fuimos de compras a Itagüí, allí la ropa es muy barata, incluso la ropa de marca, un pantalón que aquí te cuesta cien euros, en Itagüí te cuesta quince, es simplemente porque allí están las fabricas de vaqueros de muchas marcas europeas, pero eso, muy poca gente lo sabe. En Manizales, mi abuela no me permitía dormir con Nerea, decía que cuando nos casáramos nos prepararía ella misma la cama, pero mientras aún fuéramos novios, dormiríamos separados. En Pereira, mi madre nos animó a dormir juntos, e incluso a ducharnos juntos, nos decía que ella entendía, que nos veíamos muy poco por tener una relación a distancia y ahora que estábamos juntos no nos quería limitar la intimidad. Toda mi familia y amigos siempre recibían a Nerea con un abrazo, nada de dos besos incómodos en las mejillas, un abrazo, le decían que estaban encantados de conocerla, a mi me gustaba mucho que la trataran así, quería que se sintiera parte de la familia y sobretodo que era bienvenida en sus vidas, así como lo fue en la mía.

También pasamos varios días en Santiago de Cali, en la casa de mi único tío materno, en esos días mi primos que viven en Estados Unidos y Canadá habían venido a Colombia, era la primera vez en diez años que los veía, ya habían crecido, incluso estaban en su última fase de la pubertad, no habían podido venir porque sus padres habían pedido asilo político en Norteamérica y se les tiene prohibido volver a Colombia, al menos por el tiempo en que no tenga la residencia permanente. Todos recibieron igualmente a Nerea, con alegría y abrazos, me encantaba verla feliz entre mis familiares, me encantaba verla ser parte de mi familia. En Cali hace mucho calor todo el año, los días que no salimos de turismo estábamos todo el día en la piscina, para refrescarnos.

Mi tío nos llevo al parque San Antonio, un parque donde se reúnen cuenteros a relatar sus mejores historias, yo tenía muchas ganas que Nerea viera a lo que yo me dedicaba los jueves en las tardes en mi universidad, quería que viera la pasión y la magia con que los cuenteros relatan sus historias, cual juglares de la edad media, mi tío también fue cuentero en su época de universitario y tiene la costumbre de ir por lo menos una vez al mes a ver a los cuenteros del parque de San Antonio. Qué decepción nos llevamos el día que fuimos, no había cuenteros porque estaban utilizando la plaza para un matrimonio en la Capilla Colonial de San Antonio. Le dije a mi tío que no podíamos perder el viaje, así que comencé a invitar la gente que estaba cerca de allí, señoras hablando de sus hijos y de sus nietos, una familia comiendo helado, varias parejas de enamorados, mis primos, Nerea, un buen montón de gente y comencé a contar una historia:

'Acercaos todos, tengo una pequeña historia que contaros. Una historia que nos demuestra por qué la soberbia sólo nos sirve para cegarnos, no nos deja ver más allá y muchas veces, cuando caemos en cuenta de lo soberbios que podemos llegar a ser, nos llevamos una gran decepción o tenemos que pagar por ello. Esta historia es verídica. No hace mucho tiempo en un pueblito de los Alpes franceses, vivía un

reconocido profesor de matemáticas, había dedicado su vida entera a las matemáticas y ahora era famoso en toda Francia por sus logros, sus publicaciones y por todos los congresos y conferencias en los que había participado. El reconocido profesor trabajaba en la capital de su región, Lyon. Como ya era bastante mayor, tomaba el tren todos los días para ir a su trabajo. Él siempre aplicaba las matemáticas en su vida, le gustaba imaginarse y preguntarse cosas que la gente del común, según él, no se preguntaban a menudo. En sus repetidos viajes de tren, solía contar el número de árboles que había cada cien metros y hacía el promedio de árboles que había en todo el camino, en invierno, calculaba cuanta nieve podía caer por metro cuadrado según la temperatura exterior, le gustaba también, calcular la capacidad de aislamiento de las ventanas del tren y suponer a que temperatura se encontraba la superficie interior del vidrio. Se sentía muy bien con sus conocimientos y le gustaba que la gente lo reconociera como el gran profesor de matemáticas que él era. Siempre utilizaba traje, con corbata, bufanda de Kashmir, zapatos de cuero bien lustrados. Un día, un humilde pastor se subió en la misma estación que el reconocido profesor, el pastor estaba sucio y olía a excremento de oveja. El único asiento libre en ese vagón era al lado del reconocido profesor. El pastor, cansado de una larga noche de trabajo, se sentó al lado del profesor y lo saludó amigablemente. El erudito, lo miró con desprecio, no podía creer que el sucio pastor que se había acabado de sentar a su lado, hubiera osado dirigirle la palabra sin ni siquiera decir 'Señor'. Olía mal y además sus ropas de pastor estaban sucias y viejas. El profesor, viendo que un tal atrevimiento no podía quedarse así, decidió vengarse del pastor, decidió hacerlo a la mejor manera que él sabía hacerlo, con las matemáticas. El intelectual dijo pues: 'Señor pastor, quiero hacerle una proposición, yo me aburro mucho en estos viajes y quisiera que este viaje, el día de hoy, se haga un poco más interesante. Le propongo que hagamos un pequeño juego. Vamos a hacernos preguntas sobre cosas que hayan en estas montañas de los Alpes que nos rodean, si yo le hago una pregunta que usted no sepa contestar, usted debe darme un euro, evidentemente usted no podría pagarme más, y yo, que soy un reconocido profesor de matemáticas en una importante universidad de Lyon, le pagaré cien euros por cada respuesta que no sea capaz de darle'. El pastor estaba un poco confundido, no habían cruzado palabra en más de diez minutos de viaje y ahora el hombre que tenía al lado le proponía un juego. 'Esta bien' dijo el pastor, con inocencia y ganas de entretenerse en el camino. El profesor le dijo: 'teniendo en cuenta que yo soy el que paga más, tengo el derecho a comenzar', el pastor aceptó y el profesor continuo: 'Le advierto que yo conozco muy bien todo lo que podemos ver desde estas ventanas. Mi pregunta es ¿Cuantos árboles de una talla superior a dos metros hay entre Chambéry y Bourgoin-Jallieu?'. El pastor lo miró confundido, no sabía qué decir, ¿será posible que el imponente señor que estaba sentado a su lado supiera la respuesta a esa pregunta?, después de meditar, sin respuesta alguna, el pastor, sin decir una palabra, metió su mano en el bolsillo y sacó una moneda de un euro y se la dio al profesor. El pedagogo muy feliz, sentía que había mostrado su superioridad ante el sucio pastor que se había atrevido a sentar a su lado. 'Ahora es su turno' dijo el profesor convencido de que contestaría lo que sea que el pastor le preguntara. Después de unos minutos, el pastor miró al suelo y reflexionó, quería hacer una pregunta que pareciera al menos un poco inteligente, no quería verse como un tonto ante el educador que estaba sentado a su lado. De un momento a otro alzó su mirada y sonriendo dice: 'Ya lo tengo, ¿Ve usted esa montaña al fondo allí, detrás de esos árboles?', dijo el pastor mientras señalaba una colina llena de pinos, el profesor asentó con su cabeza, el pastor continua: 'Allí, en esa pequeña montaña vive un animal, es un animal muy especial que sólo vive allí, ese animal tiene la capacidad de moverse en varias patas, a veces se desplaza en dos, a veces se desplaza en tres y otras veces en cuatro, pero tiene una particularidad, entre más patas utiliza, más débil es, y cuando duerme, que es su estado de mayor debilidad, se desplaza en cinco patas, ¿cuál es ese animal?'. El profesor abrió sus ojos sor-

prendido, él sabía todo sobre los árboles, la nieve, los siervos, las liebres, todo lo que había en ese camino, ¿cómo era posible que no supiera que había un animal con esa capacidad?. Miró por la ventana, y comenzó a hacer sus cálculos, dos patas, tres patas, ¿pero cinco cuando duerme?, ¿existe un animal que se desplaza mientras duerme?, en medio de su reflexión, recordó el acertijo de la Esfinge que interpeló a Edipo en su camino a Tebas. La respuesta era el ser humano, pero el ser humano no tiene cinco extremidades, y cuando duerme, no lo hace en cinco patas, además no se desplaza, ¿pero qué animal podría ser?. Pasaron diez minutos, el profesor aún reflexionaba, y el pastor simplemente se puso a contar ovejas mentalmente y se quedó dormido. Después de cuarenta minutos de viaje, pronto llegarían al destino del pastor, él se bajaba antes de llegar a Lyon. Al ver que estaban próximos a su estación, el pastor le preguntó al profesor si ya había encontrado la respuestas, pronto tendría que bajarse y quería sus cien euros. El profesor, con sus mejillas rojas y sus manos en los bolsillos, no quiso sostenerle la mirada al pastor, sacó su billetera hecha en cuero marroquí y le dio un billete de cien euros. El pastor muy feliz, tomó su tula y se iba a bajar del tren, había ganado noventa y nueve euros. En los escalones del tren, ya a punto de pisar el andén, sintió que lo halaban hacía atrás, era el profesor, no soportaba haber perdido en su propio juego, y aún más, no soportaba no saber la respuesta a la pregunta del sucio pastor, lo tomó del cuello de su camisa y con un gesto amenazador, le dijo: 'dígame, ¿cuál es ese animal?, ¿cuál es el animal que tiene la capacidad de moverse en varias patas, a veces se desplaza en dos, a veces se desplaza en tres y otras veces en cuatro, pero tiene una particularidad, entre más patas utiliza, más débil es, y cuando duerme, que es su estado de mayor debilidad, se desplaza en cinco patas?', el pastor al ver que el profesor estaba seriamente enojado y que el tren iba pronto a irse de allí, bajó su mirada, metió su mano en el bolsillo y le dio otra moneda de un euro al profesor, luego bajó del tren y siguió su camino'

Al terminar la historia hice una pequeña venia y les agradecí a todos por haberla escuchado, hubo varios aplausos, pero no quise hacer el clásico de pasar una gorra para recoger monedas, esa vez, lo hacía por diversión. Era el turno de mi tío, ahora había aún más gente escuchando, el público se había por lo menos duplicado. Mi tío tomó su clásica postura para relatar su cuentos y comenzó:

'Esta historia es bastante conocida, se ha contado desde el medioevo y de la cual su autor es desconocido, quiero dedicarla a todos los enamorados presentes, en especial a mi sobrino Jhonatan y su novia Nerea, les auguro mucha felicidad juntos y espero que su relación no sea efímera.

En el principio de los tiempos, cuando no existía nada. Cuando ni siquiera el tiempo existía porque nadie había inventado nada para llevarle la cuenta. Cuando el hombre todavía no existía, en mitad del universo estaban reunidos los vicios y las virtudes.

Ellos se pasaban todo el día discutiendo y peleando, sobretodo por la coba que les daban la Ira y la Discordia. Discutían sobre quién habitaría el cuerpo de los humanos, si los vicios o las virtudes. Y no se ponían de acuerdo porque unos decían que habría más virtudes que vicios en los humanos y otros que al revés, que sería mayor el número de vicios que estarían en los humanos.

Y como nadie se ponía de acuerdo. La Locura, que estaba loca, tubo una idea que le pareció estupenda. Y dando brincos en mitad de la reunión dijo:

- Tengo una idea, tengo una idea para solucionar la discusión

Todos se quedaron expectantes. Y la Locura dando carreras sin ton ni son dijo:

- Es una idea genial que seguro que no falla. Sí, sí, sí, sí

Y la Intriga que estaba cada vez más intrigada, invadida por la Curiosidad preguntó por fin:

- Oye, ¿Y cual es esa idea tan buena?

La Locura dio un brinco y después otro y dijo:

- Sencillo, sencillo. Jugar al escondite

Entonces la Intriga sí que se quedó intrigada. Y como ya no podía soportar tanta intriga dijo:

- ¿Y qué demonios de juegos es ese?

- Muy fácil, muy fácil, muy fácil. - dijo la Locura dando vueltas alrededor de la Intriga - Uno de nosotros se pone a contar de uno a cien de cara a un tronco muy grande y con los ojos tapados. Los demás salen corriendo a esconderse donde puedan. Luego, el que cuenta sale a buscar a los demás. Si al último que encuentre es una virtud, serán las virtudes las que habiten al hombre en mayor número, si es un vicio serán los vicios los que habiten a los humanos.

Entonces alguien entre la multitud dijo:

- ¿Y si encuentra una pareja de virtud y vicio?

La Locura pensó un instante y dijo:

- Muy sencillo, se repartirán por igual

La Inteligencia, que hasta entonces se había creído la más inteligente pensó «Qué gran idea que se le ocurrió a la Locura. ¿Por qué no se me habrá ocurrido a mí?»

Entonces la Intriga preguntó:

- ¿Y quien va a contar?.

Y la Ternura dijo:

- Como es tuya la idea, ¿qué mejor que seas tú quien cuente?.

- De acuerdo, de acuerdo - dijo la Locura-

Y se fue a un tronco a contar:

- Veintisiete... cuarenta y dos...

Todas las virtudes y los vicios salieron corriendo a esconderse. La Justicia cogió de la mano a la Verdad, porque la Verdad siempre acompaña a la Justicia, y se fueron hasta un río que pasaba por allí cerca. Era un río de aguas cristalinas y puras. Y la Justicia dijo:

- Nos esconderemos aquí, para que luego no digan que la Justicia no es transparente

Y la Justicia se escondió en el fondo del río junto con la Verdad.

La Ensoñación cogió a la Ternura de la mano se fueron a esconder detrás de una nube rosa. Y allí comenzaron a pintar las nubes de tonos morados, rojos, rosas y azules. Y es por eso que en los atardeceres el cielo se llena de nubes de colores.

La Lujuria cogió de la mano a la Pasión y juntas escalaron una montaña para esconderse en ella. Pero una vez dentro la temperatura empezó a subir y las rocas a calentarse y a fundirse hasta que la Lujuria y la Pasión hicieron nacer un volcán en aquella montaña.

La Pereza no se movió de donde estaba. Se puso a dormir detrás de un árbol que había por allí cerca.

Y así se fueron escondiendo todos, todos menos dos.

- cincuenta y ocho... setenta...

La Envidia, envidiosa como siempre, quería saber donde se escondía todo el mundo y se quedó allí en medio.

- setenta y siete... ochenta y seis...

El otro que no se escondía era el Amor. Porque el Amor es indeciso y no sabía dónde esconderse. La Locura estaba llegando al final de la cuenta:

- noventa y ocho...

El Amor y la Envidia no sabían dónde meterse. La envidia vio un pino y se subió.

- noventa y nueve...

En el último momento el Amor se tiró a un rosal de rosas rojas donde nadie se había escondido porque estaba lleno de púas.

- y ¡cien!

La Locura se dio la vuelta y empezó a buscar a sus compañeros.

- ¡Un dos tres por la Lealtad!.- La Lealtad, leal como era, no se había movido del lado de la Locura.

- ¡Un dos tres por la Esperanza!.- La Esperanza se había escondido cerca pensando que quizá no la encontrarían.

- ¡Un dos tres por la Humildad!

La Humildad se acercó a la Locura y le dijo:

- La verdad es que has hecho un buen trabajo para encontrarme

- ¡Un dos tres por la Pereza!

La Pereza seguía durmiendo plácidamente a pesar de todo el alboroto que la Locura estaba haciendo. La Locura llegó hasta el río de aguas cristalinas, miró al fondo y vio a la Verdad y a la Justicia. Y gritó:

- ¡La Justicia y la Verdad están allá abajo!

La Justicia, que vio que la habían visto, revolvió el fondo para que las aguas se volvieran turbias y no pudieran verlas. Y le dijo a la Verdad:

- Tú quédate aquí que yo saldré por las dos y convenceré a la Locura de que no te ha visto.

La Verdad le hizo caso y allí se quedó. La Justicia salió corriendo detrás de la Locura, corría más y más hasta estar a punto de alcanzarla cuando de repente se tropezó con una piedra y se cayó. Con la caída se había lastimado una rodilla, pero aun así se levantó y siguió corriendo cojeando, pero cuando llegó la Locura ya había llegado. Es por eso que se dice que la Justicia cojea, pero siempre llega. Y desde entonces a la Verdad no se le ve por ningún lado.

La Locura se fijó en que la montaña donde se habían ocultado la Pasión y la Lujuria ahora era un volcán.

- ¡Qué raro! - se dijo la Locura. Y fue a investigar-

Así que la Locura subió por la ladera del volcán y se asomó al borde del cono. Y allá abajo, en una repisa de piedra. Pasión y Lujuria estaban dando rienda suelta a todo lo que representaban. La Locura, avergonzada, dijo mirando para otro lado:

- ¡Un dos tres por la Lujuria y la Pasión que están ahí abajo haciendo cosas! - y se fue corriendo dejando a la Lujuria y a la Pasión-

Luego la Locura miró al horizonte y vio nubes de colores en forma de dragones, elefantes, princesas, duendes y castillos. Y pensó la Locura: «Esto parece cosa de la Ensoñación, y si la Ensoñación está por aquí la Ternura no tiene que andar lejos».

Efectivamente, subió hasta las nubes y allí vio a la Ensoñación contándole cuentos a la Ternura y ésta mientras tanto, hacía nubes con las formas que le relataba la Ensoñación. La Locura, viéndolas tan atareadas no quiso molestarlas y escribió en una nube: ¡Un dos tres por la Ensoñación y la Ternura! Y se fue.

La Locura ya había descubierto a todo el mundo menos a dos: la Envidia y el Amor (ya que a pesar de lo que decía la Justicia, ella tenía una cierta idea de por donde estaba la Verdad. Los locos están locos, pero no son nada tontos). Ya no sabía dónde buscar y miró al cielo para pedir ayuda. Y con esto vio a la Envidia que estaba en lo alto del pino.

- ¡Un dos tres por la Envidia!

La Envidia, envidiosa de que no hubieran encontrado al Amor, se bajó del árbol y dijo:

- Pues el amor está escondido en ese rosal

La Locura dio vueltas en el rosal pero no vio al Amor, y es que el Amor es difícil de encontrar a veces.

- Pero busca bien, que está ahí.- dijo la Envidia-

La Locura intentó apartar las espinas de las rosas con las manos pero se pinchó

- ¡Ay!

Y es que a veces el Amor hace daño sin querer.

- Pero busca bien, que seguro que está ahí. - insistió la Envidia

La Locura ya no sabía que hacer y cogió una rama de dos puntas y comenzó a pinchar el rosal con ella. Finalmente se oyó un grito que dejó a todos fríos...

- ¡Ayyyyyyy!

El Amor salió de el rosal con las cuencas de los ojos vacías y bañadas en sangre. La Locura no sabía que hacer, todos le estaban mirando, y sintiéndose culpable por lo que había hecho le prometió al Amor que a partir de ese momento sería su lazarillo.

Desde ese día, se corre el rumor de que el Amor es ciego y siempre va acompañado de la Locura. Muchas Gracias'

Hubo muchos aplausos, incluso vi un par de lágrimas, la gente se emocionó mucho con la pequeña historia de mi tío, yo también estaba conmovido, me gusta mucho la manera en que él cuenta cuentos, lo hace con una gran maestría, espero algún día hacerlo como él. Después de que acabamos los cuentos, la gente se disipó y nos quedamos sólo mis primos, mi tío, Nerea y yo. Escuchamos música de cuerdas al fondo del parque, era un pequeño grupo de bohemios que estaban bebiendo moscatel y cantando a la luz de la Luna. Nos les unimos y cantamos un buen rato con ellos. Al cabo de varias canciones, el cantante nos pidió dinero, yo le di cinco mil pesos (colombianos) y mío tío hizo lo mismo.

Después de varios días en Cali, volvimos a Manizales, pronto tendríamos que volver a Europa y quisimos pasar los últimos días en casa de mi abuela con mis primos, mi madre y mi hermana. La despedida fue en el aeropuerto de Manizales, casi toda mi familia estaba presente, mis primos de norte America también estaban allí. Mi hermana me cantó una fracción de 'La canción de las simples cosas' de Mercedes Sosa. Luego, mis primos me abrazaron y dijeron al unison: 'This is my cousin, there are a lot like it, but this one is mine. My cousin is my best friend. Without my cousin I'm useless, without me, my cousin is useless (Este es mi primo, hay muchos como él, pero este es mío, mi primo es mi mejor amigo, si él no tengo utilidad, sin mi, él no tiene utilidad)'. En el momento en que íbamos a pasar ya la ultima puerta para despedirnos, mi madre tomó de la muñeca a Nerea y la trajo hacía ella, como si quisiera decirle un secreto, le dio un gran abrazo, le besó la mejilla y le dijo: 'Este no es un abrazo y beso de despedida, son los primeros de tu regreso'.

Teníamos todo un día en Madrid antes de tomar el avión hasta Bilbao, aprovechamos y paseamos un poco por la capital española. Estuvimos en la Plaza Mayor, el Sol, la Puerta de Alcalá, el parque el Retiro, el día se nos pasó muy rápido. Esa noche dormí en Bilbao, ¡vaya contradicción!, llegar de Colombia donde todos nos abrazaban y nos hacían sentir parte de la familia, a un lugar donde me sentía que me aceptaban por obligación, y que mi presencia les incomodaba. Regresé al día siguiente a Aytré, tenía que encontrar nuevo piso, le prometí a Nerea que apenas encontrara piso volvería a Bilbao, íbamos a ir a los picos de Europa y luego a las Marijaias de Bilbao. Encontré piso en dos semanas de búsqueda, y vaya que no es fácil en Francia ¡eh!, volví al día siguiente a Bilbao, ya todo estaba listo, íbamos a ir con Borja y con Darío, un amigo de la cuadrilla de Nerea. Pasamos un par de noches en un camping en los picos de Europa, e hicimos la senda del Cares, en un día, caminamos al menos cinco horas.

Las Marijaias esta vez me las pasé mejor, ya conocía un poco más Bilbao, y sentía menos rechazo por parte de los amigos de Nerea, pero aún tenía esa paranoia, creo que incluso hoy en día la siento cuando los veo. El segundo día de Marijaias, en la noche, estaban en la habitación de mi Printzesa, Nerea y su hermana mayor, al parecer estaban hablando de algo muy serio y la hermana de Nerea tenía un papel en su mano. Nerea estaba llorando y su hermana me llamó a la habitación, necesitaba hablar seriamente conmigo.

Amaia, hasta ahora te he descrito bien los integrantes de la familia de Nerea, e incluso un par de sus amigos, pero no te he hablado de ella, de mi Printzesa, de la chica de mis sueños, de mi musa. Te habrás hecho una idea de su personalidad, pero aún no tienes mi versión. Nerea, la Nerea que yo conocí en Lyon mientras compartíamos un baile latino, la Nerea que tenía la misma apariencia que el ángel con el que soñé cuando estaba despierto, la Nerea a la que me gustaba llamar Printzesa, esa Nerea es una chica real de carne y hueso, con defectos, cualidades, y una belleza física remarcable, pero una belleza interna infinita, esa Nerea que cabe dentro de la definición de la ***imperfección perfecta****, esa Nerea de la que me enamoré por primera vez en mi vida.*

Ella era el resultado de una mezcla de todos sus hermanos, era la menor y tuvo tiempo suficiente de tomar una pequeña parte de cada uno de ellos. De su hermano mayor, el primero, heredó la curiosidad por lo extraño, por lo inhabitual, por lo que se sale de la rutina, y ese deseo se incremento en ella cuando me conoció, no sólo porque yo era colombiano, también porque mis palabras la inspiraban a conocer más sobre culturas diferentes, yo venía de un país que está a más de diez mil kilómetros de distancia. Al mismo tiempo mis palabras, mi historia la contagiaron del síndrome de Antoine LetitGros. De su hermana, la segunda, heredo su 'altruismo', su deseo por entregarse por completo a sus padres, dejando su cuerpo a un lado para ser sólo alma, aunque muchas veces sentía más que lo hacía por lo que su familia y amigos pudieran decir, que por lo que ella realmente deseaba, no soportaba ser juzgada como una mala hija, sentía la necesidad de aparentar fuera de casa que eran la perfecta familia de la televisión y avergonzarse por el comportamiento de su padre (que a mi juicio, su comportamiento es natural, no lo juzgo por ello), por eso no era capaz de seguir sus sueños de trabajar en el extranjero, en especial en África, para alimentar el deseo por lo extraño, al contrario, intentaba encontrar lo inhabitual en Bilbao, en un terreno cerca de sus padres, siempre encontraba una excusa para no buscar empleo en Madrid o incluso en Burdeos, que queda a mitad de camino entre Bilbao y La Rochelle. Cualquier excusa era buena para seguir en una relación a distancia conmigo, por ejemplo me dijo que las practicas de su carrera sólo las podía hacer en Bilbao, después de unos meses me di cuenta que eso no era verdad. De su hermana, la tercera, heredó la dependencia en las relaciones de pareja, Nerea se sentía muy insegura conmigo porque yo no la limitaba, yo no me comportaba como su padre sino como su pareja, su igual, con sus mismos problemas sin solucionar y la misma falta de experiencia, no me comportaba como el guía de su vida, al contrario, la animaba a que siguiera sus sueños, esa dependencia de búsqueda de aprobación la convirtió en miedo a decepcionarme, miedo a volar sola sin amarrarse a mi, miedo a volar en la punta de la 'V'. A menudo, Nerea veía en otras chicas mi novia perfecta, eran chicas especialmente seguras de ellas mismas, que no tenían miedo a decepcionar a los demás, chicas que no temían llevar una relación de independencia y a ser las líderes en la inmigración, a aligerar el aire para los demás. De su hermano Borja, él de por si, también tenía gran parte de la herencia de sus her-

manos mayores, Nerea heredó su inseguridad, su baja autoestima. Ella muy a menudo se subestimaba, sentía que no merecía trabajar en las mejores cadenas de televisión, no le gustaba que le dijera que ella podría ser mejor que tal periodista o que tal presentadora, eso generaba más miedo en ella de decepcionarme, yo lo hacía para que se animara, para que entrara en un estado de desequilibrio y comenzara a ver las posibilidades para volverse una gran reportera y corresponsal, que era su sueño, lo hacía pensando en que si entraba en un estado híper-perceptivo lograría tener la suficiente información para convencerse de lo buena periodista que podría llegar a ser. Al contrario, cuando yo la animaba a tomar el liderazgo, a que se pusiera al frente de la 'V', ella se moría del pavor, y se escondía detrás mío para que yo volara por ella. Ese deseo de no decepcionarme y no decepcionar a su familia la llevaba a guardar grandes secretos, a acumularlos para ella, generando un gran estrés que sólo empeoraba su situación. Pero no sólo era con las personas que eran importantes para ella, también buscaba la aprobación de todos los que ella conocía y sentía aunque sea una pequeña conexión, tenía la imposibilidad de poder decir ¡NO!, tenía miedo a rechazar, porque ella misma podría ser rechazada después, ese miedo estaba alimentado por la mayor fobia de las féminas de su familia, el temor a ***LA SOLEDAD*** *(por eso también le temen a la independencia, eso significaría vivir con sus propias capacidades estando solas). El vivo ejemplo fue el tiempo que ocultó tener algo conmigo, no quería que nadie pensara mal de ella, que la juzgaran de facilona. Otro era el que estaba a punto de descubrir cuando su hermana mayor me llamó a la habitación mientras sostenía un papel en su mano y Nerea tenía el rostro cubierto en lágrimas.*

Entré a su habitación, la luz era tenue, sólo había una lámpara de noche encendida, Nerea estaba sobre su cama y su hermana sentada sobre una silla a su lado. Nerea levantó su mirada, con su rostro quería decirme que lo sentía, me pedía perdón, su hermana dijo: 'Si no se lo dices tú, se lo diré yo'. Nerea se secó sus lágrimas con su niqui y me tomó de la mano, mi corazón latía rápidamente, estaba muy ner-

vioso, pensé que me dirían que ella tenía cáncer o que se había quedado embarazada. Nerea tomó aire, respiró profundo y me dijo: 'tengo un gran problema que no te había contado, que no le había contado a nadie, vamos. No pagué el último mes que viví en Lyon, y ahora, mi hermana que me había servido de fiadora, ha recibido una carta donde se lo están cobrando, lo peor es que cuando fui a Lyon, para supuestamente entregar las llaves, en realidad el contrato ya se había acabado hacía unos días, y me lo han renovado automáticamente, es decir que ahora no sólo debo el último mes, sino trece meses, eso son más de seis mil euros. Aún conservo las llaves del piso, y me las están reclamando junto con el dinero'. Así como lo oyes Amaia, la última persona que vivió antes que tú en tu piso, no fue un extraño, fue Nerea, el piso al parecer estuvo desocupado un año entero.

¿Qué no era gran cosa?, para mi si lo era, eso por un lado significaba que me había logrado guardar por más de un año un secreto delicado, y además, por otro lado, si debía todo ese dinero, tendría que trabajar y todo lo que trabajara era para pagárselo a su hermana, es decir, no podría vivir fuera de casa, una excusa perfecta para seguir bajo las alas de sus padres. Me llevé una gran decepción, pensé cosas horribles de Nerea, incluso el hecho de que si por alguna razón de la vida quedara embarazada de alguien más, sería capaz de ocultármelo y decirme que el niño era mío. ¡Si!, llegué a esos extremos. Pasé el resto de la Marijaia en Bilbao, pero no me sentía muy bien, el día antes de regresar a La Rochelle, se lo manifesté a Nerea, le dije que estaba muy decepcionado, y que no la reconocía, que sentía como si hubiese estado conociendo a otra Nerea por casi ya dos años, sentí que ya no era mi Printzesa. En Termibus, recordando la vez que iba a irme por primera vez a La Rochelle, decidí contarle otra historia, pero esta vez en castellano:

'Se rumorea que por las calles de una ciudad europea, vivía un hombre muy particular, un hombre que no le gustaba vivir bajo las reglas habituales de la sociedad, un hombre que le gustaba expresar sus sentimientos por medio de enigmas. Un día, este hombre encon-

tró una mujer que le fascinó sus sentidos, según él, era la mujer que le había recomendado su doctor toda la vida para tener una vida sana, era su mujer ideal. Cuando se le acercó por primera vez, llegó con su brazo extendido y en la palma de su mano tenía un diminuto cubo azul claro, apenas si se veía a simple vista, aún sin conocerla, sus primera palabras fueron: 'Para ti, princesa'. La chica halagada, pero confundida, tomó el diminuto cubo azul y lo guardo en su bolsillo mientras le sonreía al curioso extraño que se lo había ofrecido. Pasaron los días y nuestro protagonista se acercaba cada vez más a la chica, le recitaba poemas y cantaba canciones románticas. El día en que estaba decidido a dar el siguiente paso, la llevó a comer a un restaurante fino, con sus mejores vestimentas y su mejor argumento para enamorarla. Después de cenar, tomó su mano y mientras le decía lo mucho que la quería sacó de su bolsillo otro cubo azul, pero esta vez un poco más grande. Se lo dio y le preguntó: '¿Quieres ser mi novia?'. La chica confundida con su regalo, pero enamorada como ya lo estaba, aceptó ser la novia de nuestro protagonista. Pasó el tiempo, y decidieron irse a vivir juntos, se sentían felices, pero la chica siempre tenía la espina de por qué su novio nunca le regalaba más que cubos azules. El día en que le propuso matrimonio, nuestro protagonista le ofreció un anillo, pero en lugar de diamante tenía otro cubo azul un poco más grande que los anteriores. Se casaron, y formalizaron su relación, los hijos no tardaron en llegar. Cada aniversario, navidad, o cumpleaños, el hombre le regalaba un cubo azul claro un poco más grande. Con el pasar de los años, la mujer comenzó a enfadarse y sentía que su esposo no era más que un tacaño que no era capaz de conseguir algo diferente, algo que no fueran cubos azules. Por esa época, conoció otro hombre en el trabajo que la buscaba, le coqueteaba y le daba regalos finos y caros. No tardó en caer en la tentación de este nuevo hombre en su vida y lo tuvo como amante. Después de un par de años, la mujer no le veía sentido a su matrimonio, sus hijos pronto irían a la universidad y su esposo seguía siendo el mismo tacaño de siempre que sólo le regalaba cubos azules. Decidió divor-

ciarse. El día de la firma de los papeles, nuestro protagonista estaba devastado, no entendía qué había hecho mal, aún estaba enamorado de su mujer y no quería dejarla, no le importaba que tuviera un amante, él la amaba por como ella era, no sólo por el sexo. Después de firmar los papeles, la mujer salió cogida de los brazos de su amante, nuestro protagonista salió cubierto en lágrimas, estaba tan perturbado que no vio que venía un coche, terminó en el suelo con un gran golpe en su costado derecho. La nueva ex esposa lo presenció todo, soltó a su amante y salió corriendo a socorrer a su ex esposo. Le salía sangre por los oídos, la nariz y la boca, ella sabía que moriría pronto. Aún podía hablar, le decía que la amaba y que ella sería su único amor, lo sabía desde el día en que la vio. Ella lo tomó entre sus brazos, puso su cabeza en su regazo y le dijo: 'nunca entendí por qué eras tan tacaño conmigo, nunca pudiste regalarme algo que no fuera un cubo azul, ¿Por qué?, dime, ¿por qué?', el hombre tomando fuerzas y con su último aliento, logró decirle: 'Porque quería regalarte el cielo a pedacitos'

Me despedí y le dije que escuchara 'Savior' de Rise Against. Durante mi viaje de regreso a La Rochelle, sentí una dulce melancolía, una melancolía que me decía que estaba haciendo bien, le había dicho a Nerea que necesitaba un tiempo para reflexionar, sentía que me había enamorado de una persona completamente desconocida para mi, y eso me había dejado en shock, necesitaba un tiempo sin pensar en ella, un tiempo separado de ella.

Esa melancolía sólo me duro un día, después, me sentía solo, despechado. Es increíble la sensación que se tiene cuando se está despechado, los sentimientos son tan fuertes como cuando te acabas de enamorar, pero son negativos, tristes. Todas las canciones, poemas, películas de amor tienen sentido, ves en ellas tu situación y te identificas con los autores o personajes, luego te preguntas cuántas personas pasan por lo mismo que tú, o al menos por algo parecido, eso te lleva a la pregunta ¿por qué alguien escribe ese poema, canción o guión de película?, ¿cómo llega eso a su cabeza?. Son personas que han sido expuestas a un desequilibrio, a una situación extrema como el amor o la depresión, personas que impulsados por esa fuerza de desequilibrio comienzan a sacar de su pluma todo lo que les brota, esa fuerza misma es la que mueve sus manos mientras escriben, esa fuerza es la que traduce sentimientos en palabras, esa fuerza que nos impulsa a ser grandes cosas. Luego te preguntas, ¿cuántas de las personas conocidas en la historia han pasado por ello?, si te sientas a ver, muchos de los premios Nobel del siglo pasado fueron entregados a judíos que, de alguna manera, sufrieron el holocausto, personas que fueron expuestas a sentimientos extremos de odio, impotencia, rabia... Esas personas comienzan a cuestionarse, a preguntarse por qué estamos aquí, para qué existimos, pero no sólo se lo preguntan, esa fuerza los impulsa a buscar la respuesta, a querer resolver esas interrogantes, a darle un sentido a su vida. Un ejemplo claro de esto es Jesús, el profeta de la religión cristiana, te imaginas tú ser el hijo bastardo de la unión en matrimonio de José y María, en una época donde los principios familiares eran muy importantes. Por supuesto que el niño Jesús se preguntó por qué Dios lo había traído a este mundo, por supuesto que se pregunto por qué él tenía que haber sido él el hijo bastardo y no alguno de sus hermanos, eso afectaba su propia identidad, algo con lo que tenía que vivir toda su vida, sin importar lo que hiciera, algo de lo que él no era culpable pero se le reprochaba, por lo tanto vivió toda su vida en ese estado de desequilibrio, su cuerpo no se cansaba, a pesar de estar en un estado de mayor consumo de energía, la fuerza que generaba en él la búsqueda de esas respuestas, lograron que fuera un hombre conocido en todo el mundo e incluso ahora más de dos mil años después de su nacimiento. Eso demuestra que el mundo humano (racional y tecnológico) no avanza (evoluciona) gracias al más fuerte, tampoco al más inteligente, ni siquiera a las personas que se adaptan fácilmente a los cambios que el medio que les presenta como muchos lo sugieren, el mundo humano avanza por las personas que hacen que su medio ambiente se adapte a ellos, a sus propios cambios, a sus pro-

pios desequilibrios, personas que no se aburren fácilmente y que viven en un estado híper-perceptivo en búsqueda de su propia estabilidad.

Después de varias semanas, mi desequilibrio emocional incrementaba, sentía que me había mutilado yo mismo una parte importante de mi, y no le encontraba el sentido, no encontraba la fuerza que supuestamente tenía que encontrar después de una gran decepción amorosa. Durante ese tiempo, me hice muy amigo de Nana (era un apodo), la estado unidense que conocí el día del cumpleaños de Nerea. Recuerdo que me declaró su amor poco tiempo después de que le contara que me había dado un tiempo con Nerea, le dije que no, que no quería estar con nadie más, simplemente me estaba dando un tiempo en mi relación, y seguramente volvería con Nerea.

Al cabo de un mes, Nerea me escribió un mensaje, quería que escuchara una canción 'Supposed to grow old' de Justin Nosuka, me decía que aún pensaba mucho en mi. Yo también pensaba mucho en ella, la quería a mi lado, quería hacerla mi esposa, pero cada vez que sentía que estábamos llegando a una estabilidad, pasaba algo que nos cambiaba las cosas, primero comenzar una relación a distancia, luego no poder separarse de su familia por sus practicas, luego tener que pagarle una deuda a su hermana, es como si quisiéramos inconscientemente estar lejos, separados, tener un amor platónico. Le respondí a su mensaje diciéndole que escuchara 'Noizbait' de Ken Zazpi, eso fue todo.

La depresión me estaba matando, en octubre tuve un congreso en Caen, al norte de Francia, ¡pasaría mi segundo aniversario de relación con Nerea en un congreso y sin estar realmente con ella!. Compré la postal que tenía acostumbrada y se la envié la mañana del veintiséis, esperando que la recibiera lo más pronto posible.

Hablé muy seguido con mi familia durante esa temporada, no voy a olvidar una palabras que me dijo el esposo de una tía que vive en Estados Unidos: 'Yo me casé con la que me tocó'. Esas palabras llegaron directamente a mi corazón, yo no quería casarme con la que 'me tocó', yo quería casarme con la que yo quería, y quería que Nerea fuera mi mujer, la mujer con la que iba a compartir el resto de mi vida, mi mujer ideal.

Amaia, la vida es lo que pasa frente a nuestros ojos mientras nos sentamos a que algo bonito nos suceda, no iba a prolongar más mi sufrimiento. A finales de noviembre no podía más, recuerdo que hablé con Nerea por video llamada, me dijo que estaba empezando a sentirse bien estando sola, yo me estaba derrumbando por dentro, ese desequilibrio no me estaba impulsando a grandes cosas, al contrario, me estaba llevando al fondo, decidí tomar cartas en el asunto, iba a reconquistarla"

Jhonatan para de hablar, mira a Amaia, aún estaba concentrada en su historia, mira detrás suyo, ve la estatua de Luis XIV, en su base, una estatua de un hombre mirando al cielo, recostado sobre un león. Un hombre dominando a la bestia, un hombre inspirado por el cielo para dominar a la bestia. ¿Lograría él dominar a la bestia si está inspirado por el cielo?, en esos momentos recuerda el singular personaje con el que se cruzó en el tren el día anterior, sus palabras poéticas, citó varias veces la historia de David y Goliat. Fue curioso cómo lo conoció, el singular señor estaba hablando con una señora al lado de él, hablaba de la mujer de sus sueños y de que nunca había podido encontrarla. En el momento en que la señora se bajó del tren, Jhonatan le preguntó al señor sobre lo que estaba hablando con la señora. Al ver el entusiasmo de Jhonatan el señor se cambió de silla y se presentó:

- Bonjour jeune homme, je m'appelle Patrice (Buenos días, joven, me llamo Patrice)-dice el señor mientras le ofrece la mano derecha a Jhonatan para presentarse-, ça fait cinquante trois ans, sept mois et onze jours que je suis né, je suis enchanté de vous connaitre (tengo cincuenta y tres años, siete meses y once días de edad, estoy encantado de conocerle)

- Bonjour Monsieur, moi, c'est Jhonatan, j'ai pas pu éviter de vous entendre parler de l'amour et de la femme de vos rêves (Buenos días, yo soy Jhonatan, no he podido evitar escucharle hablar del amor y de la mujer de sus sueños)

- En effet, j'en parlais un peu (Efectivamente, estaba hablando un poco sobre ello)

- Alors, vous pensez qu'il y a une femme de nos rêves pour chacun de nous? (entonces, ¿usted piensa que hay una mujer de los sueños para cada uno de nosotros?)

- Ah ben oui mon cher Jhonatan, et moi je l'attends toujours (Por su puesto mi querido Jhonatan, y yo aún la espero)

Jhonatan avanza un poco más en el recuerdo, puede ver cómo el hombre le hablaba de poesía, de obras de teatro, de películas, todo en cámara rápida, se detiene en el momento en que se estaban despidiendo, estaban en el andén de la Gare de Montparnasse en París

- Je ne veux pas être très impertinent, mais je dois dire que vous avez un visage d'ange, je suis pas gay, je seulement apprécie la beauté humaine (Espero no ser impertinente, pero tengo que decir que usted tiene la cara de un ángel, no soy gay, solamente aprecio la belleza humana)

- Uhm! merci Patrice, c'est très gentil de votre part (uhm! gracias Patrice es muy amable de su parte) - dice Jhonatan un poco incomodo-, j'aimerais que celle que je considère comme la femme de mes rêves en pense pareil que vous (me encantaría que la chica que yo considero como la mujer de mis sueños pensara igual que usted)

- Vous en faites pas, vous allez voir que tout va bien se passer, le meilleur conseil que je peux vous donner, est de ne pas attendre cinquante trois ans, sept mois et onze jours pour agir et trouver la femme des vos rêves comme je l'ai fait (No se preocupe, ya verá que todo saldrá bien, el mejor consejo que le puedo dar en estos momentos es que no espere cincuenta y tres años, siete meses y once días para reaccionar y encontrar la mujer de sus sueños, como yo lo he hecho)

Ambos se despiden agitando sus manos emotivamente, Jhonatan gira y continua su camino hacia el Metro. Al final del andén le parece ver al padre de Nerea, ¡estaba de pie!...

Se sacude, regresa a la realidad, de nuevo se había perdido en su recuerdo del día anterior, Amaia está sentada muy cerca de él, busca su calor, no le importa estar a la intemperie, parece querer estar cerca de él. Jhonatan la mira con cariño, le ha revelado muchos de sus secretos y sólo nota empatía de su parte, se le acerca y besa tiernamente su frente. Ella se aleja un poco y más con una sonrisa de simpatía que con enojo, le dice:

- ¿Qué haces?

- Lo siento Amaia, es que estoy muy agradecido, me estoy desahogando de todos estos sentimientos que tenía guardados, siento que estoy haciendo una gran conexión contigo, y te lo agradezco

- No seas tonto -dice Amaia mientras sonríe-, a ver cuéntame, ¿lograste reconquistarla?

Capitulo 9
Action ou Vérité?

Para Jhonatan, la historia que ha estado contando a Amaia es real, tan real como su vida misma. En la manera cómo la cuenta, una manera lineal, comenzando desde que conoció a Nerea, pasando por su problemas, todo con la misma cronología con que sucedieron, en esa manera de contar la historia se ve reflejada las enseñanzas que tenemos todos desde pequeños, nuestra vida es lineal, tiene un inicio, un nudo y un desenlace, nacemos, crecemos, nos reproducimos, morimos. La existencia, para la mayoría de los seres humanos, es lineal, como el tiempo. Aún no existe esa maravillosa máquina que sea capaz de hacernos regresar en el pasado o incluso acelerar el paso del tiempo, es por ello que podemos recordar el pasado pero no el futuro, es por ello que el conocimiento se basa en la historia y no en la imaginación. El tiempo sólo va en una dirección, y suponemos que nuestra existencia sólo puede hacer lo mismo, por eso evitamos volver a cometer un error, o repetir una experiencia negativa que recordemos, es por eso que siempre se habla de avanzar y no de retroceder, es por eso que siempre debemos mirar hacía adelante, el tiempo limita nuestra existencia. Nuestras decisiones siempre son imperfectas, siempre existirá la otra opción que escogimos deliberadamente no seguir, esas imperfecciones nos hacen lo que somos, escriben nuestra historia personal y no podemos volver atrás para cambiarla, no existe la decisión perfecta que abarque todas las consecuencias, siempre habrá al menos dos resultados diferentes ("ser o no ser"). Aquellas personas que se aprovechan positivamente de dichas imperfecciones, alcanzan el éxito, y aquellas que las ignoran, son felices. Ninguna decisión es errónea o correcta, sólo existen las consecuencias, ¡todo es parte del plan, siempre y cuando las casualidades lo permitan!.

Como ya lo he dicho antes, una historia de amor puede ser comparada con el crecimiento de un cultivo bacteriano, al principio, Jhonatan se estaba adaptando a la nueva situación, al cambio que generaba en él haber conocido a Nerea. La noche en que durmió en su piso comenzó la fase exponencial, entro en una fase híper perceptiva y recuerda cada detalle, cada fecha, cada momento especial. Al terminar el primer año de relación, cuando él se fue de Bilbao a La Rochelle, entro en una fase pseudo estable, sus recuerdos eran marcados sobretodo cuando algo cambiaba y a veces ni siquiera tenía que ver con su relación con Nerea, como el problema que tuvo con Christine por ejemplo. Esta novela está estructurada de esa misma forma, los capítulos introductorios son cortos, son el periodo de adaptación, luego, la fase exponencial está cargada de recuerdos y de eventos especiales, que marcan la historia, que la estructuran y le dan forma, después se llega a la fase estable, los capítulos se hacen más cortos por la cantidad de momentos memorables, pero más largos en el periodo de tiempo que relatan. Ahora mi querido lector estamos entrando a la fase de la muerte, la cuarta y ultima fase, los recuerdos y eventos no se incrementan pero son tan intensos como en la fase exponencial, esta vez, los recuerdos negativos reinan sobre los positivos.

No puedo esperar que creas que los personajes que se encuentran en esta novela son reales, los personajes de las novelas no tienen vidas como la tuya o como la mía, sus vidas no se acaban en una tumba, sus vidas se acaban cuando su historia se acaba, cuando tú terminas de leerla, cuando ya no los imaginas, cuando ya no piensas en ellos. Es muy posible que te hayas imaginado a Jhonatan como alguien que conoces, alguien que haya pasado por una historia parecida, incluso tú puedes identificarte con él. Es normal que siempre nos creemos a los personajes de una novela con referencias conocidas, o una mezcla de ellas, a veces puede ser nuestro actor favorito, o una mezcla de nuestras actrices predilectas, no podemos imaginarnos a un verdadero esquimal si nunca hemos visto uno, no creo tampoco que te hayas imaginado a Jhonatan con una forma de extraterrestre o de perro. Por esa misma razón, un escritor no puede escribir sobre algo que no conoce, es como si un doctor lograra curar una enfermedad que no existe. Al mismo tiempo, un escritor no puede escribir sobre los sentimientos de los demás, sólo puede escribir lo qué él imagina, a través de su empatía, lo que sentirían sus personajes, es como un termómetro que no dice la temperatura del objeto con el que está en contacto sino la suya propia. El escritor, utilizando el lenguaje apropiado, despierta esa empatía en sus lectores logrando que ellos también sientan, con sus propios sentimientos, por lo que están pasando los personajes.

¿Habrá muchas personas que hayan pasado por una decepción amorosa?, tal vez si, por eso he decidido escribir esta historia, hacerte parte de una historia de amor, como muchos habrán conocido o habrán de conocer. Al mismo tiempo he aprovechado para alimentar ese deseo de saber por qué las cosas suceden de cierta manera, por qué se necesitan las casualidades para llegar a nuestro destino, ¿se podrá definir el destino con las casualidades?, pero ¿cómo podemos utilizar dos palabra que se contradicen para hacer una definición?. Fueron necesarias seis casualidades para que el destino de la familia de Nerea cambiara por completo, ¡sí!, ¡cambiara!, ¡un gran cambio!, el accidente de la cabeza de la familia, el padre de Nerea, ese accidente hizo que la familia se saliera de la estabilidad que les reclama su parte animal, ese equilibrio que está ligado a la ley cero de la termodinámica, esas seis casualidades cambiaron las vidas de la familia entera de Nerea, en especial de la hermana mayor y de la menor. Entonces, si una familia puede cambiar a causa de seis casualidades, ¿será posible que la historia de todo un país o incluso del mundo entero también lo haga?, es muy posible que si, ¿cuántas casualidades fueron necesarias para que Hitler subiera al poder y desatara la segunda guerra mundial?. Mientras haya memoria, no estaremos obligados a repetir la historia y las vidas de las naciones será lineal como la de las personas, no en círculos, como la de los animales.

Jhonatan no había encontrado la fuerza que le fue prometida por el autor de la fuerza de Sheccid. Entró en un desequilibrio negativo, una fase de inestabilidad que en lugar de darle fuerzas lo iba hundiendo poco a poco, como si hubiese caído en arenas movedizas. Al no ver cambios positivos, decidió que tenía que recuperar a la chica de sus sueños, que tal vez había sido engañado cuando estaba pequeño y que la verdadera fuerza la encontraría al lado de Nerea y no en una decepción.

- A finales de noviembre me comuniqué con ella, quería saber qué tal estaba, quería saber qué tal le iba sin mi. Me dijo que estaba avanzando mucho y que se sentía muy bien sola, le insinué que quería volver con ella y me dijo que no, que en esos momentos quería estar sola

- ¡Vaya!, ¿qué hiciste entonces?

- ¿Has notado que a veces las parejas entran en una fase de juego de poderes?

- ¿A qué te refieres?

- Me refiero a que a veces, o mejor dicho, muy a menudo se dice que en una pareja siempre uno de los dos quiere más que el otro. Es como jugar al gato y al ratón, el ratón tiene el control de la relación, el poder, el gato lo sigue, quiere conquistarlo, quiere estar seguro de que es suyo. Es como las señoras que se casan pensando que su marido va a cambiar, que ignoran esas pequeñas señales que se les atraviesan en el momento en que se están enamorando y al final terminan en matrimonios desastrosos porque el poder siempre lo tuvo el marido que nunca cambió. Nos gusta tener lo que sentimos que no podemos tener, y nos gusta pensar que podemos cambiar lo que no podemos cambiar. A menudo, las mujeres se sienten atraídas por el hombre que las ignora, el hombre que las hace pensar que nunca podrán estar con él. Para los hombres es parecido, muchos hombres prefieren las mujeres rebeldes, que tienen un espíritu libre, o que son demasiado bellas para sus estándares de belleza mínima. En ese tipo de relaciones hay una guerra de poderes, y cuando le dices a una chica que te gusta, muchas veces estas chicas se convierten en el ratón y tú en el gato, ellas entran inconscientemente en la fase de que ya ha obtenido lo que quería y les es muy fácil decir que no, les es muy fácil rechazar al gato que las busca, prefieren buscar un chico que las haga sentir el gato y no el ratón

- Sí, pero eso no responde a mi pregunta

"Nerea me había dicho que en esos momentos quería estar sola, sentí que era más por la lucha de poderes que había logrado decirme eso, que porque realmente no quería estar conmigo, comencé a idear un plan original para reconquistarla. Pero ¿cómo puedo ser original?, si llevamos cuatro mil años de historia escrita y seguro que cualquier plan que me idee ya lo habrá pensado alguien antes. Ni siquiera las palabras que estoy utilizando en este momento para expresarme para contarte esta historia, esa palabras no son mías, fueron inventadas por hispanos hace cientos de años, ni siquiera sentía que las historias que le había contado a Nerea eran mías, seguramente alguien había hecho las mismas reflexiones que yo y ya habría contado una historia similar, ¿cómo podría hacer un poema que nadie haya escrito antes?, ¿cómo podría reconquistar a la chica de mis sueños de una manera en que nadie lo pudiera hacer?, tal vez esa era la fuerza que tenía que encontrar después de la decepción. La convencí de recibirme un fin de semana en Bilbao, quería verla personalmente y hablar con ella, le dije que me quedaría en un hotel para poder estar en la intimidad, no quería que se nos in-

terrumpiera porque tenía que ir a ver a su padre o porque tenía que sacar la ropa de la lavadora. Pasé una noche en Bilbao, compré una rosa blanca, me puse mi mejor ropa, quería que me viera guapo, quería que viera que me inspiraba a ser mejor.

Cuando llegué a Termibus, ella me estaba esperando, íbamos a ir directamente al hotel, el sólo hecho de acercarme a ella y saludarla de dos besos en la mejilla fue muy raro, mi pulso se aceleró, no podía resistirme, ella me daba señales de estar esperando a que yo hiciera algo, no hice nada. Llegamos al hotel, cerca de San Mamés, pagué la habitación y subimos. Había llevado mi ordenador, varias velas aromáticas, una botella de vino rosado y muchos preservativos. En la habitación, comencé a contarle todo por lo que había pasado, el desequilibrio que me generaba estar sin ella, y la necesidad de estabilidad que me reclamaba mi cuerpo. Le conté que no había podido estar con ninguna chica durante el tiempo que llevábamos separados, había tenido la oportunidad varias veces, pero en el momento de la intimidad, mi cuerpo no reaccionaba, simplemente mi sangre se concentraba en mi cabeza y no paraba de pensar. Ella me confesó que había estado con varios chicos, y que por ahora estaba viendo seguido a un belga. Sentí un pinchazo en el pecho, sentía que el síndrome de Antoine LetitGros la había envuelto por completo, hasta cierto punto sentí que estaba pasando por la fase en la que yo pase por mi adolescencia, hablaba de sus experiencias como si supiera que fueran pasajeras, ya el sexo no tenía el mismo peso que tenía para la Nerea que conocí, de hecho varias de sus experiencias fueron la misma noche en la que conoció al chico, ¿será que yo tuve que ver en todo eso?, así lo sentí en esos momentos, así lo siento ahora, fui yo quien planto la germen del síndrome, la impulsé con mi palabrería barata sobre el lenguaje y el deseo animal para diferenciar entre el amor y el sexo, la convencí de que lo hiciera y la había enviado a brazos de otros hombres, me culpé por ello, a pesar de que tal vez, no tuviera realmente nada que ver conmigo.

Después de hablar por un par de horas, abrí la botella de vino rosado que había llevado, la habitación ya estaba inundada de los per-

fumes de las velas aromáticas, puse 'Save Tonight' de Eagle Eye Cherry, quería llamar a su marcador de página de nuestro primer mes juntos, esa noche en la que jugamos action ou vérité, esa noche en la que le hice el amor con pasión hasta el cansancio. Mi plan funcionó, comenzamos a jugar action ou vérité y finalmente terminamos desnudos besándonos, era un sueño, estaba tocando de nuevo la piel desnuda de mi Printzesa, estaba besando sus labios, me sentía en el paraíso.

Me fui al día siguiente, no quedamos en nada claro, quería que se lo pensara por unos días más, ella insistió que a pesar de que habíamos dormido juntos, prefería estar sola en esos momentos. Esa semana, la primera de diciembre del año pasado, la llamé, le pregunté que si había pensado en una posibilidad de volver. Me dijo que no, que quería estar sola. Al día siguiente me escribió un mensaje, no recuerdo muy bien lo que quería, todo lo que vi es que quería seguir con su juego de poderes, sabía que me tenía en su anzuelo y no quería que me saliera, disfrutaba teniéndome detrás de ella, y quería asegurarse de que no me le escapara. Le respondí el mensaje en medio de mi enojo, le dije que si en realidad quería estar sola, debería parar de enviarme ese tipo de mensajes, que a mi no me apetecía estar en el anzuelo de nadie, la amaba mucho a ella, pero me amo más a mi, y no quería que jugara conmigo. Cuando leyó el mensaje me llamó y me dijo que había hecho una lista de pros y contras, quería volver conmigo.

Me sorprendió mucho su cambio repentino, no puedo decir que lo recibí con completo agrado, generaba en mi cierta desconfianza, pero no iba dejar pasar esa gran oportunidad, volví a Bilbao el fin de semana después y esta vez me quedé en su casa. Por esa época, Nerea estaba trabajando en una tienda de ropa en Barakaldo y también trabajaba los días que yo fui a visitarla. Compré un ramo de rosas blancas y la esperé frente a la tienda toda la tarde hasta que saliera, la recibí con las rosas y un gran abrazo, le dije que la amaba y que estaba muy feliz de que hubiese decidido volver conmigo. Le manifesté mi desconfianza por su cambio repentino, pero aún así estaba muy feliz. Pasé navidades en su casa, la invité a pasar noche vieja en La Rochelle, pero me dijo que no podía, no podía dejar a su familia y también tenía que trabajar en la tienda de ropa. Yo no podía pasar noche vieja en Bilbao porque el dos de enero salía para Marruecos a un congreso. En enero iba cada quince días a verla, no quería pasar más de ese periodo de tiempo lejos de ella.

Aún tenía la espina de su cambio repentino, y además de que el síndrome de Antoine LetitGros pudo haber quedado frustrado por ese cambio, una noche que estaba en Bilbao le propuse jugar a action ou vérité, quería contarle lo que me había pasado con la alemana en Budapest, con Clara y con la francesa antes de irnos a Colombia. Antes de ir a Bilbao, le advertí que una de las preguntas que haría es con cuantos hombres se había acostado hasta el momento en que volvimos a estar juntos. Nos encerramos en su habitación, ya todos dormían, pusimos un poco de música y yo abrí la tradicional botella de vino rosado. Ella comenzó las preguntas, la primera, ¿has hecho algo con alguna chica cuando estábamos en una relación abierta y a distancia?, le dije que si, le confesé todo con pelos y señales, quería dejarlo todo atrás, quería que lo supiera todo para sentirme ligero. Mi turno, ¿con cuantos chicos has tenido sexo en toda tu vida?, diez, ¿diez?, cuando te conocí yo era el segundo, ¿ahora son diez?, ¿en qué momento paso todo esto?.

En realidad yo no había sido el segundo, ya había sido el tercero. Cuando Nerea llevaba un par de años con Eneko, estuvo trabajando en una feria internacional, allí conoció un hombre de más de treinta años, ella tenía dieciocho. Él la invito a tomar un café una tarde, y con su camelar la logró llevar a la cama. El cuarto había sido un árabe que había conocido mientras estábamos en una relación abierta y a distancia, él hacía seguido comidas sociales en su casa, un día de esas comidas, convenció a Nerea para que se quedara con él, Nerea olvidó sus pendientes en su casa y esa fue la excusa para volverse a ver en la intimidad. El quinto, en una discoteca, frente a todos sus amigos e incluso su hermano Borja, un amigo de mi tocayo de origen latino que bailaba con ella, la sedujo con su baile, la llevó a su coche y lo hicieron en el asiento trasero. El sexto, un francés que vivía en Iparralde, se conocieron en el almacén donde Nerea vendía ropa, una tarde la invitó a cine y esa tarde lo consumaron, se volvieron a ver varias veces, un día cuando Nerea regresaba de La Rochelle, él la estaba esperando en Hendaya con una rosa, Nerea le dijo que no se podían volver a ver, fue en ese momento en el que le confesó que tenía novio. El séptimo, ya estábamos separados, un chico de origen alemán, la sedujo en una noche de fiesta, esa misma noche se la llevó a su casa. El octavo, un chino que hablaba perfectamente euskera, lo había visto varias veces y le parecía gracioso, después de una noche de copas en el Kafe Antzoki se fueron juntos a casa. El noveno, el belga, con el que ya lo había hecho varias veces antes de que yo decidiera reconquistarla. Espera, sólo son nueve ¿y el décimo?, Philipe, ¿Philipe?, ¿tu ex compañero de trabajo en Lyon?, sí, la noche del cumpleaños de Nerea, el día en que yo estuve toda la noche a su lado, pero me fui antes de que cerraran para poder madrugar al día siguiente e ir a casa de Maxime, Philipe acompaño a Nerea esa noche y durmió con ella en 'nuestro nido de amor'.

Yo era consciente de que yo también me había acostado con varias chicas mientras estaba con Nerea, pero de todas manera, me dolía mucho escuchar que ella lo había hecho. En especial el último, Philipe, aún estábamos juntos, no habíamos comenzado una relación abierta y a distancia, eso me devastó, me eché a llorar, no podía creerlo, el síndrome de Antoine LetitGros le había llegado antes de que yo comenzara a convencerla de tener una relación abierta, tal vez no habían sido mis palabras, tal vez había sido el mismo inicio de mi relación con ella el punto de ignición. Todos los chicos con los que había dormido después de mi tenían algo en común, no eran vascos.

Todos los sentimientos de esa noche, sentir los celos de habernos puesto los cuernos, de saber que habíamos compartido intimidad con personas diferentes a nosotros, todo eso nos llevó a decidir de recomenzar nuestra relación, pero esta vez sería una relación cerrada y a distancia. En mi, aún habitaba el miedo del cambio repentino de Nerea y de la frustración de su síndrome de Antoine LetitGros, sentía que eso podía explotar en cualquier momento y no quería que fuera algo negativo.

Durante los primeros meses de este año, enero y febrero, animé a Nerea para que se buscara unas practicas fuera de Bilbao, ella tenía muchas ganas de hacerlo, sólo necesitaba un pequeño empujón. Nuestra relación iba muy bien, mi estabilidad emocional volvió, iba a visitarla seguido y me sentía feliz de ser su novio. Finalmente encontró unas practicas en una radio internacional en París, era una radio en castellano, así que no tuvo mucho problema para que la aceptaran, bueno de todas formas ella habla muy bien francés. Para mi, el hecho de que encontrara unas practicas fuera de casa significaba mucho, yo veía en ese pequeño gesto el gran paso que ella estaba dando hacia su meta, los primeros pasos para cumplir sus sueños, verla triunfar en su ambiente laboral, me inspiró tantas cosas positivas que en esos momentos decidí que quería hacerla mi esposa, decidí que ella sería la madre de mis hijos, me creé una imagen que aún veo nítidamente en mi cabeza cuando pienso en ello:

'Ella está al lado de una ventana por la que entran los rayos de Sol, yo la estoy mirando desde una cama que está cerca a la pared y la ventana está a mi lado izquierdo. Ella tiene los ojos iluminados por le reflejo del Sol, pero más por la belleza que reflejan las mujeres embarazadas, tiene un vestido blanco de tela fina y veraniega, un poco de brisa entra por la ventana y hace que sus cabellos se ondulen con le paso del aire caliente que entra. Tiene su mano derecha en la parte baja de su barriga y la mano izquierda en encima de ella, se la acaricia suave y rítmicamente, su barriga es redonda y bien delineada, está ocupada por un ser que ha sido concebido gracias al amor que nos tememos los dos'

Era un hecho quería que esa imagen se volviera realidad, quería que Nerea fuera mi mujer. Comencé a planear todo, a sabiendas que apenas iba a cumplir veinticuatro años, me dije que más bien iba a esperar a final de año y la iba a invitar a Colombia para proponerle matrimonio, sé que mi familia me ayudaría para hacer la mejor proposición de todas. El matrimonio, ¿cómo ese simple gesto puede representar tantos cambios en nuestra vida, pero al mismo tiempo ser el símbolo de estabilidad?

En los carnavales, nos disfrazamos de Euskal Bros, haciendo una parodia a un reconocido videojuego de dos fontaneros italianos, pero en lugar de gorra llevábamos txapelas, fue muy divertido, era la primera vez que sentía que hacía algo en común con Nerea para que toda la gente lo viera, era como si gritáramos esa noche al que se nos cruzara que éramos pareja, se sentía muy bien, tanto, que acordamos disfrazarnos de Leonardo Da Vinci y La Gioconda el próximo año.

Su hermana, la tercera, se caso a principios de marzo de este año, ¡por fin!, estaba deseándolo desde que conoció a su novio, él le ofrecía la perfecta relación de dependencia que ella buscaba, con él, ella nunca tendría que estar en la punta de la 'V', con él, ella podría volar, pero jamás tendría la responsabilidad de volar a la cabeza, con él, a ella no le importaría ser la ama de casa que fue su madre, pues sabía que su marido tendría la solvencia económica suficiente para sostener una familia, con él, no le importaría renunciar a sus sueños por hacerlo feliz. El matrimonio fue una semana antes del cumpleaños de Nerea, lo eclipsaron completamente, yo ya había estado una semana antes en Bilbao, no podía estar tres fines de semana seguidos, su familia no me lo permitiría. Nerea decidió pasar su cumpleaños con su familia, no quiso viajar a La Rochelle.

El matrimonio fue muy especial, era la primera vez que estaba en una ceremonia de ese tipo en Europa. Conocí mucha más familia de Nerea, familia lejana que no sabían mucho como había terminado su historia con Eneko y comenzado conmigo, me sentí bienvenido por ellos, incluso escuché varios comentarios positivos que le hacían a Nerea a mis espaldas. En Colombia, los matrimonios generalmente no se celebran con mesas redondas y el evento principal no es comer, el evento principal es bailar. Siempre hay una gran pista de baile, con música latina, donde bailan todos los comensales, en el transcurso de la noche, se van sacando platos ligeros para comer y luego se reparte el pastel. Se pueden hacer diferentes dinámicas, como la de arrojar el ramo de flores o la de quitarle el liguero a la novia (que representa su virginidad). Por eso me gusto vivir una experiencia diferente en el País Vasco. Era un matrimonio en donde el evento principal de la tarde fue la comida en mesas redondas, y la gente gritaba a menudo 'qué vivan los novios'. Luego estuvimos en una especie de Lounge, con barra libre y algunos se animaron a bailar. Finalmente acabamos la noche en un bar en el arenal, se suponía que la fiesta duraba hasta las tantas, Nerea y yo nos fuimos a dormir hacía las tres, yo no había dormido la noche anterior porque había ido en bus desde La Rochelle y había viajado toda la noche, salí con ojeras en todas las fotos del matrimonio, jeje.

Tuve varios congresos esos meses, estuve en Canadá justo antes de mi cumpleaños, cuando regresé Nerea me fue a ver a La Rochelle. pasamos unos días de locos, realmente la amaba y mi idea de proponerle matrimonio cada vez se hacía más fuerte. Llegó mayo y Nerea se fue a París para hacer sus practicas, estuvo en La Rochelle el fin de semana antes de ir a París, luego, un amigo mío, que iba a visitar a su familia a la capital francesa, la llevó en coche hasta su nueva morada. Fui un par de veces a visitarla durante ese mes y ella fue también un par de veces a La Rochelle. El penúltimo fin de semana, pase a París a visitarla, tenía un congreso en Le Touquet cerca de París, me quedé un fin de semana y luego me fui para el congreso. Ese fin de semana fue maravilloso, recuerdo que estuvimos en Montmatre, en un pequeño parque escondido, nos recostamos sobre la hierba y mientras mirábamos el azul cielo de finales de mayo, nos prometimos que ese lugar sería nuestro lugar especial, le pregunté si a ella le gustaría vivir en París por un tiempo y me dijo que si, le prometí que encontraría entonces un trabajo allí para después del doctorado, le dije que seguramente ella encontraría fácilmente un trabajo de periodista en París, más aún con la gran referencia de haber hecho las practicas que estaba haciendo. El miércoles en la noche de esa semana, mientras yo estaba en el congreso, la estuve llamando por internet, quería verla en video llamada, no me contestaba, la llamé al móvil y tampoco recibía respuesta, comencé a preocuparme, insistí varias veces, hasta que me contestó casi a la una de la mañana, estaba un poco agitada, parecía que había estado corriendo, me dijo que había acabado de llegar a la casa, que estaba en un evento que le había tocado que cubrir y que se había extendido más de lo que ella pensaba. Me pareció muy curioso que no me hubiese contestado antes, pero lo dejé pasar.

Cuando el congreso acabó, tenía que pasar de nuevo por París, tenía unas cuantas horas antes de tomar el tren París-La Rochelle, así que quedé con Nerea para dar un paseo. Yo llegaba a las once de la mañana a París Montparnasse y tenía mi siguiente tren a las tres de la tarde. Nerea llegó a la una menos diez. Me dijo que estaba un poco ocupada y que no había podido venir antes. Comimos algo rápido en la estación y luego ella me propuso ir al jardín Atlántico, que está en el edificio al lado de la estación. Recuerdo estas imágenes tan bien que me sorprende. Recuerdo que el ascensor estaba en la calle, en una especie de torre o de columna verde de metal, tenía publicidad a los lados. Dentro del ascensor habían seis botones, '0', '1', 'abrirlas puertas, 'cerrar puertas', 'una campana' e 'interphone'. en la parte de arriba del tablero ponía 'A.M.S.' y luego había una pegatina de una figura obesa, que habían intentado arrancar sin éxito. Al llegar al primer piso, atravesamos un puente de madera y luego llegamos al edificio, volteamos a la derecha, había una puerta de cristales y encima de ella había un aviso que decía 'Square Max Hymans', al atravesar la puerta había un corredor con baldosines blancos en las paredes y el suelo era gris, las paredes estaban adornadas de cuadrados negros, algunos tenía un símbolo de aprobación. Al terminar el corredor, al lado derecho había un mirador hacía la calle, al lado izquierdo era la entrada las oficinas de una reconocida aseguradora francesa, en medio de los dos habían plantas, arbustos. Vimos unos bancos al fondo de los arbustos y nos sentamos allí. Le conté cómo me había ido en el congreso y las preguntas que me habían hecho, le conté el gran susto que me había llevado cuando la estuve llamando el miércoles por la noche, de inmediato noté que algo no iba bien.

¿Sabes Amaia?, mis padres se separaron cuando yo tenía apenas cinco años, mi madre quedó con la custodia de mi hermana y mía, ella apenas tenía veintiséis años cuando tuvo que enfrentarse al mundo sola con dos hijos que mantener. Luego de su separación, comenzó a vivir una fase de contradicción, por un lado quería ser la madre perfecta para sus hijos, lo daba todo por nosotros, tuvo más de tres empleos al mismo tiempo, no descansaba ni los domingos. Por otro lado quería tener una vida de pareja exitosa, pero su miedo de llevarse otra decepción amorosa no le permitía hacerlo. Ella no quería mostrarnos explícitamente su sufrimiento por no tener una pareja, no quería que sufriéramos con ella, pero sufría y por más que intentara esconderlo lo notábamos. Para hacernos entender que necesitaba cariño, se ideó una manera indirecta de hacérnoslo entender, nos daba señales casi imperceptibles, era una especie de juego de enigmas para decirnos que necesitaba de nosotros. Ese comportamiento generó en mi la habilidad de poder leer las micro expresiones en las personas, sé cuando alguien miente porque su rostro me lo demuestra, así como me lo demostraba el rostro de mi madre, cuando con sus palabras decían que todo estaba bien, pero su micro expresión antes de sonreír mostraba que estaba sufriendo. Ese día en Montparnasse, supe que Nerea me estaba ocultando algo, algo que había sucedido la noche del miércoles que la estuve llamando, algo que según mi presentimiento lo iba a cambiar todo.

Conocía bien a Nerea, sabía que si me fuera a decir algo ya me lo hubiese dicho, pero también sabía que era capaz de guardarse secretos muy delicados. La manipulé para obtener la información que buscaba. Le dije que un día antes de irme para Canadá, estuve de fiesta por La Rochelle, esa noche estuve hablando con una chica y al final de la noche, la chica se me lanzó a besarme y aunque la dejé allí por unos segundos, luego la retiré y le dije que no podía hacer algo así, me inventé una historia para conseguir que ella me dijera la verdad. Nerea me miró con su cara de pedir perdón, tenía sus cejas en forma de 'V' invertida y sus ojos medio cerrados, me dijo: 'A mi también me ha pasado algo'. La animé a que me lo contara. Cuatro días después de que había llegado a París, es decir, cuatro días después de haber estado en La Rochelle, cuatro días después de haberme visto, después de haber acariciado y besado mi cuerpo entero, estuvo en un reportaje de un concierto con un chico de la radio, después de varias copas, el chico le entró y ella no lo detuvo. Pasaron la noche juntos en casa de Vincent, el chico que había logrado seducir a Nerea, después de tan sólo cuatro días después de haber compartido cama conmigo. Vincent, si lo pronuncias en francés es como si dijeras veinte-cien, era como si en veinte minutos de intimidad hubiese destruido el cien por ciento de mis esperanzas de casarme con Nerea. De inmediato vino a mi cabeza el pensamiento del cambio repentino de Nerea, de la frustración del síndrome de Antoine LetitGros, de que tal vez ella no estaba preparada para casarse, aún tenía esa curiosidad que debía saciar, me sentí como el hombre que quería regalarle el cielo a pedacitos a su mujer, sentí que ella no veía que yo le estaba dando mi vida entera para que volara en la punta de la 'V', sentí que ella sólo esperaba de mi una relación de dependencia en la que yo volara en la punta todo el tiempo, esos eran los regalos que ella pedía, y me trataba de tacaño por no dárselos, su manera de manifestarla era acostándose con alguien más, sentí que su falta de carácter y autoestima la imposibilitaba a decir ¡NO!, a rechazar a alguien por el miedo de ser rechazada ella, de quedarse sola. Fue una sensación extraña, pero en esos momentos ya no sentía ganas de abrazarla, de besarla, de acariciar su piel, mi corazón latía rápidamente, mi estomago comenzó a sonar, mis tripas querían salirse, tuve la sensación que su rostro se hacía viejo, que se arrugaba, ya no veía el ángel de mi sueño, veía una señora vieja y arrugada. Le pregunté por el miércoles de esa semana, ¡estaba con él, de nuevo!, lo había repetido, ni siquiera pasó una sola vez, pasaron DOS.

Volvimos al tren, los planes que teníamos antes de que lograra hacerla confesar, eran de vernos a la semana siguiente, cuando ella acabara sus practicas y estuviera de camino de vuelta a Bilbao. Antes de despedirme de ella, le pedí que no pasara por La Rochelle, no quería verla por ahora.

En el viaje de vuelta, venía escuchando música en mi reproductor, como si el universo se estuviera confabulando, aunque escuché música todo el camino, recuerdo tres canciones especificas que sonaron en el siguiente orden:

- The offspring, 'Spare me de Details': Al principio sentía que no quería saber nada de lo que había pasado, no quería saber detalles, pero mi imaginación no me dejaba en paz, la imaginaba en cama de Vincent con sus piernas al aire, en medio de una borrachera.

- Panic! at the disco, 'Lying Is The Most Fun A Girl Can Have Without Taking Her Clothes Off': Una vez me dejé ganar por la imaginación, los detalles comenzaron a inundar mi mente, realmente quería que hubiese valido la pena ese polvo para haber roto mi corazón.

- The killers, 'Mr Brightside': los cólicos de mi estomago no me abandonaron ni un segundo en todo mi viaje, tenía ganas de vomitar cada vez que imaginaba que alguien más había tocado partes de mi Printzesa, partes que yo consideraba sagradas, ¿quién pudo atreverse a profanarla?

Tuve una semana para reflexionar, era la última semana de practicas de Nerea, y una semana de reflexión para mi. Ella me insistió en que quería venir a verme, insistí en que no era el momento. Durante esa semana llegué a la conclusión de que si era verdad que Nerea me amaba tanto como me decía, pero al mismo tiempo aún estaba en las fauces del síndrome de Antoine LetitGros, le iba a dar un año sabático, yo estoy en mi último año de doctorado y planeo irme a trabajar a Burdeos el próximo año, en esa ciudad hay más de quince trenes diarios para Hendaya, y está a sólo un par de horas, Nerea podría ir cuando quisiera a visitar a su familia y en caso de emergencia estaría a sólo tres horas de Bilbao. Pensé que tenía que ser consecuente con mi filosofía del libre albedrío, de apoyarla y ayudarla a volar pero no amarrada a mi, pensé que si quería colmar y calmar el síndrome, yo le daría el espacio para que lo hiciera, no me metería en medio, la dejaría volar sola, al fin de cuentas si regresa a mi al final del año sabático, es porque realmente estábamos destinados a estar juntos, de lo contrario, es que realmente no íbamos a volar a la par. Decidí que no le propondría matrimonio en Colombia, a menos que ella me demostrara antes de mi viaje que yo era realmente importante para ella, si me lo pedía, le hubiese comprado el billete para ir a Colombia en ese mismo momento. Quería darle espacio, que se encontrara a ella misma antes de dar el siguiente paso, quería que extinguiera esa curiosidad por otros hombres. No le dije nada de eso, al contrario, fui seco con ella, me comporté como ella se comportaba conmigo al principio de nuestra relación, cuando aún ella estaba con Eneko, creí que así lo entendería.

Y esta parte, esto que te voy a confesar en este momento, a ti y sólo a ti Amaia, esto no se lo he dicho nunca a nadie. Teniendo en cuenta que todavía en esa época sentía rechazo por parte de su familia en Bilbao, ¡si!, aún en mayo de este año, más de dos años y medio después de que comencé con Nerea. Durante mi semana de reflexión, vi que esa acción que tuvo Nerea en París, esa pequeña traición, porque sí, lo acepto, no es gran cosa comparada con lo que hicimos durante la relación abierta y a distancia, con esa pequeña acción, yo podría encontrar un poco de empatía por parte de sus familiares y amigos, pensé que si ellos se daban cuenta de lo que ella había hecho, luego del año sabático, en el reencuentro con mi Printzesa, sería bienvenido con los brazos abiertos, ya no sería tratado como el que acabó la relación con Eneko, ya no existiría el estereotipo latino de que somos mujeriegos, pues era ella quien me había puesto los cuernos y no yo. Amaia, vi la oportunidad de limpiar mi nombre en Bilbao, de que sus amigos me aceptaran, e incluso Eneko, vi la oportunidad de que sus familiares por fin me consideraran de la familia, a través de esa empatía, ya no sería el que acabo la relación Nerea Eneko, sería el que amaba tanto a Nerea que la perdonó de una traición, vi que mis hijos ya no serían el producto de una relación que había iniciado por otra que se había dañado, me daba mucho miedo que mis hijos fueran rechazados por la familia de Nerea.

Pero ahora, con el giro que han dado las cosas, creo que no fue la decisión más apropiada, es mejor ser honesto desde el principio y no hacer tan entramados planes, dejando tantas cosas abiertas al destino. Estaba tan seguro de que Nerea estaba tan enamorada de mi que me convertí en el profesor de matemáticas del cuento que relaté en Cali, mi soberbia me cegó y me convencí de que podía decirle y hacer lo que quisiera, seguramente ella vendría a mi, pero al final eso no me costó cien euros, me costó la relación con la mujer de mis sueños.

Finalmente, Nerea fue a La Rochelle en contra de mi voluntad antes de volver a Bilbao, la recibí con los brazos abiertos, pero en medio de negativas. Hicimos el amor, pero le decía que no podía estar con ella, lloré esa noche y en medio de mi llanto le dije que quería que fuera la mujer de mi vida, que la amaba, comencé a ser como mi madre, comencé a utilizar su técnica de enigmas para no decirle directamente a Nerea lo que sentía, quería dejarle a Nerea el libre albedrío de estar con otros hombres, de satisfacer su curiosidad, por eso le decía que no podía estar con ella, pero al mismo tiempo le enviaba señales de que yo esperaba que ella volviera a mi después de que saciara esa curiosidad, que la estaría esperando sin importar lo que pasara.

Pasaron los meses y yo no recibía mayor señal de ella, yo no quería que se alejara, pero no quería tampoco decírselo explícitamente, quería que fuera su voluntad, no que lo hiciera bajo presión mía. Comencé a dejar poemas y canciones en 'Facebook', a sabiendas de que ella los leería, la lista entera de canciones no la recuerdo con exactitud, pero recuerdo las canciones principales que compartí:

- Snow Patrol, 'Signal Fire': Quería decirle indirectamente que aún estaba esperándola, que ella significaba mi mundo perfecto, pero nadie espera una eternidad, quería que tomara cartas en el asunto lo más rápido posible, no aguantaba más tiempo sin ella.

- Sick Puppies, 'All the same': Quería decirle que no me importaba lo que había pasado, era precisamente algo del pasado, algo que no podemos cambiar, y aún estaba allí para ella. La aceptaba tal y como ella es.

- Robi Draco Rosa, 'Penélope': Qué maravillosa canción, hace referencia a la Odisea de Homero, Penélope espera a que Ulises regrese a casa, no le importa que pasen los años, no le importa la cantidad de pretendientes, siempre lo espera. Me sentía lejos de ella. Me hacía recordar a las palabras que le dijo Ulises a su hijo cuando volvió a Ítaca: 'Siempre hay un momento y un lugar para todo, y este no es ni el momento ni el lugar para actuar'.

- Shinedown, 'If you only knew': La mayoría de noches soñaba con ella, no salía de mi cabeza, aprendí mucho de ella y me gustaría decirle todo o que de alguna manera se enterara, si tan sólo supiera...

- Slipknot, 'Snuff': Los ángeles mienten para mantener el control. Aún leía sus cartas y las besaba, me hacía mucho daño no volver a recibirlas.

- Staind, 'It's been a while': El nombre lo dice todo, ya había pasado un buen tiempo desde que no la veía, extrañaba su sabor, su rostro bajo la luz de las velas, la extrañaba completa.

- Matchbox 20, 'If you're gone' :Quería decirle que ya era hora de regresar a donde yo creía que pertenecía, a mi corazón. Que tal vez había pensado que yo ya la había olvidado, pero no era así.

- Stone Sour, 'Say you'll haunt me': quería que viniera a buscarme, no vi mejor manera que pidiéndole que me dijera que vendría a cazarme, le daría todo cuando lo hiciera.

- Yann Tiersen, 'Les jours tristes': Es difícil, hay muchas cosas difíciles, pero podemos sobrellevarlas, sin escuchar a los cobardes, no me importaba lo que pensaran su amigos e incluso su familia, muchos no entenderían cómo podría volver con ella después de lo que me hizo, a mi simplemente no me importaba, sólo quería estar con mi Printzesa, eso era lo único importante.

No sé si habrá buscado sus letras en internet o si tan siquiera las habrá escuchado y habrá concluido que eran para ella, no sé si sabía que estaba esperando a que volviera a mis brazos, no sé nada. Lo peor es que nunca fui sincero con ella, me puse a jugar action ou vé-

rité sin que Nerea lo supiera, nunca le manifesté lo que estaba esperando de ella, ahora me doy cuenta que el sistema de enigmas que heredé de mi madre no funciona bien si no has sido educado como me han educado a mi. No todas las personas piensan igual que yo, no puedo esperar que todas las personas lleguen a las mismas conclusiones que yo. Al parecer solté demasiado la cuerda, y Nerea lo interpretó como un deseo de realmente pasar pagina. De querer olvidarla. Caí en el error de pensar que en 'un futuro' volvería a mi, no vi que si esperamos a que algo nos suceda en el futuro, nunca nos sucederá, nunca vivimos el futuro, sólo vivimos el presente, el futuro no existe y el pasado ya no lo podemos modificar.

'Pasar pagina' me parece muy curiosa esa expresión, incluso me enoja un poco utilizar esa expresión para decir que superamos una relación amorosa. Para mi, una historia de amor no se escribe en una sola página, se escribe en muchas, con muchos capítulos y muchos detalles, no es una sola página, existen marcadores de página para esos capítulos que se podrían escribir, ¿cómo puede haber una sola pagina y más de un marcador de página?, eso es absurdo. Además, eso querría decir que no podemos volver a leer nuestro libro favorito por mas que nos guste"

- ¿Has vuelto a ver a Nerea?

- Sí, la semana pasada tenía un congreso en Sevilla, la secretaria de mi laboratorio me organizó el viaje, tenía que tomar un avión desde Bilbao. Viajaba en bus toda la noche y llegaba a las seis y media de la mañana a Termibus, el avión Bilbao-Sevilla era a medio día. Nerea se enteró de que tenía un congreso en Sevilla y me contactó, me dijo que quería verme, le puse dos condiciones para vernos, la primera era que si me sentía incómodo y le pedía que se fuera, lo hiciera sin preguntar por qué, la segunda era que sólo quería verla si estaba con alguien más

- ¿Qué?, pero vamos a ver Jhonatan, ¿por qué le pones esa condición?, pensé que estabas esperando a que te reconquistara

- Lo sé Amaia, pero para serte honesto pensé que así sentiría más fuerzas de no decirle nada de mis planes, de los enigmas, de no decirle nada relacionado con lo que yo estaba esperando, que si me pedía en esos momentos ir conmigo a Colombia, fuera por su voluntad y no por lo que yo le decía, si me lo hubiese dicho, aprovecharía que estaba en un aeropuerto para comprar los billetes. Quería que fuera ella quien tuviera la iniciativa. En realidad esa condición se la puse por una experiencia que tuve antes con mi primera novia estable. Duré dos años con ella, al final, terminamos la relación y seguimos siendo amigos, sólo un par de semanas después, estábamos en una fiesta y ella trajo a su nuevo novio, sorprendentemente me sentí muy bien, hablé con ellos y los felicité por estar juntos, verla con alguien más me ayudó a estar estable. En este caso no tuve en cuenta que Nerea no era cualquier chica, era la chica de mis sueños

- ¿Y qué paso al final?, ¿os habéis visto en el aeropuerto?

"Bueno, como te dije, llegué en la madrugada, ella me estaba esperando en Termibus, no la veía desde hace meses, estaba preciosa, tenía un abrigo que no le conocía, lo tomé como una señal, sentí que había pasado ya un tiempo y que era probable que la Nerea que estaba viendo en esos momentos, ya no era la misma que dejé en Montparnasse. En el Biskaibus hasta el aeropuerto casi no cruzamos palabras, ella me contó un poco sobre las personas interesantes que había conocido durante los meses que no habíamos hablado y los planes de lanzarse a hacer documentales, ya la idea de ser corresponsal no salía de sus labios"

- Espera, espera Jhonatan, creo que no has entendido mi pregunta, si fueron al aeropuerto, ¿eso quiere decir que si estaba con alguien más?

- Si Amaia, Nerea tiene novio, lo conoció en el Donostia Zinemaldia (Festival internacional de cine de San Sebastián). Ella consiguió

casualmente una acreditación para el festival con la ayuda de una revista cultural de Bilbao, no sé si el nombre de la revista es en francés, pero su traducción sería 'a los' (o en su defecto 'a las'). Era una revista para la que Nerea escribía ocasionalmente y que no tenía a nadie disponible esa semana para cubrir el evento. Al parecer, iba a la rueda de prensa de un director vasco y **casualmente** se equivocó de salón, entró en un pequeño coctel ofrecido para directores y actores. Bebió varios cócteles y no habló con nadie, tenía vergüenza de hacerlo, tal vez descubrirían que no debía estar allí, cuando se disponía a salir, vio tres hombres que entraban y **casualmente** le preguntaron precisamente a ella: 'Excuse me, are you a director or an actress? (Perdone, ¿es usted una directora o una actriz?)'. Sonrío y dijo que sólo era periodista. **Casualmente** el hombre que le había hecho la pregunta era un reconocido director holandés, soltero, sin hijos, entrando en su crisis de la mediana edad y que quedó flechado por los encantos físicos de Nerea. **Casualmente** él no tenía nada qué hacer esa tarde y decidió quedarse con Nerea hablando, se entendieron muy bien a pesar de que no hablaban la misma lengua materna, él sabía exactamente lo que Nerea quería escuchar. **Casualmente** Nerea no tenía que ir a casa esa noche porque su hermana se iba a encargar de su padre, se quedó en San Sebastian, durmió en la habitación de hotel del reconocido director de cine. Desde eso, él insistió en que quería seguir viéndola y la convenció de ir al estreno de su última película a finales de septiembre. Él no ganó ningún premio en San Sebastián, pero sentía que Nerea era el mejor trofeo que el destino (y seis casualidades) le había podido ofrecer. Desde eso se ven regularmente, a veces él va a Bilbao, a veces ella va a Holanda. ¡Mi miedo más grande se había vuelto realidad!, ¿cómo competir con un exitoso hombre, galardonado y famoso?

- Qué putada Jhonatan, entonces, ¿qué paso en el aeropuerto?

"Bueno pues como te decía, en el bus no hablamos mucho, pero cuando llegamos al aeropuerto, no pude contenerme más, le dije que me

hacía mucha falta, que no soportaba más estando sin ella, quería sentir de nuevo su calor, sus perfumes, su esencia. Ella me detuvo, me dijo 'Jhonatan tengo novio'. ¡Su novio!, es verdad, hasta ese momento lo había olvidado, una de mis grandes condiciones para verla y ahora la más grande barrera para tenerla. Le pregunté más sobre él y sobre la relación que llevaban, me contó que era una relación a distancia y que se sentía muy bien en esa situación, su nombre es Vasa Doesmman, ha ganado varios premios por unos cuantos cortometrajes que ha hecho, no habla castellano, así que se comunican en inglés, y su gran **'pero'** *es que tiene veinte años más que ella, si pensamos en la esperanza de vida en el Estado Español, esa cantidad de años son más de un cuarto de la vida de alguien.*

También me dijo que esa semana estaban pasando por una etapa un poco difícil, él había estado en Bilbao el fin de semana anterior y que le estaba siendo muy difícil separarse de ella. Le propuso irse a vivir juntos. Cada vez que le preguntaba algo, Nerea siempre comenzaba su respuesta con: 'Nunca digas de esta agua no beberé'. Parece que era su argumento clave, su frase de pelea para convencerse de que estaba bien y a gusto con su nueva relación (como si necesitara de algo para justificar su situación amorosa). Según la teoría de la atracción universal, todo lo que nos sucede es porque queremos que así sea. Establece que los sentimientos son generados por nuestros pensamientos, por ejemplo, si alguien piensa que una situación lo pone eufórico, ante esa situación esa persona estará eufórica. La teoría también dice que, puesto que los pensamientos son generados en nuestra propia cabeza, y nadie puede controlar los pensamientos de nadie más, cada persona puede escoger qué pensar, es decir, tenemos el control de nuestros pensamientos. Entonces, si tenemos el control de nuestros pensamientos, y los pensamientos generan nuestros sentimientos, tenemos entonces, control sobre nuestros sentimientos. Esta teoría desvalida por completo este cliché del agua que no beberás, la bebes porque quieres beberla, si en realidad no quieres y controlas tus pensamientos, nunca beberás de esa agua.

Le pregunté: 'Estas dispuesta a irte a vivir con él', esperaba un no, esperaba que me dijera, tengo planes y sueños que cumplir y sé que no puedo ser periodista en holanda, no sé hablar flamenco, en lugar de eso me dijo: 'Si, lo he estado pensando y siento que me gustaría vivir con él'.

Le pregunté sobre sus pensamientos de ser madre. Antes, cuando yo le preguntaba que si le gustaría tener hijos, me decía que le encantaría tener al menos tres, pero por lo menos cuatro años después de haberse casado, yo estaba de acuerdo con eso, no quiero tener hijos por ahora y me gustaría conocer bien a mi pareja en una convivencia diaria antes de pensar en tener hijos. En ese momento me respondió que: 'Siento que el matrimonio no es para mi, hace poco soñé que entraba a una iglesia, todo estaba perfectamente decorado con flores blancas, sobretodo rosas. En el altar estabais Eneko y tú saltando de felicidad y diciendo que estabais muy contentos por no haberos casado conmigo, yo salí corriendo de la iglesia y le dije a la dependienta de la tienda de vestidos de novias que ya no me quería casar. Sin embargo no he dejado de lado la idea de tener hijos, creo que en dos años ya voy a estar preparada para tenerlos'. Nerea siempre me decía que había planeado su boda desde pequeña, incluso tenía el diseño de su vestido ideal, pero no quería que nadie lo viera o supiera cómo era, sólo hasta el día de su boda. Creo que sus palabras, ese día en el aeropuerto, reflejaban el miedo que tiene a casarse con una persona que le dobla la edad, pero sobretodo la idea de Vasa de haber perdido la fe en el matrimonio, es muy probable que Nerea no quiera casarse porque Vasa le dice que eso no es para él. Seguramente ella no había pensado en el momento en que sus amigas comenzaran a casarse con chicos de su misma edad, comenzaran a comprar piso y a pasar por esas típicas dificultades, algo que ella nunca viviría si sigue con Vasa, pero comenzaría a extrañar al verlo en sus allegados. Por otro lado, es probable que Vasa si quiera tener hijos, y entre más pronto mejor, tal vez por eso Nerea decía que en menos de dos años ya sería madre. Su respuesta eran palabras de Vasa, no de ella.

Le pregunté sobre sus sueños, sus metas de ser corresponsal, de ir a África, de ser una gran periodista de la televisión, me dijo: 'Precisamente esta semana he estado hablando con Vasa sobre eso, él me dice que le preocupa mucho mis planes, pues no ve la posibilidad de que estemos juntos, viviendo como una familia, yo le he dicho que más que planes eran simplemente inquietudes, cosas que tal vez me gustaría hacer, pero que no es algo estrictamente necesario'.

Le pregunté sobre las posibilidades de empleo que tenía en Holanda, me dijo: 'Varios amigos de Vasa ya me han ofrecido empleo, podría redactar en inglés para algunos periódicos, pero ahora estoy pensando en comenzar a hacer documentales, me llama mucho la atención'.

Me contó que hacía un par de semanas, él la había 'contratado' para que le diera clases particulares de castellano, había conseguido una casa en Vitoria, más exactamente la madre de una cuñada suya, que es vasca, y allí se quedó toda una semana con Nerea, recibiendo clases de castellano. Las clases eran para una película que iba a ser rodada en Ecuador, sobre una guerrillera holandesa, que perteneció a las FARC. Vasa también le había ofrecido empleo para ir a Ecuador, solamente que todavía no había encontrado en qué, pero si le había asegurado que le pagarían. Su relación se estaba reduciendo a una obra de teatro en la que Vasa actuaba como el protagonista, inventando trabajos para sacar a Nerea de su casa, para poder tenerla cerca, aprovechándose de la necesidad e inestabilidad que tenía Nerea en esos momentos por no tener trabajo estable. Vasa se estaba pagando su felicidad y estabilidad.

Nerea no había podido encontrar un trabajo e en todos los meses que hemos estado separados, veía en Vasa una salida de trabajo. Le pregunté que si él no fuera su pareja, le ayudaría a encontrar trabajo, ella se río, casi que irónicamente, me dijo: 'Claro que no, él tiene muchas amigas, y muchas son guapas, pero no ayuda a ninguna a conseguir empleo, simplemente no tiene sentido'.

Me di cuenta que ella no quería el cielo a pedacitos, no quería esperar muchos años con pequeños cubos azules como regalos, ella quería saltarse todo ese tiempo y tener el cielo completo en ese mismo instante, y tal vez, ni siquiera ella sabía la respuesta a sus propias preguntas, a sus propios deseos, como el pastor en el tren. Vi en la nueva relación de Nerea el reflejo de todos sus hermanos. Del mayor, estaba alimentando ese deseo por lo desconocido, Vasa es holandés y no habla castellano, eso hacía que se comunicaran en inglés, era un reto cada vez que hablaban. De su hermana, la segunda, la satisfacción de estar en una relación a distancia, eso le daba tiempo de cuidar a sus padres. De su hermana, la tercera, había encontrado su perfecta relación de dependencia, Vasa le ofrecía a ella, no sólo la protección de un padre (físicamente podría serlo), sino también la estabilidad laboral, él es alguien que ya había vivido su vida y ahora podría ofrecerle esa vida de comodidades a una joven como Nerea, ella nunca tendría que volar en la punta de la 'V', Vasa lo haría por ella. De Borja, la diferencia de edad, no pensaba merecerse alguien que la amara por lo que es, por lo que piensa y por sus capacidades para triunfar, por eso prefería alguien que priorizara primero su físico, luego la seguridad que le daba al poder hacerlo olvidar que estaba pasando por la crisis de la mediana edad, que le ayudara a olvidar que se está quedando calvo y que aumentara su éxito ante los demás, no sólo a nivel profesional sino también con las mujeres. Si es verdad que Vasa es un hombre tan familiar de toda la vida, ¿por qué no se casó antes con una chica de su misma edad?, ¿por qué aún no tiene hijos?, y ¿por qué decide que ahora es el momento de hacerlo?. Creo que ve en Nerea la oportunidad de un cuerpo joven y sano que puede darle los hijos que aún no tiene, además el tiempo se le acaba y pronto no tendrá la edad de ser padre primerizo sino abuelo. ¿Te imaginas si ellos tuvieran una hija en estos momentos y yo me caso con ella en veinte años?, yo estaría deseando casarme con lo que ahora sería un feto, ¿te lo imaginas?. ¿A partir de que momento se pasa de la pedofilia a lo legal?

También pensé en algo particular, llegué a la conclusión que muchas veces durante la primera fase de la relación, hacemos cosas con la nueva pareja que tenemos, que no hubiésemos hecho con la pareja anterior, es como si quisiéramos decirle o mostrarle lo importante que es para nosotros esta nueva relación, que estamos dispuestos a hacer cosas que no van con nuestra filosofía, cosas que siempre le dijimos a nuestra pareja anterior que nunca haríamos. En el caso de Nerea no sólo era la diferencia de edad, también era su disposición a cambiar sus sueños convirtiéndolos únicamente en inquietudes, además de irse a vivir a Holanda, seguramente a vivir la vida de Vasa y no la suya propia.

Nerea no le gustaba pensar que su relación con él iba a terminar algún día, simplemente no le gustaba pensar en un futuro, con sus palabras noté que no se le había pasado por la cabeza cómo sería envejecer con alguien que ya está viejo, o en una vida sexual con alguien que se cansa rápidamente y que pronto tendrá que pensar en tomar la mágica pastilla azul, o tal vez, lo que sentirían sus hijos al ver la enorme diferencia de edad entre ellos. Tampoco había pensado que ese 'contrato' que le hizo en realidad era una manera desesperada de Vasa por sacarla de su casa, para que él no fuera juzgado por la familia de Nerea, pero al final se convirtió en una situación en la que él le paga para que ella este a su lado, aprovechando el hecho de que Nerea no tenía un empleo fijo. Es casi como su trofeo que a él le gusta ir mostrando por todos lados, excepto en casa de Nerea.

Por último le pregunté si entonces no veía la posibilidad de volver conmigo, me dijo que era definitivo, sentía que volver conmigo era dar un paso atrás, se sentía muy a gusto con su nueva relación y quería apostar todo por ella, sentía que se estaba enamorando de Vasa. Lo único que logré responderle, mientras evitaba el nudo de mi garganta, es que en el periodo de tiempo que llamamos vida, lo único definitivo es la muerte.

Antes de subir al avión decidí contarle una historia, tal vez la última que escucharía de mis labios:

'En un bosque de los Pirineos occidentales, en Navarra, habitaba una comunidad de mariposas. Era la típica comunidad donde

vivían el panadero, el lechero, el cartero e incluso las mariposas famosas, que salían en la televisión, les hacían entrevistas, ruedas de prensa y hasta ganaban premios por sus esfuerzos y trabajos en sus vidas. Una de estas mariposas famosas estaba entrando en la crisis de la mediana edad, sentía que sus alas ya no eran tan llamativas como antes, sin embargo, estaba en la cúspide de su carrera artística. Ya no le motivaba ir a ruedas de prensa, espectáculos o eventos sociales, sabía que no podía estar mejor en su vida, pero le faltaba algo. Un día de agosto, como cualquier otro, una oruga se acercó a su puerta, venía perdida, se había extraviado de su camino y ahora no sabía a donde ir. La mariposa abrió su puerta y de inmediato reconoció que aquella oruga era la predecesora de la mariposa más hermosa de Europa, era la predecesora de una Actias Isabellae, notó que estaba en su última fase antes de hacer su crisálida porque la oruga tenía un color predominantemente verde con puntos blancos, además las Actias Isabellae comienzan su metamorfosis al final del verano. La acogió con los brazos abiertos, era lo que la mariposa famosa necesitaba para sentirse completa, la oruga de la mariposa más hermosa de Europa había escogido su casa, por obra del destino, para su gran cambio. Por un momento, olvidó que sus alas ya no eran firmes y coloridas, olvidó que estaba llegando a su vejez, por un momento sintió que estaba completa. Hizo todo lo que pudo para que la oruga se sintiera a gusto, escondió los síntomas de su crisis de mediana edad, y le mostró el gran mundo del espectáculo, tenía mucho miedo de que la oruga la abandonara, así que le daba y le decía todo lo que ella pensaba que la oruga quería tener y escuchar. Llegó el invierno y la oruga comenzó su metamorfosis, hizo su capullo de seda marrón entre las hojas del salón de la casa de la mariposa famosa, la oruga se sentía muy bien, sentía que había encontrado un nuevo hogar y que no podía haber encontrado algo mejor. La mariposa no quería interrumpir la metamorfosis de su oruga, así que le tomó una foto al capullo y la llevaba con ella para todas partes, la mostraba en ruedas de prensa, hablaba de su oruga en la entrega de premios, era su tema de todos los días. Simplemente había olvidado por completo que sus alas ya no eran las mismas alas jóvenes que fueron alguna vez, su vida giraba en torno a esta nueva criatura que lo había escogido para hacer su metamorfosis. El invierno acabó y la oruga ya estaba lista para salir de su capullo, fue en la madrugada de un martes, los ruidos despertaron a la mariposa famosa, que se precipito para no perderse el espectáculo. Al principio, la nueva mariposa que se había formado había logrado romper un poco de su capullo, pero seguía forcejeando, no lograba romperlo más, al parecer la mariposa famosa lo había cuidado tanto que se había convertido en un capullo firme y difícil de romper. Después de varias horas, la Actias Isabellae no lograba romper más su capullo, seguía forcejeando pero simplemente era demasiado firme, la mariposa famosa comenzó a bascular, no sabía qué hacer, todos sus miedos e inseguridades la invadieron de nuevo, se vio sola, sin su nueva compañía, volvió a sentir sus alas vieja y quebradas, en medio de su desesperación, corrió hacía el capullo y utilizó todas sus fuerzas, las fuerzas que había conseguido durante sus años de experiencia, las fuerzas que había desarrollado viviendo su vida, las fuerzas que seguramente la Actias Isabellae aún no tenía. Rompió el capullo en dos, y la nueva mariposa salió disparada, tenía sus alas arrugadas y un poco quebradas, sus patas estaban recogidas contra su cuerpo, no lograba moverse, no lograba abrir sus alas. La mariposa famosa la tomó entre sus brazos y la llevó a su cama, la cubrió con una manta y le llevó de comer, ¡no era capaz de comer!, no tenía fuerzas, estaba completamente frágil, no podía mover ninguna parte de su cuerpo. Ante la desesperación, la mariposa tuvo el impulso de arrancarse sus viejas alas quebradas y arrugadas, para ponérselas de alguna manera a la nueva mariposa, quería que volara con sus alas, como ella lo había hecho durante tanto tiempo, quería que fueran sus alas las que la llevaran al éxito. Después de varios días, de no poder comer, la Actias Isabellae murió de hambre, nunca pudo mover alguna parte de su cuerpo, murió en la cama de la mariposa famosa, mientras esta última, la abrazaba y llo-

raba a su lado. Lo que no sabía la mariposa famosa es que todo ese esfuerzo que estaba haciendo la Actias Isabellae para romper su capullo, ese esfuerzo con el que parecía sufrir mucho, ese esfuerzo en el que se sentía perdida, sin rumbo alguno, todo ese esfuerzo era necesario para que se formaran los fluidos indispensables para mover su cuerpo, para poder extender sus alas y volar por su propia voluntad, lo que no sabía la mariposa famosa es que al abrir el capullo con sus propias fuerzas había condenado a muerte a su trofeo'

Al terminar la historia le dije: 'Recuerda que te he dicho que te amaré toda la vida, eso no ha cambiado en estos cinco meses, lo que hemos vivido juntos es apenas un breve espacio, un comienzo, me sentiría vacío si no pienso en ti como la madre de mis hijos, pensaré que esta etapa por la que estás pasando es simplemente un breve periodo de tiempo. Cuando regreses ahora a casa, te sientes cómoda en tu cama o en la silla del ordenador, mientras estás sola en tu habitación, por favor prométeme que escucharas, 'El breve espacio en que no estás' de Pablo Milanés, recuerda, si te amaré para toda la vida, es mejor aprovecharlo desde ahora, nunca sabemos cuando terminará nuestra existencia'. Luego atravesé la puerta para ir a los controles antes de embarcar el avión.

¿Qué fue lo que paso?, dejé que mi Printzesa, la chica de mis sueños pensara que yo ya no quería saber nada de ella. ¿La chica de mis sueños? , vaya frase más egoísta, nunca había pensado que podría ser la chica de los sueños, o incluso la Printzesa, de alguien más.

En el avión tuve una pesadilla, cuando desperté estaba sonando en mi reproductor 'Summercat' de Billie The Vision & The Dancers. Miré por la ventana y decidí venir a Lyon este fin de semana, quería encontrar la fuerza que se me ha prometido desde que estoy pequeño, quería encontrar la fuerza para hacer grandes cosas. A veces me gusta pensar que en un universo paralelo las cosas serían completamente diferentes"

En esos momentos Jhonatan se pone de pie, se acerca a la estatua de Luis XIV y Amaia lo sigue. Se para frente a él, no había notado lo alto que era, apenas si le llegaba a la nariz, las mejillas de Jhonatan estaban rosadas por el frío y su nariz también. Amaia se le acerca, quiere sentir su calor, toma su mano y dice:

- Tengo algo que confesarte Jhonatan

- ¿Sí?... cuéntame, soy todo oídos

- ¿Recuerdas antes cuando estabas hablando de las Marijaias y has dicho que habías estado hablando con unas amigas de Luisa?

- Sí, lo recuerdo

- ¿Recuerdas que me detuve y que te dije que había olvidado darle algo a mi amiga?

- Sí

- Pues te he mentido, en realidad he recordado otra cosa, yo soy amiga de Luisa, la amiga de Nerea, no había caído en cuenta de que era ella, hasta que dijiste que había salido en Marijaias, recuerdo que estuve hablando contigo toda la noche, pero no sé por qué pensé que eras venezolano. Al final de la noche, le dije a Luisa que si me podía dar tu número de teléfono, ella me dijo que no vivías en Bilbao y que ya tenías novia, siempre quise volver a verte, pero nunca tuve la oportunidad. Al día siguiente, después de esa noche, conocí a mi ex novio

- Estás de coña, ¿no?

- No Jhonatan, hablo en serio, me caíste muy bien esa noche, me sorprende no haberte reconocido en el pasillo, aunque si tenía la sensación de haberte visto antes. La verdad, he pensado que mi amiga me había tendido una trampa para que nos conociéramos, ella siempre está insistiendo en que me consiga un novio, por eso pensé que te había visto antes, pero aquí, en Lyon

- Jaja, Amaia, es difícil creer lo que me cuentas, me siento un poco confundido

- Pero al final de cuentas, esta claro que Nerea ya no quiere nada contigo, ¿no?

- Sí, lo sé, me duele mucho reconocerlo

- No pienses en eso Jhonatan, piensa en ti, en tu futuro, en tu felicidad

- Gracias Amaia -suspira-, pero no es fácil renunciar a sus sueños, no es fácil pensar de la noche a la mañana que alguien que considerabas la mujer de tu vida, ya no lo es, recuerdo que alguna vez algún poeta dijo: 'No hay nada más triste que alcanzar sus sueños', tal vez cometí un gran error al pensar que Nerea era la chica de mis sueños, programé a mi subconsciente para que así fuera, y sólo apareciera en mis sueños y no en mis realidades, era la chica de mi subconsciente, no la chica de mi realidad. No quiero que sufra en caso tal de que se dé cuenta que no es verdad que un reconocido director de cine en medio de sus crisis de la mediana edad, no queriendo aceptar que se está quedando calvo y que considera que está en la cima de su carrera, quiera tener una relación monógama y a distancia con una chica tan valiosa como lo es Nerea, a sabiendas de que trabaja con actrices guapas y de una edad más cercana a la de él

Amaia acaricia una mejilla de Jhonatan, siente una rara sensación de querer animarlo, de verlo alegre, de consentirlo, siente esa conexión que había mencionado antes Jhonatan, siente ganas de verlo sonreír, quiere hacerlo sonreír, se acerca e intenta besarlo

- ¿Qué haces Amaia?

- ¡Ah!, euhm!, lo siento, fue un impulso, me dejé llevar por el momento, no sé por qué pero no me gusta verte triste y tuve el impulso de reconfortarte, el impulso de hacerte sentir mejor, lo siento

- No, no tienes por qué sentirlo Amaia, me atraes, y mucho, créeme, pero ¡estoy en una situación un poco delicada!

- ¿Cuál es tu situación?, ¿estás enamorado de alguien que no te corresponde?, ¿vas a dejar de nuevo que te gane la lucha de poderes de la que hablabas antes?, ¿por qué no te quieres un poco y pasas página como Nerea ya lo ha hecho?

- Recuerda que el orgullo es otro protocolo que ha inventado la sociedad, un protocolo que se supone fue creado para protegerte de sufrir, pero la mayoría de veces lo que logra es impedirte ser feliz, sólo se vive una vez Amaia, no dejes para después lo que quisieras tener ahora, nunca sabes cuando morirás, además, no lo entiendes Amaia, la historia con Nerea no es tan simple, no se reduce a una simple guerra de poderes, no sé si lo entenderías

- Pues venga, explícamelo, que quiero entenderlo joe...

Jhonatan mira el suelo, no se siente capaz de hablar, sus ojos se humedecen, respira profundo y mira al cielo.

- No sabría cómo explicártelo...

Lo que Jhonatan no consigue explicar, es lo que le paso el día anterior en Montparnasse.

Después de que se despidió de Patrice, mientras caminaba hacia el metro, recordó las palabras de Nerea: 'Vasa y yo estamos pasando por una etapa difícil', en ese momento levantó su mirada y al final del andén le parece ver al padre de Nerea, ¡estaba de pie!, se acercó a él, tenía una camisa de cuadros marrón, unos vaqueros grises, unos zapatos de cuero y una boina inglesa gris, cada vez que se acerca le parece que el hombre se hace menos gordo, dos o tres kilos menos que el padre de Nerea, ya a unos pasos se frota los ojos y lo reconoce, es Vasa Doesmman, el mismo que aparece en internet, el mismo que estaba en una relación con Nerea, con la misma boina inglesa con la que sale en todas las fotos en internet, estaba claro que no había aceptado su calvicie y que necesitaba algo que reemplazara esos cabellos que se fugaban de su cabeza, algo que le devolviera la juventud que él sentía que estaba perdiendo. También se podía ver por la ropa que llevaba puesta que quería aparentar al menos diez años menos, sentirse otra vez como un jovencito de unos treinta y pocos. Jhonatan vio que era simplemente otro ser humano, su cara está arrugada y con pequeñas heridas de una afeitada matutina, otro ser humano con sus miedo, inseguridades, aberraciones, sobretodo sus aberraciones, complejos pero también con metas, propósitos, resoluciones y sueños. Era simplemente una persona como cualquier otra en sus cuarenta y tantos. Una persona que tiene que dormir, comer, ir al baño, un persona más. ¿Por qué se sentía entonces tan amenazado por él?.

Vasa estaba acompañado de una mujer, mucho mayor que Nerea, ella estaba a su lado, no se tomaban de la mano pero sus brazos estaban muy unidos, casi que sus bellos se rozaban. Se acercó cegado por la rabia, respiró profundo y dijo:

- Excuse me, are you Vasa Doesmman? (perdone, ¿es usted Vasa Doesmman?

- Yes, I am (sí, soy yo)

- Oh! Cool, I'm a big fan of yours, I've sawn all of your movies, can I take a picture of you with my phone? (¡Oh!, guay, soy un gran fan, ¿puedo tomarle una foto con mi móvil?

- Of course, I'm always pleased to satisfy my fans' desires (Por supuesto siempre estoy dispuesto a satisfacer los deseos de mis fans)

- Thanks (gracias) -dijo Jhonatan mientras pensaba, «claro, como satisfaces los de Nerea, ¿no?»-

Jhonatan toma varias fotos de Vasa y luego le pide a la señora que lo acompaña que le tome varias con él.

- And, who is this lovely lady? Is she your wife? I bet she's your wife, she's really beautiful (Y, ¿Quién es esta adorable mujer?, ¿es su esposa?, apuesto a que es su esposa, es realmente hermosa)

- Well, kind of, we're not married but we're together (bueno, más o menos, no estamos casados, pero estamos juntos) -dijo Vasa con un tono nervioso, mientras miraba la reacción de la señora que lo acompañaba-

- Can I have a picture of you two? (¿puedo tomarle una foto a los dos?)

- Yeah, sure (Sí, claro)

- But, can you kiss each other? come on, a little kiss (¿pero os podéis besar?, venga, un pequeño beso)

- Well, I usually don't do that, but what the hell, we're in Paris, right? (Bueno, normalmente no hago eso, pero ya que estamos en París, ¿no?)

La mujer sonrió, parecía que le agradaba que él diera muestras de cariño en público, Jhonatan tenía la impresión de que Vasa besaba a la mujer un poco obligado, como si quisiera guardar las apariencias, y evitar problemas con ella. Tomó la foto disimulando su enfado, tratando de guardar la compostura, respirando profundo para no agarrar a golpes a esa figura que estaba ante él. Guardó su móvil, le agradeció a Vasa, le dio la mano y siguió su camino. Jhonatan sentía que tenía una gran responsabilidad con esas fotos, pero enviárselas directamente a Nerea sería muy agresivo, decidió calmarse y reflexionar, no sabía si borrarlas o enviarlas a Luza para que ella hiciera lo que pudiera, sabía que eso podría dañar por completo la relación entre Nerea y Vasa, y tal vez después de eso, él tendría la oportunidad para volver con ella.

La noche ya llega y Jhonatan tiene que irse, su tren de regreso partirá pronto, Amaia aún está esperando a que Jhonatan reaccione, pero al parecer, no hay nada que lo haga entrar en razón.

- Jhonatan, no quiero que dejemos esto en un encuentro casual, es evidente que no lo es, ya nos habíamos visto antes en Bilbao y ahora nos volvemos a cruzar aquí, esto tiene que ser el destino

- No sé qué pensar Amaia, comienzo a pensar que el destino no existe, ni siquiera en el amor, ya lo había pensado una vez, y mira en las que me ha dejado ese pensamiento, creo que esta tarde sería perfecta si no obligamos el destino y lo dejamos como un encuentro casual

- Pero yo quiero volver a hablar contigo, me has caído muy bien, me gustaría ir a visitarte a La Rochelle, dame por lo menos tu número de teléfono

- Lo siento Amaia, no quiero hacerlo, si quieres que sea honesto, con lo poco que conozco de ti, diría que eres la mujer perfecta, no la ideal, sino perfecta, prefiero tener esa imagen de ti, así me será más fácil no arrepentirme de dejarte ahora y no volverte a ver

- Está bien Jhonatan no te voy a insistir

Jhonatan da dos besos a Amaia y toma su dirección hacia Perrache, su tren pronto partirá y prefiere despedirse allí, en la Plaza de Bellecour, no quiere extender más la despedida. Da varios pasos, voltea, agita su mano y grita:

- Adiós Amaia, realmente ha sido un gusto conocerte

Amaia no dice nada, sólo agita su mano y sigue su camino. Mientras Jhonatan se aleja, se reprocha a si mismo «¿y ahora qué vas a hacer?, ¿salir corriendo como un cobarde?, piénsalo bien, ¿es esto realmente lo que quieres hacer?, ¡responde!, ¿qué es lo que vas a hacer?. Recuerda, sólo se vive una vez, siempre queremos un final perfecto en nuestras vidas y resoluciones, pero cada persona es el resultado de sus decisiones y de sus actos, nadie puede regresar al pasado para enmendar sus errores y hacer las cosas a la perfección, el tiempo sólo avanza, nunca retrocede, estamos ligados a nuestras decisiones rápidas como en este momento, lo que hagas podría cambiar por completo el curso de tu vida, es probable que la decisión que tomes no sea la indicada, no sea la decisión perfecta, eso hará de ti el Jhonatan del futuro que tendrá que vivir con las consecuencias de tus imperfectas decisiones, siempre existirá esa opción que elegimos no seguir, siempre existirá la otra vida que pudimos haber llevado, nadie tiene una vida perfecta, nuestro final es el resultado de una imperfecta existencia».

Voltea de nuevo, Amaia ya no está a la vista pero el edificio donde alguna vez vivió Nerea y ahora es la casa Amaia aún se ve a lo lejos, se detiene, ya no camina, se queda allí estático, casi como la estatua de Luis XIV, de repente, siente un impulso de salir corriendo a buscar a Amaia, de decirle que quiere pasar la noche con ella, que quiere conocerla mejor, que tal vez, sólo tal vez, en realidad pueden haber más de dos mitades que complementan a un ser humano, y que tal vez, sólo tal vez, ella sería esa otra mitad, «¿no es demasiado?, y ahora, ¿qué es lo que vas a hacer?, ¿no vas a regresar?», mira el cielo, se ve pálido, las noche pronto cubrirá todo el firmamento, ya se ven algunas estrellas, respira profundo, saca su móvil y observa las fotos que había tomado el día anterior en París...

Índice

Este libro se terminó de imprimir
en Sevilla durante el mes de junio de 2011